# さまよう刃《やいば》

東野圭吾

Keigo Higashino

Samayou Yaiba

朝日新聞社

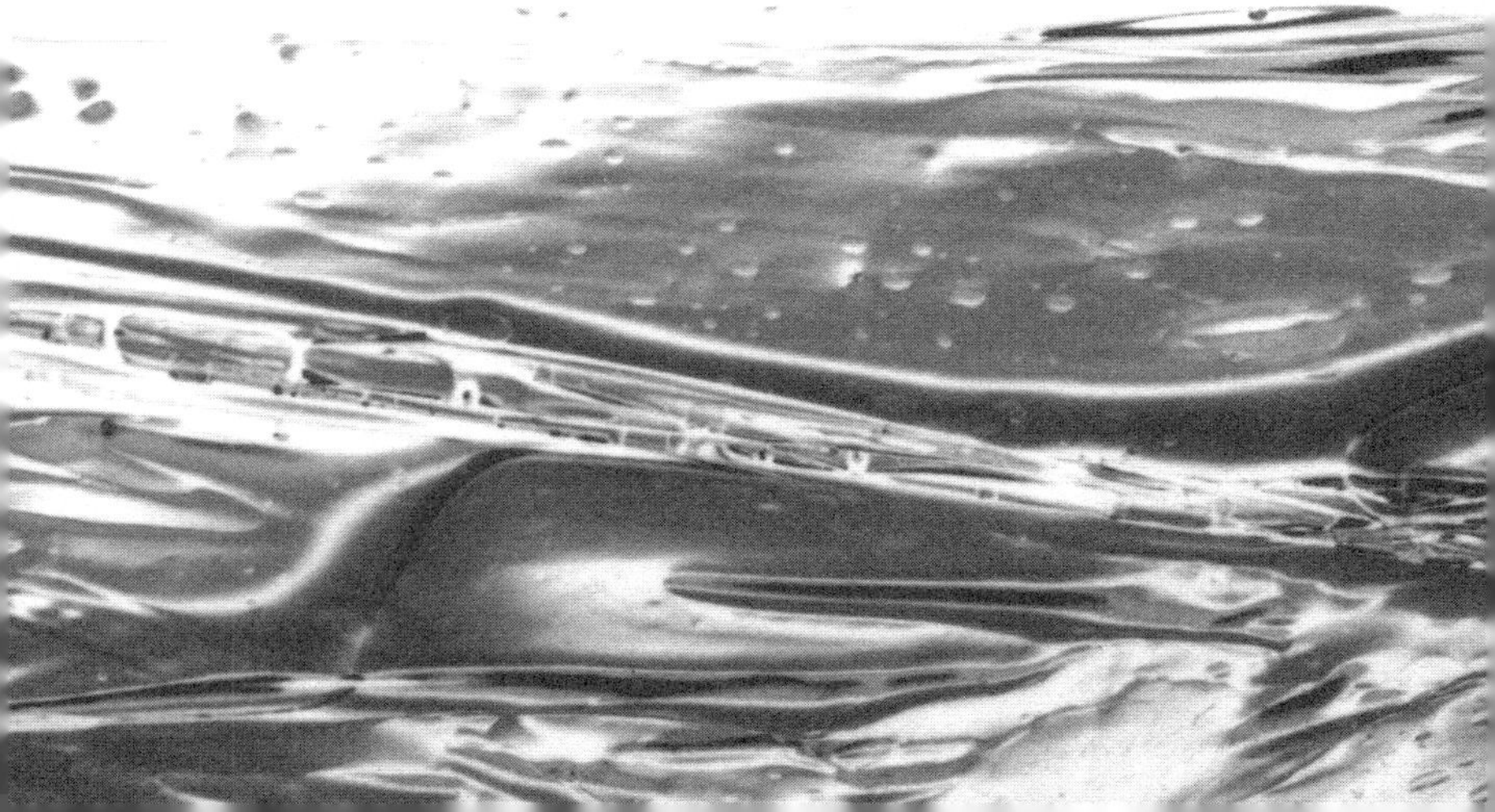

# さまよう刃

# 1

真っ直ぐに伸びた銃身の鈍い輝きに、長峰は心の奥底が疼くのを感じた。かつて、射撃に熱中していた頃のことを思い出したのだ。引き金に指をかけている間の緊張、撃った瞬間の衝撃、的に当たった時の快感、いずれも鮮やかな記憶として全身に焼き付いている。

長峰が見ているのはカタログの写真だった。以前に銃を購入したことのある店が、何年かに一度、新製品を紹介するカタログを送ってくるのだった。写真の下には、「銃床は半艶仕上げ、イタリア製ガンケース付き」とある。さらに価格に目をやり、彼はため息をついた。九十五万円は道楽に費やせる金額ではなかった。それに、そもそも彼は現在射撃をやめている。ドライアイを患い、競技に支障をきたすようになったからだ。病気の原因は明らかにディスプレイの見過ぎだった。彼は半導体メーカーで、長年ＩＣの設計に携わってきた。

彼はカタログを閉じ、眼鏡を外した。ドライアイが治った時には加齢視、いわゆる老眼が始まっていた。今では細かい文字を読むのに眼鏡は欠かせない。娘の絵摩は彼が眼鏡を探すたびに、「おやじい」と悪口をいう。

老眼でも射撃はできるだろうが、もう目を酷使することは避けたいというのが本音でもあった。銃の写真を見ると心が騒ぐが、懐かしさが蘇っているだけともいえた。大切に使っていた銃も、この一年は手入れさえしていない。今ではリビングボード上の単なるインテリアと化している。

壁の時計は七時を過ぎたところだった。彼はテレビのリモコンを手にした。スイッチを押そうとした時、窓の外で歓声が上がった。

彼はソファから立ち上がり、庭に面したガラス戸のカーテンを開けた。植え込みの外に家族らしき数人の人影があった。

彼等の歓声の原因はすぐにわかった。遠くの空に花火が上がっていた。地元の花火大会が行われているのだ。都会とは違い、このあたりには高い建物が少ないから、かなり離れているにも拘わらず、長峰の家からでも見通せるのだった。

ここから見えるんだから何もわざわざ人混みの中に行かなくてもと思うが、しかしそれではあの年頃の娘たちは納得しないのだろうな、と理解もしている。目的は花火ではなく、仲間たちときゃあきゃあ騒ぐことにあるのだ。しかもそれは賑やかな場所で、という条件が必要だ。今頃は焼きトウモロコシかアイスクリームを手にし、彼女たちにしか通じない言葉で、彼女たちにしか理解できない話題を交わし、盛り上がっていることだろう。

絵摩は今年、高校生になった。長峰の目には、他の平凡な少女たちと変わることなく、健全に明るく育ってくれたように見えている。母親を亡くしたのは十歳の時で、その時には熱を出すほど落ち込んだが、よくぞ立ち直ってくれたと心の底から感謝していた。今では、「パパ、いい人がいたら再婚しなよ」と茶化してくるほどだ。もちろんそれが本心からの言葉とは思えない。本当に再婚話が持ち上がれば、強い抵抗感を示すことは十分に予想できた。しかしとりあえず、彼女なりに母親の死を乗り越えていることはたしかなようだった。

その娘は今、学校の友人たちと花火を見に行っている。そのために長峰は浴衣を買わされたのだ。もっとも自分ではうまく着られないので、友人の母親に着せてもらうようなことをいっていた。娘の浴衣姿を見たかった長峰は、「写真を撮ってこいよ」といったが、絵摩がそのことを覚えているかどうかは甚だ怪しかった。楽しいことに夢中になると、ほかのことは一切忘れてしまう悪癖が彼女にはあった。彼女はカメラ付き携帯電話を持っているが、そこに写っているのは友人の姿ばかり、ということは大いに予想できた。

携帯電話は彼女が小学生の時から持たせている。何かあったらいつでも電話するように、といって手渡したのだ。母親のいない彼女にとって携帯電話は唯一の防壁であり、長峰が安心して仕事に出られる根拠でもあった。

花火大会は九時までと聞いている。終わったらさっさと帰るんだぞ、と絵摩にはいって聞かせた。少しでも遅くなるようなら電話をしなさい、ともいってあった。長峰の家から最寄りの駅までは徒歩で十分ほどだ。民家は建ち並んでいるが、夜更けになると人気は全くなくなる。街灯の数も多くない。

時計の針を見て、長峰は一人苦笑した。今はまだ父親の言葉など頭の隅にもないに違いなかった。

旧式のグロリアは片側一車線の狭い県道を走っていた。街灯は少なく、見通しの悪いカーブでは、はみ出た電柱が気になった。

助手席でアツヤが舌打ちをした。

「なんだよ、これ。女どころか人なんて誰も歩いてねえじゃんかよ。こんなところをうろうろしてたってしょうがねえぜ。場所、変えよう」

「どこ行くんだよ」片手でハンドルを操作しながら中井誠は訊いた。

「どこだっていいよ。人のいるところだ。こんな田舎道走ってたってしょうがねえだろ」

「そんなことといったって、ふつうの道に入ったら、今夜は花火でどこも渋滞してるだろ。だからこっちまで来たんじゃないか」

「Uターンしろ」後部席のカイジが運転席のシートを蹴ってきた。「花火は終わっただろ。そろそろ女共が帰りだす頃だ」

「だから戻ったら渋滞に巻き込まれるって」

「そんなとこまで戻ってどうすんだよ、ばーか。さっき駅があっただろ。あそこからちょっと離れたところで待ち伏せだ。獲物が通りかかるのを待つ」

「通りかかるかな」

「あの駅はちっこいけど、結構あそこで降りる人間は多いんだ。中には家が遠くって、一人でとぼとぼ帰らなきゃいけないって女もいるだろ」

「そうかな」

「ごちゃごちゃいってねえで、さっさとUターンしろ。獲物が逃げちまうだろ」カイジはまたしてもシートの背もたれを蹴った。誠はむっとしたが、黙ってハンドルを切った。カイジに喧嘩では勝てない。アツヤだってカイジにつくだろう。

こいつら本気だ、と誠は改めて思った。本気で女を襲う気でいる。

カイジは今、二種類のクスリを持っている。ひとつはクロロフォルムだ。どこで手に入れたのかは知らないが、彼の話によれば、それを使ってこれまで何度か若い女性を襲ったらしい。気絶させたら、後はやり放題なのだそうだ。ただしそのままでは膣にペニスを挿入しにくいから、ローションを用意しておくのだという。襲った後は女性をその場に放置して逃げるらしいが、今までよく死人が出なかったものだと誠などは思ってしまう。被害者は警察に届けているはずだが、現時点では捜査の手は全くカイジに及んでいない。だからこそ彼も味をしめているわけだ。

カイジが持っているもう一つのクスリは、彼いわく「魔法の粉」というものだ。どうやら覚醒剤の一種らしく、彼によれば、「これを使えばどんな女でもいいなりだ。入れてほしくってたまらなくなるって代物だよ」ということらしい。渋谷かどこかで二、三日前に手に入れたそうで、彼はそれを使いたくて仕方がないようだった。

「女狩りに行くぞ」そういう電話が誠の元にあったのは、今日の夕方だ。だから車を持ってこい、というのがカイジからの指示だった。

「これをあそこに塗るだけでいいんだ。それでもう奴隷と一緒なんだってよ。すげえと思わねえか」クスリの入ったビニール袋を見せて、カイジは目をぎらつかせた。

三人は中学の同級生だった。その当時から様々な悪事を働いてきた。高校を相次いでやめてから、連帯意識は一層強くなった。カツアゲや窃盗は日常茶飯事だ。オヤジ狩りをやったこともある。レイプまがいのことも何度かあった。しかし、せいぜい酔わせて襲った程度だ。相手の娘たちにも、見知らぬ男にふらふらついていくという落ち度がなかったわけではない。だから誠もあまり罪悪感を持たなかった。

だがクスリを使って襲うというやり方はどうなのか。単に目の前に現れたというだけの娘に、そんなことをしてもいいのか。

こういうことはやめよう――誠は二人にそういうべきだった。しかしそんなことをすれば、二人からどれほど罵倒《ばとう》され、攻撃されるかは、火を見るより明らかだった。それだけでなく、カイジは別の仲間を呼び集め、誠をリンチにかけるに違いなかった。以前、カイジに逆らったせいで袋叩きに遭い、顔の形が変わってしまった少年がいた。その少年は警察で加害者たちの名前を知らないといい張った。カイジの名前を出せば、後でもっとひどい仕返しをされることがわかっていたからだ。

そのリンチには誠も加わった。その時にカイジにいわれた。

「手加減するなよ。もう二度と逆らわないって思わせるぐらいにやるんだ。中途半端なことをしたら、警察にいいやがるからな」

あのリンチに遭うことなど考えたくなかった。被害に遭う女の子には気の毒だが、自分の身を守るためにはカイジのいうとおりにするしかないと誠は割り切った。

しばらく走っていると、花火の見物客たちらしき人の群が、ぞろぞろと通りの反対側から歩いてきた。電車が到着したらしい。

「もう少し行こう」カイジが指示を出した。

駅に近づくとさらに道を歩く人々の数が増えた。若い女性の姿も多い。女子高生か女子中学生と思われるグループも少なくなかった。彼女たちを見つけるたびにアツヤは大きく舌を打った。

「もうちょっと人目が少なけりゃいいのになあ。こじゃあ連れ込むわけにいかねえもんなあ。おまけにどいつもこいつも二、三人でつるんでやがる。なあカイジ、適当な女どもに声かけたほうが話早いんじゃねえの」

「ばーか、ナンパみてえなうざったいことやってられるかよ。大体、ナンパで引っかかるような女なら、わざわざ魔法のクスリを使う意味ねえだろ」

「あ、そうか」

「ふつうじゃめったにやらせねえようなのを狙うんだ。そういうのを調教すんだよ。最高だぜ」

カイジの言葉にアツヤが舌なめずりした。その様子を横目で見ながら誠も笑った。笑わないと何をいわれるかわからない。

「まあ、もうちょっと待とうぜ。そのうちに人だって少なくなる。誠、このあたりで一旦待機だ」

「オーケー」誠はいわれたとおり、駅の見える路上で車を止めた。

警察官が通りかからないかなと誠は思った。職務質問でもされたら、いくらカイジでも今夜はやめようといいだすだろう。するとその心を読んだかのようにカイジがいった。

「今夜は狙い目なんだ。警官がいねえからな」

「どうして？」誠はどきりとして訊いた。

「連中は花火の会場のほうにかりだされてるからだよ」

「なーるほど」アツヤがダッシュボードを叩いた。

「あっちの警備で出払ってるわけか。あったまいいねえ」

「花火客が目当てだけで、今夜やろうっていったんじゃねえよ」カイジは悦に入った様子だ。「それよりアツヤ、おまえんとこ大丈夫だろうな」

「バッチシオッケー」アツヤは親指を立てた。彼は足立区にあるアパートで独り暮らしをしている。家賃を払っているのは彼の親だ。大検合格を目指して静かな環境で勉強させるため、というのはもちろん建前上のことで、家族に暴力をふるう息子を追い出したというのが真の事情だ。

「デジカメは？」

「デジカメもビデオも完璧」

「よし」カイジは煙草に火をつけた。「獲物が来るのを待つだけか」

カイジは女の子をレイプする時、必ずデジタルカメラやビデオカメラでその様子を撮影する。後で騒がれるのを防ぐためもあるが、彼の趣味でもあるのだ。アツヤの部屋の棚には、彼等のハンティングの成果がぎっしり詰まっている。

また電車が到着したらしく、駅からぞろぞろと人が出てきた。しかしさっきよりはその数は少なそうだ。

「おい、あれ」アツヤが前を指差し、後ろを振り返った。

カイジが前列シートの間に身を乗り出してきた。

「あの浴衣か。いいじゃねえか」その声には獣の響きがあった。

彼等が目をつけたのが誰かは誠にもすぐにわかった。十五、六歳の小柄な少女だ。浴衣を着て、小さな袋のようなものを提げている。目鼻立ちが整っていることは遠目にもわかった。カイジの好みだと誠は思った。

少女は一人で歩いている。連れはいないようだ。

「誠、スタート」カイジが指示を出した。

「まだ人がいるぜ」車を出しながら誠はいった。

「わかってるよ。一旦追い越して様子を見る」

誠は車を徐行させた。少女は何にも気づいていないようだ。背後から近づき、追い越した。彼女の顔を確認したアツヤが小さく奇声を上げた。

「いいじゃんよ、最高だぜ。抱きてえ」

「誠、車を止めろ。エンジンは切るなよ。それから窓を開けろ」

誠はカイジのいうとおりにした。ルームミラーをちらりと見る。あの少女が下駄になれない足取りでゆっくりと近づいてくるところだった。

カイジがハンカチにクロロフォルムを含ませる気配があった。

## 2

ニュース番組を流しているテレビから、壁の時計に目を移した。さっきからその繰り返しだった。時計の針は十時近くになっている。そろそろ電話がかかってきてもよさそうな頃だと長峰は思った。花火大会は九時までだと聞いている。

テレビにはプロ野球の結果が映されていた。贔屓《ひいき》球団が勝っていたが、そんなことはどうでもよかった。彼は立ち上がり、電話の子機を手にした。絵摩の携帯電話の番号は、それに登録してある。

だがすぐにかけるのには躊躇《ためら》いを覚えた。以前、絵摩が友人とカラオケボックスに行った時、帰りが遅いことに心配して電話をかけたところ、帰宅した彼女から抗議を受けた。

「カラオケに行ったら、二時間ぐらい歌うのは常識だよ。心配してくれるのはありがたいけど、もう子供じゃないんだからちょっとは信用して。友達から笑われちゃった。いい加減に子離れしてよね」

まだ子供じゃないか、という台詞《せりふ》が出なかった。ここ一年ほどの娘の成長ぶりに長峰は戸惑っていたのだ。彼女が何を考え、外ではどんな行動をとっているのかまるで知らなかったから、扱い方がわかるはずもなかった。わかっているのは、どうやら彼女は父親の過ぎた愛情には鬱陶《うっとう》しさしか感じないらしい、ということだけだった。

長峰の会社の同僚にも、絵摩と同じぐらいの娘を持っている者は少なくない。彼等は皆、同じ悩みを抱えていた。つまり娘の気持ちなどわからないというのだ。

「まあ、あの年頃の娘は扱いが難しいよ。こっちはせいぜい機嫌を取るだけで、後は女房に任せるしかないね」そんなふうにいう者が殆どだ。

やはりこういう時に母親がいてくれたら、と長峰は考えてしまう。叱り方がわからず、しつけなければという気持ちより嫌われたくないという思いのほうが勝っている自分が情けなくもあった。

もう一度時計を見る。針は殆ど進んでいない。

花火が終われば、大勢の人間が一斉に帰路につく。道はごった返し、簡単には身動きがとれないだろう。電車に乗るのも遅くなるに違いない。そう考えると、心配するほどのことでもないという気はする。だけど、花火が終わってからもう一時間近くになる――。

意を決して長峰は発信ボタンを押した。また文句をいわれるかもしれないが、悶々としているよりはましだと思った。

現在ヒットしている曲のメロディで着信音が鳴った。誠はびくりとした。

「わっ、なんだ」

「ただのケータイだ。びびってんじゃねえよ」カイジがいい、何かをごそごそと探る音をたてた。女の子が持っていた袋形のバッグを開けているらしい。

着信音は鳴り続けている。カイジは携帯電話を見つけだしたようだ。

「電源、切っちまえよ」アツヤがいった。

「今切ったら怪しまれんだろ。ほっときゃ鳴りやむって」

カイジのいったとおり、着信音は止んだ。その後、彼が電源を切る音がした。

「これで大丈夫だ。先に切っときゃよかったな。うっかりしてた」

「うまくいったよな」アツヤが浮かれた声を出した。

「すっげえ上玉じゃんよ、なあ」

カイジは含み笑いをしている。衣擦《きぬず》れの音が誠の耳に入ってきた。浴衣の中に手を入れているらしい。

浴衣の女の子は今、後部シートでカイジとアツヤに挟まれている。すっかり気を失っているらしく、動く気配は全くない。

誠が唖然としたほど、カイジとアツヤの動きは素早かった。車を止め、女の子が通り過ぎるのを待つと、周りに人がいないのをたしかめてから、「行くぞ」というカイジの一言で車を飛び出していった。まずアツヤが女の子を追い越し、突然立ち止まって振り向いた。彼女は驚いたように足を止めた。次の瞬間、背後からカイジが襲った。例のクロロフォルムを含ませたハンカチを彼女の口に当てたのだ。その足ががくりと折れ曲がるまでに五秒とかからなかった。二人は彼女の身体を支え、同時に誠のほうを見た。早く車を持ってこいという意味だった。誠が横に車をつけると、彼等は女の子を挟むように後部座席に乗り込んだ。その手際のよさから、彼等がいかに同じことを繰り返しているのかが想像できた。

「なあ、着くまでに目を覚ましたらどうするんだ」

誠は訊いた。

「当分は覚ましゃしねえよ」カイジは答える。

「覚ましたら、またクロロを嗅がしゃいいんだよな」

「続けざまはよくねえんだ。下手したら死んじまうこともあるらしいぜ」

「ほんとかよ」

「なんか、そんな話を聞いた。嗅がす時もコツがあってよ、嗅がし足りなきゃすぐに目を覚ますし、やりすぎると意識が戻らないこともあるんだってさ。そのあたり、微妙なんだよな」

「カイジはうめえよな、クロロ使わせたら日本一じゃねえの」

アツヤのお世辞に、カイジは低く笑った。

「ただ口に押し当てりゃいいってもんじゃねえんだ。同時に胸をちょっと押してやるんだ。そうしたら息苦しいからよ、咄嗟にぐっと息を吸い込んじまうんだ。そうしたらクロロがすっと入ってよ、すぐに気を失う。まあ、口でいうほど簡単じゃねえけどな」

「すげえなあ、それはカイジに任せるよ」

「ああ、今のコンビネーションが一番いい」

思った以上の美少女が手に入ったからか、二人は異様に盛り上がっていた。アツヤの部屋に連れ込んだ後は、クスリの力を借りて、彼等は一層狂気を深めるだろう。もちろん誠もそれに加わらねばならない。

車は川を越え、足立区に入っていた。間もなくアツヤのアパートの前に到着した。女の子は目を覚まさなかった。

周囲に人目がないのを確認し、三人で女の子をアツヤの部屋まで運んだ。部屋は一階にある。アツヤはドアの郵便受けに指先を突っ込むと、鍵を出してきた。郵便受けの内側には小さな袋が貼り付けてあり、彼はふだんそこに鍵を隠しているのだ。仲間が、というよりカイジがいつでも部屋を使えるための工夫だった。実際、カイジが勝手に入り込むことはよくあるらしい。誠はアツヤに断りなく部屋を使ったことはない。

女の子を部屋に入れた直後、誠の携帯電話が鳴りだした。着信表示を見ると、父親からだった。彼は通話ボタンを押した。「俺だけど」

「誠、今どこにいる?」父の声が聞こえた。

「友達の家」

「車は?」

「そばに止めてある」

「すぐに帰ってこい。車がいるんだ」

「えー、今すぐにかよ」いいながら誠は、助かった、と思っていた。

「今すぐだ。大体、今夜車を使うなんて話は聞いてないぞ」

「わかったよ」誠は電話を切り、カイジたちのほうにげんなりした顔を向けた。「ついてねえよ、オヤジからだ。車を返せってさ」

例のグロリアは誠の父親の車だった。ふだんあまり使っていないので、最近では誠が勝手に乗り回している。彼が免許を取ったのはほんの二か月前だ。

「なんだよ、そんなのほっとけよ」アツヤが顔を歪めた。

「そういうわけにはいかねえんだよ。怒らせたら、車を売られちまう」

「あんなボロ、売れるかよ」

「だったら廃車にされるだけだ。もうすぐ車検だしさ」

アツヤは舌打ちをした。

「白ける野郎だな。撮影係がいないと盛り上がらねえだろ」

自分たちがレイプしているところを、誠に撮影させようと企んでいたらしい。

「そういうことだから、俺、帰るわ。悪いけど」誠はカイジにそういい、ドアを開けた。

「待てよ」カイジが声をかけてきた。振り返った誠のすぐそばまで顔を近づけてきていった。「帰るのはいいけどな、このことばらすなよ」

「わかってるよ」

「いっとくけど、おまえも共犯だからな。やったかどうかなんて関係ねえんだからな」

誠は唾を飲み、頷《うなず》いた。背筋が冷たくなった。

カイジは気づいているのだ。誠がはじめからこのゲームに乗り気でなかったことに。父親からの電話をきっかけに逃げようとしていることも見抜いている。

「じゃ、いいよ。帰れよ。おれたちは二人で楽しむからさ」

じゃあな、とカイジの後ろからアツヤも声をかけてきた。軽蔑を含んだ声だった。

誠は何もいわずに部屋を出た。

車に乗り込んだ時、後部シートで何かが光った。彼は手を伸ばし、それを取った。女の子が持っていた携帯電話だった。


煙草の箱を手にし、それがすでに空になっていたことに気づくと、長峰は両手で握りつぶした。テーブルの灰皿は吸い殻で溢れている。彼は壁の時計に目を向け、頭をかきむしった。額から出た汗が彼のこめかみを流れていた。そのくせ彼は暑さを全く感じなかった。むしろ肌は粟立っていた。不吉な予感が彼を包み、押し潰そうとしていた。

電話が鳴った。長峰は弾かれたように立ち上がり、子機を手にした。しかしそこに表示された番号を見て落胆した。絵摩の携帯電話の番号ではなかった。

「もしもし、長峰ですが」

「あ、あの、金井です」若い娘の声がした。

長峰はその声に覚えがあった。さっき電話で聞いたばかりだ。金井美和は今夜絵摩と一緒に花火を見に行った一人だ。絵摩の帰りが遅いことを心配した彼が、美和の自宅に電話をかけてみたのだ。

美和によれば、絵摩とは電車の中で別れたという。彼女の家の最寄り駅は、長峰家より一つ手前なのだ。ほかの友人たちとはすでに別れていて、その時には絵摩は一人だったらしい。

そのまま電車に乗っていたのなら、絵摩は駅までは着いたということになる。そこからどこへ消えたのか。時刻はすでに十二時を回っている。

「一応、今日一緒に花火に行った子全員に連絡を取ってみました。でも、誰も絵摩ちゃんのことは知らないそうです。別れた後、絵摩ちゃんからメールや電話をもらった子もいませんでした」美和は悲しそうな声で報告した。

「そう。わかったよ、どうもありがとう」

「これから、花火に行かなかった子で、クラスで仲のいい子とかに電話してみます。もしかしたら何か知ってるかもしれないから」

「そうしてくれると助かるけど、いいのかな、もうずいぶん遅いけど」

「何かしてないと落ち着かないっていうか、すごい心配なんです。絵摩に何かあったらと思うと……」

美和は声を詰まらせた。

「ありがとう。じゃあ、何かわかったら連絡してくれるかな。ずっと起きてると思うから」

「はい、絶対連絡します」そういって彼女は電話を切った。

金井美和だけでなく、友人たちは今も方々当たっているに違いない。だが長峰の中に彼女たちを恨む気持ちがあるのは事実だった。絵摩を花火なんかに誘わなければよかったのに、と思ってしまう。それがとんでもないいいがかりであることは頭ではわかっていたが、その気持ちを消し去ることはできなかった。

ソファに座りかけた時、今度は玄関のチャイムが鳴った。長峰はインターホンを取り上げた。「はい」

「警察の者ですが」抑えた声が返ってきた。

金井美和に問い合わせをした後、長峰は地元の警察に電話をかけていた。それから四十分近くが経っている。ようやく駆けつけてきてくれたらしい。

やってきたのは二人の警察官だった。どちらも制服を着ていた。長峰は彼等をリビングに通し、もう一度事情を説明した。

「こちらに来る前に、あちこち問い合わせてみたのですが、今のところそれらしき女の子が保護されたという報告はありませんでした。花火大会の現場やその周辺でも、特にトラブルらしきものはなかったようです」年嵩の警官がいった。

「娘は駅までは帰ってきたと思うんです。だからもし何かあったのだとしたら、駅の周りだと思うのですが」

「その可能性は高いと思います。ですから、これからちょっと駅前を調べてみるつもりです」

警官のその言い方に、長峰は歯痒さを覚えた。

「大々的に捜索していただけないのですか」

すると警官は困ったように眉じりを下げた。

「長峰さんのお気持ちはよくわかりますが、万一のことを考えると、あまり大げさなことはできないのです」

「万一？」

「つまり」警官は唇を舐《な》めた。「娘さんが誘拐されたのだとすると、犯人を刺激するのはよくないということです。警察が大規模な捜査を始めたと知り、計画を中止してしまうかもしれない。その場合、娘さんの身が危険なのです」

「誘拐……」

その言葉に長峰は足元が抜けるような絶望を感じた。今まで想像したことのない凶事だった。

「身の危険……というと、殺されるということですか」呻《うめ》くように長峰は訊いた。

「娘さんは犯人の顔を見ているでしょうから」警官

は辛そうに答えた。

長峰は顔を歪めた。何かいおうとしたが声が出なかった。

# 3

花火の夜から二日が経っていた。中井誠は自分の部屋でゲームをしていた。借りてきたビデオは全部見てしまい、ほかにやることがなかった。先々週までは運送屋でバイトをしていたが、今は何もしていない。バイトを首になった理由は、勤務態度が悪いから、というものだった。たしかに遅刻は多かった。先輩社員に顎で使われるのも面白くなく、こっそりサボっていたことも何度かある。

バイトを首になったことはしばらく両親に黙っていた。ばれるとまた小言を食うことになると思ったからだ。しかし事実を知った後も、両親は何もいわなかった。ほっとしながらも、もはや何も期待されていないようで面白くなかった。

誠の父親は建設会社で働いている。定年まではまだ十年近くあるから、その間に息子が何とか独り立ちしてくれればいいと思っているのかもしれない。母親も近所の本屋で働いている。誠がバイトをしていた間は朝食を作ってくれたが、最近では何の支度もせずに出ていく。もっとも、誠が寝床から這い出すのは大抵昼頃だ。

将来について不安がないわけではない。高校は中退してしまったし、今後学歴を重ねられる見込みはまるでなかった。今のままではまともな職につけないことは彼にもわかっていた。専門学校に通うことも考えているが、ではどういった方面の技術を身に付けるかとなると、彼には全く思い浮かばなかった。そもそも彼は、人から何かを習うというのが極めて苦手だった。何かを修得するために努力を重ねるというのも嫌いだった。今のまま、何かうまい仕事に、できれば楽をして金の儲かる職業につけないものかと虫のいいことを考えていた。

ゲームに飽きたので彼は画面をテレビに切り替えた。夕方のニュース番組が始まっていた。彼は舌打ちをし、チャンネルを替えた。しかしどこも同じような番組しかやっていなかった。

いつもならふらりと出ていき、アツヤやカイジたちと合流するところだった。だが誠は先日の夜のことを気にしていた。自分は臆病な裏切り者だと思われているようで、彼等と顔を合わせるのが気まずかった。

テレビのチャンネルを次々と替えている時だった。若い娘の顔写真が大写しになっているのを見て、彼は指の動きを止めた。

男性アナウンサーの声が語っている。

「行方不明になっているのは埼玉県川口市に住む会社員ナガミネシゲキさんの長女エマさんで、地元の花火大会に友人らと行った後、その帰宅途中で連絡が取れなくなったということです。埼玉県警と川口署ではエマさんが何らかの事件に巻き込まれたおそれがあるとみて――」

誠は目を剥いた。テレビに映っている長峰絵摩という娘は、二日前に彼等が拉致《らち》した女の子に相違なかった。彼女の携帯電話は、電源を切った状態で、今も誠の机の引き出しに入っている。

あの子が行方不明で、警察が動きだしている――。

カイジたちはまだ彼女を解放していないということなのか。それとも、いつものようにどこかに放置したが、まだ見つかっていないのか。だとすると、放置されたまま死んでしまったのではないか。

心臓の鼓動が激しくなってきた。テレビのリモコンを握る手にじわりと汗が滲んできた。彼はチャンネルを替えた。もっと詳しい情報を得ようとした。

するとその時、誠の携帯電話が着信メロディを奏でた。彼は驚いてリモコンを放り出した。

携帯電話の番号表示を見るとアツヤのものだった。誠は震える指先で通話ボタンを押した。「もしもし……」声がかすれた。

「俺だ」

「うん」

「今、一人か」

「そうだけど」女の子のことを訊きたいと思ったが、言葉にならなかった。

「車、あるか」

「あ……あるけど」

「じゃあ、今すぐに持ってきてくれ。アパートの下だ。いいな」

「え、あ……」

「何だよ。だめなのかよ」アツヤの声は切迫しているように聞こえた。

「いや、だめじゃないけど、どこに行くのかなと思って」

「おまえには関係ねえよ。車を貸してくれりゃいいんだ。わかったな」

「うん、わかったけど」ニュースを見たことを誠がいう前に、電話は切られていた。

携帯電話を持ったまま、彼はしばらく茫然としていた。アツヤが車を貸してくれというのは初めてではない。しかしこのタイミングでそんなことをいいだしたことに、重大な意味を考えないではいられなかった。

喉が妙に渇いた。冷や汗のようなものが腋の下を流れた。彼は立ち上がり、机の上に置いてあったグロリアのキーを手にした。

六時近くになっていたが、外はまだ明るかった。アツヤのアパートの下には誰もいなかった。誠は車を止めると、周囲を見回しながら部屋の前まで歩いていった。

ドアホンを押してみたが、反応はなかった。誠は二日前に女の子をここへ連れてきた時のことを思い出していた。カイジとアツヤは、あの後で彼女をどうしたのだろうか。

ドアには鍵がかかっていた。誠はためらいながらも、郵便受けの中に指を突っ込んだ。

だが鍵が隠してあるはずの秘密の袋は空だった。アツヤが持って出たらしい。珍しいことだった。アツヤはカイジと行動する時でも、鍵は必ずそこに入れておくのだ。以前、酔って鍵を紛失したことがあるからだ。

　誠はドアの前から離れ、アパートの裏側に回った。誰にも見られていないことを確認してから、ベランダの柵を乗り越え、わずかに開いているカーテンの隙間に顔を近づけた。

　中は薄暗かった。しかし目を凝らしているうちに、ほんの少しだが部屋の様子がわかってきた。床に缶ビールやスナック菓子の袋が散乱している。

　さらに視線を移動させた時、彼をぎくりとさせるものが目に飛び込んできた。

　白い手、だった。

　それはアツヤが使っているベッドのほうから伸びてきているようだった。しかし誠の位置から見えるのは手首までだった。細い五本の指は軽く曲げられていて、ぴくりとも動かない。そして、とにかくその皮膚は白い。恐ろしいほどに色がない。

　誠は後ずさりし、ベランダの柵で腰を打った。それから彼は柵を乗り越え、アパートの脇を足をもつれさせながら抜けた。

　通りに出てから、立ちくらみを覚えた。激しく息切れもした。彼は電柱に手をつき、息を整えようとした。心臓は早鐘を鳴らし続けている。

　吐き気もするので口元を押さえながら車に戻ると、アツヤとカイジが待っていた。どちらも紙袋を提げていた。袋にはホームセンターのロゴが印刷されている。

「どこ行ってたんだよ」アツヤが口元を曲げた。

「ジュース飲みに……自販機で」誠はどもった。

「下で待ってろっていったろ」

「ごめん」誠は自分の顔が引きつっているのがわかった。アツヤの顔をまともに見られなかった。おそるおそる顔を上げるとカイジと目が合った。彼は何かを探るような目つきをしていた。

「寄越せ」アツヤが手を出してきた。

「えっ？」

「鍵だよ、車の」

「あ……うん」誠はポケットからキーを出し、アツヤの手の上に置いた。指先が震えていた。

「よし、もういいぜ」

アツヤにいわれ、誠は頷いて踵《きびす》を返した。しかし歩きだそうとした時、「待てよ」とカイジが声をかけてきた。

誠は振り向けなかった。足がすくんでいた。するとカイジに肩を掴まれ、ぐいと引っ張られた。

「おまえ、何かいいたそうだな」

「別に……」

誠が小さくかぶりを振ると、カイジは彼の襟元を掴んできた。

「とぼけんなよ。いいたいことがあんなら、さっさといえよ」カイジは顔を歪めた。その目は血走っている。

「て、て、テレビで……」

「はあ?」

「ニュース、見た。そしたら、あの、あの、あの女の子が……」

カイジの鼻の上に皺が寄った。同時に誠は襟元を掴まれたまま引っ張られていた。彼は路地に連れ込まれた。

「てめえ、俺たちのこと誰かにチクったんじゃねえだろうな」

誠は激しく首を横に振った。「誰にもしゃべってない」

「ほんとだな」

「ほんとだよ」

カイジの力がふっと緩んだ。するとアツヤが横からいった。

「カイジ、こいつにも手伝わせようぜ。そうしたらこいつも共犯だ」

「そんなことさせなくても共犯だ。わかってるよな、ああ?」カイジは誠の襟元を絞り上げてきた。

「あの子、もしかして……」誠は呻くように訊いた。

「うるせえよっ」

誠の身体は壁に押しつけられた。カイジが歯を剝きだし、顔を近づけてきた。

「あれは事故だ。しょうがねえんだよ」

どういう事故なのか、と誠には訊けなかった。もはや恐ろしい事態になっていることは確実だった。カイジとアツヤは、何とかその状況から逃れようとしているのだ。

「カイジこいつも一緒に……なあ」アツヤがいった。

「いや、こいつは連れていかない」カイジがようやく誠の襟から手を離した。「俺たちのアリバイ証人にさせるんだ。おい、誠、おまえこれからどっか行って、アリバイを作ってこい。俺とアツヤの分もだ」

「そんな、アリバイ作るって……一体どうやって」

「それはおまえが考えろ。いい加減なアリバイだったら承知しねえからな」

誠は困惑して二人を見た。だが二人は責任を押しつけてしまえばもう用はないとばかりに、くるりと彼に背中を向けた。

誠は彼等から少し遅れて路地を出た。カイジとアツヤはアパートに向かっているところだった。二人の様子をぼんやりと見送っている彼に、カイジが気づいた。さっさと行け、というように拳を握って見せてきた。

誠は急ぎ足でその場を離れた。頭の中は混乱をきたしている。

あいつら、あの子を、あの子を――。

アリバイったって、どうやったら、どうやったら――。

暗闇の中で長峰は目を覚ました。一瞬、何がどうなっているのかわからず、それでようやく自分が少し眠ったらしいことに気づいた。

絵摩が行方不明になって以来、睡眠らしきものをとれたのはこれが初めてだった。

彼はベッドの上で横たわっていた。しかしパジャマ姿ではない。スラックスにポロシャツという出で立ちのままだった。ずっと風呂に入っておらず、着替えてもいなかった。

長峰は枕元の時計を取った。デジタル表示が零時過ぎを示しているが、正午なのか、夜中なのかさえもわからなかった。部屋が闇に包まれているのは雨戸を閉めきってあるからだ。

時計を見つめているうちに、徐々に記憶が戻ってきた。昨夜も眠れず、ウイスキーを飲みながら夜が明けるのを待ったのだった。夜明けと共に家を出て、まずは郵便受けを覗いた。絵摩を誘拐した者が、何らかのメッセージを放り込んでいるのではないかと期待したのだ。しかし朝刊以外には何も入っていなかった。落胆し、寝室に戻って横になった。そのまま眠ったようだ。

彼は今や、絵摩が誘拐されていることを願っていた。そのほうが生きている可能性が高いように思えたからだ。営利誘拐ならば、金を払えば彼女が無事に戻ってくることも期待できる。今の状況では、誘拐以外の事件で尚かつ絵摩が無事でいるというのは、彼には想像しにくかった。

だが警察は、丸一日が経過した時点で誘拐の可能性は低いと判断した。誘拐以外の何らかの事件とみて、マスコミに報道することを提案してきた。長峰は同意した。事件を公にしたほうが捜査がしやすいという警察の話に納得したからだ。

長峰はのろのろとベッドから起き上がった。頭がひどく重かった。全身を倦怠感が襲っている。何かを考える気力さえなかった。

顔をこすると、ざらりとした無精髭の感触と、浮いた脂が掌に付着する手応えがあった。顔さえも洗っていないことを思い出した。

ゆっくりと腰を上げた時、電話が鳴り響いた。

長峰は闇の中で振り返った。枕元で電話機の着信ランプが点滅している。

テレビで報道されて以来、いろいろなところから電話がかかってきた。親戚、知人、会社の同僚、誰もが慰め、励ましてくれた。大丈夫、きっと無事でいるよ——何の根拠もないのに皆がそういった。煩わしいだけのそうした電話に、彼は礼を述べ続けた。内心では、ほうっておいてくれ、と叫びたかった。

またその手の電話だろうか。

いや違う、と彼は思った。それこそ何の根拠もなかったが、そう直感した。絵摩に関する重大な何かを知らせる電話だ。

長峰は電話を取り上げ、通話ボタンを押した。

「はい、もしもし」

「長峰さんのお宅ですか」聞いたことのない男の声だった。

「そうですが」

「長峰重樹さんですね」

「はい」

彼が答えると、一拍置いてから相手はいった。

「警視庁の者ですが、じつは、お嬢さんかどうか確認していただきたいケースが見つかったのですが」

暗闇の中で長峰は凍りついた。

## 4

それが発見されたのは、荒川の下流部、葛西橋のやや北側においてだった。荒川砂町水辺公園というのがすぐ近くにある。それは、堤防に引っかかるようにして川に浮かんでいた。見つけたのは小型船舶で移動中の釣り人だった。早朝五時過ぎのことだった。

それは青いビニールシートで包まれていた。幅が数十センチ、長さが二メートル弱の物体だった。浮かんでいたのは木製の梯子《はしご》が土台に使われていたからだ。

釣り人は、単なる不法投棄物だろうと最初は思ったらしい。しかし双眼鏡で覗いてみて、ビニールシートの端から人間の足首のようなものが出ていることに気づき、警察に通報したというわけだった。

城東警察署員が早速引き上げたところ、ビニールシートの中身はやはり人間の死体だった。全裸の若い女性で、顔や指紋は無事だった。梯子に載せられていたせいであまり濡れておらず、腐敗も殆ど進行していなかった。死後あまり時間が経たないうちに投棄されたものと推測された。

死体遺棄事件として捜査が始まったが、殺人事件に切り替わるのは時間の問題と思われた。警視庁から駆けつけた捜査員たちは、すでにそのつもりで初動捜査に加わった。

死体の身元が判明するのにさほど時間は要しなかった。埼玉県川口市で行方不明になっている十五歳の少女と身体的特徴が似ていることから、すぐに指紋の照合が行われ、両者が合致していることが確認できたからだ。父親である長峰重樹に連絡がいったのは、その後のことだった。

警視庁捜査一課の織部孝史は、班長である久塚と共に、長峰の遺体確認に立ち会った。長峰は城東署に到着した時、すでに半病人のようにやつれ、魂の抜けた顔をしていた。

それでも実際に娘の無惨な姿を目の前にした時には、父親は最後の精気を振り絞るかのように泣き叫んだ。彼の絶叫と怒号は永遠に終わらぬかのように繰り返され、それを聞いている織部は、その悲しみの深さに圧倒され、足がすくみ、動けなくなった。声などかけられるはずがなかった。

だが驚いたことに、気持ちが落ち着いた頃でいいから話を聞かせてほしいという久塚の言葉に対し、長峰は、今すぐでも構わないと答えたのだった。その時の彼の顔を見て、織部はぞくりとした。精も根も尽き果てるほどに泣いた後の顔には、ただ犯人に対する憎悪だけが残っていた。

城東署の応接室を借りて、長峰の話を聞くことになった。遺族からの聴取を久塚自らが行うのは珍しいことだった。

娘が行方不明になった時のことを、長峰は重い口調ながら、丁寧に話し始めた。彼は手帳を持参してきており、時折それを見ながら、絵摩が出ていった時刻、彼が最後に彼女の携帯電話にかけた時刻などをいった。どうやらその手帳は、絵摩が行方不明になった時から使っているようだった。

「その手帳を見せていただけますか」久塚が訊いた。

「これですか？　構いませんが」ためらいがちに長峰は差し出した。

久塚が手帳をめくるのを、織部は横から覗き込んだ。そこには乱雑な文字で様々なことが走り書きされていた。『花火終了9時　エマたち引き上げ9時20分頃？』といった書き込みもある。娘の友人から聞いた内容らしい。

「しばらくお預かりしても構いませんか」久塚はいった。

「どうぞ。役に立てばいいのですが」

「お父さんの思いが詰まった手帳ですから、必ず犯人逮捕に繋がりますよ」

久塚の言葉に何かを刺激されたように、長峰は苦渋の表情を浮かべ、頭を振った。

「どうしてあの子がこんな目に……。なんで、あんな子を狙うんだ」呻くように呟いた後、顔を上げて織部たちを見た。「やっぱり、殺されたんですよね」

織部は久塚の横顔を見た。久塚は徐《おもむろ》に口を開いた。

「それはまだ何とも。何しろ、死因もはっきりしておりませんので」

「首を絞められたとかじゃないんですか」長峰は自分の首を触った。

「そういう形跡は見られません。あくまでも外見上は、ですが」

「これといった傷とかはないんですか」

「ええ、外見上は」

織部は上司の横顔から遺族の顔に視線を移した。長峰は納得がいかないというように眉を寄せている。

「遺体は司法解剖に回されていますから、夜には死因等もはっきりすると思います」久塚はいった。

「他殺かどうかは、その結果を見てから判断することになるでしょう」

「他殺に決まってるじゃないですか。でなけりゃ、どうして川に捨てたりするんですか」長峰は目を吊り上がらせた。

「殺すつもりはなかったけれど、何かのはずみで死んでしまった。そこで困って死体を処分する――よくあることなんですよ」

「そんなの……殺したのも一緒じゃないか」語気荒くいった後、長峰は悔しそうに吐息をついた。「すみません……」

いいえ、と久塚は身を少し乗り出した。

「おっしゃるとおりです。殺したのも同様です。故意かどうか、他殺かどうかなんていうことは、法律上の分類にすぎません。だから我々も、殺人犯を追うつもりでこの犯人に迫るつもりです。そのことはお約束します」

淡々とした口調だが、久塚の台詞には重い響きがあった。心の底から発せられたものだということは長峰にも伝わったらしく、「よろしくお願いします」と彼は深々と頭を下げた。

織部は久塚と共に長峰を警察署の玄関まで見送った。彼が刑事の運転する車に乗り込むのを見届けてから踵を返した。

「注射のこと、どうしていわなかったんですか」織部は訊いた。

「いってどうする」

「でも長峰さんは死因を知りたがっていました」

「死因はいずれわかる。現時点で推測を述べることに何か意味があるか」

「意味はないかもしれませんが――」

久塚は足を止め、織部の胸を指先で突いた。

「覚えておけ。遺族はどんなことでも知りたがる。知らないほうがいいことも知りたがる。だけどな、事件に関する大抵のことは、知れば知るほど遺族は苦しむことになる。だったら、極力知らせないのも刑事の仕事だ」

「でも、だから被害者側に情報が与えられないと問題に……」

「それでいいんだよ」そういうと久塚は歩きだした。

釈然としないまま織部は後を追った。

遺体に外見上の傷はないと久塚はいったが、実際にはそうではなかった。長峰絵摩の腕には注射による内出血の痕が点々と残っていたのだ。何らかの治療のためとは考えられなかった。打ち方も打つ位置もでたらめで、医師によるものでないことは明白だった。

覚醒剤だろう、と捜査員たちは考えている。織部もそうだし、久塚も同様のはずだ。急激に大量の薬物を投与された結果、急性中毒による心臓麻痺を起こすというのは、稀にあることだ。

もちろん、久塚のいうようにこれは推測だ。もしかすると長峰絵摩は毒殺されたのかもしれない。またあるいは、注射は死因と直接結びつかないのかもしれない。それにしても、現在わかっていることだけでも父親に知らせてもいいのではないかと織部は思った。

夜になって司法解剖の結果が出た。織部たち久塚班の捜査員は、警視庁の一室に集められた。

「死因はおそらく急性心不全。体内に残っていた尿から反応が出た。クスリだ」書類を手に、吐き捨てるように久塚はいった。

その場にいた十三名の捜査員全員からため息のようなものが漏れた。

「じゃあ、殺しで立件は無理だな」真野というベテランの刑事がいった。

「まあ、そういうことは犯人をあげてから考えようや」久塚は宥《なだ》める口調で応じた。「未成年者に対してクスリが使われて、結果死なせたということになれば、世間の注目は大きい。マスコミも騒ぐぞ」

「クスリのセンから追うんですか」別の刑事が訊いた。

「そっちからも追うことになるだろうが、あまり期待はできない。犯人はたぶんクスリについては素人だ。少なくともシャブの扱いには慣れていない」久塚は書類に目を落として続けた。「使用量は無茶苦茶みたいだし、覚えている者もいると思うが、注射のやり方がひどかった。たぶん静脈を探して何度も打ち直したんだろうというのが鑑識の見解だ。慣れてる連中なら、そういうことはない」

一人の刑事が舌打ちをした。

「どうせ、どっかのガキがどっかで仕入れたシャブを、面白半分で使いやがったんだ」

久塚がその刑事を睨んだ。「どうしてガキだとわかる？」

「いや、それは……」

「変な思い込みをするな」そういって久塚は書類に

目を落とした。

　部屋の空気が重たくなった。そのことに織部は違和感を覚えた。誰もが同じ思いを巡らせている気配があった。何だろうと彼は思った。彼はこの部署に配属されてから日が浅かった。

「犯人が被害者と顔見知りでなかったことはたしかですな」真野が話の方向を換えた。

「だろうな」書類を見たままで久塚は答える。

　このやりとりの根拠は織部も理解していた。死体の顔や指紋が潰されていないことから、犯人は死体の身元が判明しても、自分たちに捜査の手が伸びてくるとは思っていないと考えられる。

「だったら、どうしてあんな凝った死体の捨て方をしたんですかね」真野が自分の顎を擦《こす》った。「そのまま川に投げ捨てておけば済む話なのに」

「あまり早く見つからないように、ということじゃないですか。早く見つかれば、それだけ目撃情報なんかも集まりやすいわけで」織部がいってみた。

「それなら重しをつけて沈めた方が早い。いずれは浮かんでくるだろうけど、時間稼ぎにはなる。梯子に縛り付けるなんて、わざわざ沈まないようにしているようなものだ」

「マーさん、何がいいたいんだ」久塚がベテラン刑事に目を向けた。

「犯人は死体を流したかったんだと思いますよ」

「流す？　何のために？」

「ひとつには捜査を絞りにくくするためでしょう。死体が流れたとなれば、どこから投棄したのか特定しにくい。聞き込みの範囲を広げなきゃならないし、目撃情報も整理しにくい」

「実際、聞き込みには難儀しているようだ。機捜の連中もこぼしていた。荒川の漂流物にいちいち気を配っている人間なんかいないってな」久塚はそういって皆を見回してから、真野に視線を戻した。「ほかにも理由が？」

「これは私の想像なんですがね。変な思い込みだと叱られるかもしれませんが」

　久塚は苦笑した。「まあいいからいってみなよ」

「犯人の住まいは、荒川からそんなに離れてないんじゃないですかね」

「どうしてそう思う?」

「死体を捨てるってのは大変なことです。その現場の様子を把握してなきゃならない。荒川に捨てたってことは、犯人はそこをよく知ってるということです。だけど死体にはなるべく遠くまで流れていってほしかった。これは、犯人の心理的なものが関わってるんじゃないかと思うんですが」

「つまり、死体がいつまでも自分の住んでいる近くにあるのは気持ちが悪い、ということか」

「そういうことです」

久塚は頷き、黙り込んだ。何かを考えている顔だった。

「それならはじめから荒川じゃなくて、もっと別の場所に捨てればよかったんじゃないですか」織部はいった。

「それができれば苦労しなかったんだろうさ」真野は答えた。「ところが犯人には、ほかに場所が思いつかなかったんだ」

「荒川の上流なら、長峰絵摩が行方不明になった場所からも近いですね」別の刑事がいった。「マーさんの説が当たっていたら、犯人は自宅からさほど離れていないところで娘をさらって、これまた近所で死体を捨てたってことになる。やけに行動範囲の狭い人間ですよね」

「そう。犯人はおそらく娘の拉致にも死体遺棄にも車を使ったと思うが、ふだんから乗り回しているわけではないと思う。もしかしたら自分の車ではないかもしれない。免許を取って間がなく、遠出のドライブの経験があまりない人間、というふうに考えられるんじゃないかな」

「マーさん」久塚が困惑と非難の混じった目を部下に向けた。

「すみません。ちょっと決めつけが過ぎました」真野はあっさりと詫びた。

「犯人像を分析するのはいいが、固定観念を植え付けるのはよくないぞ。ほかの者に対しては無論のこと、自分に対してもな」

すみません、と真野はもう一度頭を下げた。

「いずれにしても、明日からは本格的に捜査本部が立ち上がる。全員、気を引き締めてかかってくれ」

久塚の言葉に、はい、と皆が応じた。

解散後、織部は真野を捕まえた。

「班長は、犯人が少年である可能性は考えてないんですかね」

すると真野は肩を小さくすくめ、しげしげと後輩刑事の顔を見つめた。

「そう確信してるから、敢えて口にしたくないんだよ」

「えっ」

「だからさ、俺たちもこれだ」そういって真野は立てた人差し指を唇に当てた。

## 5

誠がそのニュースを見たのは、家で遅い夕飯を食べている時だった。父親は会社の付き合いとかで帰ってこず、母親もカルチャースクールの仲間たちと会食とかで、夕方には出かけていた。誠が食べている夕飯は、母親が作っていったちらし寿司だ。しかしそれがレトルトの具を混ぜ合わせただけのものだということを誠は知っていた。おまけに味噌汁もインスタントだ。母親の真の手料理というものを、彼は久しく食べていない。彼女の言い分は、「どうせ誰も家では御飯を食べないから、わざわざ作る気がしない」というものだった。だが、手抜き料理にすぎないから家で食べる気がしない、という言い分が誠のほうにもあった。父親もそうではないか、と彼は思っていた。

夕飯を食べながらテレビを見ることはあっても、

チャンネルをニュース番組に合わせることは皆無だった。それがこの夜にかぎってそんな気になったのは、ある予感があったからだ。カイジとアツヤに車を貸したのは昨日のことだ。彼等はあの車をどのように使ったのだろうか。薄々想像がついていたが、誠はそれを頭の中で具体化するのが怖かった。二度とあの車に乗れなくなりそうだからだ。

昨夜、というより今日の明け方近くになって、アツヤから電話があった。アパートまで車を取りに来いというのだった。アツヤの声は少し震えているように聞こえた。

誠の家からアツヤのアパートまでは徒歩では遠すぎる。といって自転車で行ったのでは、今度はその自転車の処置に困る。アツヤは早く取りに来いといったが、電車が動くまではどうしようもなかった。

「じゃあ、アパートの前に置いとくから、始発に乗って取りに来い。わかったな。逆らったらカイジにもいうからな」それだけいってアツヤは電話を切った。口調には明らかに余裕がなかった。

仕方なく、いわれたとおり、誠は始発電車でアツヤのアパートに出向いた。車を早く返してほしいという思いがあったし、彼等が何をしたのか知りたいという気持ちもあった。

グロリアは路上に放置されていた。誠は携帯電話でアツヤにかけた。

「遅いじゃねえか」早朝にもかかわらず、彼はすぐに電話に出た。眠っていないのだと誠は推察した。

「これで精一杯だよ」

「まあいい。そこにいろ」

数分して、アツヤとカイジが現れた。どちらもどす黒い顔色をしていた。目の色も濁っていて、頬もこけて見えた。

「乗れよ」アツヤが車のキーをほうって寄越した。

誠が車に乗り込むと、助手席にアツヤが、後部シートにカイジが乗ってきた。どこかに行くつもりかと思い、誠はエンジンをかけようとした。しかし、

「出さなくていい」とカイジがいった。

「アリバイ、どうなった。ちゃんとやったんだろう

な」暗い声でカイジが訊いてきた。

「うん、一応……」

「どうやったんだ」

「カラオケに三人で行ったたってことにした。『コースト』って店だよ。四号線沿いの」

「どういうことだよ、それ。実際におまえが行ったんだろうな」

「行ったよ。で、何名様ですかって訊かれたから、三人って答えた。残りの二人は後から来るといって部屋に入って、飲み物や食い物も三人分注文した」

　三人分の飲食物を胃袋に詰め込むのが苦痛だったことは誠はいわないでおいた。

　アツヤが舌打ちをした。「カラオケかよ……」

「だってほかに場所が思いつかなかったから」

「おまえ、ずっと一人だったのか」アツヤが訊いた。

「うん」

「なんでだよ。なんで誰か二人連れていかなかったんだ。そいつらを俺たちってことにすりゃあ完璧だったのによ」

「だって、そんなことできないよ。急だったし、それにそいつらがよそで変なことをしゃべったらまずいだろ」

「だけど、ずっとおまえ一人だったら店員が変に思うだろうが」

「待てよ。それは誠のいうとおりかもしれねえ」カイジが後ろでいった。「あの店は、部屋にカメラはついてなかったな」

「ついてないよ。だからあの店にしたんだ」

　そのことはカイジが一番よく知っているはずだった。カメラがなく、ドアのカーテンを閉じれば外からは中の様子が見えなくなる。それを利用して、何度も女の子を連れ込み、乱暴しているのだ。

「それにあの店は客の出入りが多いし、どこの部屋に何人いるかなんてこと、店員はいちいちチェックしてないよ」誠はいった。「飲み物と食い物さえ人数分注文すれば、後はほったらかしなんだ」

「そこには何時から何時までいたんだ」カイジが訊いた。

「ええと、九時から十一時ぐらいかな……」

「たったそれだけか」カイジが顔を歪めた。

「だって、アリバイったって、何時から何時までのアリバイを作ったらいいのか聞いてなかったし、カラオケに何時間もいられないし……」

「四、五時間いたって、店は変に思わねえよ」アツヤが吐き捨てるようにいった。

客が一人だと変に思うと心配したくせに、長時間の居座りは構わないのかと誠はいいたかったが、ここでは黙っていた。

「カラオケの後は？」カイジがさらに訊いた。

「えっ……」

「カラオケの後だよ。アリバイはどうなってるって訊いてるんだ」

「いや、だからそれは」誠は首筋から汗を流していた。「何時までのアリバイがいるのかわからなかったから、とりあえずカラオケだけでいいかと思って……」

誠は背中に衝撃を受けた。カイジが運転席の背もたれを蹴ったのだ。

「なんだよ、それだけかよ」アツヤが歯を剝いた。

「たった二時間ぽっちじゃ意味ねえだろうが。俺たちが夜中にどんだけ苦労したと思ってやがるんだ」

「アツヤ」

カイジに呼ばれ、アツヤは口を閉ざした。夜中に何をしたのかは、二人だけの秘密にしておきたいらしい。

「しょうがねえ、カラオケの後はファミレスに行ったことにしよう。いつもの『アニーズ』だ」カイジが決断を下すようにいった。「で、その後はアツヤの部屋に戻ってきた。俺たち三人は一晩中ずっと一緒だった。それでいこう」

「俺も？」誠が驚いて後方に首を捻《ひね》った。

その彼の肩をカイジが摑《つか》んできた。「なんだ、文句あるのか」

「いや、そうじゃないけど」

「じゃあなんだ」

「アリバイを誰かに……警察とかに訊かれることっ

てあるのかな。そういうおそれがあるってことなのかな」

ふんと鼻を鳴らし、カイジは誠の肩から手を離した。

「万一の用心だ。たぶん大丈夫だろうけど、警察の奴らがあちこちで嗅ぎ回って、俺たちに目をつけるかもしれねえだろ」

「だったら、昨夜のアリバイなんかより、あの夜のほうが大事じゃないのか。あの女をさらった夜のほうが」

誠の言葉にアツヤが不快そうに口元を曲げた。彼等も内心ではそう思っているらしい。

「あの夜はずっとアツヤのところにいたことにする。もし誰かから何か訊かれたらそう答えるんだ。いいな」カイジがいった。

「それはいいけど、俺は途中で帰ってるぜ。車を返さなきゃいけなかっただろ。親父はそのことを覚えてると思うけど」

「車を家に置いた後、どうしてたんだ」

「自分の部屋にいた……」

「じゃあ車を親父に返した後、またアツヤの部屋へ行ったことにするんだ。とにかくあの夜も三人は一緒だったんだ。わかったな」

誠が答えないでいると、カイジが今度は彼の後ろ髪を鷲掴みしてきた。

「昨日もいったけど、おまえも共犯なんだからな。自分だけ逃げようったって、そうはいかねえからな」

誠は黙ったまま小さく頷いた。自分は関係ない、と叫びたかった。しかしそんなことをすれば、二人からどんな目に遭わされるかわからない。何しろこの二人はすでに一人を殺しているのだ。

よし、といってカイジは誠の髪を離した。

「しばらくは集まらないようにしよう。警察に目をつけられたらやばいからな」そういうとカイジはアツヤと頷き合い、車を降りた。

今朝そういうことがあって以来、誠は何も手につかなかった。あの二人が女の子を死なせてしまい、それを何らかの形で隠そうとしていることは明らかだった。彼等は一体何をしたのか。車をどう使ったのか。それが気になってたまらず、柄にもなくニュース番組を見ていたのだった。

「今朝、江東区城東署に、荒川に人の遺体らしきものが漂流しているという知らせがあり、署員が駆けつけて引き上げたところ、青いビニールシートに包まれた女性の遺体が見つかりました」

男性アナウンサーの声に、誠は食べ物を喉に詰まらせそうになった。テレビを凝視すると、ヘリコプターから撮影したと思われる情景が映っていた。荒川の堤防に大勢の警察官が集まっている映像だった。

「城東署が調べたところ、遺体の身元は、先日から行方不明になっている埼玉県川口市の会社員長峰重樹さんの長女、絵摩さんと判明しました。警視庁と城東署では、絵摩さんが殺された疑いもあるとみて捜査に乗り出しました」

誠は凍りついていた。いつの間にか箸が手から落ちている。それを拾い上げる気にもならなかった。

食欲はすでに消失していた。

わかっていることではあった。カイジたちは長峰絵摩を死なせてしまい、その死体を処分するため、誠に車を持ってこさせたのだ。だがこうして実際にニュースになっているのを見ると、いいようのない焦りと緊張、さらには恐怖が誠を襲ってきた。引き返すことのできないトンネルに入ってしまった気分だった。

俺たちが夜中にどんだけ苦労したと思ってやがるんだ――アツヤの言葉が思い出された。彼等は死体をビニールシートに包んで荒川に捨てたのだ。それが下流まで流され、発見された、ということだ。

車をアツヤのアパートまで持っていった時、彼等はホームセンターの紙袋を提げていた。あの中身はビニールシートだったのかもしれない。

誠は自分の部屋に戻ると携帯電話を手にした。アツヤにかけようとして、発信ボタンを押す前に思い留まった。何を話していいかわからなかったからだ。今さら事実を確認したところで仕方がない。おまえだって共犯だ、と改めて念を押されるだけだ。

だけど本当に共犯なのだろうか。

たしかに長峰絵摩を拉致するのに手を貸した。運転していたのは誠だ。アパートまで運んだのも事実だ。

しかしカイジたちが彼女を殺すなんてことはまるで予想していなかった。それにカイジは、事故だといった。それでも共犯になるのだろうか。殺人の共犯になるのだろうか。

残念ながら誠は法律の知識は皆無だった。知っているのは、未成年なら少々大きな罪を犯してもめったに刑務所には入れられないし、名前も公表されないということぐらいだ。

誠は自分のテレビのスイッチを入れた。ニュース番組を探したが見つからず、NHKのままにしておいた。NHKでは海外の異常気象に関する解説をやっていた。

彼はふと思いついて机の引き出しを開けた。そこにピンク色の携帯電話が入っていた。それを手に取った。

長峰絵摩が持っていたものだ。あの日以来、一度も電源を入れていない。死体が見つかるまで、彼女の肉親や友人が、数えきれないほどこの電話にかけたはずだ。メールも送ったことだろう。だが彼等の声も言葉も絵摩には届かなかった。

不意に人間が生きていることの意味がわかったような気がした。それは単に食べて呼吸しているだけのことではない。周りの様々な人間と繋がり、いろいろな思いをやりとりしているということなのだ。いわば蜘蛛の巣のような網の目の一つ一つになることだ。人が死ぬということは、そんな網から結び目が一つ消えることなのだ。

改めて、大変なことをしてしまったのだという思いが、誠の胸に迫ってきた。軽いはずの携帯電話が、ずしりと重くなったような気がした。

長峰絵摩は、どれだけの人間とこの携帯電話によって繋がれていたのだろう。どれほど多くの人間が、一縷《いちる》の望みをかけてこの電話の番号にかけたのだろう。

殆ど無意識で、彼は電源を入れていた。待ち受け画面は猫の写真だった。飼っているペットだろうか。

彼は着信履歴を見ることにした。長峰絵摩を車に押し込んだ直後、一度だけ着信があった。あれは誰からの電話だったのだろうか。あの電話があと五分早くかかってくれれば、もしかしたら今度のことは避けられたかもしれないのだ。

液晶画面に現れた名前は、『パパ』というものだった。着信時刻は間違いなく、あの花火の夜になっていた。

誠は電源を切った。やりきれない思いがこみ上げてきた。携帯電話を引き出しに戻し、ベッドに横になった。

## 6

「あのあたりだと思いますけどね」酒屋店主は道路の一点を指差した。

何かの建物が立ち退いたらしき空き地がそばにあった。周辺には民家も少なく、営業しているのかどうかもわからない小さなスナックや、倉庫と思われる建物が並んでいるだけだ。駅のすぐそばにはコンビニエンスストアや居酒屋もあるが、数十メートル歩けば、もうこの有り様だ。街灯も少なく、夜は遠くがよく見えないだろう。これでは若い娘が夜に一人歩きするのは危険すぎる、と織部は思った。

「止まっていた車はセドリックということでしたね」真野が自分のメモを見ながら確認した。

酒屋店主は自信なさそうに薄ら笑いを浮かべ、首を捻った。

「じゃないかなあ、と思うだけですよ。以前、弟がセドリックに乗ってましてね、それとよく似てたと思うんです。でも、絶対にそうかといわれると自信ないな。ちらっと見ただけだし、暗かったし」

「とにかくそういう大きな車だったわけですね。セダンタイプの」真野が確認する。

「ええまあ、なんか古い車だなあと思ったんですよ。弟がセドリックに乗ってたのは十年以上前で、それに似ていたわけですから。色は黒だったと思うけど、ひょっとしたら違うかもしれません。濃い色だったことはたしかです」

「弟さんに何年式の車に乗っていたか確認していただけませんか。弟さんの連絡先を教えていただければ、こちらで調べますが」

「いいですよ、あとで訊いておきます。ええと、連絡先はさっきいただいた名刺の番号でいいのかな」

「あれで結構です。お手数をおかけします」真野は何度も頭を下げた。「それで、乗っていたのはどんな人でした？」

「電話でもいいましたけど、若い男でした。運転席と助手席にいました。もしかしたら後ろの席にもいたかもしれない。あいつら何やってんだろうと思ったんですよ」

「何をしているかはわからなかったんですね」

「軽トラで通りかかっただけですからねえ。中を覗き込んだりしたら、どんな難癖をつけられるかわかったもんじゃないし。今の若いやつらは、すぐにかっとなるからね」

「顔は見てないですか」

「だから、あんまりじろじろ見るわけにはいかなかったんですよ。だめですか、この程度の話じゃ。大して役に立たないのかなあ」酒屋店主の顔に不満の色が滲んだ。

真野はあわてて手を振った。

「いえいえ、大変参考になります。同じような目撃談がほかにもありましてね、多くの方の話を繋いでいくと、いろいろとわかることもあるんです」

「それならいいけど」

「ええと、しつこいようですが、その車を見た時刻をもう一度教えていただけますか」

「それも電話でいいましたけど、十時よりちょっと前だったと思います。花火が終わって、そこの駅からぞろぞろと人が降りてくる頃でした。それ以上正確なことはいえませんねえ」

「そうですか。いや、どうもありがとうございました。もしかしたらまたお話を伺うことになるかもしれませんので、その時はよろしくお願いいたします」

真野が礼を述べる横で織部も頭を下げた。

酒屋店主は軽トラックに乗り込み、二人の前から去っていった。配達の途中、彼等が待つ駅前まで来てくれたのだ。

彼は捜査本部にわざわざ電話をかけてきた情報提供者だった。長峰絵摩が行方不明になった夜、彼女が降りたはずの駅で不審な車を見た、というのがその内容だった。

じつは同様の目撃情報がいくつか入っていた。その駅で降りた客の何人かが、路上駐車していた黒っぽい車を見ているのだ。目撃情報には共通点がある。若い男が複数で乗っていた、というものだった。

「セドリック……か」駅に戻る道を歩きながら真野が呟いた。

「昨日会った会社員は、クラウンじゃないかといってましたね」

「クラウンかセドリックか……どちらも似ているといえば似てるな。織部は車には詳しいのか」

「さあ、どうですかね。人並みだと思いますけど」

「十年以上前のセドリックというと、どんな形だったかな」

「どれぐらい前のものか、によりますね。日本車はモデルチェンジが激しいから」

「そうだな」

駅前に着いた。駅に上がる階段の手前に立て看板が置かれている。長峰絵摩の事件に関する情報を求める内容だ。連絡先として記されている電話番号は、捜査本部が置かれている城東警察署内のものだった。最寄りの警察に御一報ください、という常套句を使わなかったのは、久塚の提案によるものらしい。看板を見た犯人あるいはその仲間が、捜査を混乱させる目的で偽情報を通報してくることも考えられる。ならば捜査本部に電話をかけさせたほうが手がかりを摑める可能性が高い、というのがその根拠だった。

この看板を立てて以来、毎日のように情報が寄せられてくる。先程の酒屋店主も電話をかけてきた一人だ。殆どの情報が的外れに終わる中、数少ない脈のある情報だと捜査本部では見ていた。同じような話が重複して入ってきているからだ。

ホームで電車を待っていると、急に真野が背広のポケットに手を入れた。携帯電話に着信があったらしい。

「もしもし、真野です。……ああ、先程はどうも。……えっ、あ、わかりましたか。……はい……えっ、五三年型ですか。間違いないですか。……あ、どうもありがとうございました。助かりました」電話を切った後、真野は織部を見た。「酒屋さんからだ。聞いてたと思うけど、五三年型だってよ。驚いたな。十年前なんてものじゃない、二十年以上前の車じゃないか」

「五三年式のセドリック……」

「まだその車だと決まったわけじゃないけどな。しかしそんなポンコツでも動くのかねえ。乗っていたのは若い奴だということだから、自分の車じゃないな。たぶん父親の車だろう。若い奴が、そんな車を持ってるわけがないからな」

「いや、そうともいいきれないんじゃないですか」

織部が反論した時、電車がホームに入ってきた。二人は乗り込んだ。車両はすいていて、並んで座ることができた。

「カーマニアの中には、わざとそういう古い車に乗る者もいるんですよ」織部は話を再開した。

「へえ、何のために？」

「そりゃあ、それが格好いいと思ってるからですよ。ビンテージものっていうのは、どんな分野でも人気が根強いんです。ジーンズなんかもそうです。数十万円するものだってあるんですよ」

「ジーパンでか？　馬鹿げてるな」

「車でも同じことなんです。わざと古い車を買って、エンジンを整備したり、塗装をやり直したりして乗るのが格好いいと思う人種もいるんです。今時五三年式の車に乗っているというのは、そっちの人種だと思いますけどね」

「ふうん、若い奴らの考えることはよくわからんな」真野は下唇を突き出した。

「真野さんは、どう思いますか。酒屋のおじさんが見た車について」

「犯人と思うかってことか」

「ええ」

「どうかな。臭うとは思うけどな。はっきりしていることは、明日から当分の間、古いセドリックだかクラウンだかの持ち主を当たることになるだろうってことだ」

それは織部にも予想できることだった。

「このこと、マスコミにも公表するんでしょうか」

「全くしないってわけにはいかないだろう。上は公表したがるよ、きっと。記者会見のたびに、収穫は何もありませんじゃ、警察の威信にかかわるからな」

「乗ってたのが若い男たちだった、ということも発表しますかね」

「するだろうな。もし当たりなら、犯人たちが観念して自首する可能性もある。それを上の連中も期待しているだろうし」

織部は口をつぐみ、考え込んだ。質問していいかどうか迷っていることがあった。

「なんだ、どうかしたのか」それを察したらしく、真野が訊いてきた。

「犯人が少年だと、やっぱりいろいろとやりにくいんですか」思いきって織部はいった。

真野は苦笑を浮かべた。

「この前俺がいったことを気にしてるのか。思わせぶりで申し訳なかったかな」

「気にはなっています」

「そうかもしれんな。まあ、やりにくいことは事実だよ。相手が少年となれば、逮捕した後も扱いが面倒だし、起訴に持ち込むにしても、検察がいろいろと気を遣って邪魔くさいしな。だけど俺が前にいったのは、そういう理由じゃないんだ」

「じゃ、どういう……」

真野は笑みを保ちつつも顔をしかめた。

「織部も覚えてるだろ、三年前に江戸川区で起きたリンチ殺人。墓地で高校生が殺されていた事件だ。あれを担当したのがうちの班なんだよ」

「あ、聞いたことはあります。犯人も高校生でしたね」

「ひでえ事件だったよ。内臓破裂の上に全身のあちこちに火傷《やけど》の痕があった。自首してきたのは、遊び仲間の四人組だった。親に連れられてよ、殊勝な顔してきやがった。泣いてるんだけどさ、それは被害者に対して申し訳ないっていう気持ちじゃないんだ。警察に逮捕されなきゃならないっていう状況を嘆いてるだけなんだ。自分のことをかわいそうだと思ってやがったんだよ。連中の話を聞いてみて驚いた。どうして殺したと思う？　ゲームを貸さなかったからら、だぜ。ゲームだぞ。あの、ピコピコってスイッチを押すテレビゲームだ。高校生が玩具《おもちゃ》の取り合いで喧嘩して、挙げ句に殺しちまったんだとさ。四人で蹴っ飛ばしたり殴ったりして、気を失ったら火をつけたんだそうだ」

「火？」

「オイルライターの火を近づけるんだよ。火傷はそれでできたらしい」

「なんてやつらだ」織部は舌打ちをした。

「気がついたら、また暴行を加える。その繰り返しだ。そのうちにまるで動かなくなったから、しまいには耳を焼いたらしい。それでも動かないんで、ようやく死んじまったらしいと気づいたんだとよ」

織部は黙って首を振った。聞いているだけで気分が悪くなってきた。

真野は太いため息をついた。

「被害者の親とは俺も会ったんだけど、気の毒でなあ、まともに目を合わせられなかった。御苦労様でした、なんていってもらったんだけど、正直無力感に苛まれたね。俺たちには何もしてやれないと思ったよ」

「あの犯人たち、ちゃんと謝罪したんですかね」

ふっと息を吐き、真野はかぶりを振った。

「何かっていうと泣くばっかりだ。ちゃんとしゃべることもできねえんだ。そのくせ主犯格の野郎なんてのは、自分がこんなふうになったのは親や周りのせいだ、自分にはトラウマが残っている、とか抜かしやがるんだぜ。ぶん殴ってやろうかと思ったよ」

「真野さんが取り調べたんですか」

「いや、後で班長から聞いて頭にきたんだけどな」

そうだろうなと織部は思った。今の真野の様子では、本当に殴りかねない。

「そこまでひどいことをやったっていうのにさ、俺たちは奴らを死刑にすることはもちろんのこと、ブタ箱にぶち込むこともできなかった」

「やっぱり少年だからですか」

「それもあるが、事件当時、奴らは酒を飲んでたんだ。それも浴びるほどさ。未成年とわかっていながらアルコールを売った店にも責任があるとかどうとか、なんか、途中からおかしな議論になっちまったんだよなあ」その時の不愉快さが蘇ってきたらしく、真野は頭を掻きむしった。

だが、ふと何かを思い出したようにその手を止め、真野は呟くようにいった。

「でも、一番悔しい思いをしてたのは班長だろうな。同じぐらいの歳の息子を事故で死なせてるからさ、被害者の親にかなり肩入れしてた。事件が俺たちの手を離れた後でも、しょっちゅう会いに行ってたんじゃなかったかな。情報を提供する程度のことしか、今の自分たちにはやってやれることはない、とかいってさ」

「そういうことでしたか」

だから今回の事件でも、久塚は犯人が少年である可能性について極力言及しないようにしているのだな、と織部は解釈した。

「被害者は覚醒剤を打たれてましたよね。ということは、犯人自身も使っていた可能性が高いわけだ」

その話題には触れたくないのか、真野は返事をしなかった。耳をほじるしぐさをした。

「どうか死刑にしてください」いきなりそういうと大きく伸びをした。「三年前の事件で、両親がいってた言葉だよ」
「気持ちはわかります」
「仮に犯人を逮捕できたとしても、あの台詞をまた聞くことになりそうだなあ」真野はまた深々と吐息をついた。

# 7

花火の夜から六日が経っていた。誠は自室でテレビを見ていた。気晴らしをしたい気分だったが、声をかける相手がいなかった。自分はカイジやアツヤがいないと独りぼっちなのだと改めて思い知った。逆にいうと、だからこそいろいろと不満がありながらも、彼等と手を切れなかったのだ。

外出しない理由はもう一つあった。世間の人間と顔を合わせるのが怖いのだ。

じつは昨日の昼間、彼は自宅から一番近くにある駅まで歩いていった。映画でも見ようと思ったからだ。だが切符を買おうと券売機の前に立った時、そばに置き去りにしてあったチラシに目を留め、思わず声をあげそうになった。

そのチラシは、長峰絵摩に関する目撃情報を募るものにほかならなかった。ワープロかパソコンで印刷されているようだ。どこで配られたものなのかはわからなかった。乗客の一人がどこかで受け取り、この駅で捨てていったに違いない。

チラシの最後の文章は、「お心当たりのある方は、最寄りの警察に連絡するか、下記のいずれかにお電話ください。」となっていて、その下に三つの電話番号が記されていた。そのうちの一つは城東署のものらしく、あとの二つには人の名字が書かれていた。

誠はチラシを素早くポケットに入れ、踵を返した。映画を見る気分など消し飛んでいた。知らず知らずのうちに早足になり、しまいには小走りで帰路についた。

この世の誰もが、花火の夜に女の子をさらった犯人を探しているような気がした。もしかしたらすでに自分たちは疑われていて、警察の捜査がすぐそこまで迫っているようにも思えた。

だから誠は、捜査がどの程度進んでいるのかを知るのも怖かった。そのくせ、いつの間にかニュース番組にチャンネルを合わせてしまっている。ニュースを見て、大きな進展がないことを確認しないことには、とても気が休まらないからだ。

しかしこの夜の十時過ぎに流れたニュースは、気を休めるどころか、彼を一睡もさせそうにないものだった。

「長峰絵摩さんが降りたと思われる駅で、不審な車を目撃したという話が、捜査本部に相次いで寄せられていることがわかりました。問題の車は駅のそばの道路で路上駐車しており、中には若い男と思われる人物が二人から三人乗っていたということです。車種については捜査本部では公表していませんが、昭和五十年代初期の型式で、セダンタイプだった可能性が高いということです――」

男性アナウンサーが淡々と語った内容に、誠はしばらく動けなくなった。

見られていた――。

当然かもしれない、と思い至った。あの夜は若い娘を物色するのに夢中で、他人からどう思われていようが構わないという雰囲気が三人にはあった。誠でさえそうだった。まさかカイジたちが獲物の女を死なせてしまうとは夢にも思わなかった。

昭和五十年代初期の型式でセダンタイプ――。

そこまでばれているのか。となれば、うちの車が警察に知れるのも時間の問題ではないかと誠は思った。彼は警察が扱えるデータベースの内容などまるで知らなかったが、どこの誰がどんな車を持っているかを調べるのはさほど難しくないだろう、と想像することはできた。

やばいよ、と彼は呟いた。

誠の父が持っているグロリアは五二年型だ。買ったのは三年ほど前だった。買ったというより、貰ったといったほうが適切かもしれない。父の従弟《いとこ》が廃車にするというのを、ただ同然で引き取ってきたのだ。父はカーマニアではなく、動けばどんな車でもかまわないという考えの持ち主だった。むしろ、こまめに手入れしたのは誠だ。グロリアに乗りたくて、十八になるや否や免許を取得したともいえる。

誠が古いグロリアを乗り回していることは、近所の者なら大抵知っている。その中の誰かが警察に通報するのではないかと思うと気が気でなく、彼はベッドに横たわったまま、頭を掻きむしった。

その時だった。誠の携帯電話が着信メロディを発した。彼は飛び起きて電話を手にした。着信表示はカイジのものだった。

はい、と少し緊張して答えた。

「俺だ。誠だな」

「うん」

「今、何してた？」低い声でカイジは訊いてきた。

「テレビ、見てた」

「ニュース見たのか」

「見た」

「そうか」それからしばらく沈黙した後でカイジはいった。「おまえ、びびって変なことを考えてんじゃねえだろうな」

「えっ……」

「自首とか、そういうことだ。どうなんだ。ああ？」

「まだそんなことは考えてなかったけど」

「けど、なんだ？」

誠は何といっていいかわからなかった。びびっているのは事実だった。

「いいか、古いセダンなんかいっぱいあるんだ。それに、もし車を見られてたからって、どうってことない。俺たちがやったっていう証拠なんてどこにもないんだからな」

「だけど、まだ警察が発表してないだけで、もしかしたらもっといろいろと掴んでるかもしれない。女の子をさらうところを誰かに見られてたかもしれないし」

「ばかか、てめえ。そんなんだったら、とっくの昔に俺たちのところに警察が来てるだろうが。びびるんじゃねえよ」

カイジは苛立っていた。びびるなといいながら、彼もまた逮捕される恐怖に襲われているのだ。そのことが誠を一層不安にさせた。

「いいか、もし警察が来て、車のことを訊かれても、絶対に吐くなよ」

「あの夜はずっとアツヤのところに行ってたって答えればいいんだろ」

「馬鹿野郎、おまえのところで警察の疑いを切っとかなきゃいけないのに、俺たちと一緒にいたことにしてどうするんだ」

「だけどこの前は、車を返した後、もう一度アツヤの部屋に戻ったことにしろっていったじゃないか」

電話の向こうでカイジが、大きな音をたてて舌打ちした。

「臨機応変って言葉を知らないのかよ。あの日はおまえは一人で車に乗ってたっていうんだ。で、オヤジから催促されて、車を返しに戻ったっていえ。俺たちのことは何もいうな。わかったか」

「それで警察が納得するかな」

「なんで納得しねえんだよ。警察がおまえのところに行くとしても、あのグロリアを持ってるからっていう理由だけだ。なんでしつこくおまえのことを疑うんだ」

「うまくいけばいいけど」

「おまえがちゃんとやりゃあ、どうってことねえんだよ。びくびくするな。大体、車を見られたのだっておまえのせいなんだからな。あんな目立つところに止めやがって」

ここに止めろといったのはおまえたちじゃないか、という反論を、誠は口に出せなかった。ぎゅっと電話を握りしめた。

「おまえのオヤジはどうだ。あのニュースを見たのか」

「わからない。下にいるけど、もしかしたら見てたかも」

「もし車のことで何か訊かれても、絶対にしゃべるなよ」

「しゃべらないよ」

「本当だな。俺たちのことを裏切ったら、ただじゃおかねえからな」

「わかってる」

「よし。じゃあ、また電話するから」早口で一方的にそういい、カイジは電話を切った。

誠は携帯電話を放り出し、再びベッドに倒れ込んだ。カイジの言葉の一つ一つを頭の中で繰り返した。

どう考えてもカイジの台詞は楽観的すぎるように思えてならなかった。警察の捜査は彼がいうほど手ぬるいものではないはずだ。あの夜、誠がグロリアに乗って出かけていた時間帯が、長峰絵摩がさらわれた時刻と一致することを、見過ごしてくれるとは到底思えなかった。

そもそもカイジの提案は身勝手だ。前は、自分たちのアリバイ証人になれといったくせに、誠が先に疑われる危険性が出てきたとなれば、自分たちのことは決して口に出すなという。

刑事、俺のところに来るかな――。

たぶん来るだろう、と誠は思った。今頃警察では、東京中、いや日本中の旧式セダンの持ち主をリストアップしているに違いない。もしかしたら車種もわかっていて、地域も現場周辺と限定したなら、絞り込みは一層簡単になるはずだ。

刑事が来て、どんな質問をするだろうかと誠は考えた。まずはあの夜のことを尋ねるだろう。一人で車に乗っていたことにしろとカイジはいう。しかしこれまで一人でドライブしたことなど殆どない。乗る時には大抵カイジやアツヤが一緒だ。

仮にその日は刑事が帰ったとしても、警察は誠の交友関係を調べるかもしれない。そうすればあの二人の名前など、すぐに出てくるだろう。カイジやアツヤの素行が悪いことは、この近所でも有名だ。

誠は起き上がった。いても立ってもいられなくなった。だがどうすればいいだろう。刑事が来るのをじっと待っているしかないのか。刑事の執拗な質問攻めに耐えられる自信などまるでなかった。

やはり自首するのが一番いいのではないかと思った。自首すれば、自分は女の子をさらうのを手伝っただけだから、さほど大きな罪にもならないのではないか——。

誠は首を振った。そんなことをすれば後が怖い。カイジとアツヤは逮捕されるだろうが、成年ではないから、長く刑務所に入れられることはない。出てきた彼等は誠に復讐しようとするだろう。もしかすると本当に殺されるかもしれない。

刑事の追及にあっさり白状した場合でも、同様のことが予想された。カイジたちは誠を許さないだろう。白状しなくても、刑事たちの疑惑がカイジたちに向けられたら、彼等はそれを誠の落ち度とみなすかもしれない。とにかく彼等はどんなことでも、自分たちの思い通りにならないと誠のせいにするのだ。

思わず頭を抱えた時、玄関のチャイムが鳴った。誠はぎくりとした。こんな夜更けに人が訪ねてくることなどめったにない。早速刑事がやってきたのか。

彼は部屋をそっと出て、階段の上に立った。腰を屈め、耳をすませた。

すみませんねえ夜分遅くに——その声を聞き、胸を撫で下ろした。誠がよく知っている町内会長だ。

全身から冷や汗が出ているのを感じながら部屋に戻った。その時、机の上に置いた例のチラシが目に留まった。

彼はそれを手に取った。一つの考えが芽生えていた。

情報を提供すればいいのではないか、と思った。カイジたちが怪しいという話を、このチラシに書かれている連絡先に知らせれば、警察は彼等を調べるだろう。そうすれば刑事が自分のところに来る前に、二人は逮捕されるかもしれない。

二人はもちろん誠のことも話すだろう。その時には捕まるしかない。しかし警察に行ってから、情報提供のことを刑事に話すのだ。ただし、このことはカイジとアツヤには内緒にしてくれと頼まなくてはならない。仕返しが怖いからといえば、刑事たちもわかってくれるのではないか。

情報を提供したということは自首と同じだ。罪を軽くしてもらえる可能性も高い。

考えれば考えるほど、それ以外に方法はないように思えてきた。誠はチラシを見つめた。問題はどのように話すかだ。それと、どこに連絡するかだ。チラシには三つの連絡先が印刷されている。

非通知でかけなきゃな、と彼は思った。それと、名前を訊かれても答えてはならない。どうしても答えなければならないようなら偽名を使おう。電話番号も住所も、全部でたらめをいえばいい。

いや――。

あまりに何もかもでたらめでは、信用してもらえないのではないか。こういうチラシが配られた時には、いたずら電話がたくさんかかってくると聞いたことがある。いたずらだと思われたのでは元も子もない。

さらにもう一つ、気になることがあった。これらの連絡先には逆探知が仕掛けられているのではないか、ということだった。もしそうなら、非通知でかけても意味がない。

公衆電話を使おう、と誠は決めた。それも万一のことを考えて、なるべく遠くまで出かけて、そこの電話ボックスを使おう。他人には絶対に話の内容を聞かれてはならない。

チラシを見つめながら、それで大丈夫だろうか、と思った。何か予期していない罠が隠されているような気がしてならなかった。だが、情報を提供するとしたら、ここに書かれた番号にかけるしかない。

誠は顔を上げた。ふと思いついたことがあった。

彼は机の引き出しを開け、長峰絵摩の携帯電話を取り出した。

チラシには長峰絵摩の家の電話番号は書かれていない。しかし彼女の携帯電話には、それが登録されているのだ。『パパ』という最後の着信が、自宅の電話からかけられたものに違いない。

誠はピンク色の携帯電話を見ながら、被害者の父に対してどんなふうに情報を提供すればいいかを考え始めていた。

# 8

電車のドアが開き、後ろの客に押されるようにして長峰はホームに降りた。あわてて電車に戻ろうとしたが、そこが自分の降りる駅だと気づき、足を止めた。押されなければ、乗り過ごしてしまうところだったのだ。

サラリーマンや学生たちが階段を下りていく。その後に彼も続いた。

階段を下りている時、前を行く女子中学生に気づき、どきりとした。彼女の着ている制服に見覚えがあった。絵摩が昨年まで着ていた夏物のセーラー服だった。

その女子中学生は階段を下りると、軽やかな足取りで出口に向かった。横顔が見えた。絵摩とは少しも似ていなかった。

長峰は俯《うつむ》き、靴に鉛が入っているかのような調子で階段を下った。大したものが入っているわけでもないのに、脇に抱えた鞄も重い。

絵摩の死以来、初めて会社に行った。もう少し休んでいてもいいと上司にはいわれたが、家にいても気が滅入るだけだと思ったのだ。

しかし会社に行っても、あまりメリットはなかった。仕事はろくに手につかないし、人と話していても、いつの間にかぼんやりしてしまう。不意に絵摩のことを思い出し、辛くなって席を離れることもしばしばだった。周りの人間たちも気を遣ってくれていたようだ。そのくせ好奇の目で見られているのではと疑心暗鬼になったりもした。今のままでは周囲に迷惑をかけるだけだ、と自己嫌悪に陥っていた。

駅を出たところで立て看板が目に入った。絵摩に関する情報を募ったものだ。これによってどれほどの情報が寄せられているのか、長峰は知らない。警察が何もいってこないところをみると、大した情報は集まっていないのだろうと解釈していた。

この立て看板以外に、情報を求めるチラシがいくつかの主要駅で配られたようだ。そちらを実施したのは警察ではなく、絵摩の同級生を中心とした有志たちだった。そのチラシには三つの連絡先が書いてあり、一つは警察で、残る二つは同級生のところだった。長峰の連絡先を書かなかったのは、彼の手を煩わせたくないという彼女たちなりの配慮らしい。それで助かったと彼は思っている。もし連絡先が書かれていたなら、情報提供を待って、電話から片時も離れられなかったに違いない。

チラシを配った有志たちからも今のところ何の報告もない。つまり、大した効果は上がっていないということだ。

駅から自宅までの約十分の道のりを、長峰はとぼとぼと歩いた。夏だからまだ明るいが、少し日が落ちると途端に暗くなる道だ。おまけに人通りは少なく、民家よりも使途不明の建物のほうが多い。

自分はどうしてこんな道を絵摩に通わせていたんだろう、と思った。

家を買ったのはバブル景気が弾けて間もなくのことだった。不動産の価格が下がっているのを見て、今なら買えるとあわてて契約した。もう少し待てばさらに安くなるとは、その時は全く考えなかった。

駅から徒歩十分――。

それを近いとみるか遠いとみるかは、購入時に妻と議論した。だがそれは、通勤している長峰の立場を中心にしたものだった。将来、娘がその道を通うことになるのだという意識は薄かった。全く話題にならなかったわけではないが、重視はしなかった。娘が一人で電車に乗るのはずっと先だと思っていたし、その時にはもっと賑やかな通りになるだろうという楽観的な見通しがあった。日本経済のトンネルが、これほど長いものになるとは予想していなかった。

この道のどこかで絵摩はさらわれたのだ――そう思うと怒りと悲しみがどうしようもなくこみ上げてきた。長峰は歩きながら周囲を見渡し、たまたま路上駐車している乗用車に鋭い目を向けたりした。

自宅の前まで帰ってくると、彼はすぐには門をくぐらず、立ち止まって家を見上げた。

こんなものを欲しがったばっかりに、と思った。

あの時はどうかしていた。マイホームがないと一人前の男ではないかのように勘違いし、早く手に入れねばと焦っていた。その結果はどうだ。妻も娘も亡くし、男一人では持て余す、ただの大きな箱に過ぎなくなった。

愛想笑いを浮かべ、今がお買い時ですと力説した不動産業者のセールスマンの顔を、長峰は今も覚えていた。つい最近まで、その男のことなど忘れていた。しかし今は、単なる八つ当たりとわかっていながらも、そのセールスマンを憎まずにはいられなかった。とんでもなく不吉なものを売りつけられたような気がしていた。

玄関のドアを開けると中は真っ暗だった。今朝出る時に、明かりをつけておかなかったからだ。これからはリビングの明かりだけでもつけておこうと思った。帰宅した時に、誰かが明かりをつけて待っていることは、今後もうないのだ。

リビングに入ると、留守番電話のランプが点滅していた。彼はボタンを押してから、ソファに座り込んだ。上着を脱ぎ、ネクタイを緩めた。

電話のスピーカーから女性の声が聞こえてきた。

（もしもし、ウエノです。香典返しのことで相談があります。また電話します）

絵摩の葬儀で、香典の整理をしてくれた親戚の女性だった。葬儀の模様が蘇り、長峰はまたしても胸が痛くなった。

彼はテレビのスイッチを入れた。テレビ番組などで気が紛れるはずがなかったが、音が何もないよりはましだと思った。

電話が次のメッセージを流している。やけにくぐもった声で聞き取りにくい。

（……ありません。もう一度いいます。絵摩さんを殺した犯人はスガノカイジとトモザキアツヤという男です。トモザキの住所は足立区——）

一瞬テレビに意識を奪われていたため、長峰の反応は少し遅れた。彼が電話のほうを見た時には、メッセージは終わりかけていた。

（これは悪戯《いたずら》じゃありません。本当のことです。警察に知らせてください）

メッセージの終了を告げる電子音と共に長峰は立ち上がっていた。電話に駆け寄り、テープを巻き戻すと、二つ目のメッセージを再生した。

（もしもし、長峰さんですか。絵摩さんはスガノカイジとトモザキアツヤの二人に殺されました。これは悪戯電話ではありません。もう一度いいます。絵摩さんを殺した犯人はスガノカイジとトモザキアツヤという男です――）

声が聞き取りにくいのは、ハンカチか何かを口に当てているかららしい。男の声だが、年齢は推定しにくい。

男はトモザキアツヤなる人物の住所をゆっくりと告げた後、次のように続けた。

（トモザキはドアの郵便受けの裏に鍵を隠しています。それで部屋に入れば、証拠が見つかるはずです。ビデオテープとかです。繰り返しますが、これは悪戯じゃありません。本当のことです。警察に知らせてください）

メッセージは以上だった。

長峰はしばらく茫然としていた。電話を見つめたまま動けなかった。

なんだこれは。誰がこんな電話をかけてきたのだ――。

彼は電話の着信記録を調べてみた。問題の電話は公衆電話からかけられたものらしい。時刻は午後五時過ぎのようだ。

悪戯電話なのか、とまず思った。しかし電話の主は、そうではないと二度もいっている。もちろん、だからといって鵜呑みにはできないが、わざわざそう断るだろうか。

それに何より、悪戯電話ならここにはかかってこないはずだ。チラシにも立て看板にも、この家の電話番号は書かれていない。

そうだ、なぜここにかかってきたのだ、なぜうちの電話番号を知っていたのだ――。

長峰の頭に閃くものがあった。絵摩は携帯電話を持っていた。しかしそれは発見されていない。携帯電話には、この家の番号も登録されている。

犯人が自らかけてきたとは思えない。しかし犯人に近い誰かが絵摩の携帯電話を調べ、ここへかけてきたのではないだろうか。

靴下に何かの当たる感触があった。長峰は自分の足を見た。丸く濡れた跡がついていた。よく見ると、右の腋から汗が流れ落ちたのだった。

彼はメモ用紙とボールペンを手にし、もう一度メッセージを再生した。

スガノカイジ、トモザキアツヤという名前、そして住所を彼は素早くメモしていった。それを手にソファに戻った。もう一方の手には電話の子機が握られている。

警察に電話するべきだろう、と思った。これが悪戯かどうかは不明だが、とにかく知らせておく必要はある。彼等はすぐにこの住所に行き、この名前の人間が実在するかどうか、実在するなら事件と関係しているかどうかを調べるだろう。彼等にとっては造作もないことだ。

もし悪戯でなかったら、急転直下、事件は解決ということになる。犯人は逮捕されるだろう。密告者の正体も、いずれ判明するに違いない。それこそが事件以後、ずっと長峰が望んでいたことだった。そのことしか頭になかった。

警察に知らせるべきなのだ。

長峰は脱いだ上着の内ポケットを探った。そこに財布が入っており、さらにその中に名刺が一枚入っていた。久塚という警部の名刺だった。何かあったらここに電話をくれといって、捜査本部の連絡先をボールペンで書き込んでくれたのだ。

彼はその番号通りに子機の番号ボタンを押していった。後は発信ボタンを押すだけだ。

だがどうしてもそのボタンを押せなかった。彼は子機をテーブルに置いた。吐息をひとつついた。

テレビにはサッカー中継が映っていた。長峰はぼんやりと目を向けていた。一人の選手のプレイについて、解説者が苦言を呈していた。もっと思い切ったプレイをしてほしい、若いんだから少々の失敗には監督も目をつぶる――そういう意味のことをいっている。

長峰はリモコンを取り、テレビを消した。

何日か前にニュースで知ったことがある。怪しい車が目撃されているという内容だった。古いタイプのセダンらしい。しかし乗っていたのは二、三人の若者だという話だった。

その連中が絵摩をさらった犯人だと決まったわけではない。しかしもし犯人ならどうか。さらにそいつらが未成年ならどうか。酒を飲んでいたら？　覚醒剤を使用していたら？　精神に異常をきたしていたら？

過去に起きたいくつかの理不尽な事件の記憶が長峰の脳裏に蘇った。犯人はいつも死刑にされるわけではない。むしろそうでない場合のほうが多い。未成年の場合は、名前を公表されることもなく、ましてや死刑にされることなど絶対にない。

少年法は被害者のためにあるわけでも、犯罪防止のためにあるわけでもない。少年は過ちを犯すという前提のもと、そんな彼等を救済するために存在するのだ。そこには被害者の悲しみや悔しさは反映されておらず、実状を無視した、絵空事の道徳観だけがある。

さらに長峰は、事件発生以来の警察の対応にも不満を持っていた。

捜査がどの程度進んでいるのか、全く情報が入ってこないのだ。怪しい車が目撃された件にしても、ニュースで見なければ未だに知らないところだった。それについてどの程度の新事実が掴めたのかさえ、何ひとつ教えてはくれない。

この密告電話について警察に知らせたとする。警察は動くだろう。だがどう動いたか、長峰に知らされることはおそらくない。犯人逮捕に繋がったとしても、詳しい経緯などを説明してはくれないだろう。その犯人に会えるかどうかも怪しい。そして何がどうなっているのかもわからぬまま裁判となり、遺族としてはまるで理解できない理由で、犯人が大した罪に問われなかったりするのだ。

長峰は立ち上がると、リビングボードの上に置いてあった道路地図帳を手にし、ソファに戻った。先程メモにとった住所を探してみた。

あった――。

密告者が告げた住所は架空のものではなかった。番地まで、ちゃんと実在する。無論、だからといって、そこに密告者のいうアパートがあり、トモザキアツヤなる人物が住んでいるとはかぎらないのだが。

長峰は電話の子機を取った。液晶画面には警察の連絡先が表示されたままだった。それを消した後、上着のポケットから携帯電話を取り出した。登録してある番号の中から、会社の上司のものを選び出した。子機を使い、そこにかけた。

相手はすぐに出た。長峰だと知り、少し驚いたようだ。

「急にすみません。じつは、体調がよくないので、明日は休ませてもらいたいのですが。今日復帰したばかりだというのに申し訳ないんですが」長峰はいった。

「そうか。いや、全然構わないよ。疲れてるみたいだなあとは思ってたんだ。体調が戻るまで、もう少しのんびりしたほうがいいだろう。手続きはこっちでやっとくから、心配しないで休んでてくれ」上司の口調には、長峰の休暇を歓迎している響きさえあった。事実そうなのかもしれない。

電話を切った後、彼はもう一度メモと地図帳を照らし合わせた。その場所に行くための経路を確認した。

まず自分の目で確かめよう――悩んだ末に彼が出した結論だった。

彼はリビングボードの上に目をやった。そこには絵摩の写真が置かれている。その横にある箱の中身は彼女の遺骨だった。

少し目を上げると、かつて長峰を夢中にさせた猟銃が飾られていた。しばらくそれを見つめた後、目をそらした。

# 9

怪電話を受けた翌日、長峰は昼過ぎまで家にいた。トモザキアツヤなる人物のアパートに行くつもりだが、一体どの時間帯を狙えばいいのかわからなかったからだ。

その男が犯人なら、まともな仕事に就いていないのではないか、と長峰は漠然と想像していた。働いていたとしてもせいぜいフリーターだ。水商売ということも考えられる。

いずれにせよ、午前中はまだ部屋にいるのではないか、と彼は踏んでいた。

怪電話の主は、部屋の鍵の隠し場所まで教えてくれている。つまりトモザキアツヤは独り暮らしであり、その男がいない時を見計らえば、侵入は難しくないということだろう。

午後一時を少し過ぎた頃、長峰は出かける支度をした。筆記用具と携帯電話、それから地図と老眼鏡をバッグに入れ、家を出た。車で行くことも考えたが、駐車スペースが見つからない場合もあると思い、電車を使うことにした。

駅の売店で使い捨てカメラを買った。カメラ付き携帯電話が普及したので、この手のカメラの売り上げが落ちているという話を、彼は思い出した。

長峰の携帯電話にカメラは付いていないが、高性能のデジタルカメラなら持っている。しかしそれを持参してこなかったのは、デジタル写真では証拠能力がないと思ったからだ。

電車は空いていた。彼は車両の一番端の席に座り、これから自分がとるべき行動について、もう一度頭の中で整理することにした。

一夜明けた後も、怪電話についてすぐに警察に通報するのはよそう、という考えに変わりはなかった。警察よりも先に犯人を突き止められるかもしれない、という可能性を捨てたくはなかった。といっても、別段先を越したいというわけではない。ただ、一旦警察に任せてしまうと、自分が犯人と接触する機会は永遠に失われてしまうのではないか、と思うだけだ。

　もちろん、怪電話の主が本当のことをしゃべったとはかぎらない。悪戯の可能性も大いにあった。悪戯ではなくても、何かの間違いかもしれない。

　だからまず、そのことを確かめる必要がある。そして確かめた以上は、それを証拠として残しておかねばならない。筆記用具やカメラは、そのために用意したのだ。

　トモザキアツヤたちが犯人だという確証を得られた場合は当然のこと、仮に得られなくても、自分なりの調査が終わった後は警察に知らせようと考えていた。

　電車を乗り継ぎ、最寄りの駅で降りた。改札口を出たところに周辺道路地図が掲示されていたので、持参してきた地図帳を照らし合わせ、大体の位置を確認してから駅を出た。

　夏の日差しがアスファルトを焼いていた。少し歩いただけで全身から汗が噴き出した。長峰はハンカチで顔や首筋を拭きながら、電柱の住居表示を確かめていった。

　やがて怪電話が教えてくれた住所に到着した。そこには古い二階建てのアパートが建っていた。

　周囲に人気がないのを確認してから、長峰はアパートに近づいていった。住所によれば部屋は一階のはずだ。彼はドアについている部屋番号と表札を横目に見ながらゆっくりと歩いた。

　あった――。

　その部屋には『伴崎』という表札が出ていた。下の名前はない。

　彼はドアの前を一旦通りすぎた。アパートから離れ、角を一つ曲がったところで足を止めた。心臓の鼓動が速くなっていた。

　住所はでたらめではなかった。トモザキアツヤという人物が住んでいることも間違いないようだ。

　さあ、これからどうするか――。

　それについてはすでに考えておいたはずだった。

しかし、いざとなると怖じ気づいた。何しろ不法侵入なのだ。被害者の父親といえども許されないことはよくわかっている。

引き返すなら、今しかなかった。そして警察に電話するのだ。後は彼等が処理してくれる。長峰が危険にさらされることはない。

だが犯人逮捕だけが彼の望んでいることではなかった。本当の望みは、自分の憎しみや悲しみを犯人にぶつけることだった。絵摩が陥った不幸がいかに理不尽なものであるかを教え、自分たちの罪の重さを思い知らせてやりたい。

警察に任せて、それが叶うだろうか。

おそらく叶わない、と彼は思っている。だからこそ被害者の遺族をないがしろにした現在の裁判制度などが問題になっているのだ。

自分でやるしかない、と長峰は改めて思った。自分で証拠を掴み、犯人の目の前に突きつけてやるのだ。そうして、なぜ罪のない絵摩をあんな目に遭わせたか追及するのだ。

警察に知らせるのはその後だ。

深呼吸を一つしてから彼は踵《きびす》を返した。掌に汗が滲んでいた。

先程よりも速い足取りで、彼はアパートに近づいた。しかし今度は裏に回った。部屋の位置を考えながら、窓を探した。

伴崎の部屋の窓は閉じられていた。薄汚れたカーテンがかかっている。明かりもついていないようだ。エアコンの室外機も動いていない。

おそらく留守だ――長峰は唾を呑み込んだ。

表に回り、意を決してドアホンを押した。

万一伴崎が部屋にいたら、新聞の勧誘を装うつもりだった。どうせ断られるだろうから、そのまま一旦退散する。あとはどこかで見張り、外出するのを待つのだ。

もし伴崎が外出しなかったらどうするか。その時はその時だ。また別の方法を考えるしかない。

だがその必要はないようだった。室内からは何の反応も返ってこなかった。長峰はもう一度ドアホンを押した。それでも結果は同じだった。

彼は周りを見回してから、郵便受けに手を入れた。怪電話の主は、郵便受けの裏に鍵を隠してあるとしかいわなかった。どんなふうに隠されているのか、よくわからなかった。

指先に何かが触れた。小さな紙の袋のようだ。その中に指を入れると鍵の感触があった。

もはや躊躇している場合ではなかった。鍵を取り出すと、彼は迷わず鍵穴に差し込んだ。解錠の手応えを得ると同時にドアノブを回して引いた。

素早くドアの内側に身体を滑り込ませた後、施錠すべきかどうか長峰は考えた。

いつ伴崎が戻ってくるかわからない。鍵がなくなっていることを知れば、騒ぐおそれがあった。伴崎が絵摩殺しの犯人ならそれでもいいが、違っていた場合はまずい。

考えた末、長峰は施錠した上で鍵を郵便受けの中の袋に戻した。それを取り出す気配を感じたら、窓から逃げればいい。そのために彼は窓の錠をあらかじめ外しておくことにした。ただし外から見られたら困るので、カーテンを開けるわけにはいかない。閉じたカーテンの前に立ち、彼は改めて部屋を見渡した。

お世辞にも片づいているとはいえなかった。床に雑誌やマンガが散らばっているし、ゴミ箱はあふれた状態で倒れている。カップ麺やコンビニ弁当の容器が、部屋の隅に放置されていた。小さなテーブルの上は空き缶とスナック菓子の袋だらけだ。

部屋に入れば、証拠が見つかるはずです。ビデオテープとかです——怪電話の声を長峰は思い出した。

十四型のテレビとビデオデッキが置いてあり、その横のスチール製のラックには数十本のビデオテープが並んでいた。ラベルには、テレビ番組のタイトルなどが稚拙な字で書かれていた。

それらを眺めていた長峰の目が止まった。奇妙なタイトルが並んでいたからだ。たとえば、『5／6　小菅の女』や『7／2　カラオケ　女高』などだ。

彼はそれらの中から一つを選び、ビデオデッキにセットしようとした。ところが機械に入っていかない。すでに何かのテープがセットされているらしいと気づき、取り出しボタンを押した。

　テープが吐き出されてきたので、それを取り出し、新たにテープをセットしようとした。しかしその直前、たった今取り出したテープのラベルが目に入り、彼は手を止めた。

　そのテープのラベルには、『8月　花火　浴衣』とあったのだ。

　胸騒ぎというにはあまりに激しい動揺が長峰を襲った。血液が逆流する感覚があり、耳の後ろが大きく脈打った。部屋は蒸し風呂のように暑いのに、全身に悪寒《おかん》が走った。

　長峰は手を震わせながらそのテープをビデオデッキに差し入れた。さらにテレビのスイッチを入れ、入力をビデオに切り替えた。それでもすぐにはデッキの再生スイッチを入れられない。

　たとえ何が映っていても——彼は自らにいい聞かせた。何が映っていても目をそらしてはならない。絵摩の死の真相を明かせる唯一のチャンスかもしれないのだ。彼女の運命をしっかりと目に焼きつけ、自分が死ぬまで、一生背負っていく十字架とせねばならない。

　呼吸を二度三度繰り返した後、彼は再生ボタンを押した。

　まずいきなり画面全体が白色になった。何かがぼやけて映っているようだ。間もなくピントが合い始めた。画面の色が濃くなり、ぼやけて映っているものの輪郭がはっきりとしてきた。

　映っているのは人間の尻だった。その毛深さや肉付きから男のものだとわかった。カメラは男の下半身を舐めるように、腹部のほうへ回っていく。

　やがて陰部の根元が大写しになった。そこから徐々にカメラが引いていく。やや手ぶれはあるが、慣れた手つきだ。

　陰部の先端をくわえている唇が映った。その端から涎《よだれ》が垂れている。カメラはさらに全体像を映し出した。くわえているのは若い女だった。呆けた顔をしていた。

その精気の全くない表情をしている女が絵摩だと気づくのに、長峰は少々の時間を要した。いやおそらくは瞬時のことだっただろうが、彼の中ではその一瞬の間に、認めたくないという思いとの葛藤があったのだ。

彼は自分の口を押さえていた。叫び声を上げげそうになったからだ。押さえているだけでは堪えられそうになく、中指を思いきり嚙んだ。

絵摩は全裸だった。膝をついた姿勢で、男に頭を押さえつけられ、無理矢理に奉仕させられているのだった。目は虚ろで、その顔からは意思というものがまるで感じられなかった。抵抗している気配すらない。

誰かが笑っていた。カメラを操作している男なのか、絵摩に奉仕させている男なのかはわからない。さらに男たちは何か話していた。内容は聞き取れない。だがその口調には、楽しげな、そして企みに満ちた響きがあった。

画面が切り替わった。絵摩が大きく足を開き、カメラに自分の陰部を向けていた。彼女の後ろには男がいて、彼女の上半身を押さえつけている。しかしここでも彼女は抵抗していない。まるで人形のように男たちのなすがままだ。

カメラが陰部に近づいていく。男たちの笑い声。

長峰はたまらずビデオを止めた。頭を抱え、その場にうずくまった。ここへ来ると決めた時からある程度の覚悟をしていたとはいえ、これほどの苦痛は予期していなかった。

彼は涙を流していた。妻の形見であり、自分の命よりも大切にしてきた、この世でたった一つの宝物を、鬼畜としかいいようのない人間のクズたちに蹂《じゅう》躙《りん》されたのかと思うと、気が狂いそうになった。

長峰は何度も何度も額を床にぶつけた。そうすることで、ようやく正気が保てるような気がしたからだ。

それでも涙は止まらなかった。彼は床に顔をこすりつけた。痛みによって悲しみを和らげようとしていた。

その時だった。彼の目にあるものが留まった。彼はベッドの下に手を入れた。

そこに押し込まれていたのは薄いピンク色の浴衣だった。見覚えがあった。デパートで絵摩にねだられた品だ。

長峰は浴衣に顔を押しつけた。またしても涙が溢れた。それはすでに埃の臭いがしみついていたが、その中にかすかにシャンプーの香りが混じっているような気がした。

激しい怒りがこみ上げてきた。同時に急速に手足が冷えていくのを覚えた。長峰の心の奥底に潜んでいた何か、彼自身でさえその存在を自覚したことのなかった何かが、むっくりと頭をもたげた。それはたった今まで彼の胸中を支配していた悲しみの感情を、ぐいと隅に押しやった。

彼は浴衣から顔を上げた。テレビに目を向けると、改めてビデオのスイッチを入れた。

性器を露出させられている絵摩の姿がまたしても画面に現れた。だが長峰は目をそらさなかった。歯をくいしばり、その地獄を頭に焼きつけようとした。

地獄はまだまだ終わらなかった。絵摩が男たちに犯されていく様子が、克明に画面に映し出されていった。男たちはまさにけだものだった。十五歳になったばかりの絵摩を人間扱いしていなかった。彼女に無数の体位をとらせ、自分たちの醜い欲望の餌食にしていた。

絵摩の表情からは、すでに人間性は失われていた。薬を注射されたせいなのか、ショックのあまり精神に異常をきたしているのかはわからなかった。いずれにせよ、この時点ですでに正気を失っていたのならまだ救いがあると長峰は思った。この現実を受け入れながら死んでいったのだとしたら、あまりに悲惨すぎる。

何度か画面が切り替わった後、ぐったりと動かなくなった絵摩の姿が映った。一方の男が頰を叩いている。カメラで撮っている男は笑っている。なんだよ寝ちまったのか——笑いながらそういっている。

頰を叩いていた男がこちらを向いた。真顔になっている。やばいよ、というふうに口が動いた。そして映像は消えた。

長峰は爪が掌に食い込むほどに両手を強く握りしめていた。ぎりぎりと音がなりそうなほど奥歯を嚙みしめていた。

こうやって絵摩は死んだのだ、と悟った。いや、殺されたのだ。

彼の中に芽生えた何かが、彼を動かそうとしていた。身体が熱い、しかし頭は自分でも驚くほどに冷えていた。

その時だった。玄関の郵便受けが音をたてた。

## 10

長峰は身体を緊張させた。誰かが戻ってきたら窓から逃げる、そう決めていたはずだった。しかし彼はそうしなかった。何もせずにこの場を立ち去ることなど、もはや彼の頭になかった。

素早く室内を見回した長峰の視界に、流し台の上に放置されている包丁が入った。迷いや逡巡はなかった。彼は大股で近づいてそれを手にすると、靴箱代わりに置いてあるラックの背後に身を潜めた。錠の開く音がしたのはその直後だった。

ドアが開き、誰かが入ってきた。全く警戒している様子はなく、そのまますずかずかと奥に進んだ。細い肩をした、髪を金色に染めた少年だった。ぶかぶかのTシャツを着て、灰色のズボンを下にずらして穿いている。

こいつだ、と長峰は思った。

伴崎なのかスガノカイジなのかはわからない。だがどちらかであることは間違いないと確信した。背格好も髪の色も、映像で見たばかりのものだった。

長峰は足を踏み出した。

何かの気配を察知したらしく、少年が振り向きかけた。しかしその時には、長峰は彼のすぐ後ろに忍び寄っていた。

手にした包丁を、渾身の力を込めて突き出した。ずぶり、と肉を突き破る感触があった。

包丁は少年の右脇腹に深々と突き刺さった。少年は驚いた表情で長峰の顔を見ていた。それから視線を下げ、自分の身に何が起きたかを悟ったようだった。

「なんで……」呻き声を漏らした。

長峰は無言のまま包丁を引き抜き、もう一度同じところを刺した。少年は顔を歪め、長峰の身体を押し返そうとしていた。しかしさほど強い力ではなかった。

再度包丁を抜くと、少年は脇腹を手で覆いながら、崩れるように座り込んだ。逃げようと足を動かすが、力が入らないらしく、床の上を滑るだけだ。その表情は驚きと恐怖に満ちていた。

だがその顔を見ても、長峰の胸には哀れみの気持ちなど微塵も生じなかった。ただ憎悪が膨らんだだけだった。少年の顔は紛れもなく、つい先程見たビデオに映っていたものだった。絵摩を蹂躙した挙げ句に殺した獣の一人に相違なかった。

長峰が少年の胸を押すと、相手はあっさりと床に転がった。長峰を見て、「誰だよ」と弱々しい声で訊いてきた。

長峰は少年の胴体を跨ぎ、そのまま馬乗りになった。激痛が走ったらしく、少年が悲鳴をあげた。足をばたつかせ、両手をでたらめに動かした。

Tシャツの袖から出た腕の皮膚の色が、ビデオに映っていた男たちの裸体とだぶった。この腕で絵摩は押さえつけられ、人間としての尊厳を傷つけられ、人生を奪われたのだ。これから花開くはずだった青春の扉を、無惨にもぶち壊されたのだ。

気づいた時には長峰は少年の胸に包丁を振り下ろしていた。人間のものとは思えない声が少年の口から発せられた。

「騒ぐな。今度はここを刺すぞ」長峰は包丁の先端を少年の喉に当てた。その時になって、彼は自分の手や包丁が血みどろであることを知った。

少年は万歳するように両手を上げたまま静止した。目は大きく見開かれていた。何かしゃべっているようだが、その声は長峰の耳には届かなかった。ひいひいと息が漏れているだけだ。顔はすでに灰色に近くなっていた。

「おまえは伴崎か。それともスガノカイジか」

少年は懸命に口を動かそうとしていた。だがやはり喘《あえ》ぎ声しか聞こえなかった。

「伴崎か」長峰はもう一度訊いた。

少年がかすかに頷いた。目が虚ろになりかけていた。

「スガノカイジはどこだ」

しかし伴崎は答えなかった。瞼《まぶた》を閉じようとしていた。

「答えろ。スガノはどこだ」長峰は少年の身体を揺すった。彼は人形のようにぐったりとしている。

伴崎の唇がかすかに動いていた。長峰はそこに耳を近づけた。

「ペンション……長野の……逃げた」

「長野？　長野県か。どこのペンションだ」

長峰は伴崎の身体を揺すり続けたが、もはやその唇が動くことはなかった。腕も足も伸びたままになっていた。目は薄く開いたまま、虚空に向けられていた。

長峰はゆっくりと伴崎の身体から離れた。伴崎が動く気配はなかった。だらりと伸びた腕の手首を掴んでみた。脈拍は消えていた。

あっさりと死にやがった――。

長峰はベッドにもたれて座り、死体となった伴崎を見つめた。Tシャツは元の色がわからないほどに血に染まっていた。床も真っ赤だった。自分の全身もそうなっていることに彼はようやく気づいた。だがそんなことはどうでもよかった。

こんなもので終わりになどできない、と思った。この程度のことで復讐を果たしたとはとてもいえない。もっとひどい目に遭わせてやるのだ、もっと人間性を壊してやるのだ、もっともっともっと――。

長峰の視線が死体の全身を舐《な》めるように移動して

いった。やがてそれはある一点で止まった。伴崎の股間だった。

　彼は伴崎のズボンの留め具に手をかけた。それを外し、ズボンを下着ごとずり下ろした。陰毛に包まれた男性器が露わになった。それは小さく萎縮していた。失禁したらしく、尿の臭いがした。

　絵摩はこの醜いものを銜《くわ》えさせられたのだ――。嫌悪感と憎悪がまたしても長峰の体内を駆けめぐった。彼は血だらけの包丁を手にした。それを伴崎の男性器の根元に当て、力いっぱい引いた。だが血のりが固まりつつあるからか、殆ど切れなかった。彼は伴崎のズボンでそれを拭き、もう一度同じことをした。今度はざっくりと切れる感触があった。夢中になって繰り返した。何度目かで、男性器は伴崎の身体から離れた。

　血はあまり出なかった。

　長峰は死体の顔を見た。伴崎はさっきと同じ表情をしていた。つまり無表情だった。

　それが腹立たしかった。

　生きていた時なら、男性器を失うことは死ぬよりも辛かったはずだ。それを使って女性を蹂躙し、性欲を満たすことだけを生き甲斐にしていたに違いないのだ。なぜ事切れる前にこれをしなかったのかと長峰は悔やんだ。今はこの獣は、生き甲斐を失ったことも知らず、痛みも感じていない。

　長峰は両手で包丁を握ると、死体の胸といわず腹といわず、やたらめったらに刺した。刺しながら涙を流していた。

　殺したところで、死体を切り刻んだところで、娘を奪われた恨みの一万分の一も晴れなかった。悲しみが和らぐこともなかった。

　では生かして反省させれば、それが少しでも果たせるのか。こんな人間の屑どもが反省などするものか。反省したところで許せはしない。絵摩は生き返らない。時間が戻るわけでもない。そもそも、あんな非道をした者が、たとえ刑務所の中であろうと、今後も人間として生きるのだと思うと、とても耐えられない。

苦悩の中、長峰は包丁を振り下ろし続けた。犯人への復讐を果たしたところで救われないことはわかっている。何も解決せず、明日も見えてはこない。だからといって果たさなければ、より辛い苦悶の日々が待っている。地獄のような人生が死ぬまで続くにすぎない。愛する者を理不尽に奪われた人間には、どこにも光はないのだ。

伴崎敦也の遺体を発見したのは、元村という十八歳の少年だった。元村はかつて敦也が通っていた高校の同級生で、彼の退学後も、しばしば一緒に遊んでいた。その日元村は、新しく手に入れたバイクを見せたくて敦也のアパートを訪ねたということだった。

死体を見つけた彼は自分の携帯電話を使い、地元の警察に通報した。警官が駆けつけた時、元村は部屋の外で座り込んでいた。現場を保存しなければ、という意識が彼にあったわけではなかった。とても部屋にはいられない、と彼は青い顔をして警官にいったらしい。

実際元村は死体を見た瞬間に嘔吐していた。その形跡が後の現場検証で確認されている。

部屋に足を踏み入れた警官は仰天した。想像を絶する悲惨な情景が広がっていた。結局警官も、所轄である西新井署から捜査員たちがやってくるまでの間、ドアの外で待機するしかなかった。

西新井署の捜査員たちもまた、死体の状態を見て目を覆った。ベテランの鑑識課員ですら、「こんな死体は見たことがない」と顔をしかめた。

胴体に無数の刺し傷があること、陰部が切り取られていることなどから、他殺であることは明白だった。即座に警視庁に連絡がいった。

知らせを受けて両親が駆けつけてきた。母親は死体を目にして絶叫し、そのまま貧血を起こして倒れた。父親は凍ったように固まったまま、動けなくなった。刑事は父親から話を聞こうとしたが、「息子のことは妻に任せてあった」というばかりだった。辛うじて、なぜ未成年の息子に独り暮らしをさせているのか、という質問だけには答えた。高校を中退しているので、大検に受かるよう勉強するための場所を提供したのだ、ということだった。部屋には勉強をしていた形跡は全くないのだが、その点については、「妻に訊いてくれ」と答えただけだった。

異様な猟奇的殺人だが、現場検証が進むにつれ、捜査員たちの表情に楽観的な色が浮かび始めた。犯人を特定するに足る物証が見つかったからだ。

たとえば凶器は死体のそばに落ちていた。いわゆる文化包丁と呼ばれるもので、新品ではなかった。それが元から部屋にあったものかどうかは不明だが、握りの部分には指紋がはっきりと残っていた。同一人物のものと思われる指紋は、部屋のいたるところから見つかっている。また室内には土足で歩き回った跡もあった。

さらには犯人のものと思われる衣類がベッドの上に脱ぎ捨ててあった。それらにはすべて血液が付着しており、逃走するために脱いだと推定された。

その衣類が被害者のものでないことは明白だった。白いポロシャツも紺色のスラックスも、被害者とはサイズが合わなかった。何より、服装の好みという点で、被害者が普段着ているものとはかけ離れていた。

翌日になり、伴崎敦也の両親から再び話を聞くことになった。実質的には母親からということになる。まだ放心状態だった彼女は、泣いてばかりで刑事の質問にもなかなか満足に答えられなかった。しかし、やや支離滅裂ともいえるその供述を整理してみると、伴崎敦也の最近の生活ぶりが、ぼんやりとながらも浮かび上がってきた。

伴崎は一週間か二週間に一度の頻度で自宅に帰っていたらしい。目的は主に小遣いをせびることだった。そのたびに母親は五万円前後の金を渡していた。父親は運送業を営んでおり、息子の教育を含め家庭のことはすべて妻に任せっきりにしていたようだ。

息子が普段どんな生活をし、どういった仲間と付き合っていたのか、母親は皆目知らなかった。興味がなかったわけでも心配しなかったわけでもなく、

「そういったことを訊くと敦也は狂ったように怒るから」だったらしい。アパートを訪ねることも厳禁だったという。

そんな状況だから、伴崎が殺された原因についても、母親は心当たりといえるものを何ひとつ具体的には示せなかった。せいぜい、「悪い友達もいっぱいいたみたいだから、何か揉め事があって、それで殺されたんじゃないか」と語っただけだった。

刑事たちは伴崎の交友関係を洗った。間もなく数人の名前が挙がってきた。特に親しくしていたのは中学で同級生だった菅野快児という少年らしい。伴崎が一番最後に目撃されたのはファストフード店にいるところだが、その時に一緒にいたのが菅野だということも判明した。

早速二人の刑事が菅野家を訪ねた。伴崎の実家からは徒歩で数分の距離だった。

だが菅野快児は自宅にいなかった。応対に出た母親の話では、旅行に出たということだ。行き先を彼女は知らなかった。携帯電話にかけてみても繋がらないという。彼女は小さなスナックを経営しており、夫とは十年前に離婚していた。仕事が大変で、息子のことはあまり気にかけたことがない様子だった。

刑事たちは母親に頼んで菅野快児の部屋に入ると、放置されていたライター、ヘアムース、CDなどを拝借することにした。それらの物品は、鑑識課に回され、指紋が採取された。その結果、伴崎敦也の部屋で採取された指紋のいくつかと同一性が認められたが、包丁についていた指紋とは一致しなかった。

とはいえ、即座に菅野に対する疑いが晴れたわけではなかった。むしろ、事件と何らかの関係があるのではないかという見方のほうが強かった。菅野が旅行に出たのが、伴崎が殺された日だったからだ。

伴崎の中学時代の同級生で、今も付き合いのある人間が、菅野のほかにもう一人いた。中井誠という少年だった。その少年のところにも刑事が差し向けられた。

中井誠は家にいた。彼も伴崎や菅野と同様に高校を中退しており、これまた二人と同じでまともな仕事にも就かず、毎日を浮き草のように暮らしているようだった。

刑事たちの目に中井誠は、おどおどしている、というふうに映った。しかし事件について何かを知っているのか、単に本物の刑事を前にして緊張しているのか、刑事たちには判断がつかなかった。

事件については何も心当たりがない、自分はこのところ伴崎敦也と会っていない、というのが中井誠の言い分だった。それについて裏付け捜査がなされたが、実際、伴崎と中井が会っていたという情報は得られなかった。刑事たちがこっそりと持ち帰った中井の指紋も、包丁のものとは一致しなかった。

そんな中、伴崎敦也の部屋を調べていた刑事が、とんでもないものを見つけた。

それはビデオテープだった。

刑事は最初、さほど深い意図があってテープを再生したわけではなかった。どうせ何かのテレビ番組を録画したものだろうが、という程度の軽い気持ちでビデオデッキにセットしたのだ。

だがやがて画面に映し出された画像を見て、その刑事は度肝を抜かれた。

## 11

伴崎敦也の部屋には数十本にのぼるビデオテープが保管されていた。それらのうちの大半は、テレビ番組を録画したような他愛ないものだと思われたが、捜査員たちはすべてを段ボール箱に詰め、捜査本部に持ち帰ることにした。ＶＨＳのテープのほか、ビデオカメラ用のカセットテープも何本か見つかり、それらも段ボール箱に収められた。またデジタルカメラも見つかっていた。

西新井警察署の一室が、それらのテープの再生用に当てられた。担当した捜査員たちは、最初は個人的な好奇心が頭をもたげてくるのを抑えきれなかった。男女の性交シーンを撮影したものだと聞かされていたからだ。担当者たちは、モザイクのかかっていない、やや過激なアダルトビデオを鑑賞するような気分でこの任務に臨んだ。

だが彼等はすぐに、それが大きな誤解であることを悟った。

たしかに性交シーンではある。しかし画面に流れてくる映像は、彼等の好奇心を刺激するようなものではなかった。それらはすべて残酷で不快で、人間らしさを微塵も感じさせないレイプシーンの連続だったからだ。

映像を見た捜査員は、例外なく気分を悪くした。大抵の者は、続けて三十分以上は見られなかった。

伴崎敦也が多くの少女を襲っていることは疑いようがない。その事実と伴崎の陰部が切り取られていたこととを結びつけて考えない者はいなかった。

伴崎の死体を発見した元村という少年が、捜査本部に呼ばれることになった。彼はビデオを見せられた後、必死の形相でかぶりを振った。

「俺、知らねえ。アツヤとかカイジが女をナンパして、無茶なことしてたのは知ってたっけど、俺、やったことない。マジで。マジで知らない」

「カイジ？　伴崎と一緒に映っている男は菅野快児か」刑事は訊いた。

「そうだよ。カイジだよ。あいつ、ひでえ奴なんだ。俺、関係ねえから」

元村の話では、伴崎敦也は、菅野快児と一緒に少女をレイプしたことなどを半ば自慢げに話していたらしい。

捜査陣としては、その菅野が行方をくらましている点を重視しないわけにはいかなかった。しかし菅野が伴崎殺しの犯人だと考える捜査員は少なかった。どのようなトラブルがあったにせよ、レイプ仲間を殺すのに、あのような残虐なことはやるまい、という意見が支配的だった。

やはり真っ先に思いつくのは、レイプの被害者もしくはその関係者が伴崎に復讐した、ということだ。脱ぎ捨てられた衣類から推測すると犯人は男性だから、レイプされた少女の父親、兄弟、あるいは恋人といったところが考えられる。

無論、別の意見もあった。伴崎の非道な行為を知っている人間が、その被害者の仕業に見せかけようとしたのではないか、というものだった。陰部を切断したのも、わざと服を脱ぎ捨てていったのも、カムフラージュというわけだ。

いずれにせよ、レイプの被害者たちの身元を判明させる必要があった。とはいえ、この種の犯罪は被害届の出されていないケースが殆どだ。ビデオテープの担当者たちは、うんざりしながらも、少女たちの身元に繋がりそうなものが映っていないか確かめるため、不快な映像を繰り返し鑑賞することになった。

やがて一人の担当者が、あるテープに注目した。それはVHSではなく、ビデオカメラ用のカセットテープだった。レイプシーンの映っているVHSテープは、すべてカセットテープからダビングされたものと思われたが、それだけはまだダビングされていなかったらしく、同じものの映っているVHSテープは見つかっていない。

その担当者が目をつけたのは、ほかならぬ被害者の顔だった。その少女の顔に見覚えがあったのだ。

その家の数十メートル手前で五台の車が次々と停止した。最後の車に乗っていたのが織部と真野だった。二人は車から降りると、周りの様子を窺いながらゆっくりと歩きだした。住宅地だが、道を歩いている一般人はいなかった。昼間でもこれなら、夜になれば危ないはずだと織部は思った。

他の車から降りた刑事たちも、素早く次の行動に移っていた。約半数の者が目的の家の裏側に回った。被疑者が逃走するおそれのある時には、当然取る行動だった。

先を歩いていた刑事の一人が、立ち止まって織部たちを待っていた。川崎という男で、織部たちとは別の班に所属している。

「自分がインターホンを鳴らします。万一当人が出たら、真野さんが応じてください。そのほうが警戒されないでしょうから。もし用件を訊かれたら」

「わかっている。お嬢さんの件で訊きたいことがある、とだけいうよ」真野が面倒臭そうに答えた。

「お願いします。留守の場合は、予定通り家宅捜索に移ります。一通り見て、誰も隠れている気配がなければ声をかけますから、それまでお二人は玄関前で待機していてください。もし被疑者がどこかに隠れていて、玄関側に逃走した場合には、応援のほうをよろしく」

「たぶん誰もいないよ」

「自分もそう思いますが、念のためです」そういい終えると川崎は背中を向けた。

ふうーっと真野がため息をついた。織部が見ると目が合った。

「じゃあ、行くか」真野が歩きだした。織部も彼に続いた。

二人が歩いていく先には赤い屋根の家があった。長峰絵摩の家だった。そして川崎たちの目的は、絵摩の父親である長峰重樹に任意出頭を求めることだった。逮捕にまで踏み切らないのは、出頭さえさせれば自白させられるという確信が捜査陣にあるからだった。

西新井署の管内で猟奇的な殺人事件が起きたことは織部も知っていた。しかし自分たちが担当している事件と関わりがあるとは思わなかった。事件の質がまるで違うもののように思えたからだ。

だから昨夜遅くに久塚から、長峰重樹の自宅を見張れと命じられた時にも、どういう目的からなのか知らなかった。それを尋ねてみても、「詳しいことは後で教える。とにかく長峰から目を離すな。もし留守のようなら、帰ってくるのを待て」といわれただけだった。

狙いがわからぬまま、織部は長峰宅を見張り続けた。夜になっても家の明かりはつかず、無人であることは明白だった。その状態は、別の刑事と交代する今朝まで続いた。

見張りが終わった後、今度は西新井署に呼ばれた。真野たちも来ていた。織部は寝不足で頭が重かったが、薄暗い一室で見せられた一本のビデオは、彼の眠気を吹き飛ばした。

伴崎敦也たちがレイプしている少女は、長峰絵摩に間違いなかった。その顔は織部の頭に焼き付いていたのだ。映像の中の絵摩は感情のない顔をしていた。クスリと強姦によって精神が壊れていたのだろうと真野はいった。

久塚の説明によれば、伴崎敦也殺しを担当している別の班が、捜査の過程でこのビデオを発見したということだった。本来ならば長峰重樹にも映像を見せ、娘かどうかを確認させねばならないところだったが、なぜか連絡が取れなくなっていた。近くの交番に連絡し、長峰宅の様子を見に行かせたところ、どうも留守らしい。そこで、すでに現場の地理に詳しくなっている織部に、長峰宅を張るよう指示が出されたというわけだった。

長峰は会社を休んでいた。上司にその旨が電話で伝えられたのは、伴崎が殺される前夜のことだ。西新井署の捜査本部では、長峰が伴崎を殺した可能性も高いと見て、彼の職場から所持品を押収し、指紋を調べた。その結果、伴崎殺しに使われた包丁についていたものと完全に一致した。

その瞬間長峰重樹は、娘を殺された遺族から、殺人事件の重要参考人へと立場を変えたのだ。

「やっぱり長峰さんが伴崎を殺したんでしょうか」

歩きながら織部は小声で真野に訊いた。

「長峰さん、か。そうだな、まあ今のところはまだ、さん付けしておかないとな」

その言葉から、真野が長峰を犯人だと思っていることが感じ取れた。

「こういうことをいうのは刑事として失格かもしれないけど――」

「だったらいうな」織部の話を真野は遮った。前を向いたままだった。

織部は先輩刑事の横顔をちらりと見て、口をつぐんだ。彼はこう続けたかったのだ。長峰重樹の気持ちはわかる、と――。

長峰絵摩が犯されているシーンは、ビデオカメラのカセットテープにしか残っていなかった。なぜ伴崎はいつものようにＶＨＳテープにダビングしておかなかったのか。長峰絵摩が死んでしまったため、そんなことをする余裕がなかったという考え方はできる。しかし部屋のゴミ箱から、ＶＨＳテープの包装セロファンやラベルシートの残りなどが見つかっているのだ。また、テープのケースだけがベッドのそばに落ちていた。

伴崎は、長峰絵摩を襲ったシーンもダビングした、と考えるのが妥当だと思われた。ではなぜそのテープが見つからないのか。

おそらく長峰重樹が持ち去ったのだ。

彼は伴崎の部屋に侵入し、ダビングされたテープのほうを見たのだ。それを見て、伴崎を待ち伏せし、あるいはたまたま伴崎が帰宅したのかもしれないが、復讐を果たしたと思われる。彼は自分に疑いの目が向けられることを承知で、血のついた衣類をその場に残し、包丁の指紋も拭わなかった。たぶん逮捕されることは覚悟しているのだ。それでも彼はテープだけは残しておけなかった。娘が陵辱《りょうじょく》されている映像を、たとえ証拠という形にせよ、警官を含めた大勢の人間たちに見られたくなかったからに違いない。

その心情を思うと織部の胸はどうしようもなく痛んだ。伴崎の遺体写真は織部も見たが、あの程度のことをされても当然だと思った。いや、おそらくあんなことをしても長峰の心は癒やされなかっただろうと想像した。

長峰の家の前に着いた。川崎が同じ班の仲間たちと何か話し合っていた。その輪から少し離れたところに中年の痩せた女性が立っている。長峰重樹の親戚の女性だった。家宅捜索の際の立会人として連れてこられたのだ。彼女は怯えと困惑の入り交じった表情をしていた。無理もないと織部は思った。ついこの間までは、この世で最も気の毒だった親戚が、今日は殺人事件の容疑者なのだ。

「では、押します」川崎がインターホンのボタンを押した。

家の中からチャイムがかすかに聞こえたが、スピーカーからは何の返事もなかった。川崎はもう一度ボタンを押した。結果は同じだった。

「捜索に切り替えよう」そういって彼は懐から書類を取り出した。捜索令状だった。それを親戚の女性に見せた。「立ち会っていただけますか」

「あ、はい」彼女は緊張の面もちで頷《うなず》いた。

「合い鍵がないので、玄関の錠をこじ開けることになります。構いませんか。終わった後は何らかの形で施錠いたしますが」

「ええ……あの、わかりました」

川崎の指示で特殊班の担当者が玄関の解錠にとりかかった。ものの一分と経たないうちにドアは開いた。

川崎を先頭に、数名の刑事が入っていった。織部と真野は外で待機した。

「車はそのまま……か」真野が隣のカーポートを見下ろしていった。そこには紺色の国産車が入れられている。

「長峰さん、どこへ行ったんでしょうね」

「さあね。どこかへ行ったのならまだいいんだけどな」真野は腕時計を見た。「まだ連中が騒ぎださないから、家の中にはいなかったってことか」

「家に隠れてるかもしれないと思ってたんですか」

「隠れてるとは思ってないよ。ただ、家の中で見つかるんじゃないかと思ってただけだ」

「見つかるって……」そういってから織部は真野の意図に気づいた。ベテラン刑事は、長峰重樹が自殺している可能性をいっているのだ。

織部が家を見上げた時、玄関から一人の刑事が顔を出した。

「どうぞ」織部たちに向かってぶっきらぼうにいい、すぐに消えた。

「あの顔からすると、何も見つからなかったみたいだな」真野は小声でそういった。

家に入ると、正面の階段から川崎が下りてくるところだった。

「逃げましたね。二階に長峰の寝室があります。旅支度をした形跡がある」

真野は階段を上がっていった。二階には部屋が二つあった。どちらの部屋のドアも開いていて、刑事が出入りしていた。

一方の部屋は十二畳ほどの洋室で、シングルベッドが二つ置かれていた。おそらく夫婦で使っていたのだろう。片方のベッドには薄いカバーがかけられているだけで、その上には衣類やタオルなどが放置されていた。季節外れのセーターなども出ている。

織部は隣の部屋も覗いてみた。小さなベッドと勉強机が置かれ、壁には男性アイドルのポスターが貼られていた。机の上には英語の辞書が載っていた。

長峰重樹は、この部屋をずっとこのまま保存するつもりだったのではないか——織部はふとそんな気がした。

一階に下りると、リビングで刑事たちがしきりに何かを探していた。彼等の邪魔になってはいけないと配慮してか、親戚の女性は隅で立ち尽くしている。

「何を探してるんですか」織部は川崎に訊いた。

「弾だよ」リビングボードの下を探りながら川崎は答えた。

「弾？」

「何の弾だ？」真野が訊いた。

川崎が立ち上がり、親戚の女性のほうを見た。

「あの方の話では、ここに猟銃が飾ってあったそうなんです。それが消えている」そういってリビングボードの上を指差した。

## 12

長野駅のホームに立つと、むっとするような熱気に身体を包まれた。背中から汗が噴き出す。信州は涼しいはずだと決めてかかっていたことを後悔した。手にしたボストンバッグの中には、この季節としてはやや厚手の服が何着か入っている。

長峰は周囲に目を配りながらホームを歩いた。サラリーマン風の男が多い。しかし誰も彼に注意を向けているようには見えなかった。

長峰はボストンバッグを提げ、肩にゴルフのキャディバッグを担いでいた。中年男のスタイルとしては、最も怪しまれないものの一つだといえた。

改札口を出ると、コインロッカーを探した。ゴルフバッグの入る、大きなロッカーが必要だった。

狙い通りのロッカーを見つけると、ゴルフバッグを入れ、使用説明書を見ながら戸を閉めた。保管期間は三日となっている。長峰は腕時計を見て曜日と時刻を確認した。三日が過ぎないうちに、取りに来なければならない。万一、係員に中身を見られたら、万事休すだった。

身軽になった彼は、駅を出て、すぐ近くにある書店に入った。大型書店で、客の顔を店員が覚えている可能性は低いと思われた。長野県の旅行ガイドブックとペンションを網羅した本を購入した。書店の隣に文具店があったので、そこで便箋と封筒を買った。切手も売っていたので、八十円切手を三枚買った。

喫茶店に入り、コーヒーを注文してから買った本を取りだした。店内は半分ほど席が埋まっている。誰も長峰のことを気にかけている様子はない。

斜め前に座っている男が新聞を二つ折りにして読んでいた。長峰のほうを向いている面に、『足立区猟奇殺人で新展開』という見出しが載っている。彼は咄嗟に俯《うつむ》いていた。

おそらく――。

警察は、伴崎敦也を殺した犯人は自分だと断定しているだろうと長峰は思った。自分の犯行だということを隠蔽する工作は、殆ど何もしていない。伴崎の部屋からは指紋がたっぷりと見つかるだろう。凶器すらそのままにしてきた。

伴崎を殺害した後、長峰はしばらくぼんやりとしていた。動かなくなった死体に包丁を突き刺す作業にも気持ちが入らなくなっていた。死体は死体に過ぎず、もはや自分が憎むべき対象ではないと気がついた。

大変なことをしてしまったという意識はなかった。ただ虚しさだけが彼の胸を支配していた。何をする気力も起きず、ただじっとして、成り行きに身を任せてしまいたかった。このまま留まっていれば、いずれは誰かに見つかるだろう。その者は警察に通報し、駆けつけてきた警官に自分は逮捕される、それでもいいとさえ思った。

そんな彼の目に、再びピンク色の浴衣が飛び込んできた。絵摩がそれを着て、うれしそうに舞っている姿が脳裏に浮かんだ。

だが次の瞬間、その姿が全裸に変わった。そんな彼女を二人の男が襲っている。ビデオで見た映像が蘇った。

胸をかきむしりたくなるような精神的苦痛が再び彼を襲った。忌まわしい映像を振り払うために頭を振り、顔をこすった。

このままでは済ませられない、と長峰は思った。ここで警察に捕まるわけにはいかない。それでは何のために伴崎を殺したのかわからない。

スガノカイジを見つけなければ、と思った。何としてでももう一人の獣を捕らえ、絵摩が味わった苦しみの百分の一でも思い知らせてやらねばならない。

それこそが、今自分が生きている理由なのだとさえ思った。

彼は物音をたてぬよう気をつけながら、室内を物色した。何とかしてスガノカイジを発見する手がかりを得ようと思ったのだ。

「ペンション……長野の……逃げた」

伴崎敦也が最後に発した言葉が唯一のヒントだったが、それだけではどうしようもない。長野のどこにある、何というペンションなのかを突き止める必要があった。

しかし部屋のどこを探しても、スガノカイジの居場所に結びつきそうなものは見つからなかった。

部屋を出る決心をしてから、自分が血みどろであることに気づいた。これでは外に出た途端に、誰かに通報されてしまうだろう。電車やタクシーにだって乗れない。

安っぽいクローゼットの戸を開け、乱雑に突っ込まれた服の中から、ベージュのチノパンツと白のTシャツを引っ張り出した。それなら中年男が着ていても怪しまれないと思ったからだ。着てみると、かなりウエストがきつかったが、見た感じはさほど不自然でもなかった。

血に染まった自分の服はベッドの上にほうっておいた。服から身元がわかることはあるまいと思ったし、自分の犯行だと発覚することはどうせ避けられないと諦めてもいた。

伴崎敦也の死体を見つけた警察は、徹底的に彼のことを調べるだろう。そうすれば伴崎が長峰絵摩殺しの犯人だということもいずれわかるに違いない。その捜査の過程で、刑事たちは、長峰に犯人のことを教えた密告者にも接触するはずだった。もしかしたら事件を知った密告者のほうから警察に連絡をするかもしれない。いずれにせよその時点で、警察は長峰に疑いの目を向ける。

指紋を消さなかったのも、そういった理由があるからだった。それに指紋を完全に消すのは不可能だろうとも思った。最初から伴崎を殺そうとしていたわけではないから、いたるところを素手でべたべたと触っている。消すとしたら、部屋全体をくまなく布で擦《こす》らねばならない。室内だけでなく、ドアの外やベランダの手すりも拭かねばならない。一刻も早くこの場を立ち去らねばならない状況で、そんなことをしている余裕はなかった。

それより、どうしても回収しておかねばならないものがあった。彼はビデオデッキからテープを取り出し、持ってきた鞄に入れた。

絵摩の無惨な姿が映っているテープだ。

こうすることで、伴崎敦也が絵摩殺しの犯人だと判明するのが、少しは遅れると思われた。そうなれば、指紋をどれだけ残しておこうとも、警察の目が長峰に向くことは当分ないはずだった。

それに、もう一つもっと大きな理由がある。

父親として、娘のこんな無惨な、かわいそうな姿を、たとえ警察官であろうとも他人に見せるわけにはいかなかった。あの世の絵摩も、それだけは堪忍してくれと願っているに違いないと思った。

彼は絵摩の浴衣も持ち帰ることにした。これもまた絵摩が殺された事件との繋がりを断つためであったが、彼女の形見をこんな汚らわしい場所に残してはいけないという思いからでもあった。

ほかに彼女の持ち物がないか、長峰は部屋中をくまなく探した。ベッドの下から浴衣の帯と、彼女が最後に持って出た袋形の小さなバッグが見つかった。それらも自分の鞄に詰め込んだ。浴衣は入らなかったので、落ちていたコンビニの袋に入れた。

部屋は玄関ドアから出ることにした。窓から出るところを誰かに目撃されたらまずいと思ったからだ。

しかしドアを開け、人目がないのを確認してから部屋を抜け出したのはいいが、そこで重大なミスに気づいた。部屋の鍵を持っていなかったのだ。

鍵を取りに戻るかどうか一瞬迷ったが、遠くから人の話し声が聞こえてくるのをきっかけに、彼はドアの前から離れた。あまりぐずぐずしていられないし、部屋に戻ったところで、鍵をすぐに見つけられるとはかぎらなかった。ドアに鍵がかかっていなければ死体発見も早まるだろうが、かかっていた場合と比べて、さほど大きな違いがあるとは思えなかった。それよりも早く立ち去ることのほうが重要だ。

家まではタクシーを使った。大勢の人間と顔を合わせねばならない電車に乗る勇気はなかった。人殺しをしたばかりの人間の顔が、どれほど鬼気迫るものになっているか、自分ではわからなかったからだ。タクシーの中でも極力運転手と目を合わせないようにし、無駄口も叩かないよう気をつけた。

家に戻ると、すぐに荷物をまとめ始めた。旅行用のボストンバッグを出してきたが、ふつうの旅行にならないことは彼が一番よくわかっていた。旅行ではなく、失踪の準備をしているのだった。

必要なものは買えばいいと割り切り、極力無駄なものはバッグに入れないようにした。そのかわりに、伴崎の部屋から回収してきた絵摩の最後の持ち物は詰めた。アルバムの中から気に入った写真を何枚か抜き取り、それも入れた。その中には妻の写真も含まれていた。アルバムを見ているうちに涙が溢れてきた。

ボストンバッグを詰め終えた後、もう一つすべきことがあった。彼はリビングルームに入り、それに目を向けた。

射撃を始めた時、教えてくれた講師がこんなことをいっていた。

「銃というのはね、不思議な魔力を持っているんです。手にすると誰でも引き金を引きたくなる。でも本格的に取り組むと、今度は引き金を引けなくなる。銃の恐ろしさを知ってしまうからです。射撃というのはその恐ろしさとの戦いなんですよ」

スガノカイジを前にした時、自分は引き金にかけた指に力を込められるだろうかと長峰は考えた。人間を撃つことなど考えたこともなかったからだ。いや、全く考えないではなかったが、それは空想の世界に留まっていた。現実的に考えたことは一度もなかった。

長峰は専用のケースを取り出し、その中に銃の部品を収めていった。だがその作業の途中で気が変わり、もう一度すべて取り出した。猟銃用のケースは、見る人間が見ればすぐにわかってしまう。こんなものを持って歩けないと思ったのだ。

考えた末、彼が選んだのはゴルフバッグだった。何かのコンペで準優勝した時、賞品としてもらったものだった。

夜が更けるのを待って、家を出ることにした。それまでの間、長峰は家の隅々を眺めて回ることにした。夫婦の寝室、絵摩の部屋、キッチン、トイレ、浴室、そしてリビングルーム。どこの部屋にも、夢のように楽しい思い出が貼り付いていた。この家に越してきた時のことを思い出し、彼は胸が痛くなった。越してこなければ、絵摩があんな目に遭うこともなかったのだが、新居を手に入れた時の幸福感は、今も彼の心の中にある。

ソファに座り、ウイスキーをロックで飲みながら、彼は静かな時を過ごした。思い出のすべてが悲しみの中に沈んでいった。死にたいという誘惑に打ち勝つには、憎しみを沸き立たせるしかなかった。

人の笑い声で長峰は我に返った。目の前にコーヒーカップが置かれていた。飲んでみると少し冷めていた。

笑っているのは三人の親子連れだった。子供は四、五歳の男の子だった。クリームソーダを飲んでいた。

もし自分たちの子供も男だったなら、こんなひどいことにはならなかったのだろうか、とふと考えた。しかしその直後に、そういう問題ではないと思い直した。女の子を持つ親が怯えながら毎日を送らねばならない世の中こそ、絶対におかしいのだ。

復讐が虚しい行為であることは、伴崎を殺したことで十二分にわかっている。得られるものなど何もない。それでも長峰は、もう一人の男を放置しておくわけにはいかなかった。それは絵摩に対する裏切りであると思った。彼女を苦しめた獣たちに制裁を加えられるのは自分しかいない。

罪を裁く権利が自分にないことはわかっていた。それは裁判所の仕事なのだろう。では裁判所は犯罪者に制裁を加えてくれるのか。

そんなことはしてくれない。新聞やテレビなどの情報で、裁判がどのように行われ、どんな事件に対してどのような判決が下されたのかを、長峰も少しは知っていた。その知識からいえば、裁判所は犯罪者に制裁など加えない。

むしろ裁判所は犯罪者を救うのだ。罪を犯した人間に更生するチャンスを与え、その人間を憎む者たちの目の届かないところに隠してしまう。

そんなものが刑だろうか。しかもその期間は驚くほどに短い。一人の一生を奪ったからといって、その犯人の人生が奪われるわけではない。

しかも伴崎敦也と同様、おそらくスガノカイジも未成年だ。絵摩を死なせたのは意図的ではないと弁護士が主張したなら、もしかすると受刑さえ免れるかもしれない。

そんな馬鹿な話はないと思った。あの人間の屑どもが奪ったのは、絵摩の人生だけではない。彼女を愛していたすべての人間の人生に、癒やされることのない傷を残したのだ。

長峰は深呼吸を一つして、テーブルに出していた本をバッグに戻した。そのかわりに万年筆と文具店で買った便箋を取り出した。

親戚の者には詫びねばならなかった。今後しばらく大変な迷惑をかけることが予想された。世間から非難や好奇の目で見られるのは確実だし、マスコミから取材を受けることにもなるだろう。詫びたところで仕方がないのかもしれないが、だからといって何の連絡もしないのでは長峰の気が済まなかった。

詫びるところはもう一つある。会社だ。長年勤めてきた職場を、こんな形で唐突に去ることになるとは思わなかった。迷惑がかかることがわかっていて、放置はできなかった。事件が発覚すればどのみち馘首されるのだろうが、自分から辞職を申し出ておくのが筋だと思った。

さらにもう一箇所、手紙を出しておかねばならないところがある。

そこへの文面が一番難しいな、と長峰は思った。

# 13

店の隅に据えられたテレビからは、昼のワイドショー番組が流れていた。天丼を食べた後、茶を飲もうと湯飲みに手をかけていた織部は、画面に大きく映し出されたテロップを見て、その手を止めた。

『惨殺された若者　川口市の少女死体遺棄事件にも関与か』となっていた。

「事件のこと、やってますよ」織部は小声で向かいの真野に教えた。

真野はざるそばを食べながら小さく頷いた。だがテレビには目を向けない。

整った顔立ちの女性キャスターが重々しい口調で話しだした。

「足立区で起きた惨殺事件の被害者に、常習的にレイプいわゆる婦女暴行を行っていた疑いのあることは、この番組内でもお伝えしましたが、荒川で発見

された長峰絵摩さんの死体遺棄事件にも関わってい
る可能性があることがわかりました。西新井署に取
材に行っているサカモトさんに報告していただきま
す」
　画面が切り替わり、西新井署の正面玄関が映った。
半袖シャツの男がマイクを持って立っている。
「西新井署前です。何度もお伝えしておりますよう
に、問題の少年宅からは、レイプ行為を撮影したビ
デオテープが大量に見つかっています。ところが今
回新たに、テープの一本に荒川で遺体となって発見
された長峰絵摩さんの姿が映っていることが判明し
ました。そうしたことから捜査本部では、二つの事
件に何らかの関連があると考えているようです」
　再び画面がスタジオに戻った。司会の男性が沈痛
な面もちで口を開いた。
「これは一体どういうことなんでしょうねえ。ええ
と、これにつきましては続報がありまして、長峰絵
摩さんのことでお話を伺おうと、絵摩さんのお父さ
んに当番組のスタッフが連絡を取ろうとしたとこ
ろ、自宅にもいらっしゃらず、お勤め先にも姿を見
せておられないということです。これについては何
かわかり次第、御報告したいと思います。さて、事
件が思いもよらない方向に動きつつあるわけです
が——」
　司会者は横に並んでいるコメンテーターたちに意
見を求めた。コメンテーターたちは、あまりに奇妙
な状況に、迂闊《うかつ》なことをいって後で恥をかいたらま
ずいと思っているのか、誰も彼も歯切れが悪い。例
によって、今の世の中はどこか病んでいる、といっ
た抽象的な意見が飛び交った。
　昨日の夜のニュース番組で、同様の内容が初めて
報道されていた。だがその時点では、長峰重樹が行
方をくらましていることには触れられていなかった。
「マスコミは、長峰さんが伴崎殺しの犯人だとは気
づいてないんですかね」織部は真野に訊いた。
　ざるそばを食べ終えた真野は、爪楊枝で歯の掃除
にとりかかった。
「そんなはずないだろ。警察の動きを見ていればわ

かることだ。ただ、指紋が一致したこととかは発表されてないから、安易に推測をしゃべるわけにはいかないと思って遠慮してるだけだろ」

「指紋のこと、どうして発表しないんですかね」

「たぶん、長峰を追いつめたくないからだろう。人間ってのは、追いつめられると何をするかわからんからな。しかも奴はとんでもないものを持っている」

「何しろ猟銃ですからね」

織部の発言に、真野はしかめっ面をし、口にチャックを閉める動作をした。こんなところでしゃべるな、ということらしい。織部は頭を下げた。

二人は定食屋を出た。船橋競馬場のそばだった。幅の広い道路に沿って五分ほど歩くと、小さな商店の並んでいる通りに出た。そこで曲がり、また少し歩く。右斜め前方に、伴崎米穀店という看板が現れた。しかし店のシャッターは下りたままだ。長く営業していないことは、看板の汚れからもわかる。

「あそこらしいな」

「誰も住んでないみたいに見えますけど」

「だからいいんだろ。近所の人間に何かいわれることもないし、マスコミも押し掛けてこないからな」

シャッターは錆びていて、しばらく開閉されていないことは明白だった。二人は横の路地から店の裏側に回った。裏が住居になっていて、路地に面して小さな戸がついていた。戸の横には押しボタンが取り付けられている。

「鳴るんですかね、それ」

「鳴るか鳴らないか、押してみなきゃわからんだろ」そういい終える前に真野はボタンを押していた。一度では何の反応もなかったので、もう一度押した。

やっぱり壊れてるんじゃ、と織部がいいかけた時、戸の錠が外れる音がした。二十センチほど開き、五十歳ぐらいの女性が顔を覗かせた。目が落ちくぼんでいた。

「今朝程、連絡した者ですが」真野が愛想のいい笑みを浮かべた。

ああどうぞ、と女性はぶっきらぼうにいい、戸を開けた。

真野に続き、織部も家の中に入った。部屋は薄暗く、どんよりとしめった空気には線香と埃の臭いが混じっていた。

六畳ほどの和室だった。小さな茶簞笥と卓袱台《ちゃぶだい》が置いてあるだけで、ほかには家具らしきものはない。襖がぴったりと閉じられていて隣の部屋は見えないが、どうやら線香の匂いはそこから漂ってきているようだ。

真野が自己紹介したので、織部もそれに倣った。しかし彼女は、刑事の名前などどうでもいいようで、古い畳に目を落としていた。

彼女——伴崎幸代は殺された伴崎敦也の母親だ。昨夜からこちらの家に移っているということだった。ここは夫である郁雄の生家らしい。

「こちらには、今はどなたも住んでおられなかったのですか」真野が訊いた。

「それ、何か関係があるんですか」

伴崎幸代の問いに、真野はあわてて手を振った。

「いや、そういうわけでは」

幸代は肩で大きく息をした。

「近くに主人の兄が住んでるんですよ。そこが物置代わりに使ってたんです。主人が頼んで、しばらく住まわせてもらうことになったんです」抑揚のない口調でいった。

「そういうことでしたか。まあ、あっちにいると何かとうるさいでしょうからね」

「うるさいなんてものじゃないですよ」幸代は眉間に皺を寄せた。「周りからは変な目で見られるし、変な連中が取材させてくれってやってくるし」頭を振った。「もう、気が変になりそう」

そうだろうな、と織部は思った。彼女は今、日本で最も注目を集めている一人かもしれなかった。何しろ、猟奇殺人の被害者でもあり、レイプ魔でもある人間の母親なのだ。そして新たに彼女の息子には、死体遺棄事件の容疑者という肩書きまでついた。

「そんな時に申し訳ないんですが、二、三、話を聞かせていただきたいんですが」真野が遠慮がちにきりだした。

幸代の目が吊り上がった。

「話すことなんてもう何もありませんよ。さんざん話したじゃないですか。もういい加減にしてください」

「息子さんとは、ここ一か月ほどは話をされてないんでしたね」彼女の剣幕にかまわず、真野は質問に入った。

「話してません。だからあの子が何をやってたかなんて、私は何も知らないんです」

「息子さんが独り暮らしを始めたのはいつ頃ですか」

「去年の十一月です。大検を目指すっていうから、それなら静かな環境で勉強に専念させたほうがいいだろうと思って……。うちは運送業をやってまして、自宅と会社が同じ敷地内にあるので騒音もあるし、人の出入りが激しくて落ち着かないし……」

「噂によれば」真野が彼女の言葉を遮っていった。

「敦也君が御両親に暴力をふるうようになったので、別の場所に住まわせるようにしたんじゃないか、ということですが」

幸代の顔に狼狽の色が浮かんだ。

「そんなこと誰がいってるんですか」

「だから噂ですよ。我々はいろいろな人たちに話を聞きに回ってますから」

幸代は下を向いたまま、視線を揺らせた。余計なことを刑事に話した張本人は誰か、考えているのかもしれない。

「どうなんですか、お母さん」真野が促した。

幸代は顔を上げた。しかし真野の顔を見ようとはしない。

「そりゃあ、あの年頃の男の子ですから、少しは乱暴なところもありましたよ。情緒不安定っていうんですか、そんな感じでした。だから落ち着いたところで勉強できるようにとアパートを借りたんです。それだけのことです」

話を聞きながら、母親というのは大したものだなと織部は思った。部屋を借りるほどだから、伴崎敦也の母親への暴力は半端なものではなかったはずなのだ。事実、彼女が怪我をしているのを見たという人間は大勢いる。それでも幸代は息子を庇《かば》っている。

「その情緒不安定の原因について何か心当たりはありますか」真野が訊いた。

「だからそれは、私たちがいけなかったのだと思います。小さい時からほったらかしで、もっと悩みとかちゃんと聞いてやればよかったと」

真野はかぶりを振った。

「そういうことではなく、もっと直接的な原因についてです」

「直接的って……」

「敦也君はシンナー遊びで補導されたことがありますね。中学の時です。それからマジックマッシュで遊んでいたこともあったとか」

幸代の顔色が変わった。目を大きく見開き、首を振った。

「一度だけです。それに、ずいぶん昔のことだし」

「こういうことはあまりいいたくないのですがね、補導されたのが一回だけだからといって、それっきりしてないとはかぎらないんですよ。むしろ、隠れて何度もしていたというケースが殆どです」

「いいえ、あの子は――」

「シンナーは今はもうしてないかもしれない」真野は母親の言葉を制していった。「遊び仲間からもそういう話は出てこないですからね。でもねお母さん、それに代わる何かを覚えたということも十分にありうるんですよ。敦也君が何らかのクスリをしていた形跡はありませんでしたか」

幸代の顔が歪んだ。初めて正面から真野の顔を見た。

「あの子がそんなことをしているはずがないじゃないですか。あの子はね、本当はいい子だったんですよ。それが、悪い友達にそそのかされて、どんどんおかしな方向に進んでいっちゃったんです。心の優しい子だったんです。悪いのはあの、菅野って子ですよ。敦也は真面目になろうとしてたのに、いつだって邪魔ばっかりして」

「菅野というと、菅野快児君ですね」

幸代はこっくりと頷いた。

「あの子は中学の時から悪かったんです。そりゃあもう、札付きというやつですよ。シンナーだって煙草だって、全部あの子が敦也に教えたんです。一緒にやらなきゃひどい目に遭わせるって脅したんですよ。敦也は仕方なく付き合ってたんです」

「じゃあ菅野君ならクスリをやっていた可能性もあると？」

「あの子なら、それぐらいのことはやってたんじゃないですか」

「そういう話を敦也君から聞いたことはありますか」

「それは……はっきりとは聞いてませんけど、あいつはすごいんだとか、やばいことは何でもやってるとか、そんなことはいってました」

「ははあ、やばいことは何でも、ですか」

「そうです。あんな子と付き合ってなきゃこんなことには……」

幸代は歯を食いしばるように口をつむり、目をきつく閉じた。そばにあったハンドタオルを取り、目頭を押さえた。

「今度のことだってそうでしょう？　大勢の女の子を襲ってたとか、テレビじゃひどいことをいわれてるけど、全部菅野君が主犯に違いないんです。敦也はただ付き合わされてただけなんです。それなのに、うちの子ばっかり悪者にされて……。菅野君のことを誰もいわないのは変じゃないですか。敦也は殺されたんですよ。被害者なのに、どうして責められなきゃいけないんですか」

幸代はタオルを顔に当て、わあわあと泣きだした。声がかすれていた。

真野は弱りきった顔をちらりと織部に向け、再び幸代を見た。彼女の耳元に口を近づけた。

「敦也君は車の運転はできましたよね」

「それがどうかしたんですか。菅野君だってできたはずです」

「ふだん、どういった車に乗ってましたか。いや、敦也君が車を持ってないことはわかっているんです。だからたぶん友達の車を借りていたと思うんですが」

「知りません。あの子が何をしてたかなんて」

支離滅裂だなと織部は思った。何をしていたのかは知らないが、息子が悪くないことだけは信じているのだ。

突然幸代が顔を上げ、タオルを外した。目が真っ赤に腫れていた。

「あれだって、敦也は関係ありませんから」

「あれ、とは?」真野が訊いた。

「荒川で女の子の死体が捨てられてたって事件です。敦也のビデオに映ってたからって、どうしてあの子が犯人にされるんですか。おかしいじゃないですか。もっとよく調べてください。あの子には罪はないはずです」

でたらめに喚《わめ》く母親を見ながら、息子が長峰絵摩を陵辱《りょうじょく》している映像を見ても、この女性は同じことがいえるだろうかと織部は考えていた。

# 14

誠がベッドに寝そべってマンガを読んでいると、「入るぞ」という声がして襖が開いた。父の泰造が入ってきた。半袖の開襟シャツにスラックスという出で立ちだった。会社から帰ってきたばかりらしい。

誠はマンガを閉じ、父のほうに身体を捻《ひね》った。

「何だよ」

泰造は息子の椅子に座り、背もたれに肘を載せた。室内を見回し、苦い顔をした。

「汚い部屋だな。たまには掃除したらどうだ」

「そんなことわざわざいいに来たのかよ」

「おまえ、いつまでそんなふうにぶらぶらしてる気だ」

「うるせえな、ほっとけよ」誠はくるりと背を向け、再びマンガを開いた。小言が続くようなら喚いてやろうと考えていた。

「おまえ、あのこととは関係ないだろうな」泰造は低い声で訊いてきた。

「あのことって?」誠はマンガを読む姿勢を続けた。しかし内心ではどきりとしていた。

「伴崎って奴の事件だ。決まってるだろ。どうなんだ、おまえ、何か関係があるのか」

誠は唾を飲み込んだ。動揺したところを見せてはいけないと思った。

「関係ねえよ」

「本当か」

「本当だよ。うるせえな」

父親が立ち上がる気配があった。部屋を出ていくのかと思ったが、そうではなかった。誠は肩を摑《つか》まれた。強い力だった。

「こっちを見て、ちゃんと話せ。大事なことなんだぞ」父親の声は苛立っていた。

誠は渋々身体を起こし、ベッドの上で胡座《あぐら》をかいた。ちらりと見上げると、泰造は息子を睨みつけていた。だがその目には怒りではなく、切迫した色が宿っていた。

「この前刑事が来た時、伴崎とは最近会ってないといってたな。あれは本当なんだろうな」

「ほんとだよ」誠は俯いて答えた。

「じゃあ、あの日はどうだ。川口で花火大会のあった日だ。おまえ、うちの車で出ていっただろう。あの時、友達の家にいるとかいってたな。その友達というのは伴崎じゃなかったのか」

誠は答えられなかった。たしかにあの時、電話で父親にそういった。今ここで、別の友人だと嘘をついても意味がない。調べればすぐにばれることだ。

彼が黙っていることで、泰造は事情を把握したようだ。大きく舌打ちした。

「馬鹿なことをしやがって。そんなことじゃないかと思った。伴崎が殺された時から嫌な予感がしてたんだ」泰造は再び腰を下ろした。スチール椅子が軋《きし》み音を鳴らした。

誠は父親を見た。「俺、関係ねえよ」

下を向いていた泰造が、焦燥感のにじみ出た顔を上げた。

「何が関係ないだ。おまえも一緒にいたんだろう。伴崎たちが悪さをしてるところに」

誠は手を振った。

「俺、いなかったたって。だって、あの時、車を返しに帰ってきたじゃねえか。親父が車を返せっていったんじゃないか」

「それまでは一緒だったんだろ？」

「そうだけど、それまでは何もやってない。ただ、一緒に車に乗ってただけだ。だから、奴らがあの女の子を殺したことだって、俺は何も知らないんだ。全部、俺が帰ってからのことなんだ。ほんとだよ」

泰造はじっと誠の顔を見つめてきた。息子の言葉の真偽を見極めようとする目だった。

「女の子をさらう時はどうだ。一緒にはいなかったのか。前にテレビで、現場で怪しい車が目撃されてるとかいってたけど、あれ、うちの車じゃないのか。旧式のセダンタイプとかいってたぞ」

誠は目をそらした。言い逃れは不可能だった。

「やっぱりうちの車か」泰造は念を押した。

仕方なく誠は小さく頷いた。泰造はまた舌打ちをした。

「テレビを見てた時は他人事だと思ってたが、まさかうちの車が使われてたとはなあ」

「でも、俺は関係ねえんだよ」

「なんで関係がないんだ。おまえが運転していたんだろう。女の子をさらった時も、一緒にいたんだろうが」怒りからか泰造の声は震えていた。

「そうだけど、さらったのは俺じゃねえよ。アツヤとカイジがさらってきて、勝手に車に乗っけたんだ。俺、あいつらがあんなことするなんて思わなかったんだ」

「じゃあ、どうしてその時に二人を止めなかったんだ。車に乗せるなっていわなかった？」

「そんなこと、いえるわけねえよ。そんなことしたら、後でどんな目に遭わされるかわかんねえよ。ぼこぼこにされちまうよ」

息子の話に、泰造はうんざりしたように顔を歪めた。

「ヤクザと一緒だな、おまえらの世界は。頭がどうかしてるとしか思えん。それで、その後はどうしたんだ」

「女の子をアツヤのアパートまで運んで……そうしたら親父から電話がかかってきたんだ。それで二人とは別れて、帰ってきたんだよ」

「本当だな」

「ほんとだって、信じてくれよ」

「おまえは女の子には手を出してないんだな。嘘じゃないな」

「嘘じゃねえよ。俺がやったのは運転だけだよ」

泰造は頷き、顎を撫でながら思案にふけった。顎には無精髭が生えていた。

「どの道、もう一度警察が来るだろう。花火の日のことをおまえに訊くはずだ。そうしたら、どう答える気だ」

「どうって……正直にいうしかないんじゃないの」

「おまえは車には乗ってなかったって話にはできんかな」

父親の問いに誠は目を丸くした。「えっ、どういうこと?」

「つまりだ、おまえは伴崎に車を貸して、どこかよその場所で待ってたってことにするんだ。いや、そうするとどこで待ってたのか説明しなきゃならんな。よし、じゃあ、伴崎のアパートで待ってたことにしろ。で、伴崎が女の子をさらって戻ってきたが、おまえは車だけ返してもらって家に帰ったというわけだ」

誠はようやく父親の意図を悟った。泰造は何とか息子を庇おうとしているのだ。そのための嘘を考えてくれているのだ。

「だめだよ、それじゃ」誠はいった。

「どうして?」

「だって、カイジがいるじゃないか。カイジが警察に捕まって、全部白状したら、俺が運転してたこともばれちゃうよ」

「そうか」泰造は唇を噛み、顔をしかめた。

「やっぱ、本当のことを話すしかないんじゃないの？」

「そうだな……」泰造は拳で自分の太股《ふともも》を叩き、誠を見た。「あんまり下手な嘘をつくのはまずいな。じゃあ、正直に話すんだ。ただしな、脅されたこともはっきりいうんだぞ」

「脅されたって？」

「車を運転しろといって脅されたんだろ。で、女の子をさらう時も、協力しないとひどい目に遭わせるぞっていわれたんだろ」

「実際に二人からそういわれたわけじゃないよ。後でリンチに遭うと思ったから、逆らえなかったんだ」

泰造はじれったそうに首を振った。

「口ではっきりといわれたと刑事にはいうんだ。それで怖かったから、いやいや運転していたんだと。そこのところを強調しておかないと、後で面倒だからな」

「でも、カイジは脅してないっていうぜ、きっと」

「だから、警察がどっちの言い分を信用するかだ。大丈夫だ。もめるようなことがあれば、弁護士に頼んでやる」

誠は頷いた。父親のことを鬱陶《うっとう》しく思ってきたが、今は頼もしく感じた。

「それから、伴崎たちが本当にレイプするとは思わなかったっていうことも、はっきりいうんだぞ」

泰造のいっている意味がよくわからず、誠は首を傾《かし》げた。

「連中が女の子にひどいことをするとわかってて、そのままそこから帰ったんじゃ、おまえもやっぱり共犯ってことになるだろうが。その後、警察に通報とかしてればいいけど、してないだろ」

「うん……」

「犯罪が起きることをわかってて、ほうっておくってのも罪になるんだ。だから、女の子の身体にちょっと触る程度で、すぐに家に帰すつもりだろうと思ったとかいうんだ。伴崎たちがそういってたからってな」

「信用してくれるかな」

「信用されなくても、そういい張るんだ。警察に通報しなかったことについては、こんな大変な事件になるとは思わなかったし、伴崎たちに後で仕返しされるのが怖かったといえばいい」

それはある程度事実でもある。誠は、そうだね、と答えた。

「だからテレビなんかで、女の子が行方不明になったことや、死体が見つかったことなんかを知っても、伴崎たちの仕業とは全然思わなかったというんだぞ。そこのところが肝心だから、絶対に忘れるなよ」

「うん、わかった」

「事件との繋がりについては考えなかったっていうことと、連中に脅されてたってことを強調すれば、おまえは大した罪には問われないはずだ。何とか無罪になるよう弁護士にがんばってもらう」

泰造は腕組みをし、目を閉じた。何か抜けがないかどうか確認している表情だ。

「伴崎たちとは、その後、会ってないんだな」誠をじろりと睨み、泰造は訊いてきた。

誠は黙ったまま、一度だけ首を横に振った。

「何だ、違うのか」

「あの後、呼び出された。車を持ってこいっていわれて……」

「いつだ」

「花火の二日後だったと思う」

「車、貸したのか」泰造の顔が、一層険しくなっていた。

誠は無言で、小さく首を縦に動かした。馬鹿が、と泰造は吐き捨てた。

「どうしてそう何でもかんでもいいなりになるんだ。そんなふうだから、おまえは何をやってもだめなんだ」

気にしていることをずばりといわれ、誠は傷ついた。同時にむかつき、横を向いた。

「その後は？」

「何が？」

「何がじゃないだろ。車を貸したということは、返してもらう時にも会ったんじゃないのか」

「会ったよ」

「いつ？」

「次の日の朝。前の晩に電話がかかってきて、アパートまで取りにこいっていわれたんだ。だから取りに行ったんだよ」ややふてくされ気味の口調で誠は答えた。

「車を貸した時とか、返してもらった時、どんな話をした？　奴ら、女の子を殺したっていったのか。死体を運ぶために車を使うとかいってたのか」

「そこまではっきりいってなかったけど、なんか、それらしいことはいってたような気がする」

「それらしいこと？　どんなことだ。詳しくいってみろ」

「覚えてねえよ、そんなこと。自分たちが悪いんじゃないとか、あれは事故だとか、そんな感じだったと思うけど」誠は頭をかきむしり、げんなりした顔を作った。

泰造は椅子から立ち上がり、誠の隣に座り直した。ベッドが深く沈んだ。

「じゃあおまえは、死体を運ぶのも手伝ってないんだな。車を貸しただけだな」

「そうだよ。当たり前じゃねえか」

「よし。だったら、そのへんのことも警察にはちゃんと話すんだ。車を貸してやったけど、何に使うのかは全然知らなかったといえばいい。翌日返してもらった時も、連中からは何も聞かなかった。そういうふうに説明するんだ。いいな」

「いいけど、でも……」

「なんだ」泰造が誠の顔を覗き込んできた。

誠の頭に浮かんだのは、アツヤやカイジからアリバイ工作について頼まれたことだった。実際に誠は、カラオケボックスに行って、二人のアリバイを作っているのだ。あのことを話すべきかどうか迷った。

「どうなんだ。まさか、ほかにまだ何かあるんじゃないだろうな」泰造が威嚇するようにいった。

「いや、何もねえよ」誠はそう答えていた。

ここでアリバイ工作のことなど話したら、父親からどんなふうに罵倒《ばとう》されるかわからないと思ったからだ。

「あのさ、それで本当に大丈夫なのかな」おそるおそる父親に尋ねた。

「何がだ」

「だってさ、たぶんカイジとは話が食い違うと思うぜ。あいつはたぶん、誠も共犯だっていい張ると思うんだけどな」

「だからそれはさっきもいったように、警察がどっちの言い分を信用するかだ。要は証拠があるかどうかだ。おまえは何も知らないうちに利用されてただけで、積極的に手伝ったっていう証拠なんてどこにもないだろう。そこのところを押さえとけば、裁判になったって大丈夫だ。とにかく殺したのは連中なんだから、警察だって、奴らの話のほうが嘘だと思うはずだ。心配するな」

果たしてそれでうまくいくのだろうかと思ったが、誠は頷いていた。今は父親のいうとおりにしておこうと思った。裁判などという難しい話になると、まるでお手上げだった。

「これでおまえも少しは思い知っただろう」泰造が誠の肩に手をかけてきた。「これからは、もう少しましな人間と付き合えよ」

「うん……」

「何といったかな、伴崎の相棒は？」

「カイジだよ。菅野カイジ」

「菅野か」泰造は口元を歪めた後、小声で呟いた。「そいつも伴崎みたいに殺されれば、話が早いんだけどな」

誠は驚いて父親を見た。するとそれをどう解釈したか、泰造は大きく頷いた。

## 15

織部たちは東武伊勢崎線の梅島駅に向かっていた。そこが菅野快児の家の最寄り駅だからだ。

改札口を出ると、川崎が新聞を読みながら立っていた。織部と真野は近づいていった。気配を察したらしく川崎は顔を上げた。

「一人かい」真野が訊いた。

「倉田はマンションの前で張っています」

川崎は後輩刑事の名を口にした。彼等は今井班に所属している。今井班は久塚班と同様、殺人事件が担当だ。

「菅野の母親は家にいるんだな」

「います。いつも七時頃に家を出るようです。店が錦糸町にあるんですよ」

「菅野快児が接触している様子は……ないよな」諦めの口調で真野はいう。

「ありません」川崎は苦笑いした。「そちらはどうでした。伴崎の母親から何か聞き出せましたか」

真野は下唇を突き出し、手を振った。

「はなっから期待してないよ。顔を見に行っただけだ。出来の悪いクソガキに出会ったら、昔からよくいうじゃないか。親の顔が見たいって」

「伴崎幸代は、敦也が長峰に殺されたってことに感づいてる様子でしたか」

「いや、まだそこまで考える余裕はないみたいだった。息子の馬鹿っぷりを庇うのに精一杯という感じだったな。まあしかし、いずれは知るだろう。その時にどんな顔をするか、見に行ってみるかな」

「いいですね。お付き合いしますよ」

川崎が歩きだしたので、織部たちも彼に続いた。

形式上、今も城東署と西新井署の二箇所に捜査本部が置かれていた。城東署の本部では長峰絵摩の事件を、西新井署では伴崎敦也が殺された事件について捜査するという形だ。しかし伴崎敦也を殺したのが長峰重樹だとほぼ断定できる以上、双方が合同で捜査に当たるのは当然といえた。今では西新井署のほうが実質上の捜査本部となっている。

しかし事件が二つあり、それぞれの犯人が違う以上、所属によって捜査員の担当が違ってくるのも事実だ。織部や真野たちは、あくまでも長峰絵摩の死体遺棄事件についての真相を糾明するのが先決であり、犯人が伴崎たちであるならば、彼等の犯行を立証する証拠を集めるのが捜査の目的となる。一方川崎たちは、その伴崎を殺した犯人を追うのが仕事だ。

「ところで伴崎の母親は、事件以前に長峰のことを知ってましたか。長峰絵摩の事件のことですが」歩きながら川崎が訊いてきた。

「まるで聞いたことがなかったといっていた。あれは嘘をついている顔じゃない。そもそもあの母親は、息子のことを何ひとつ知らないんだ」

「最近の親はそうですよ」

「伴崎の遊び仲間はどうかな」

「そちらのほうは我々が当たりましたがね、長峰や長峰絵摩のことなんか、事件が起きるまで知らなかったといっています。伴崎が、前々から長峰絵摩を狙っていた様子もないということでした。いい加減な連中ばかりですが、まあ信用していいと思いますね」

「すると長峰絵摩の事件以前には、伴崎と長峰父娘には繋がりがないということか。やっぱり、たまたま街で見かけた絵摩をさらったというわけか」

「そうなります」

「おかしな話だな。ボスたちはどう考えているのかな」

「お偉方も頭を捻ってますよ。長峰が部屋に侵入した手段についても、まだよくわかりませんし」

「たまたま鍵があいていたということか」

「今のところ、それしか考えられません」

川崎の言葉に、真野は低く唸《うな》った。

二人が話し合っている内容については織部も承知している。捜査本部で問題になっていることの一つに、長峰重樹がいかにして伴崎敦也のことを知ったのか、ということがあるのだ。ふつうのサラリーマンにすぎない彼に、警察でも突き止められない真実を探り出すほどの能力やコネクションがあるとは思えない。唯一考えられることが、絵摩が殺される以前から、長峰が伴崎のことを知っていたということだが、現在までのところ、そうした事実は見つかっていない。

さらにもう一つの問題が、いかにして長峰は伴崎の部屋に侵入したのか、ということだ。状況から判断すると、伴崎の留守中に忍び込み、例のビデオテープを見た後、伴崎を待ち伏せしていたとしか考えられないのだ。

「菅野さえ見つかれば、すべて解決なんですけどね」川崎はため息まじりにいった。

その菅野快児の自宅は日光街道の少し手前にあった。六階建てマンションの五階だ。その前で三人は足を止めた。

川崎が携帯電話をかけた。

「川崎だ。何か変わったことはあるか。……そうか、これから真野さんたちと母親に会う。引き続き、周りの様子に気をつけておいてくれ」

電話を切った後、彼は真野と織部を交互に見た。

「倉田たちがこっちのマンションで見張っているんです。特に変わったことはないみたいです。行きましょう」

菅野のマンションの向かい側に、似たようなマンションが建っている。そこで川崎の同僚たちが張り込んでいるらしい。いうまでもなく彼等が待っているのは長峰重樹だ。伴崎を殺した長峰が次に菅野快児を狙いに来ることは容易に想像できる。

三人は菅野のマンションに入っていった。オートロックになっていたので、川崎がインターホンを押した。菅野快児の母親と思われる女性の声がした。川崎が手短に名乗ると、すぐにドアが開いた。

「母親の名前は？」エレベータに乗ってから真野が訊いた。

「ミチコです。道路の路に、子供の子。店でもその名で通しています」

「菅野快児が伴崎と一緒に若い女性を襲っていたことは、母親に告げるつもりかい」

「告げるよう指示を受けています。まあ、たぶん覚悟はしているでしょうがね」

「それはどうかな」真野が口元を曲げた。

「でも、息子が伴崎と始終一緒に行動していたことは、母親なら知っているでしょう」

「それでもだ。母親というのは、子供のことになると盲目になる。伴崎の母親だってそうだった。あれだけ動かぬ証拠があっても、やっぱり信じたくないんだろうな。わかってはいても見て見ぬふりをする」

「現実を受け入れさせますよ」川崎はにやりと笑った。「そうしないと息子が殺されるってことも教えてやるつもりです」

エレベータが五階に着いた。部屋の前にもインターホンがついていた。川崎がボタンを押すと、返答が聞こえる前にドアが開いた。姿を見せたのは、茶色の髪を長く伸ばした女だった。

「御苦労様です。いろいろと御迷惑をかけているみたいで申し訳ございません」菅野路子は殊勝な声を出した。

真野が前に歩み出た。

「息子さんのことで、ちょっと伺いたいことがあるんです」

「わかりました。どうぞ。狭いところですけど」

伴崎敦也の母親に比べ、ずいぶん落ち着いている、と織部は思った。もっとも快児はまだ殺されていないのだから、当然かもしれなかった。年齢は三十代半ばに見えたが、無論、もっと年上だろう。店に出るには早い時間帯だが、すでに化粧を終えていた。

狭いところと彼女はいったが、リビングルームは広々としていた。二十畳以上あるかもしれない。置いてあるモダン調の家具も安物には見えない。

コーヒーを入れるという彼女を真野が押し止めた。

「息子さんからはやはり連絡はありませんか」

菅野路子は深刻そうに眉をひそめた。

「ありません。いつもそうなんです。ふらっと出かけていったら、何日も連絡しないなんてこと、よくあるんですよ」

旅に出ていて連絡が取れないというのは特別なことではない、といいたい口振りだ。

「行き先も御存じないとか」

「そうなんです。あまりしつこく訊くと怒りますから。あの年頃の子供って、大抵そんな感じですよね」

これまた、自分の息子だけがおかしなことをしているのではないという主張に聞こえた。

「連絡を取ろうとはなさってるんですか」川崎が訊いた。

「取りたいとは思っているんですけど、心当たりが何もなくて。携帯電話にかけてみても、留守電に切り替わるだけで……」そういってから彼女は三人の刑事の顔を見回した。「でも、あの子が帰ってきても、お役には立てないと思いますよ。それは前にも別の刑事さんにお話ししたんですけど」

「役に立てない、とは？」真野が訊いた。

「だから、伴崎君の事件についてですよ。気の毒な事件ですけど、ちょうどあの前から旅行に出ているんです。うちの子は何も知らないと思います」

どうやら刑事の訪問の目的を、伴崎殺しの犯人に繋がる手がかり探しと決めてかかっているようだ。あるいは、そう振る舞っているだけなのか。

「おかあさん」川崎が、やや改まった口調で切り出した。「殺された伴崎君が、生前どういうことをしていたかは御存じですよね」

「どういうことって……」

「昨日も今日も、テレビでうるさくいってるじゃないですか。ビデオが見つかって、そこにいろいろと問題のある映像が録画されていたんですよ。テレビ、御覧になってないんですか」

菅野路子は目を伏せた。しかし臆したわけではなさそうだ。赤く塗られた唇の両端が下がった。

「それは、私だって見ています。伴崎君は女の子たちに悪戯《いたずら》をしていたという話でしたよね」吐息をつき、ゆっくりとかぶりを振った。「伴崎君のことは少し知っていますけど、あんな子じゃなかったんですよ。いい奴だって、うちの子もいってたんです。それが、どこでどう間違ってしまったのか……」

「彼には共犯者がいたんです」川崎がいった。「ビデオに、もう一人映っていたんです。何人かに確認を取りましたが、お宅の快児君に間違いなさそうです」

菅野路子の黒くアイシャドウを塗った目が、大きく開かれた。次に彼女は眉間に深い皺を作った。胸が隆起するほど息を吸い込んだ。

「あの子がそんなことするわけありません」激しく首を振りながらいった。その目は川崎を睨みつけていた。

川崎は背広のポケットから二枚の写真を取り出し、テーブルに置いた。現像された写真ではなく、プリントアウトされたものだ。ビデオ画像から作ったものらしい。

写真には若者の顔が写っていた。整った顔立ちの若者だ。短い髪を逆立てている。顔の部分だけを拡大したらしく少し輪郭がぼけているが、確認するのに支障はないはずだ。

「これが何だっていうんですか」菅野路子は喚いた。

「よく見てください。快児君じゃありませんか」

「違います」

「おかあさん、これは大事なことなんです。お宅の息子さんの命に関わることなんです。だから、よく見てください。快児君でしょう？　もしこの写真ではわかりにくいということなら、元のビデオを見ていただくしかないわけですが」

「何ですか、元のビデオって」

「さっきもいった、伴崎敦也の部屋で見つかったビデオです」川崎はいった。伴崎敦也と呼び捨てにしたのは、ビデオの内容が犯罪的行為であることを仄《ほの》めかすためかもしれない。

菅野路子は口を閉じ、俯いた。写真を見ようとしない。その様子から、彼女はそれが息子であることをすでに認めているのだと織部は悟った。

「何かの……間違いです」先程までとは比較にならない弱々しい声で彼女はいった。「あの子がそんなことをするなんて、とても信じられません。何かの間違いです。きっと遊び半分で、ちょっと羽目を外しすぎたんです」

「おかあさん、強姦ですよ」川崎が冷めた口調でいった。「遊び半分で強姦、ですか」

菅野路子の身体は小刻みに震えていた。怯えているのか、怒りに震えているのか、織部には判断できなかった。

「そんなの……強姦かどうかなんてわからないじゃないですか。ビデオだとそんなふうに見えるというだけのことでしょ。大体、ビデオなんて裁判じゃ証拠にならないって、前に聞きました」

それは事実だった。参考資料にはなるが、証拠としては認められにくい。いくらでも変造や加工が可能だからだ。

「女の子が死んでいるんです」しばらく黙っていた真野が口を開いた。「荒川で死体となって見つかった女の子も、伴崎たちの犠牲者でした。その映像にもお宅の息子さんが映っています」

「それが何だっていうんですか。だからうちの子が殺したっていうんですか。そんなの……そんなの名誉毀損です。私、弁護士の先生に相談させていただきます」

ヒステリックに騒ぐ彼女を眺めながら、伴崎の母親と同じだと織部は思った。二人とも、完全に息子を信用しているわけではないのだ。むしろ、内心では、おそらく自分の子がやったのだとわかっている。それでも彼女たちは庇おうとするのだ。

「おっしゃるように、快児君が実際に強姦をしていたかどうかはまだわかりません」川崎が無機的な口調で話しだした。「ただ、問題なのは、伴崎君が殺されたということです。そして彼を殺した犯人は、おそらく快児君のことも狙うだろう、ということです」

その瞬間、それまで紅潮していた菅野路子の顔から、急速に血の気が失せていった。

## 16

菅野路子のマンションを出て間もなく、真野の携帯電話が鳴った。ちょうど梅島駅に着いたところだった。

「もしもし……はあ、行ってきました。だめですね。息子の行き先を知っている様子はありません。……

隠しているようには見えませんでしたが。……ええ、今織部と一緒にいます。今井班の連中は、菅野のマンションの向かいにある部屋に。……えっ、これからですか。構いませんが。……ちょっと待ってください。ナカイですか。……ナカイマコト。わかりました。じゃあ、これから寄ってみます。住所は……はい……はい。三丁目ですね」

真野が電話を切るのを待って、織部はいった。

「聞き込みですか」

「うん。伴崎の中学時代の同級生が、このあたりに住んでいるらしい。当人の親から西新井署に連絡があって、何か話したいことがあるそうだ」

「伴崎と同級生ということは、菅野とも同様ということですね」

「そうなるな。ところで、地図はあるか」

「あります」

織部は立ったまま地図を広げ、真野が電話で聞いた住所を確認した。たしかに、歩いて行けそうだ。

住所から察すると、マンションやアパートではなく一戸建てのようだ。

「西新井署に連絡があったということは、伴崎殺しに関する情報提供でしょうか」

「いや、そうともかぎらないだろう。とりあえず自宅に近い警察に連絡しただけかもしれない。それに伴崎殺しのほうなら、川崎たちに指示が出されていただろうしな」

「そういえばそうですね」

中井誠の家は、商店の並ぶ通りから少し入ったところにあった。ぎっしりと軒を連ねている中の一軒だった。小さな門から手が届きそうなところに玄関ドアがついている。

インターホンで真野が名乗ると、すぐにドアが開けられた。出てきたのは五十歳ぐらいの男性だった。体格がよく、顔は日焼けしている。

「わざわざすみません。誠の父です」男は名刺を出してきた。中井泰造と印刷されていた。建設会社に勤めているらしい。課長の肩書きがついていた。

「何かお話があるとか」真野が訊いた。

「ええ。とにかく中へ」

織部たちが通されたのは、こぢんまりとしたリビングルームだった。すぐ横にダイニングテーブルがある。泰造の妻が緊張した面もちで二人に茶を出してくれた。

「誠を呼んできてくれ」泰造が妻に命じた。

彼女が出ていくのを見送ってから、真野が口を開いた。

「それで中井さん、御用件というのは何に関することでしょうか」

泰造は茶を一口啜ってから苦笑を浮かべた。

「それはまあ本人から説明させますがね、例のあの事件……伴崎君の件でして」

「彼が殺された事件ですか」

「いやいや、そっちのほうではなくて、川口の女の子が死体で見つかった事件のほうです。あれの犯人が伴崎君らしいとか」

「なるほど。しかしまだ伴崎君の仕業と決まったわけではないんですがね」

「ははあ、そうですか。でも、ほぼ間違いないんでしょ？　テレビではそういう意味のことをいってましたが」

「それは……テレビでどんなふうにいってたのかは知らないのですが、とにかく詳しいことはまだ捜査中です」

「そうなんですか。だとしたら、もしかすると息子の話が何かのお役に立てるかもしれませんな」

まどろっこしい物言いをする男だな、と織部は隣で聞いていて思った。腹に一物あるような気配がした。

その時ドアが開いて、痩せた若者が母親と共に入ってきた。茶色に染めた髪を逆立てている。刑事たちに警戒のこもった目を向けてきた。

「誠、こっちへ来て、刑事さんたちにさっきの話をしなさい」

父親にいわれ、誠は何もいわずに近づいてきた。父親の隣に座り、俯いた。

「誠君といったね、何を話したいのかな」真野が優しい口調で話しかけた。

誠は横の父親を見た。どう話せばいいかを尋ねている表情だった。

「最初から話せばいい。あの花火の夜のことから」泰造がいった。

「花火の夜というと、川口で女の子が行方不明になった日かな」真野は誠に訊いた。

誠は小さく頷いた。

「あの日に何かあったのかい？」

「こいつがいうには、伴崎君たちに会ったそうです。しかも車に乗せたとか」

「車に？　君の車？」

「私の車です。でも時々、こいつが使うこともあるんです」

「車種は？」

「グロリアです。五二年式のポンコツですがね」

当たりだ、と織部は思った。目撃談と一致する。

「その車に伴崎君たちを乗せたというのは？」真野が誠の顔を覗き込んだ。

「あの花火の日に、彼等に誘われて出かけていったそうなんです。それで、車に乗って、三人で遊びに行ったとか――」

「お父さん、すみませんが、息子さんから直接お話を伺いたいんですが」

「あ、そうですね。そのほうがいい。おい、ちゃんとお話ししろ」泰造が誠にいった。

誠はおどおどしながら少し顔を上げた。

「……カイジが花火の後でナンパしようっていうから、アツヤと三人で車で……いろいろと走り回って……」語尾が消えたが、誠としてはこれで話し終えたつもりらしい。

それで、と真野が先を促した。

「そうしたら、カイジとアツヤが車を止めろっていって、で、待ってたら、知らない女の子を連れてきて、車に乗せて、アパートに行けっていわれて……」

「ちょっと待って、その女の子というのは、二人がナンパしたわけかな」

誠は下を向いたまま首を捻った。

「よくわかんないっていうか……なんか、ぐったりしてて、気を失ってたみたいだった」

真野がちらりと織部のほうを見た。目を合わせてから、誠のほうに向き直った。

「その女の子というのは、あの子なのかな。死体で見つかった長峰絵摩さんかな」

「顔はよく覚えてないんだけど、そうじゃないかなと思って……」

「いやあ、こいつがいうにはですね、殺された伴崎君が川口の女の子を殺したんじゃないかというニュースを見ているうちに、あの時の女の子じゃなかったのかと思い出したというんですよ。それまでは全然失念していたそうで。全く、のんびりしているというか、ぼんやりしているというか、全くお恥ずかしい話です」

「その車はどこにありますか」真野は泰造に訊いた。

「駐車場に止めてあります。前の通り沿いに二十メートルほど行けば、月極《つきぎめ》のモータープールがあるんです」

「車を見せていただいても構いませんか」

「どうぞ、どうぞ。今すぐ、家の前まで持ってきますよ」

腰を浮かしかけた泰造を、「いや、結構です」と真野が手で制した。

「専門の者がおりますから、彼等に任せます」そういって真野は織部に目配せした。

ちょっと失礼、といって織部は立ち上がった。捜査本部に報告するためだった。

鑑識に来てもらうよう久塚に連絡し、織部が部屋に戻ると、誠からの事情聴取はかなり進んでいる様子だった。

「するとこういうことかな。まず花火の夜に、伴崎君たちが女の子をどこかから連れてきて、君の車に乗せた。そのまま伴崎君のアパートに行ったけど、君はお父さんに呼ばれて、車を返すために家に戻ってきた。その二日後、伴崎君から電話があって、車を貸してくれといわれた。目的はわからなかった。その夜に電話があって、翌朝早くに伴崎君のアパートまで取りに行った。菅野君も一緒にいたが、二人の様子に変わったところはなかった。――こういうことでいいかな」

「まあ、大体……そうです」誠は細い声で答えた。

「何というかまあ、情けない話でしてね」泰造が苦い顔を作った。「いくら脅されたといっても、知らない女の子をどこかからさらってくるような連中のいいなりになるなんて、言語道断だと叱ったんですよ。どうやらあの二人は、それまでにも同じようなことばっかりやってたそうなんですな。でも幸いというか、たまたまというか、大きな事件にはならなかったみたいなんで、今度もまあ変なことにはならないだろうと思ったと、こいつはいうわけなんですよ。だから川口で女の子が行方不明になったとか、その子の死体が見つかったとかいうニュースを見ても、まるでぴんとこなかったそうなんですわ」

「そうなのかい?」真野が誠に訊く。

はい、と誠は小さく頷いた。

「それで、どうして急に自分が事件に関係していたかもしれないと思ったわけ?」

「だからそれは……アツヤが川口の女の子を殺した犯人だっていうニュースが出て、だったらあの時の女の子だったのかなと思って……もしそうだったら、やばいし」

「女の子をさらった時に一緒にいたことや、車を貸したことなんかは警察に話しておいたほうがいいと思ったわけ?」

「そうです」

「なるほどね」真野は頷いてから泰造を見た。「息子さんに、今の話をもう一度警察で話してもらってもいいですかね。帰りはそんなに遅くならないようにしますから」

「今日、これからですか」

「お願いします」真野は頭を下げた。

「それはまあ必要とあれば仕方ありませんが」泰造は横目で息子を見た。「ええと、私も一緒に行っていいですかね」

「もちろん、そうしていただけると助かります」

「じゃあ、ちょっと支度をします。――おい」

泰造は誠の肩を叩いて一緒に立たせると、リビングを出ていった。

真野が織部のほうを向いた。「班長に連絡したか」

「しました。鑑識がそろそろ到着するはずです。うちの班の人間が同行するそうです」

「わかった。その連中が着くのを待って、俺たちは中井さんたちと西新井署に向かおう」

「了解しました」

織部が頷いた時、「あの」と誠の母親が話しかけてきた。彼女はそれまで殆ど口をきいていない。夫や息子の話にじっと耳を傾けていただけだ。

「何でしょう?」真野が訊いた。

母親は唇を舐めてから徐《おもむろ》にいった。

「うちの子は罪に問われるんでしょうか」

「いやあそれは……」真野は低く唸った。「我々には何とも断言できかねます。検察がどう判断するか、です。今のお話を伺ったかぎりでは、女の子を拉致《らち》した時に一緒にいて、しかも車を運転していたというのが、どう解釈されるかですね」

「やっぱりねえ」母親は吐息をついた。「あの子、気が弱くて、脅かされると何にもいえなくなってしまうんです。いつもいいなりになって……」

「ほかの二人との力関係についても今後調べることになりますから、実際、脅されていたということが判明すれば、検察にもそれなりに理解を示してもらえると思いますが」

そうですか、と母親は頷いた。幾分、安心したように見えた。

「我々は表で待たせてもらいますよ」真野は腰を上げ、織部にも目で同意を求めた。織部も立ち上がった。

「どう思う、中井誠の話」外に出てから真野が織部に訊いてきた。

「大体のところは信用できると思います」織部は率直に答えた。「例のビデオに中井は映ってなかったですから、長峰絵摩のレイプ現場にはいなかったんじゃないですか」

「死体遺棄のほうはどうだ。関与してると思うか」

「その可能性も低いと思います。もし関与していたら、こんなふうには連絡してこないでしょう。菅野快児が捕まったら、何もかもばれるわけだし」

「そうだな。大筋のところは俺も同感だ」

「細かいところに気になることがありますか」

「まあ、大したことじゃないけどな」真野は声をひそめ、含み笑いをしていった。「息子の罪が少しでも軽くなるよう、親としちゃあ精一杯知恵を絞るよな。それが当然だ」

「彼等が何か隠してると？」

「隠してるってほどじゃない。微妙にオブラートに包んでるんだ」

真野がそういった時、パトカーとワゴン車が近づいてくるのが見えた。サイレンは鳴らしていない。

それとほぼ同時に玄関のドアが開き、中井父子が出てきた。泰造はスーツ姿だった。

泰造の案内で、織部たちはグロリアを止めてある駐車場に向かった。

グロリアは一番隅に止められていた。五二年式というだけあって、織部の目には懐かしい形に見えた。しかし手入れは行き届いており、塗装の傷みなどは見当たらない。

早速、鑑識が仕事を始めた。中井父子は不安そうに係員たちの動きを目で追っている。

同行した捜査員の中に、近藤という刑事がいた。織部たちに近づいてくると、声をひそめていった。

「車が見つかったのは結構なことだけど、あっちのほうは厄介なことになりそうですよ」

「あっちのほうって、長峰か」真野も声を落として訊く。

ええ、と近藤は頷いた。中井父子のほうを気にしてから、続けた。

「今日の夕方、警視庁の広報に手紙が届いたんです。誰からだと思います？」

「まさか……」織部は目を見張った。

「そのまさか、だよ」近藤は織部から真野に視線を移した。「長峰からです。速達でした」

「内容は?」

　近藤は一呼吸置いてからいった。

「娘の仇を討たせてくれ、恨みをはらしたら必ず自首する——そう書いてあったんです」

## 17

『伴崎敦也殺害事件を担当しておられる警察関係の皆様へ。

　私は、先日荒川で死体となって発見された長峰絵摩の父親、長峰重樹です。どうしても皆様にお伝えしたいことがあり、筆をとらせていただきました。すでに御明察のことと存じますが、伴崎敦也を殺したのは私です。

　動機は、これまたお話しする必要もないかもしれませんが、娘の復讐です。

　妻を何年も前に亡くした私にとって、絵摩は唯一の肉親です。かけがえのない宝でした。彼女がいたからこそ、どんなに苦しいことも耐えられましたし、これからの人生に夢を抱くこともできました。

　そんな何ものにも代え難い宝を、伴崎敦也は私から奪いました。しかもそのやり方は、残忍で、狂気に満ちたもので、人間性のかけらさえ感じることができません。私の娘を、まるで家畜のように、いいえそれ以下の、ただの肉の塊として扱ったのです。

　私はその様子をこの目で見ることになりました。人間の皮をかぶっただけのけだものたちは、絵摩を蹂躙する様子をビデオカメラにおさめていたからです。

　それを目にした時の私の気持ちをわかっていただけるでしょうか。

　私が悲しみのまっただ中にいる時、伴崎敦也は戻ってきました。彼にとっては最悪のタイミングだったわけです。しかし私にとっては、恨みを晴らす絶好の、そして唯一のチャンスでした。

　彼を殺したことを、私は少しも後悔しておりません。それで恨みが晴れたのかと問われますと、晴れるわけがないとしか申せませんが、もし何もしなければ、もっと悔いることになっただろうと思います。

伴崎は未成年です。しかも、意図的に絵摩を死なせたわけではなく、たとえばアルコールや薬の影響で正常な判断力が損なわれていた、などと弁護士が主張すれば、刑罰とはとてもいえないような判決が下されるおそれがあります。未成年者の更生を優先すべきだ、というような、被害者側の人間の気持ちを全く無視した意見が交わされることも目に見えています。

事件の前ならば、私もそうした理想主義者たちの意見に同意したかもしれません。でも今の考えは違います。こんな目に遭って、私はようやく知りました。一度生じた「悪」は永遠に消えないのです。たとえ加害者が更生したとしても（今の私は、そんなことはあり得ないと断言できますが、万一あったとしても）、彼等によって生み出された「悪」は、被害者たちの中に残り、永久に心を蝕み続けるのです。

もちろん、どういう理由があろうとも、人を殺せば罰せられることはわかっております。すでに私はその覚悟ができています。

しかし、今はまだ逮捕されるわけにはいきません。復讐すべき人間は、もう一人いるからです。もはやそれが誰かということも警察では摑んでいるだろうと想像します。

私は何があっても復讐を果たします。それまでは捕まらないつもりです。そのかわりに、復讐を果たした時には、その足で即座に自首いたします。情状酌量を求める気はありません。たとえ死刑が宣告されても構いません。どうせ、このまま生きていても意味のない人生なのです。

こんなふうに書いたところで、何の意味もないことはよくわかっております。今頃皆様は、私の行方を追っておられることでしょう。その方針が、この手紙によって変更されることなど期待しておりません。

ただ、私の知人、友人、そして親戚に対する、不必要に厳しい捜査は遠慮していただきたいのです。私には共犯者はおりません。すべて私が一人で考え、行動していることです。定期的に連絡をとっている者もおりません。

これまで私たち父娘は、様々な方に支えられてきました。その皆さんに、御迷惑をかけたくなくて、このような手紙を書きました。

この手紙が無事に、捜査の第一線におられる方々の手に渡ることを祈っております。

長峰重樹』

便箋は全部で八枚あった。手書きだが、その文字は安定しており、激情に駆られたままに綴った文章ではないことが窺い知れた。

西新井署の会議室の一角に、織部たち久塚班の捜査員が集まっていた。全員がA4判の紙を手にしている。そこに長峰重樹からの手紙がコピーされていた。

書いたのが長峰本人であることは、すでに筆跡鑑定で明らかになっていた。消印によれば、愛知県内で投函されたようだ。だが今のところ、長峰と愛知県との繋がりは見つかっていない。

「きつい文面だな」織部の隣にいた刑事が呟いた。「こんなことを書いてこられても困るよな。気持ちはわかるけど、俺たちは上からの指示にしたがうしかないわけだし」

「でもこれで、長峰重樹が伴崎殺しの犯人だと断定できるわけですよね。課長たち、どうしますかね」

「どうって？」

「指名手配、するんでしょうか」

「するだろう。その手順について、今、お偉方が相談しているところだよ」

間もなく会議室のドアが開き、久塚ら、班長以上のクラスの人間が入ってきた。久塚は織部たちのところにやってきた。

「マーさん、車が見つかったらしいな」久塚は真野に訊いた。

真野は頷いた。

「伴崎の同級生に中井誠というのがいるんですが、そこの家の車に間違いないと思います。グロリアです。鑑識さんに調べてもらっていますが、中井の話によれば、死体を運ぶのにも使われたと思われます」

「中井の調書は？」

「ついさっき取って、今日はもう帰しました」

真野は中井誠の供述内容をかいつまんで報告した。すでに織部が電話で話したことなので、久塚の顔に驚きの色はない。

「どうしますか。明日、もう一度中井を呼びますか」真野が確認した。

久塚は首を振った。

「その必要はないだろう。伴崎や菅野たちが怖くて、いいなりになっていたという話に嘘はなさそうだ。菅野の居場所についても何も知らないといってるわけだろ」

「それはそうですが、拉致と婦女暴行について共犯容疑があります」

「それは菅野を捕まえてからにしよう。せいぜい書類送検だしな。それより――」久塚はそばの机に置いてあったコピーを手にした。「こいつがマスコミに公表されることになった」

「全文ですか」真野が声に驚きを込めた。

「いや、おおよその内容だけだ。少年法を非難している部分なんかを見せたら、ここぞとばかりにマスコミ連中ははしゃぐだろうからな。伴崎殺しを自供している点と、娘の復讐を継続するつもりだという点を強調して発表する。同時に、長峰を全国に指名手配することになるだろう」

やはりそうか、という思いで織部は上司の口元を見つめた。では菅野快児はどうなのか、と彼は思った。あいつは指名手配されないのか。

無論、そんなことは口に出さなかった。菅野を指名手配できないことなど織部にもよくわかっていた。長峰絵摩が殺されたと断定できる状況ではなく、彼女の死に菅野がどう関わったかということも不明だ。そしてそれ以前に、菅野は未成年だった。

「この手紙がマスコミを通じて発表された時、菅野がどう動くか、ですね」

真野の言葉に久塚は頷いた。

「殺されるよりはましだと思って、あっさりとどこかの警察に出頭してくれればいいんだがな。それを期待してマスコミに公表するわけだが、最近の若い奴らの考えることは、よくわからんからな」

「消印についてはどうするんですか。愛知県内から投函されていることも発表するんですか」

「マーさんもやっぱりそれが気になるか」

「なりますな。この手紙の意図はそれしかないですから」

「俺もそう思う。だが、発表するかどうかは課長に一任することになった」

あの、と別の刑事が口を挟んだ。「投函場所がそんなに問題なんですか」

久塚はその刑事を見た。

「長峰は、なぜこんな手紙を送ってきたと思う?」

「なぜって、そりゃあ、ここに書いてあるとおりじゃないんですか。周りの人間に無用の迷惑をかけたくないってことでしょう」

「それもあるだろうな。だけど、それだけのためにわざわざここまでするだろうか。また、こんなことをしたところで、必要とあれば我々は誰が相手でも捜査を行う。その程度のことは長峰にもわかるんじゃないか」

「じゃあ、この手紙の目的は何だと?」織部が訊いた。

久塚は手紙のコピーに目を落とした。

「ここに書いてあることは、すでに我々が摑んでいることばかりだ。新しい情報といえることは何もない。そのことは長峰自身も認めている。つまりマーさんがいうように、文面だけでは彼の意図がわからない。となれば、文面以外の部分に意図を見いだす必要がある。しかし差出人は長峰重樹となっているだけだ。残る情報といえば消印以外にない。長峰だって、警察が消印を重視しないわけがないと思っているだろう。にもかかわらず、東京以外の場所から投函したのには、何か意味があると考えたほうがいい」

「長峰は実際には愛知県にはいないということですか。だから発表する必要はない、と」織部はいった。

「それはある。長峰は、まず愛知県にはいないだろう。こちらの捜査を攪乱させる狙いは込められているかもしれない。しかしそれはたぶん小さな目的だ。もっと大きな目的があると俺は思う」

「何ですか、それは」

織部が訊くと久塚は部下たちを見回した。

「長峰はたぶん、いずれ自分が指名手配されることを覚悟しているんだろう。その際には、奴が菅野を追っていることも世間に公表される。問題はそれを見た菅野がどう動くかだ。さっきもいったように、我々としては菅野に出頭してもらいたい。だが長峰としては、そんなことはされたくない。復讐するチャンスを逃がすことになるからな」

「それを防ぐことが、この手紙を書いた最大の理由だということですか」織部は再び手紙の文面に目を走らせた。

「あくまでも想像だが」久塚はいった。「こんな手紙が届けば、警察としては公表しないわけにいかない。その際、通常ならば消印についても触れる。長峰は、そうなれば菅野が自分から警察に行く可能性は減る、と考えたんじゃないだろうか」

なぜですか、と別の刑事が訊いた。

「菅野は愛知県なんかにはいないからだよ」真野が答えた。「まるで見当違いな土地だからだ。だからニュースを見た菅野はこう思う。なんだ、長峰は俺の居場所を全くわかってないぞ、これなら殺される心配もないから警察に逃げ込む必要もないぞ――」

久塚が真野の横で頷いた。

「逆にいうと、長峰は菅野の居場所について、大体の見当はつけているということになる。だからこそ愛知県という場所を選べたわけだ。万一、本当に菅野が愛知県内に潜伏していた場合には、菅野の出頭を促すことになるからな」

上司の推理に織部は唸った。そんなことは、いわれるまで思いつかなかった。

「長峰がそこまで考えてますかね」織部の隣の刑事がいった。

「だから、想像だといってるだろ。しかし、考慮する必要はある。我々のすべきことは、長峰に殺される前に、菅野を確保することだ。そのためには、菅野のほうから出てきてもらうのが一番いい」

「もし班長の推理が当たっているとしたら、長峰はどうやって菅野の居場所を突き止めたんでしょうか」織部はいってみた。

久塚は下唇を突き出し、首をゆっくりと縦に動かした。

「たしかにそれは謎だ。しかし長峰は最後に伴崎と会っている。奴を殺す直前に聞き出したということは十分に考えられる」

「それよりも問題は、長峰がどうやって伴崎に行き着いたか、ということでしょうな」真野が横からいい添えた。「この手紙でも、自分がどうやって娘を殺した犯人を突き止められたか、については触れていません。書き忘れたというより、何らかの意図が含まれているように思います」

「どういう意図だい、マーさん」

「さあそれは」真野は首を捻った。「長峰に訊いてみるしかないでしょうな」

久塚はコピーを置き、もう一度全員を見渡した。

「捜査は今井班と連携をとって行うが、基本的にあちらは長峰を追うことになっている。こちらは菅野だ。菅野と少しでも関係のあった人間に、片っ端から当たってくれ」

解散が告げられ、刑事たちは三々五々に散っていった。明日からは帰れない日が多そうだという予感を、誰もが抱いているようだった。

「マーさん、それから織部」久塚が手招きした。「二人には悪いが、これからもう一件、行ってほしいところがある」

「菅野の母親ですね」真野がいう。

久塚は小さく頷いた。

「息子の居場所について本当に心当たりがないか、

もう一度問い詰めてくれ」

「さっきの手紙を見せていいですね」

「もちろんだ。息子を助けたかったら正直に話せと威《おど》してやれ」

わかりました、と真野は答えた。

「なんだ、織部。何かいいたいことがあるのか」織部が返事をしないからか、久塚が訊いてきた。

「いや、そういうわけじゃないんですが……」躊躇《ためら》いながら彼は口を開いた。「俺たちの捜査は、結局、菅野を助けることに繋がるんだなと思って」

真野が苦笑を浮かべた。だが久塚は表情を変えず、腕組みをした。

「マーさん、あの手紙の狙いはもう一つあったかもしれんぞ」

「何ですか」

「捜査員たちの志気を萎えさせる、ということだ。現にこうして、すでに情に流されている奴がいる」

「いえ、俺は……」

「自分が何者かということを忘れるな。早く行ってこい」

# 18

丹沢家の墓は、思ったとおり、あまり丁寧には掃除がなされていなかった。和佳子は持参してきた軍手をはめ、周囲の雑草を抜いた。どうして自分がこんなことをしなければならないのか、とも思ったが、大志の顔が瞼《まぶた》に浮かぶと自然に手が動いた。

草を抜き終え、寺で借りてきた箒《ほうき》で周りを掃いた後、ようやく和佳子は墓に正対した。墓前にはすでに花が飾られていたが、その横に、自分の持ってきた花も添えた。さらに線香をあげ、合掌した。

もう何も考えないでおこうと決めているのだが、やはり大志が元気だった頃のことを思い出さずにはいられなかった。目頭が熱くなった。しかし涙をこぼさずに済む程度の自制力は、この数年間で身につけていた。

人の気配がしたので、それをきっかけに合掌を解いた。足音がしたほうに目を向けると、丹沢祐二が立っていた。祐二はすでに彼女に気づいていたらしく、目が合うと俯いた。小さく吐息をつくのが肩の動きでわかった。

和佳子は二、三歩、彼に近づいた。

「偶然？　それとも……」後の言葉を濁した。

彼は苦笑を浮かべ、改めて顔を上げた。

「偶然なんだけど、そうでないともいえるな。今日あたり、君が来るんじゃないかと思っていた。待ち伏せしていたわけじゃない。それはわかってくれ」

「あなた、法事の時に来たんじゃなかったの？」

「いや、出張で出られなかったんだ。それで今日、線香だけでもと思ってさ」

「そう」

和佳子は祐二に道を譲るように、脇へ動いた。彼は無言で墓に近づくと、さっきの彼女と同じように合掌した。その間、彼女はじっと地面を見つめていた。祐二を待っているわけではなかったが、あの世にいる息子の邪魔をしたくなかったのだ。大志は今、父親の心の声を聞いているに違いなかった。

祐二が立ち上がるのを待って、彼女は箒とバケツを手にした。

「親戚の奴ら、掃除をしてなかったのか」祐二が訊いてきた。

「してあったわよ。でも、雑草が少し残ってたから……。あてつけてるわけじゃないから、気にしないで」

「草抜きをしてくれたことなんて、俺が来なきゃ誰も知らなかったわけなんだから、あてつけだなんて思ったりしないよ。あの連中のことだから、掃除も手抜きだったんだろう。とにかく、ありがとう」

「あなたにお礼をいわれる筋合いはないんだけど。あたしが勝手にやったことだから」

「いや、大志も喜んでると思うからさ。どうして今日は二人揃っているんだろうと、不思議に思ってるかもな」

祐二は和佳子の気持ちをほぐそうとして、こんなふうにいったのかもしれない。しかし彼女は笑えなかった。もはやそういう仲ではない、と自分自身にいいきかせている。

何となく、二人並んで墓地を出る形になってしまった。落ち着かなかったが、離れて歩くのも不自然な気がした。

「今年はどうだった？」駐車場に向かう途中で祐二が訊いてきた。

「どうって、何が？」

「ペンションだよ。冷夏だったけど、お客さんは来たのか」

ああ、と和佳子は頷《うなず》いた。

「いつもとあまり変わらなかった。毎年使ってくれる大学のテニスサークルが、今年も来てくれたし」

「そうか、それならよかった」

「あなたのほうも仕事は順調？」

「今のところ、リストラされる気配はない。まあ、小さな会社だけど、一応業績は安定してるってことになってるからな」

「がんばってね」

「ありがとう。君も」

「うん」和佳子は小さく顎を動かした。彼のほうを見ることはなかった。

駐車場に着くと、彼女のＲＶ車の横に、祐二のセダンが止まっていた。他にもスペースはあるが、わざと並んで止めたように彼女は感じた。正直なところ、こういう未練がましい行為が鬱陶《うっとう》しかった。

「どこかでお茶でも飲んでいくかい？」車のドアを開けてから祐二が軽い口調でいった。

案の定だ、と和佳子は思った。彼女はかぶりを振った。

「ごめんなさい。すぐに帰るといって出てきたから」

「そうか」祐二は気後れした目になった。「じゃあ、またそのうちに」

そのうちに、なんてないと和佳子は思ったが、形だけの微笑みを返した。

「元気でね」そういうと先に自分の車に乗り込み、

祐二のほうを見ず、エンジンをかけた。

彼が車に乗る頃には、彼女のRV車は動きだしていた。

霊園は高崎市のはずれにあった。和佳子は高崎インターチェンジから関越自動車道の上り線に乗った。間もなく現れる分岐点で上信越自動車道に入れば、佐久インターまではさほどかからない。夏のレジャーシーズンも盛りを過ぎ、道はすいていた。

祐二の痩せた顔が頭に浮かんだ。お茶に誘って、彼は一体どんな話をするつもりだったのだろう。今さら思い出話に花を咲かせてどうしようというのだ。大体、二人の間に、交わして楽しいような思い出話はない。いや、かつてはあったのだが、ひとつの出来事によって、すべてが水泡と化してしまった。もう何も取り戻せはしないのだ。

和佳子はラジオのスイッチを入れた。道路交通情報の後、男性パーソナリティが最新ニュースについて語りだした。

「えーと、たった今、何とも怖いというか、やるせないニュースが入ってきました。先日からこの番組でも何度かお伝えしてきました、東京足立区で起きた殺人事件――自宅のビデオにレイプシーンを録画していた若者が殺されたという事件ですが、その続報です。昨日、警視庁に一通の手紙が届いたということです。差出人は、殺人事件の少し前に死体となって発見された埼玉県川口市の長峰絵摩さんの父親、長峰重樹容疑者でして……。ええと、ここで容疑者となっていますのは、足立区の事件で殺人の容疑があるということで、この手紙の中でも、犯人は自分であると本人が告白しているそうです。殺人の動機は娘を殺された復讐であると書かれていたようです。長峰容疑者は、さらにもう一人復讐するべき人間がいるということで、現在逃走中、警察がその行方を追っているということです。――この時間のニュースは以上ですが、なんかすごいことになってきてますね。どう思いますか」パーソナリティは、女性アシスタントに感想を尋ねた。

「うーん、気持ちはわかるというか……でも、やっぱり、いくら復讐のためとはいっても、人を殺すのはよくないですよね」

「まあ、この手紙に書かれた内容が真実かどうかは、まだわからないわけだけど、こんな嘘をわざわざ書いて送ってくるとは考えにくいよね」

「そうですよねえ」

「長峰容疑者……か。被害者の父親だった人間が、今度は殺人の容疑者になってるわけだもんねえ。なんか、日本はこれからどうなっていくのかと思うねえ」

ありきたりのコメントを発した後、パーソナリティは曲の紹介をした。流れてきたのは男性演歌歌手の昔のヒット曲だった。和佳子はスイッチを操作し、番組を切り替えた。

世の中には不幸な人もいるものだ、というのが彼女の素直な感想だった。人殺しをする感覚は想像できなかったが、子供を亡くした悲しみは理解できた。

だが佐久インターで高速道路を降りる頃には、ラジオで聞いたニュースのことは、彼女の頭から抜け落ちていた。

ペンション『クレセント』は、蓼科《たてしな》牧場の手前にある。緑色の屋根が目印の、洋館風の建物だ。その前にある駐車場に和佳子は車を入れた。

腕時計を見ると、午後三時を少し過ぎていた。『クレセント』のチェックインは三時だ。今日は二組の予約が入っているが、どちらも到着は夕方になると聞いていた。

玄関から中に入ってすぐ右手が、ダイニングルームとラウンジになっている。父の隆明が拭き掃除をしていた。

「お帰り。どうだった?」隆明は手を止めて訊いてきた。

「別に何も。花を置いて、線香をあげてきただけ」

「そうか」隆明は拭き掃除を再開した。その背中は明らかに彼女に何かいいたそうだった。

父が何を考えているのか、和佳子にはわかっていた。そろそろ大志のことは忘れたらどうだ、と思っているのだろう。しかし同時に、それが不可能だということも隆明は知っている。だから墓参りや大志の誕生日には、父娘の間にはぎくしゃくした会話が交わされることになる。

和佳子は隣の厨房に入り、エプロンをつけた。料理の下拵えは主に彼女の仕事だ。客が増える時期になると数名のバイトを雇うが、今週に入ってからはその数も一人にした。

自分はいつまでここにいるんだろう、と和佳子は思った。隆明は、いつまでいてもいいといってくれるし、それは本心だと思うが、一方で娘の将来を心配していることも彼女にはわかっていた。

十年前は、自分がこんなふうになっていることなど想像もしなかったな、と彼女は思った。丹沢祐二と結婚し、前橋にある新居で、期待に胸を膨らませながら毎日を送っていた。当時、彼女の頭の中は、間もなく生まれてくる赤ん坊のことで占められていた。出産は少し不安だったが、育児のことを考えるのは楽しかった。

三か月後に生まれてきた赤ん坊は男の子だった。四千グラムもある、元気な赤ちゃんだった。祐二と話し合い、大志と名付けた。

初めての育児は、慣れないことの連続で大変だった。世の中の夫が大抵そうであるように、祐二もあまり協力的ではなかった。会社の業績が悪化していた時期で、中堅社員である彼としては、家庭を顧みずに働く必要があったのかもしれない。

和佳子は自分の時間のすべてを大志を育てることに注いだ。それが実り、大志は健やかに育った。そのことで祐二から感謝の言葉を貰った時には、涙が出るほど嬉しかった。報われたと思った。

だが幸福の幕は突然下ろされた。

その日、珍しく親子三人で近所の公園に出かけた。天気のいい月曜日だった。祐二は土曜日に出勤していたので、その代休をもらえたのだった。

大志は三歳になっていた。元気な盛りだ。

父親と初めて公園で遊べて、大志は嬉しそうだった。二人が砂場遊びをしている姿をベンチから眺めながら、和佳子は幸福を嚙みしめていた。

空気がほどよく乾いていて、日差しの暖かい昼下がりだった。こんなに穏やかな気分になれたのは何年ぶりだろうと思った。和佳子はうとうとし始めた。

後で祐二が主張するには、彼は彼女に、「大志を見ておいてくれよ」と声をかけたというのだった。

煙草を買いに行くためだった。

だが彼女にその記憶はない。二人が遊んでいたのを眺めていたことしか覚えていない。

肩を揺すられて目が覚めた。祐二の真剣な顔がすぐ前にあった。大志はどこだ、と彼はいった。それで、一人息子の姿が消えていることに気づいた。

血相を変え、二人で探した。大志は螺旋形の滑り台の下で倒れていた。祐二があわてて抱きかかえたが、大志はぴくりとも動かなかった。顔が灰色になっていた。

急いで病院に連れていったが、もはや手遅れだった。頭と首の骨が折れていた。

両親の監視から解放された大志が、螺旋形の滑り台を斜面のほうから逆に上っていき、途中で下を覗き込んだ拍子に頭から落ちたらしい、ということが後に判明した。その部分の高さは地面から二メートル近くあり、しかも下はコンクリートで固められていた。

気も狂わんばかりに泣き崩れる日が何日も続いた。殆ど何も食べず、何も飲まず、眠りもせず、ただ泣いていた。いつもそばに誰かがいたからよかったが、ひとりきりになる時間が少しでもあれば、間違いなくマンションのベランダから飛び降りていただろう。

悲しみにくれるだけの日々が済むと、今度は虚無がやってきた。何も考えられず、生きていることさえ億劫になった。

そんな時期を経て、ようやく事故と向き合えるようになった。しかし、だからといって前向きな気持ちになどなれるはずがなかった。事故のことを思い出すたびに後悔ばかりが襲ってきた。なぜあんなところで居眠りしてしまったんだろう——。同時に、祐二のことを責めるようにもなった。どうして煙草なんか買いに行ったのよ——その言葉が何度も口をついて出そうになった。

彼にしても、おそらく同じ思いだっただろう。だが彼も彼女を責めたりはしなかった。

表面上は平穏な日々が戻った。しかし心の平穏は訪れなかった。その証拠に二人はあまり言葉を交わさなくなった。最大にして共通の話題を避けねばならない以上、話さないというのがお互いにとって一番選択しやすい道だったのだ。

「ああそうだ、今日、予約がもう一組入った」

声をかけられ、和佳子は我に返った。隆明が厨房の入り口に立っていた。

「今日？　急に入ったの？」

「昼過ぎに電話があった。明後日まで泊まれるかと訊かれたので、大丈夫だと答えておいた」

「カップル？」

「いや、一人だそうだ。男の人だった」

「一人？　珍しいわね」

「話をしたかぎりでは、変な人ではなさそうだった。到着は夜になるから、食事はいいそうだ」

「部屋代のことはいったの？」

「うん。一・五人分でオーケーしてもらった」

「そう」

『クレセント』は七部屋あるが、すべてツインルームだ。ベッドを足して三人部屋にすることもある。一人で一部屋を使う場合は、一・五人分を支払ってもらうことにしていた。

その男性客は夜の九時過ぎにやってきた。長髪で、無精髭をはやしていた。年齢は四十前後というところか。ラフな服装で、荷物はボストンバッグ一つだった。

その客は宿泊カードに、吉川武雄と記した。

## 19

部屋に入ると、バッグを下に置き、長峰はそばのベッドに倒れ込んだ。全身が、砂を詰めたように重かった。おまけに汗ばんでいる。チェックのシャツもかすかに異臭を放っているようだ。

隣のベッドに目を向けた。白地に花柄のカバーがかけられている。ここは中年男が一人で泊まるような宿ではなかったのだなと認識した。格子の入った窓にかけられているカーテンも花模様だった。

身体を起こすと、バッグを引き寄せた。ファスナーを開け、中から鏡を取り出した。それを横に置き、自分の顔を映しながら、長峰は髪に両手を突っ込んだ。留め金の位置を指で探った後、慎重に全体を持ち上げた。長髪のウィッグが彼の頭から外れた。名古屋のデパートで見つけたものだ。薄毛を隠すためのものではなく、ファッション製品のひとつだという。そのせいか、茶髪や金髪のものが殆どだった。

彼はそれを横にほうりだし、頭からネットを外すと、自分本来の髪に指を入れ、くしゃくしゃとほぐした。蒸れた頭に空気が入り、頭皮がひんやりとした。

再び鏡を見て、口の周りを撫でた。無精髭は作り物ではなかった。家を出て以来、ずっと剃っていないのだ。無論、剃る余裕がないのではなく、少しでも人相を変えるのが狙いだった。

ふだん彼は髪をきちんと分けている。髭を伸ばしたこともない。写真などもすべてその状態で写っているはずだ。

部屋の隅にテレビが置かれていた。リモコンを手にし、スイッチを入れた。チャンネルをかえ、ニュース番組に合わせた。しばらく待っていたが、長峰に関する事件の報道はなかった。

吐息をつき、もう一度鏡を覗いてから、ウィッグと共にバッグに戻した。バッグの中には淡い色のサングラスも入っている。昼間はそれもかけている。

こんな変装にどれほどの効果があるのか、彼にはまるでわからなかった。たとえば知人が同じ格好をして現れたからといって、全く気づかないことはないだろうと思った。しかし、テレビで報道されている人物の写真など、ふつうはあまり覚えていないものだ。彼としてはそうした世間の無関心さに賭けるしかなかった。

再びバッグに手を入れ、今度は一枚の紙を出してきた。そこにずらりと印刷されているのは、長野県にある主なペンションだ。『クレセント』も入っている。

昨日と今日、長峰は足を棒にして、これらのペンションのいくつかを訪ねて回った。いうまでもなく、スガノカイジを見つけるためだ。伴崎が事切れる前にいった、長野のペンションに行った、という言葉だけが手がかりだった。

こんなことをしていて、本当にスガノを見つけられるだろうか、という不安はあった。しかしほかに何も方法がない以上、この細い糸を手繰っていく以外、長峰に残された道はなかった。

疲れていたせいか、そのまま彼はベッドの上で少し微睡《まどろ》んだ。テレビはつけっぱなしになっていた。彼を覚醒させたのは、そのテレビから聞こえてきたアナウンサーの声だった。

「……というわけで、長峰重樹容疑者を殺人の疑いで全国に指名手配しました。長峰容疑者は銃器を所持している可能性もあるということで、お心当たりのある方は、最寄りの警察署に連絡してくださいとのことです。次に、先日開かれました世界環境改善会議で――」

長峰はあわてて起きあがり、テレビに目を向けたが、すでにそこにはまるで無関係な映像が映っていた。彼はリモコンでチャンネルをかえたが、他の局ではニュース番組をやっていなかった。

長峰はテレビのスイッチを切った。時計を見ると十一時を少し過ぎたところだった。

自分が指名手配されたことは、夕方のニュースで知っていた。覚悟していたことなので驚きはしなかったが、やはり全身が強張ってしまうのを抑えられなかった。ニュースを見たのは家電店の店先でだったが、道行く人たちの視線が突然自分に向けられたような錯覚に陥った。

例の手紙についても報道されていた。それまた予想通り、というより、長峰としては報道されることを計算して投函した手紙だった。しかし計算外だったのは、消印については全く触れられていないことだ。あれでは、わざわざ愛知県まで足をのばして投函した意味がない。

彼は自分の書いた文面を頭の中で暗唱した。私は、先日荒川で死体となって発見された長峰絵摩の父親、長峰重樹です――で始まる文章のすべてに偽りはない。何もかも、思っているままを書いた。復讐を果たせたならば自首するから、友人や知人に対して不必要に厳しい捜査はしないでほしい、という気持ちは今も変わらない。

しかし、あんな手紙を書いたところで警察が配慮してくれるわけがない、ということは十分にわかっている。彼等は遠慮容赦なく、長峰の交際範囲のすべてを捜査対象にするだろう。

あの手紙の最大の狙いは、どこかに隠れているスガノカイジを油断させることにあった。

スガノが馬鹿でなければ、自分たちが死なせた娘の父親が伴崎を殺し、自分のことも狙っていることは理解しているだろう。長峰にとって最も都合が悪いのは、復讐されることを恐れたスガノが、あっさりと自首してしまうことだった。

スガノが逮捕されたところで、絵摩の復讐が果されたことにはならない、と長峰は考えている。自分の手で処刑してようやく、その何分の一かが果たせるのだ。スガノを警察に逃げ込ませてはならない、少年法で守られた檻に入れるわけにはいかない――。

そこであの手紙だ。長峰は、投函された場所も報道されると予想していた。愛知県内から出されたとなれば、長野県内に潜伏しているスガノは、ひとまず安心するはずだった。急いで自首することはないと考えるだろう。

だが消印については全く報道されなかった。警察が発表していないということだろう。単に発表するほどのことではないと判断したからか、長峰の目的を見抜いたからか、あるいは別の意図があるのか、まるでわからなかった。

翌朝、七時に長峰はベッドから起きた。もっと早くに目は覚めていたのだが、なるべく身体を休めねばと思い、横になっていたのだ。しかし再び睡魔が訪れることはなかった。絵摩の事件以後に始まった不眠は、逃避行に入ってから、ひどくなったようだ。そのせいで、いつも頭が重く、身体がだるい。

朝食は七時から八時半の間だと聞いていた。しかし、ほかの客となるべく顔を合わせたくない長峰は、煙草を吸ったり、周辺の様子を地図で確認したりして時間を潰した。テレビをつける気にはなれなかった。

八時を少し過ぎたところで電話が鳴った。彼は受話器を取った。

「おはようございます。吉川様、朝食の準備ができていますが、どうされますか」女性の声が尋ねてきた。

「いただきます、今すぐ、行きます」そういって電話を切った。

ウィッグを取り付け、サングラスをかけて部屋を出た。部屋は二階にある。階段を下りていくと、食堂にはほかの客の姿はなかった。隅で三十歳ぐらいの女性がパソコンを操作している。昨夜、長峰を迎えてくれた女性だった。

「おはようございます」彼女は長峰を見ると、にこやかに挨拶してきた。「どうぞ、あちらです」

彼女は窓際のテーブルのひとつを手で示した。ランチョンマットが敷かれ、食器が並んでいた。

長峰が席につくと、間もなく彼女が朝食を運んできた。卵料理とスープ、サラダ、果物、そしてパンだ。食後の飲み物は何がいいかと訊かれたので、長峰はコーヒーを希望した。

「すみません、遅くなって」彼は謝った。

「いえ、うちは全然構わないんですよ」彼女は笑顔でそういうと、パソコンの置いてあるテーブルに戻った。

どうやら怪しい客だとは思われていないようだ
――長峰は一安心した。

窓の景色を眺めながら、彼はゆっくりと朝食をとった。こんな異常な状況ではなく、本当にレジャーを楽しむためにこういう場所に来れたなら、どんなによかっただろうと思った。しかも隣に家族がいたなら、それ以上の幸福はないと心底感じた。

ペンションの女性がコーヒーを運んできてくれた。長峰は軽く頭を下げた。

「忙しい時期は、もう一段落しましたか」彼は訊いてみた。

「そうですね、先週ぐらいまでで一応」

「夏休みも、終わりですしね」

「ええ。こちらにはお仕事か何かで？」

「まあそうです。といっても、おかしな仕事なんですが」長峰は苦笑してみせた。

案の定、女性は怪訝そうな表情を作った。

「人を探しているんです。十八歳の少年で、家出したんですよ。両親から頼まれましてね」

「じゃあ、探偵さんなんですか」

「いや、その道のプロというわけじゃないんです。だから苦労しています」長峰はコーヒーカップに手を伸ばした。「こちらではバイトは雇ってないんですか」

「雇ってますよ。でも今は一人だけです」

「その方はいつからここで？」

「七月からですけど」

「そうですか」長峰は頷き、シャツのポケットから一枚の写真を出した。「こういう少年なんですが、最近見かけませんでしたか」

例の絵摩を蹂躙《じゅうりん》しているビデオ画像から、スガノと思われる少年の顔だけをプリントアウトしたものだ。したがって画質は粗い。

ペンションの女性は首を捻った。

「ごめんなさい。心当たりはないですね」

「そうですか。お忙しいところすみませんでした」

写真をポケットにしまい、長峰はコーヒーを飲み始めた。女性はまたパソコンの前に戻っていった。

こういう聞き込みが危険だということは百も承知だった。何かのきっかけで警察に伝われば、即座に疑われるかもしれない。しかしこれ以外にスガノを見つけだす方法はなかった。警察に感づかれるのが先か、スガノを見つけられるのが先か、運を天に任せながら長峰は行動していた。

食事を終え、長峰は立ち上がった。ペンションの女性は、相変わらずパソコンの前に座っている。悪戦苦闘しているらしいことが、何となくその様子から窺えた。モニターには、一枚の画像が映し出されている。写真をデータとして取り込んだものらしい。親子と思われる三人が写っている。場所は神社の境内のようだ。

「ごちそうさまでした」彼は彼女の背中に声をかけた。

「あ、どうもお粗末さまでした」彼女は振り返って笑顔を見せた。

長峰は食堂の出入り口に向かいかけた。しかし立ち止まると、再び彼女に近づいていった。

「あのう」

すぐに彼女は振り向いた。「はい」

「何をしておられるんですか。さっきから、ずいぶんと苦労しておられるようですけど」

「あ、これですか」彼女は恥ずかしそうに口元を押さえた。「昔の写真を拡大して印刷しようと思ってるんですけど、やり方がよくわからなくて。スキャナーで取り込むところまではできたんですけど」

「ちょっと、見せてもらえますか」

「やっていただけます？」

「わかりませんが、できると思います」

長峰は彼女に代わって、パソコンの前に座った。少し操作しただけで状況は呑み込めた。彼女がソフトウェアの使い方を把握していなかっただけのことだ。

「ここにサイズを入力してリターンキーを押せば、その大きさに変わります。後はプリンタで印刷するだけです」画面を指差し、基本的なことを説明した。

「ありがとうございます。助かりました。あたし、ふだんはワープロとインターネットしか使わないものですから」

「お役に立てたならよかった」長峰はモニター画面に目を移した。「御主人とお子さんですか」

「あ……ええ」彼女はなぜか目を伏せた。

「七五三の時ですか」

「いえ、お正月です。ずいぶん前なんですけど」

「そうですか。この写真には特別な思い入れがあるんですか」

「思い入れというか、気に入っている写真なので」

「なるほど」長峰は頷いた。「元の写真がよくないのかな、ところどころ傷があるようですが」

「それ、あたしが持ってた写真じゃないんです。保存の仕方が悪かったらしくて、ひどく傷んでて……」

「そうだったんですか。それは残念だったですね」

傷が一層目立つのを承知で拡大しようというのだから、余程気に入った写真なのだろうと思い、長峰はいった。「でも、そのうちにもっといい写真が撮れますよ」

明るい笑顔が返ってくるだろうと期待したが、なぜか彼女はとってつけたように口元を緩めただけだった。写真の傷を指摘したのがまずかったのかと長峰は思った。

彼は椅子から立ち上がった。その時、パソコンの横に置いてあった何枚かの写真に目がいった。一番上の写真は、裏返しになっていた。そこにサインペンでこう書かれていた。享年三歳――。

彼の視線に気づいたか、彼女はあわてたようにそれらの写真を手に取った。

「どうもありがとうございました」長峰に向かって頭を下げた。

「あ、いえ……」

長峰は発すべき言葉が思いつかず、黙ってその場を立ち去った。

## 20

小さなテーブルが教室の机のように整然と並んでいた。織部は受付で貰った番号札を見ながら、それに相当するテーブルについた。テーブルの表面には禁煙マークのステッカーが貼られている。

周りを見ると、半分ほどのテーブルが使われていた。いずれのテーブルにも、グレーの制服を着た人間が最低一人はついている。それがこの会社の従業員なのだろう。彼等の相手は千差万別だ。作業服姿の者もいれば、織部のようなスーツ姿もいる。しかし共通しているのは、来訪者のほうが腰を低くしているように見えることだ。おそらく下請け会社の社員か、この会社を得意先にしているところの人間なのだろう。逆の立場の来客、つまりこの会社が上得意にしている企業の人間を招いた場合には、もっとゆったりとした応接室が用意されるに違いない。

作業服を着た白髪頭の中年男性が、息子といってもおかしくないほどの若い社員に対してぺこぺこと頭を下げているのを見て、民間企業のヒエラルキーは厳しいなと織部は思った。

彼が席について十分ほどが経った頃、眼鏡をかけた小柄な男が近づいてきた。やはりグレーの制服を着ていた。神経質そうな顔つきで、四十代半ばに見えた。

織部は立ち上がって訊いた。「藤野さんでしょうか」

「そうですが、ええと……」

「織部です。お忙しいところ、申し訳ありません」

藤野は無言で小さく頷き、椅子を引いた。それを見て織部も座り直した。

「メーカーにお勤めの方とは何度かお会いしていますが、こういうところに来たのは初めてです。じつに活気がありますね」

相手の気持ちをほぐすつもりで織部はいったが、藤野の硬い表情は変わらなかった。唇を舐《な》めてから織部を見た。

「率直にいいますと、どういう理由で警察の方が私に会いにこられたのか、まるでわからないんですが。私、何も知りませんよ」

織部は笑顔を作った。

「ええ、もちろん、事件に関与しておられるとか、そんなふうには思っていません。ただ、何か手がかりになることを御存じじゃないかと思いましてね」

「手がかりって、それはつまり、長峰さんの居場所についてでしょう？」

「まあ、それも含めてです」

藤野は即座に首を振った。

「そんなこと、私にはわかりません。電話でもお伝えしたとおり、長峰さんとは同じ職場にいるというだけのことです」

「でも会社以外でも親しくしておられたでしょう？　趣味のほうだとかで」

織部の言葉に、藤野は少し口元を歪めた。

「彼のほうは何年も前に射撃はやめています」

「だからといって、付き合いを断たれたわけではないんでしょう？　射撃サークルの飲み会なんかには、今でも長峰氏は参加していたそうじゃないですか」

「それはそうですが、特別に親しかったというわけではありません」

「だけど、長峰氏に射撃を勧めたのは藤野さんだと聞きましたが」

「勧めたというか……彼が関心を持った様子だったので、いろいろと相談に乗っただけです」

「長峰氏は、結局どれぐらい射撃を？」

「十年ぐらい……かな」

「腕前はどうでしたか」

藤野は首をやや傾《かし》げた。

「なかなかの腕前でしたよ。といっても、大きな競技会で優勝するとかいうレベルではなかったと思いますけど」

「狩猟をしていたわけではなかったのですか」

「実猟ですか。あまりやってなかったと思います。射撃場で撃つ競技によく出ていましたよ。クレー射撃とかフィールド射撃とか」

「長峰氏はなぜ射撃をやめたんですか」

「目ですよ」藤野は自分の眼鏡を指した。「ドライアイにかかりましてね、目を酷使できなくなったんです。当時は社内でもサングラスをかけていました」

「すると、今なら問題なく銃を扱えるわけですね」

「まあ、扱うぐらいなら」そういってから藤野は顔をしかめた。「ブランクがあるから、どうかな。慣れてないと、なかなか引き金を引けないから」

「長峰氏が射撃の練習をしそうな場所に心当たりはありませんか。公式な射撃場でなくても結構ですが」

　藤野は眼鏡の奥の目を三白眼にした。

「非公式な練習場なんてありませんよ」

「人の来ないような山奥に入っていって、撃つ練習とかはしないんですか」

「しません」

「では公式な練習場で結構ですから、教えていただけますか」

「それは構いませんが、長峰さんがそんなところに現れるわけないですよ。すぐに見つかっちゃうじゃないですか」

「そう思いますが、念のためです」

　藤野はわざとらしくため息をつき、上着の内側から手帳を出してきた。

「我々がよく利用する射撃場なら、ここに控えてあります。ほかの場所については、そちらで調べていただけますか」

「もちろんそうします。メモをとらせていただいてもかまいませんか」

「ええ、どうぞ」無愛想な口調でいい、藤野は手帳を開いた。

　織部が射撃場の名称と連絡先を控えていると、藤野は、「あの……」と話しかけてきた。

「あれは本当に長峰さんからの手紙なんですか」

「といいますと？」

「誰かの悪戯《いたずら》とか、別に犯人がいて長峰さんに罪を被せようとしているとか、そういう可能性はないんですか」

　どうやら藤野は、長峰重樹が殺人を犯したという事実を認めたくないようだった。今はあまり親しくないような言い方をしているが、やはり長峰のことが心配なのだろう。

「自分には何とも断言できません」織部は慎重に答えた。「ただ、マスコミにああいうふうに発表している以上、上の者は長峰氏が書いたものだと判断したのだと思います」

そうですか、と藤野は明らかに肩を落とした。

「長峰さんはやっぱり逮捕されるんですか」

織部は眉根を寄せ、小さく頷いた。

「人を殺してますからね」

「それはわかっていますが、殺された側の人間に問題があるじゃないですか。逮捕されるのは仕方がないとしても、執行猶予がつくとか、情状酌量の余地はあるんじゃないですか」

「それは裁判の話ですから、我々には何とも答えようがありません」

「だけど、殺人罪で追っているわけでしょう?」

「そのとおりです」

「その点が、何というか……釈然としないんです。人を殺してるんですから殺人罪なんでしょうけど、相手は殺されても当然の人間ですよ。自分の娘があんな目に遭ったら、どんな親だって復讐したいと思うはずです。私にも同じ年頃の子供がいますけど、長峰さんの気持ちはよくわかります。むしろ、何もしないほうがおかしいです」

「おっしゃってることはわかりますが、今の日本の法律では、仇討ちは認められておりませんからね」

「そんなことは――」藤野は唇を嚙んだ。そんなことはわざわざいってもらうまでもない、とでもいいかけたのだろう。

メモを取り終えると織部は手帳を藤野に返した。

「職場の皆さんの反応はいかがですか」

「反応……といいますと?」

「長峰氏のことは、当然話題になっているわけでしょう?」

「ああ、それはまあ……。だけど、何ていうのかな、あまりそのことには触れたくないような雰囲気があります。楽しい話題ではないし」

「藤野さん以外で長峰氏と親しかった人といえば、どういった方がいらっしゃいますか」

「いや、だから、私だって特別に親しかったわけじゃないといってるじゃないですか」藤野は眉間に皺を寄せ、不快さを表に出した。「長峰さんが誰と親しかったかなんて、よく知りませんよ。ほかの人に訊いてみたらどうですか」

「何人かの方に伺ったところ、藤野さんの名前が挙がったんですよ」

藤野は目を丸くした。誰がそんなことをいったのか、と詮索したそうな顔だった。

「私の名前が出るようなら、特に親しい人間は社内にいなかったということでしょう。だから、刑事さんもこんなところに来たって、何も収穫はないと思いますよ」藤野は大きな動作で上着の袖をめくった。「ほかに話がないようなら、これで失礼していいですか。仕事の途中で抜けてきたものですから」

「すみません。あと一点だけ」織部は人差し指を立てた。「絵摩さんの遺体が見つかってから長峰氏は会社を休んでいたようですが、伴崎敦也を殺す前日だけ出社しているんです。その時のことを覚えておられますか」

藤野は一瞬何かを回想する目をし、小さく頷いた。

「覚えてますよ。でも彼には声をかけなかった。かけられなかったんです。ほかの人も同様だったんじゃないかな」

「つまり、娘を失ったことでひどく落ち込んでいた、ということですね」

「そのように見えました」

「何か目立った行動はなかったですか。いつもと違うようなところです。どんなことでも結構ですが」

さあ、と藤野は肩をすくめた。

「長峰さんのことを観察していたわけではありませんからね。ただ、仕事はあまり手につかない様子でした。時々、席を外していたのを覚えています。私が自販機の飲み物を買いに行った時、廊下の隅にいる彼を見かけたのですが」藤野は遠くを見る目になって続けた。「どうやら泣いているようでした。お嬢さんのことが頭から離れなかったんでしょう。無理もない話だと思います」

「なるほど」織部は頷いた。藤野の口調は淡々としたものだったが、聞いているだけで胸が詰まった。

礼を述べ、織部は半導体メーカーの社屋を後にした。駅に向かいながら、藤野から聞いた話を頭の中で反芻したが、長峰の潜伏先を突き止められるヒントは見当たらなかった。

終始不機嫌そうにしていた藤野の顔を思い出した。長峰とはさほど親しくなかったと何度も繰り返していたが、関わり合いになるのをおそれたのではなく、彼が逮捕されるきっかけを自分が作り出してしまうのを避けたかったのではないか。スポーツを通じて培われた友情が強固なものであることを織部は知っていた。

長峰さんの気持ちはよくわかります。むしろ、何もしないほうがおかしいです――。

あれは藤野の本音だろう。同時に、織部自身が感じていることでもあった。立場上、同意するわけにはいかなかったが、本当は長峰を弁護する言葉を二人で語り合いたかった。

最後にした質問の答えについて考えた。藤野の話から推測すると、長峰に目立った動きはなかったようだ。廊下の隅で泣いていたというのは、その当時の状況を考えると、無理のない話だと思える。

ところがその翌日、長峰は伴崎のアパートに行き、復讐を果たしているのだ。この突然の変化はどういうことだろうか。

無論、最後に出社した時点で、すでに長峰は伴崎に目をつけていた、ということも考えられる。しかしそれならばなぜ、たった一日だけ出社したのか。復讐を翌日まで持ち越したのか。

その最後の出社日の夜、長峰は上司に電話をかけている。明日は休みたい、という内容だったらしい。つまり、長峰が伴崎敦也のことを知ったのは、その日、家に帰ってからである可能性が高い。

どうやって知ったのか。

これは依然として捜査陣を悩ませている問題だった。今まで調べたかぎりでは、伴崎と菅野が長峰絵摩を襲ったのは全くの偶然であり、面識はなかった。長峰が、たとえ当てずっぽうにせよ、娘を死なせた犯人を特定できる道理がないのだ。

警視庁に戻ると、真野や近藤たちがテレビの前に集まっていた。誰もが苦い表情をしていた。

「どうかしたんですか」織部は真野に訊いた。

「やられたよ。例の手紙、テレビ屋に漏れた」

「えっ、漏れたって……」

「たった今、全文がテレビで発表されちまったんだよ」近藤がいった。「独占スクープ、だってさ。大げさな言い方しやがって」

「どういうことですか。手紙そのものは公表しないんじゃなかったんですか」

「だから、どっかから漏れたんだよ。たしかにブン屋もテレビ屋も、あの手紙を手に入れたがってたもんなあ。脇の甘い刑事が、軽い気持ちでコピーを渡しちまったんだろう。参ったぜ。またきっと、上の連中は吠えるぞ」

「だけど、そんなに問題ですかね。だって、手紙の大まかな内容はすでに公表済みじゃないですか。全文が放送されたからといって、状況が大きく変わるわけじゃないでしょ」

近藤はゆらゆらと頭を振った。

「甘いんだよ、おまえは」

「そうですか」織部は真野を見た。

真野は煙草に火をつけ、ふうーっと長い煙を吐いた。

「あの手紙を読んだ時の、自分の気持ちを思い出してみるといい。正直なところ、心が揺れただろう?」

「それはまあ」

「あれは長峰の肉声みたいなもんだ。肉声には肉声の力がある。その力があまり大きいと、俺たちにとって厄介な壁になる」

「壁って……」

「広報の電話が鳴りっぱなしらしいぜ」近藤がいった。「内容は殆ど同じ。長峰さんを追うのはやめろ――だ」

# 21

和佳子が放った一手に、男性客は苦笑いを浮かべた。Tシャツから出た腕を組み、低く唸った。

「どうしたの、パパ。チェスなら誰にも負けないっていうのは、やっぱり嘘？」彼の妻が隣で冷やかす。

「うるさいな。ちょっと黙ってろよ」男性客は指でチェスの駒を指しながら、眉間に皺を寄せた。妻子に豪語した手前、少しでも粘らねばと思っているのだろう。実のところ、勝負は決まっていた。彼がどのようにしのごうとも、数手で和佳子はチェックメイトまで持っていける。そのことは彼にもわかっているはずだった。

　夕食後、和佳子がテーブルを拭いていると、一勝負しませんかと持ちかけられたのだった。ラウンジの棚に載っていたチェス盤を見つけたらしい。男性客は自信がありそうに見えた。

「パパ、がんばれ」額を脂で光らせている父親に、七歳になるという息子が声援を送った。身体は細いが、むき出しの手足がよく日に焼けた、健康そうな少年だ。ついさっきまでは持参してきたコンピュータゲームに夢中だったが、父親がペンションのおばさんと駒を使ったゲームで戦い始めると、ルールなど全くわからないにもかかわらず、興味津々といった表情で戦況を見守り始めたのだ。

　その少年のことをあれこれ想像してしまうのを、和佳子は抑えられなかった。ふだんはどんなことをして遊んでいるのだろう、どんな友達がいるのだろう、好物は何だろう、将来は何になりたいと思っているのだろう——いうまでもなくそれらの想像は、今は亡き息子の姿を重ね合わせた上で喚起されていた。しかし彼女は少年にも彼の両親にも、必要以上に問いかけたりはしなかった。無論彼等は快く答えてくれるだろう。だがその答えを聞いた時に、自分の心を波立たせない自信が和佳子にはなかった。

　父親がようやく次の一手を打った。和佳子が予想した手だった。彼女は予め決めておいた駒を、決めておいた位置に動かした。それを見て父親はがっくりと肩を落とした。

「いや、参りました」両手をテーブルにつき、頭を下げた。

「えっ、そうなの？　パパの負けなの？」チェスのルールを知らない彼の妻は、隣できょとんとした。これほどあっさりと終わるとは思っていなかったのだろう。

「パパ、よわーい」少年が父親の太股《ふともも》を叩いた。

「うーん、めったに負けたことがなかったんだけどなあ、お強いですねえ」

「それほどでもないんですけど」和佳子は微笑みながらチェスの駒を片づけ始めた。チェスは、このペンションで働くようになってから、父の隆明に教わった。というより、一日の仕事を終えた後に必ず隆明の相手をさせられていた、というべきかもしれない。

チェスは人生のようだ、というのが隆明の口癖だった。

「一番最初はすべての駒が揃っている。そのままなら平穏無事だが、それは許されない。動き、自分の陣地から出ていかねばならない。動けば動くほど、相手を倒せるかもしれないが、自分も様々なものを失っていく。それは人間の人生と同じだ。将棋とは違って、相手から奪ったからといって、それを自分のものにはできないんだ」

大志のことを考えると、この言葉は真理だと思う。息子が死んだのは相手の落ち度のせいだと思い込み、夫婦間で責め合ったが、お互いを傷つけただけで何も残らなかった。

男性客の妻がテレビのスイッチを入れた。ニュース番組が始まっていた。画面には手紙の文面らしきものが大写しになっている。それに合わせてナレーションが流れた。

「『私は何があっても復讐を果たします。それまでは捕まらないつもりです。そのかわりに、復讐を果たした時には、その足で即座に自首いたします。情状酌量を求める気はありません。たとえ死刑が宣告されても構いません。どうせ、このまま生きていても意味のない人生なのです。』――長峰容疑者は、このように自らの心情を語っている。まさに復讐のために命を賭けているのだ。こうした行動について、一般の人々はどのように考えているのだろうか。街に出て、声を拾ってみた」

　東京で起きた、レイプ魔への復讐事件だな、と和佳子はすぐにわかった。昼のワイドショーで、犯人の男性が警察に出した手紙の全文が公開され、夕食時には宿泊客たちの話題の中心になっていた。手紙の消印は愛知県内らしく、遠い場所での事件だという印象に変わりはなかった。

　画面にサラリーマンらしき中年男性が映った。マイクを向けられている。

「気持ちはわかりますよ。私も子供がいますからね。でも、実際に行動するとなるとどうかなあ。私にはできないな。人殺しはやっぱり……何というか、だめでしょう」

　次に中年女性の顔がアップになった。

「最初はねえ、なんて怖いことをする人だろうって思いましたよ。だってすごい殺し方をしたんでしょう？　でも、あの手紙を読んだら、かわいそうだなあって思いますよね」

　復讐させてやりたいか、という質問が中年女性に向けられた。彼女は首を捻《ひね》った。

「やりたいっていう気持ちと、それはいけないっていう気持ちが半々かしら。よくわかりません」

　続いて白髪頭の老人。老人はインタビュアーに向かって目を見開いていた。

「いかんことだよ。仇討ちなんて、そんな野蛮なことはだめだよ。日本は法治国家なんだから、そういうことは裁判という場で争わなきゃ。悪いことをした人間には法律に基づいて罪を償わせるべきだね」

　犯人が少年で、刑務所に入れられない場合はどうするか、という質問がなされた。

「それは……それでもやっぱりだめだよ。それぞれが勝手に恨みを晴らしてたら、無茶苦茶になるよ」

円グラフが画面に映った。長峰容疑者の行動に同意できる、気持ちはわかるが同意できない、同意できない、無回答の四つに分けられている。圧倒的に多いのは、気持ちはわかるが同意できないで、全体の過半数を占めていた。

「そりゃ、こういう結果になるよ」男性客がテレビを見ながら呟いた。「マイクを向けられたら、殺人に同意できるとはいえないもんなあ」

「パパならどうする?」妻が訊いた。

「どうするって?」

「この子が誰かに殺されたとするでしょ。で、犯人がわかったらどうする?」コンピュータゲームで遊び始めた息子を見て、妻は再度訊いた。

「ぶっ殺す」男性客は即答した。笑っているが目は真剣だった。「おまえならどうする?」

「あたしも殺しちゃうかも。それをする方法が自分にあるなら、だけど」

「方法なんて、何とでもなるだろ」

「単に殺すだけじゃなくて、自分が捕まるようなことをもないようにしたいのよ。だって、子供を殺されただけでも十分に不幸なのに、復讐したせいで刑務所に入れられるんじゃ、割に合わないじゃない。そんなやつのために、どうして二度も不幸にならなくちゃいけないの。だから、あたしが復讐をするとしたら、絶対に警察に捕まらない方法を考えて、それからやると思う」

「なるほどね、女ってのは計算高いからなあ。そんな時でも、自分は損しないように考えるわけだ」

「男が単純すぎるのよ。だって、復讐しても、自分が捕まるんじゃ意味ないでしょ」

「捕まってもいいから恨みを晴らしたいってことなんだよ。俺、こいつが殺されたら、自分が捕まることなんか考えないと思うな」

「パパはそんなふうだからだめなのよ。もっと先のことを考えなきゃ。だからチェスだって負けちゃうのよ。——ねえ」妻は和佳子に同意を求めてきた。

和佳子は何とも答えようがなく、苦笑を浮かべておいた。

「チェスは関係ないだろ。さあ、もう部屋に戻ろうぜ。明日は山に登るんだろ。しっかりと寝ておかないとな。――どうもごちそうさまでした」

「おやすみなさい」和佳子は笑顔で家族を見送った。

ニュースの内容は経済問題に変わっていた。当分不景気が回復する見込みはないという、もはや改めて聞く価値のないことを、経済学者がグラフを使って説明している。和佳子はリモコンのスイッチを押し、テレビを消した。

チェス盤を棚に戻した時、玄関のドアに取り付けてある鈴が鳴った。見ると、吉川武雄が入ってくるところだった。帽子を深くかぶり、夜だというのに薄い色のサングラスをかけている。シャツの腋のあたりが、汗でびっしょりと濡れていた。

「お帰りなさい」和佳子はラウンジから出て、声をかけた。

吉川は虚をつかれたように一瞬身を引いてから、小さく頭を下げた。

「夕食のこと、どうもすみませんでした」

「それは別に構わないんですよ。どこかで済ませてこられたんですね」

「ええ、適当に……」吉川は頷いた。

夕方、彼から電話があり、夕食は用意してくれなくていいとのことだったのだ。

「例の人、見つかりました？」和佳子は訊いた。家出少年を探しているという彼の話を覚えていたからだ。今日も、その件で歩き回っていたのだろう。

「いや、残念ながら」彼は力のない笑みを浮かべ、首を振った。「この周辺を回りましたが、ペンションの数が多いのでびっくりしました」

「ほかに何か手がかりはないんですか。名前とか」

「名前はわかっていますが、プライバシーの問題もあって、簡単には明かせないんです」

「ああ、そうかもしれませんね。じゃあ、明日も引き続きお探しになるんですか」

「そうするしかなさそうです」

「明日以降の宿泊場所は決まっているんですか」

「これから決めます。もう少し北のほうに行ってみるつもりです」

どうやら彼は、拠点を移動させながら調査を続けているらしい。

「じゃあ、次の場所が決まって、それをいってくだされば、うちのほうでペンションをお探しすることもできますけど」

「本当ですか。そうしていただけると助かりますが」

「遠慮なくおっしゃってください。割引のきくところもありますから」

「ありがとうございます」吉川は頭を下げると、階段を上がっていこうとした。だがその足を止め、振り返った。「昨日の写真、ありますか」

「写真? ああ……」

彼が何のことをいっているのか、すぐにわかった。大志の写真のことだ。ずいぶん前に撮影した写真を、親戚の人間が送ってきてくれたのだ。保存状態が悪いので、パソコンに取り込んでプリントし直すことにしたが、やり方がわからず困っていると、吉川が手伝ってくれた。

「ちょっと待っててもらえますか」そういうと彼女は小走りで廊下の奥に向かった。そこに彼女のプライベートルームがある。

例の写真はすでにプリントアウトしてあった。それを手にすると、彼女は吉川のところに戻った。

「こういう感じになりました」彼のほうに差し出した。

吉川はサングラスをずらし、写真を見た。その時ふと、記憶の隅に何かが引っかかるのを和佳子は感じた。この人に似た顔をどこかで見たような気がする——しかしそれは極めて虚ろな感覚だった。彼がサングラスを取った時の顔なら、昨夜だって見ている。その時は何も感じなかったのだ。だから気のせいだろう、と彼女は解釈した。

「やっぱり傷が気になりますね」吉川がいった。

「それは仕方がないです。写真が残っているだけでも……」そこまでいったところで和佳子は口をつぐんだ。亡き息子の写真だということは自分からいいだしたくなかった。

「写真をパソコンに取り込んでおられましたが、あのデータはまだ残っていますか」吉川が尋ねてきた。

「はい、まだあります」

「ちょっと見せていただけますか」

「ええ、それは構いませんけど……」

どういうつもりだろうと思いながら、和佳子はラウンジに入り、ダイニングの隅に置いてあるパソコンに近づいていった。

和佳子はパソコンの電源を入れ、例の写真を画面上に表示させた。

吉川はパソコンの前に座った。彼は小さな書類鞄を抱えていたが、その中から新品のフロッピーディスクを出してきた。

「この写真のデータをコピーさせてもらってもいいですか」

「えっ、何のためにですか」

「僕もパソコンを持ってきているんです。それを使えば、傷を何とかできるかもしれない」

「そうなんですか」

「たぶんできると思います。写真の傷、消したくないですか」

「そりゃあ、できるのならお願いしたいですけど」

「じゃあ、やってみましょう」吉川はパソコンの横についているスリットにフロッピーディスクを差し込んだ。「フロッピーを使うのは久しぶりですよ。最近じゃ、CD-ROMでデータのやりとりをするのがふつうだから」

「貰い物のパソコンなんです。だから古いし、中に入ってるソフトもバージョンアップしてないし……」

「ふだん不自由してないのならそれでいいんです」

吉川は慣れた手つきでキーボードとマウスを操作した後、フロッピーディスクを取り出した。コピーは終わったらしい。

「今夜中に何とかしてみます」吉川はフロッピーを鞄に戻した。

「いいんですか、そんな面倒なことをお願いして」

「大した手間ではないと思いますよ」そういってから彼は表情を曇らせ、やや躊躇《ためら》いがちに口を開いた。「あの、こういうことを尋ねるのは無神経かもしれませんが……」

「何ですか」和佳子は訊いた。

「息子さんは……御病気か何かで？」

彼女は思わず吉川の顔を見つめ返していた。彼は目を伏せた。

やっぱり気づいていたのだな、と和佳子は思った。

「いいえ、事故です」声が暗くならないよう気をつけて彼女は答えた。「公園の滑り台から落ちて……親の不注意です」

吉川は目を見張った。予想していない答えだったのだろう。

「そうですか。いやなことを訊いて申し訳ありませんでした。この写真、明日の朝にはできると思います」

「無理なさらないでくださいね」

「大丈夫です。じゃあ、おやすみなさい」そういって彼はサングラスを外し、頭を下げた。

その時和佳子はまた、やはり誰かに似ている、と思った。

## 22

部屋に戻った長峰は、バッグからノートパソコンを取り出した。電源を入れ、起動させている間に、煙草に火をつけた。

シャツの腋のあたりが汗臭くなっている。それに気づいて、煙草をくわえたまま脱ぎ捨てた。全身が汗ばんでいる。

時計を見ると十時前だった。先に風呂に入っておこうかと思ったが、やはりぎりぎりまで粘ることにした。今日はできれば頭を洗いたい。そのためにはウィッグを外さねばならないが、そんな時に誰かに入ってこられたら大変だ。

パソコンを持ってきたのにはいくつかの理由があ

る。ひとつはインターネットで情報を集められるかもしれないと思ったからだ。しかし事件に関することであれば、テレビや携帯電話で十分に知ることができた。実際、その目的でパソコンを使ったことは一度もない。

パソコンの起動が終わった。長峰はデスクトップに表示されているアイコンの一つをクリックした。途端に画面全体が、動画表示モードに切り替わった。

始まった映像は、長峰が二度と目にしたくないものだった。すなわち、絵摩が二人の男に蹂躙された時のものだ。家を出る時、例のビデオからこのパソコンに取り込んでおいたのだ。

長峰は瞬きもせず、煙草を指に挟んだまま、画面を見つめた。何度見ても慣れるということのない、絶望感と憎しみを増幅させるだけの映像だった。二度と見たくはない、しかし見なければならない映像だった。

パソコンを持ってきた最大の理由がこれだった。いつどこでも、この悪夢のような映像を見られるようにしておきたかったのだ。スガノカイジの顔をしっかりと頭に叩き込んでおきたかったし、ともすれば弱気になってしまう自分を奮い立たせる目的もあった。

この画像から、スガノカイジの顔写真も作成した。それを持って、ペンションを尋ね歩いている。

だが今日も収穫はなかった。全部で二十軒近くのペンションに当たってみたが、スガノカイジらしき人物が泊まっている、あるいは働いているという情報は得られなかった。

明日以降、どうすればいいのか、正直なところ彼は途方に暮れていた。今のようなやり方で果たしてスガノカイジを見つけられるのか、全く自信がなかった。こんなことを続けていたら、いずれ誰かに通報されてしまうのではないか、という不安もある。

今日になって、例の手紙がテレビ番組で公開された。そのことで、またしても長峰の顔が露出することが多くなった。繰り返しテレビで見せられれば、どんなに物覚えの悪い人間でも、次第に記憶に焼き付いていくだろう。おかしな聞き込みをしている人物が、娘の復讐を果たそうとしている殺人犯だと気づく人間が現れるのも、時間の問題だという気がした。

だが、ほかにどんな方法があるだろうか——。

長峰は先程のフロッピーをパソコンに入れ、中の画像をハードディスクにコピーした。その後、写真加工用のソフトウェアを立ち上げた。それを使って写真を表示させた。

神社の境内で幸せそうに笑っている親子三人の姿があった。ペンションの女性は、今よりも少しふっくらしているように見える。夫と思われる男性はスーツ姿で、なかなかの二枚目だった。真ん中でVサインをしている男の子は、チェック柄の上着に半ズボンという出で立ちで、白いハイソックスを履いていた。

公園の滑り台から落ちて、と彼女はいった。それで息子を死なせてしまったという。それ以上詳しいことはさすがに訊けなかったが、そんなことがあるのだろうかと長峰は思った。親の不注意だと彼女はいったが、一体どういう状況だったのだろう。

いずれにせよ、その時の悲しみがどれほど深いものであったかは、今の長峰には想像がついた。何年前のことなのかはわからないが、おそらく心の傷は癒えてはいないだろう。そう思うと、彼女が優しく微笑む時にさえ、その目の奥に哀愁のようなものが漂っているのも、理解できるような気がした。

長峰は老眼鏡をかけると、ソフトウェアのツールを使い、慎重に写真の修復を始めた。背景や服の部分の傷を消すのは何でもないが、顔の部分についた傷を消す際には気を遣った。修復によって、顔立ちの印象が変わってしまっては何にもならないからだ。

なぜ、名前も知らない女性のためにこんなことをしてやる気になったのか、長峰自身にもよくわからなかった。写真の息子が亡くなっていることを知らず、無神経な発言をしてしまったことに対する詫びの意味はたしかにある。子供を失っているということで仲間意識を持っているのも事実だ。だがそれだけではない。そんなことだけでは、これほど手間のかかることをしてやろうという気にはなれない。

たぶん自分は免罪符を求めているのだろう、と長峰は思った。どんな理由があろうとも、人を殺すことが正当化されないことはわかっている。許されないことをしているという罪悪感が消えることはない。

それに打ち勝つには、「絵摩のために」という呪文を繰り返すしかない。つまり、子を思う親の気持ちとして当然ではないか、と思うより道はないのだ。そして、それを心の支えにするからには、ペンションの女性のような子供を失った人間のことを、黙って見過ごすわけにはいかなかった。

こんな気持ちで修復されていると知ったら、仮に写真の出来がよくても、彼女は喜ばないかもしれないなと長峰は思った。


間もなく十一時という頃になって、誰かが風呂に入っていく物音がした。風呂場の戸締まりをしようと廊下に出た和佳子は、がっかりして自室に戻った。入浴時間は十一時までとなっているが、気分よく湯に浸かっている客を急かすようなことはしたくなかった。それに、おそらく吉川だろうと思った。帰ってきてから、彼はまだ風呂に入っていないはずだった。人捜しで歩き回ったはずだから、ゆっくりと風呂に浸からせてやりたい。

しかし待たされたのはほんの数分だった。烏の行水だったらしく、客が出てくる音が聞こえたのだ。

和佳子が部屋を出ると、廊下の途中に設置してある自動販売機で、吉川が缶ビールを買っているところだった。頭にタオルを巻いている。彼女を見て、彼はなぜかぎくりとしたように後ずさった。

「どうかなさいました?」彼女は訊いた。

「いえ、何でも」彼は洗面用具を後ろ手に持ち、頭に巻いたタオルを手で押さえた。「すみません。遅くになって風呂を使ってしまって」

「いいえ、大丈夫です。お湯、ぬるくなかったですか」

「ちょうどいい湯加減でした。気持ちよくて、眠っちゃいそうになりました」

「だったらよかったです」烏の行水ではそんなふうになる暇はないだろうと思いながらも、和佳子はそういった。

「さっき、写真の修復に取りかかりました。うまくいきそうです」吉川はいった。

「そうですか。だったら、とても嬉しいんですけど、あまり無理しないでくださいね」

「そんな大変なことではないですから、気にしないでください。じゃあ、また明日」

「おやすみなさい」

おやすみなさいといって、吉川は缶ビールを手にし、立ち去った。その後ろ姿を見送ってから、和佳子は風呂場に向かった。

誰に似ているんだろう――それがずっと気にかかっていた。自分の身近にいる人間ではない。もっと別の形で見ている人間だ。たとえばテレビなどで見た気がする。しかし芸能人の誰か、というわけではない。

単なる錯覚なのかな、とも思った。初めて訪れた土地なのに、以前に来たことがあるような気がすることがある。デジャビュというやつだ。あれのようなものかもしれない。

それはともかく、あの人はいい人だなと和佳子は思った。写真の傷を消すのがどの程度に難しいことなのかは全くわからないが、多少の手間はかかるに違いない。ふつうならばあんなことはいい出さないはずだ。

子供が好きなのかもしれない。あるいは、子を持つ親の気持ちを人一倍尊重する主義なのだろう。行方不明の少年を探しているのも、もしかしたら単にお金のためというわけではないのかもしれない。

風呂場の戸締まりや片づけを済ませると、和佳子は部屋に戻ることにした。だが先程の自動販売機の前を通りすぎる時、釣り銭口を何気なく見て、足を止めた。

手を突っ込むと釣り銭が残っていた。おそらく吉川が取り忘れたものだろう。

少し迷ったが、彼女は部屋まで届けることにした。さっきの口調からすると、彼はまだ眠ってはいないと思われた。

階段を上がり、吉川が泊まっている部屋のドアを軽くノックした。すぐに、はい、と低い声が返ってきた。

「あの、自販機のお釣りをお取り忘れになったんじゃないですか」

彼女がいうと、ああ、と少し驚いたような声がしてドアが開いた。顔を出した吉川は眼鏡をかけていた。頭にはまだタオルが巻かれていた。

はい、といって和佳子は釣り銭を差し出した。どうもすみません、と彼はそれを受け取った。

「今も写真の修復をやってたんです。あと少しで終わると思います」吉川はいった。

「ありがとうございます」礼をいいながら、和佳子は彼を見つめていた。

吉川が怪訝そうにした。「何か？」

「あ、いえ」和佳子はあわてて手を振った。「ごめんなさい、眼鏡をかけておられるから」

「これですか」彼は苦笑して眼鏡を外した。「老眼です。これがないと細かい部分が見えなくて」

「目が疲れないように気をつけてくださいね」

「大丈夫です」

おやすみなさい、と改めて交わし、吉川はドアを閉めた。和佳子も部屋の前から離れた。

だが階段に足をかけたその時、不意に彼女の脳裏に光が差し込んだ。その光は、見ようとしてもなかなか見えなかった記憶の隙間を照らした。そこに浮かんできたのは、あるテレビ映像だった。

葬儀の風景だ。喪主の男性が挨拶を述べている。事前に用意してあった文章を読んでいるのだ。眼鏡をかけた顔がアップになっていて、その目には涙が滲んでいる。

最近見た映像だ。あれは一体何の葬儀だったか――。

和佳子は息を呑んだ。ワイドショーで何度か目にしたものだと気づいた。レイプされた上に殺された娘の復讐をするために、父親が犯人を追っているという、例の事件だ。番組ではその父親のことを説明する際、娘の葬儀が行われた時の映像を使っていた。おそらく彼の無念さを色濃く表現できると思ったからだろう。

ながみね……下の名前は何といったか。

和佳子はゆっくりと階段を下りた。急ぐと足がもつれそうな気がしたからだ。鼓動が速くなり、全身から冷や汗が出ていた。

ラウンジに行くと、昨日と今日の新聞を広げた。指名手配された時、写真が載っていたはずだ。

あった――やがて彼女はそれを見つけた。男性が正面を向いている写真だ。その下には『長峰重樹容疑者』と記されている。

和佳子はその写真を凝視した。やはり間違いなかった。吉川を見て、誰かと似ていると思ったが、この人物だったのだ。髪形が違うし、写真の長峰重樹は無精髭を生やしてはいないが、もし伸ばしたならそっくりになると思った。

吉川は長峰重樹なのか。

長髪だが、かつらということも考えられる。男性用のウィッグというものがあるのを和佳子は知っていた。風呂上がりに、彼は頭にタオルを巻いていたが、本来の短髪を隠すためではなかったか。

それに、彼の行動も怪しい。少年を探しているという話だが、その相手こそ、彼が復讐したい人間ではないのか。

新聞を持つ手が震えだした。和佳子は新聞を片づけ、急ぎ足で自分の部屋に戻った。戸締まりを点検する仕事が残っているが、今はそんなことを考える余裕がなかった。

テレビをつけ、その前に腰を下ろした。まずは吉川が本当に長峰重樹なのかどうかを確認したかった。新聞の写真だけで判断するのはまずいと思ったのだ。だが生憎《あいにく》、どこの局もニュース番組はやっていなかった。

もし彼が長峰重樹だったらどうしよう――。

当然、警察に通報すべきだろう。いや、もしかしたら今の段階で知らせてもいいのかもしれない。似ている人がいる、というだけでも情報としての価値はあるはずだ。仮に人違いであったとしても、警察からはもちろんのこと、吉川から憎まれることもないように思えた。

今のところ、彼女以外には誰も気づいていないようだった。それはそうだろう。吉川は殆ど誰とも顔を合わせていないのだ。そのことも、彼が指名手配されている人間だと示しているようだった。

まずは隆明に知らせる必要があった。後のことは彼が判断してくれるだろう。

ところが和佳子の腰は上がらなかった。父に知らせることには躊躇いを覚えた。隆明は必ず警察に通報するだろう。すると間もなく警察官がやってきて、事の真偽を確かめるに違いない。もし吉川が長峰重樹なら、その場で逮捕される。別人なら笑い話で済む。何も問題はない。和佳子たちが何らかの被害を受けることはない。

しかしそれでいいのだろうか——。

見えない何かが、立ち上がろうとする彼女を押し留めていた。

# 23

窓の外が明るくなってきた。和佳子はベッドの上で身体を起こした。目覚まし時計が鳴るまで、まだ一時間近くあったが、こんなことをしていても同じだと思った。うとうとしつつも、結局殆ど熟睡できなかったのだ。

和佳子はテレビのスイッチを入れた。しかしニュースはおろか、映像を流しているチャンネルさえも見つからなかったので、すぐに消した。

睡眠不足のせいか、頭が重い。しかも胃がもたれているような気分だ。

吉川のことを隆明に知らせる決心は、まだつかなかった。いやじつは、彼女の気持ちは固まっていた。彼が長峰重樹であるかどうかを自分で確かめ、間違いないと思ったなら、警察に電話しようと思っていた。なぜそういう気になるのか、自分でもよくわからなかった。とにかくこの問題を人任せにはできないと思ったのだ。責任を父親に押しつけたくないという思いはたしかにあったが、それだけではなかった。むしろ直感的なものだった。自分で判断しないと後悔するような気がしたのだ。

しばらく待ってから和佳子は再びテレビをつけてみた。すると昨日のスポーツの結果を知らせている番組が流れていた。彼女はチャンネルをそのままにして、一般のニュース番組が始まるのを待った。朝のニュース番組では、同じ内容が繰り返し流される。チャンネルを固定しておけば、いずれは長峰重樹に関する内容も報道されると思ったのだ。

和佳子は吉川と交わしたいくつかの会話を思い出した。たしかに彼には逃亡者が備えていそうな、どこか後ろ暗そうな雰囲気があった。いつも顔を少し俯《うつむ》き加減にしていた。だが彼が発したいくつかの言葉に、殺人者とは思えない温かみが含まれていたのも事実だった。身勝手な思い込みだけで行動する人物とは思えなかった。現に彼は大志の写真を修復すると申し出てくれた。単に自分の復讐だけを考えている人間なら、今の状況でそんなことはいいださないのではないか。

そこまで考えたところで和佳子は、はっとした。自分の中に彼を庇《かば》いたい気持ちがあることに気づいたからだ。彼女は小さくかぶりを振り、テレビ画面に集中した。ちょうどその時、足立区で起きた殺人事件の続報をアナウンサーが紹介し始めた。

「――というわけで、長峰容疑者の手紙は、一般の方々にも様々な波紋を広げているようです。これについて警視庁では、公開された手紙の内容が事実通りであると認めた上で、これまでに発表してきたコメントに付け足すことはなく、捜査方針にも変わりはないとしています。また、消印が愛知県であることについて、手紙の投函場所がそうであったというだけで、長峰容疑者が愛知県に潜伏していると決めつける根拠にはならない、とのことでした」

男性アナウンサーの右上に、男性の顔写真が映し出された。下に長峰容疑者とある。和佳子は身を乗り出した。新聞に載っていたのと同じ写真のようだが、大きくて画質がいいので、よりはっきりと顔立ちを確認できた。

彼女の鼓動は再び速まっていた。見れば見るほど吉川に似ていた。もはや別人だとは思えなくなっていた。

廊下を誰かの足音が通りすぎていった。それを聞いて和佳子はぎくりとした。隆明が起きてきたのだとわかった後も、しばらくは胸の動悸がおさまらなかった。

簡単に身なりを整えて、彼女は部屋を出た。階段の前を通る時、二階に目を向けた。こんな早朝に吉川が起きてくるはずがないとわかっていながらも、彼と顔を合わせるのではないかとびくびくした。

厨房に入っていくと、隆明が腰にエプロンをつけているところだった。彼は娘を見て、意外そうな顔をした。

「おう、なんだ今朝は。ずいぶん早起きだな」

「何となく目が覚めちゃったの」和佳子は壁の時計を見た。たしかにいつもより三十分以上も早かった。

「ちょうどよかった。早く出発するっていうお客さんがいるからな。じゃあ、下ごしらえは任せるよ」

「わかりました」和佳子もエプロンを手にした。

「あの……早く出発するっていうのは、どのお客さん？」

「小さい男の子を連れた御夫婦だ。おまえ、チェスの相手をしてたんじゃなかったのか」

「ああ、あの御家族」和佳子は頷き、ジャガイモを洗い始めた。もし吉川が早く出発するといいだしたのならどうしようかと思ったのだ。

洗い終えたジャガイモの皮を剥きながら、和佳子は隆明の背中を見た。彼はスープを作り始めている。その背中はいつもと同じだ。このペンションに、間もなく日本中が注目するような事態が訪れようとは、夢想すらしていないだろう。世間の喧噪が嫌で、こういう生き方を選んだはずなのだ。自分は何も変わらない平凡な毎日を過ごし、訪れては去っていく旅行者たちとの一時の触れあいだけを楽しみにしている。テレビから流れてくる恐ろしい殺人事件のことなど、異次元の物語と捉えているに違いなかった。

「どうかしたのか？」不意に振り返った隆明が、和佳子を見て怪訝そうな顔をした。彼女が包丁を持つ手を止めてぼんやりしているように見えたのだろう。

「ううん、何でもない」彼女は笑顔を作った。

「おまえ、何だか顔色がよくないな。具合が悪いのなら、休んでてもいいぞ」

「大丈夫。ちょっと考え事をしてただけ」和佳子は笑みを顔に貼り付かせたまま、包丁を動かし始めた。隆明はそれ以上は何も訊いてこなかった。

アルバイトの学生も起きてきて、厨房は忽《たちま》ちいつもの活気に包まれた。ダイニングテーブルには奇麗なクロスが敷かれ、宿泊客がいつ起きてきてもすぐに料理を出せる準備が整った。

七時になって最初に現れた客は、昨夜和佳子がチェスの相手をした男性と、その妻子だった。彼は和佳子と顔を合わせると、昨日はどうも、と会釈してきた。彼女も笑顔で、こちらこそ、と応じた。頬がひきつるような感じがした。

ほかの宿泊客も次々に入ってきたが、吉川は現れなかった。昨日の朝も、彼が皆より少し遅れてやってきたことを和佳子は思い出した。彼への疑惑は濃くなる一方だった。

チェス好きの男性は早々に朝食を済ませると、まだ妻子が食べ終えていないにもかかわらず席を立ち、テレビの前に移動した。スイッチを入れ、ニュース番組にチャンネルを合わせる。

「なによパパ、あたしたち、まだ終わってないのに」妻が抗議した。

「別にいいだろ、そこで待ってなくたって」

「だって落ち着かないでしょ」

「いいよ、ゆっくり食ってて」男性はテレビのボリュームを上げた。

長峰容疑者が——という声が和佳子の耳に飛び込んできた。食器を載せたトレイを運んでいた彼女は、狼狽のあまり、それを落としそうになった。だが幸い、誰にも見られてはいなかったようだ。

彼女はこっそりとテレビのほうに目を向けた。男性アナウンサーがやや緊張した面もちでしゃべっている。

「これは当番組のスタッフが独自の調査で明らかにしたことです。長峰容疑者は数年前までクレー射撃などの競技に出場しており、自分の猟銃を所持していたことが判明しました。長峰容疑者が、その猟銃を持ったまま失踪したかどうかについて、捜査本部では明らかにしておりませんが、銃による復讐を考えているとすれば、市街地などで発砲するおそれもあるわけで、その場合一般市民に怪我人が出ないともかぎらず、厳重な警戒が必要だといえます」

テレビの前に陣取っていた男性が、腕組みをしたまま大きくのけぞった。

「へええ、ライフルで復讐するつもりなんだってさ。こりゃあ、ますますすごいことになってきた。ハリウッド映画みたいだな」

「一般人がそんなふうに銃を使えるの？」彼の妻が訊いた。

「そりゃ使えるよ。特別な許可証は必要だけどさ。でないと、ハンティングとかできないじゃないか」

ああそうか、と妻は納得した顔で頷いた。

和佳子は吉川の荷物を思い出そうとしていた。ライフルだとしたら、ふつうのバッグには入らないのではないか。彼はボストンバッグを一つ持っていただけのような気がした。それともライフルも折り畳めば、コンパクトになるのだろうか――。

八時になると、朝食をとった客たちはすべて姿を消した。彼等の殆どがチェックアウトも済ませた。

「和佳子さん、吉川さんという方がまだ残ってますけど」アルバイトの多田野が声をかけてきた。

「あ、そう。じゃあ、そろそろ電話をしてみる」和佳子は電話機に近づいた。客への連絡は彼女の仕事になっている。昨日の朝も彼に電話をかけたことを思い出した。

躊躇いながらも彼女は受話器を手にした。部屋番号を確認してからボタンを押した。呼出音が鳴ると、それを待っていたかのように即座に繋がった。

「はい」吉川の低い声が聞こえてきた。

「あの……朝食の準備ができてるんですけど、どうされますか」声がかすれた。

「いただきます。これから行きます」

「では、お待ちしております」

　電話を切った後、ついため息が出た。受話器を持っていた手には汗が滲んでいた。

「珍しいですね」彼女の後ろで多田野がいった。

「えっ、何が？」和佳子は振り返って訊いた。

「だって和佳子さん、お客さんの部屋に電話をかける時には、必ず最初に、おはようございますって挨拶するじゃないですか。でも今はいわなかったから」

「ああ……」そういえばそうだった。緊張のあまり、そんな日常的なことさえ失念していたのだ。和佳子は作り笑いをした。「ちょっとうっかりしてた。考え事をしながら電話をかけちゃったから」

「疲れてるんじゃないんですか。後片づけは僕がやっておきますけど」

「ううん、大丈夫。心配してくれてありがとう。後はあたしがやっておくから、多田野君はおじさんのほうを手伝ってやって」

　おじさんというのは隆明のことだ。彼はチェックアウトの済んだ部屋の掃除をしているはずだった。和佳子は、何となく多田野を吉川に会わせたくなかった。本来ならばこういう場合、多田野にも吉川の顔を見せて、指名手配犯に似ていると思うかどうか確認したほうがいいに違いなかった。しかしなぜか和佳子の思いは逆だった。それをしてしまえば、もはや通報する以外に道はなくなる。そうなることを回避したい気持ちがあった。

　多田野が出ていくのと入れ違いに吉川が入ってきた。彼は和佳子の思いなど知る由もなく、伏し目がちながらも笑顔を向けてきた。「おはようございます」

　おはようございます、と和佳子も応じ、彼の朝食の支度を始めた。

トレイに食事を載せ、彼の席まで運んだ。さほど重いものを運んでいるわけでもないのに、足元がおぼつかないような感じがした。震えているせいだと気づいたのは、彼のテーブルに料理を並べている時だった。

「あの」吉川が話しかけてきた。

「はい？」和佳子は思わず目を見張っていた。

「これをどうぞ」そういって彼はテーブルの端にフロッピーディスクを置いた。

「あ……例の写真ですか」

「ええ。自分ではうまくいったと思っているんですが、見ていただかないと何ともいえません。修復すると顔の印象が変わったりしますからね」

「じゃあ、後で見せていただきます」

「できれば、今見ていただけませんか。もし修正したほうがいいようなら、すぐにやってしまいたいし」

「そうですか。じゃあ、今すぐに見てみます」

フロッピーを手にし、和佳子は彼のテーブルから離れた。パソコンの前に座ると、電源を入れ、フロッピーを挿入した。間もなくデスクトップ上にフロッピーのアイコンが現れた。それをクリックした。

表示された画像を見て、和佳子は息を呑んだ。傷だらけだった写真が見事に生まれ変わっていた。現像してきたばかりの写真のように奇麗で、しかも幾分色合いが鮮やかになっているように思えた。

「いかがですか」すぐ後ろで声がした。吉川が和佳子の斜め後ろに立っていた。

「すごいです」和佳子は率直な感想を述べた。「こんなに奇麗になるなんて思ってなかったです。どうもありがとうございます。これなら額に入れて飾っても、ちっともおかしくないですよね」

「息子さんのお顔の印象に、変わりはないですか」

「何も問題ないです。あの子の顔そのままです」

見事に蘇った大志の顔を見ているうちに、和佳子の目に涙が溜まってきた。あわててエプロンの端でそれを拭った。

「本当にありがとうございます。苦労されたんでしょう?」

「いや、それほどでも。喜んでいただけたのならよかった」吉川はにっこり笑うとテーブルに戻っていった。

和佳子は彼が食事をする後ろ姿と、パソコン上に蘇った息子の写真とを見比べた。詳しいことはわからなかったが、これほどの修復が簡単にできるとは思えなかった。おそらく夜遅くまでパソコンに向かっていたのだろうと想像できた。その証拠に彼の目は少し充血しているように見えた。

悪い人ではないのだ、と彼女は思った。それどころか、人一倍心の優しい人なのだ。そんな人がなぜ、と思わざるをえなかった。

「ところで」不意に彼が振り返った。

「はい」和佳子は背筋を伸ばした。

「今日はもう予約がいっぱいなんでしょうか。できれば、もう一泊させていただきたいのですが」

# 24

ペンション『クレセント』を出た長峰だったが、いつものようにはバスに乗らず、蓼科《たてしな》牧場に向かって歩きだした。しかし、何らかのあてがあるわけではなかった。部屋に居たままではペンションの人間に怪しまれると思ったから、とりあえず出てきただけなのだ。

今朝目が覚めた時、いいようがないほどの疲労感に襲われた。ベッドから起きあがるのさえ苦痛だった。朝食に遅れていったのは、他の客と顔を合わせたくなかったせいもあるが、実際、電話が鳴るまで横になっていたのだ。

昨日は夜中の二時まで、例の写真の修復作業を行っていた。子供を失ったあの女性の慰めになれば、という程度の軽い気持ちで始めたことだが、とりかかるといつの間にか夢中になっていた。

おそらく自分の中に、現在の状況から逃げ出したいという気持ちがあるのだろう、と彼は自己分析した。手がかりが殆どない状態での探索に疲れ、指名手配犯という立場に疲れ、たとえ一時でも今の立場を忘れたくて、あの作業に没頭したのだ。

疲労感に包まれているのは、作業のために肉体が疲れたからではなく、その作業が終わってしまったからだろう、と考えざるをえなかった。復讐を果たしたくとも相手が見つからない——そんな地獄のような時間がまたしても始まったわけだ。

少し頭と身体を休ませねば、と思った。考えてみれば、家を出て以来、精神と肉体を酷使し続けている。このままではつぶれてしまうと思った。スガノカイジを見つけだし、復讐を果たすまでは、倒れるわけにはいかない。

滞在中の『クレセント』は、一息つくには都合のいい宿だった。従業員は少なく、喫茶店などを経営していないから、不特定多数の人間が出入りすることもない。指名手配されている身としては、他人と殆ど顔を合わせなくて済むというのは大きなメリットだった。

だからあの宿でもう一泊だけしてみようと思った。今後はいつ休めるかわからないのだ。いや、小休止することさえ許されないかもしれない。

もう一泊できるかという問いに、あの女性は意外そうな顔をした。理由を知りたそうだったので、「ここが気に入ったので」と答えた。正直な気持ちでもあった。

彼女は戸惑った表情のまま、長峰を待たせて一旦奥に下がった。二、三分して現れた彼女は、目を見張って頷《うなず》いてきた。そして、大丈夫です、といった。

おそらく自分のような客はめったにいないのだろうな、と長峰は思った。中年男が一人で泊まること自体珍しいのに、突然延泊をいいだされて困惑したのかもしれない。

蓼科牧場に近づくにつれて、家族連れの姿が目につくようになった。今日が夏休み最後の日曜日だと気づき、彼は合点した。それでペンションにも家族連れが泊まっていたのだろう。

飲み物やソフトクリームなどを売っている店があった。パラソルが並び、その下で人々が一休みをしていた。早くも缶ビールを飲んでいる男性の姿もある。カップルも多く、誰もが幸せそうに見えた。

長峰は自動販売機でコーラを買い、少し離れたベンチに腰を下ろした。周りの人々は、自分のすぐそばに指名手配中の殺人犯がいるとは、夢にも思っていないに違いなかった。

避暑地とはいえ日差しは強く、今日も暑くなりそうだった。長峰はサングラスの位置を直した。帽子をかぶった頭が蒸れている。ウィッグとの二段重ねになっているのだから当然だった。人目につかないところに行ったら、ウィッグは外そうと思った。

それにしても、これからどうすればいいのか――。

そろそろ憂鬱な考え事をしなければならない。長峰はコーラを片手に思考を巡らせた。

そもそもスガノカイジは、なぜ長野のペンションなどに行こうと思ったのか。伴崎敦也は事切れる直前、スガノについて、「逃げた」といった。つまりスガノは、自分が逃げねばならないことを知っていたのだ。その時点では長峰はまだ復讐を始めていなかったから、警察から逃げたという意味だろう。

長野のペンションを選んだのは、それが逃避行に都合がよかったからか。それとも、ほかに思いつくところがなかったのか。いずれにせよスガノにとって長野は特別な場所だと考えられる。

しかし、たとえば親戚がいるとかではないだろう、と長峰は思った。そういった直接的な結びつきのある場所なら、警察がとっくの昔に嗅ぎつけて、今頃はスガノを逮捕しているに違いないからだ。かつて住んだことがあるとか、働いたことがある、といった可能性も低いのではないかと考えた。

警察は、どういった方法でスガノの居所を探しているのか。まずは親や友人たちに尋ねているだろう。今もまだ発見されていないということは、そういった人間たちにも心当たりのない場所に、スガノは潜んでいるということになる。

いや――。

親が本当のことを話すとはかぎらない。もし息子の行き先を知っていたとしても、警察に追われているとなれば、黙っているのではないか。逃がしてやろうという思いからではない。捕まる前に自首してほしいと願うからだ。どんな子供でも、親にしてみればかわいいに違いない。たとえ極悪非道といわれる人間に育ったとしても、あのペンションの女性のように、幼く愛らしかった頃の思い出が記憶の中心に居座っていて、彼女あるいは彼等の良識さえもねじ曲げてしまうのだ。

伴崎敦也を殺害した時のことを長峰は思い出した。あの獣にさえも親はいたのだ。新聞報道によれば、大検受験の勉強のために部屋を借り与えていたという。何という馬鹿げた話だと思う。あんな人間が独り暮らしをして、おとなしく勉強などしているはずがない。おそらく厄介払いのために家から出したのだろう。家庭内暴力もあったようだと、マスコミは報道していた。

その結果、他人に迷惑をかけていたのでは、親の責任を放棄しているとしかいえない。マスコミによれば、伴崎敦也の親は、息子が死体で見つかった時点では、悲劇の両親として取材にも応じていたようだ。ところが伴崎の常日頃の行動が明らかになり、しかも復讐された疑いが濃いとなると、途端に行方をくらました。もちろん警察には居場所を告げているわけで、記者の中にはそれを突き止めている者もいるようだが、今度は一転して取材拒否だという。襲った女性たちに対する謝罪の言葉もなく、息子を殺された遺族という立場のみを主張しているようだ。

それらの記事を目にすると、長峰は伴崎敦也を殺したことに対する良心の呵責は消し飛んだ。ただし、やはり何の意味もないことをしたのだな、という徒労感は倍加した。せめて親たちの悔い改める姿を目にしたなら、心は痛みつつ、少しは救われる思いになれる気がするからだ。

たぶんスガノカイジの親も同様だろう。警察から、息子がどんな悪行を繰り返していたかは教えられているに違いない。その結果として伴崎と同じように狙われていることも、今では知っているだろう。それでも親は、息子が逮捕されることなど望んでいない。どれほど論理的に説明されようとも、自分たちの息子が殺されるほどの悪人だと認めないし、狙われていることも信じないだろう。

そういう親がいるから、自分のような悲しい目に遭う親もいるのだと長峰は思った。十数年前には、どちらも同じ立場の親だったはずだ。生まれたばかりの赤ん坊と出会い、どんなふうに育っていくか、楽しみにしたはずなのだ。

許すことなどできない、本人もその親も——長峰はベンチから腰を上げた。コーラの缶を握りつぶしていた。

だがどうすればスガノカイジを見つけられるだろう。長峰はここ数日の探索で、自分のやろうとしていることは、藁山で針を探そうとするに等しいことだと悟っていた。

「——おい、和佳子」

声をかけられ、和佳子は顔を上げた。彼女はラウンジにいた。週刊誌を広げたまま、ぼんやりしていたのだ。

麦藁帽をかぶった隆明が、怪訝そうな顔で立っていた。

「どうしたんだ、ぼんやりして。俺の声が聞こえなかったのか。何度か、窓を叩いたんだぞ」

「あ、ごめんなさい」和佳子は週刊誌を閉じた。足立区の殺人事件に関する特集を組んだ記事が載っていたのだ。客が置いていった週刊誌だった。

隆明は外で草むしりをしていたはずだった。用があって、室内にいる彼女を呼ぼうと窓を叩いたに違いない。

「何か用だった？」

「いいよ、もう。済んだから」隆明は首にかけたタオルを外し、汗を拭いながら厨房に入っていった。飲み物を物色するつもりだろう。

和佳子は週刊誌を手にし、立ち上がった。厨房の開いたドアの向こうに、隆明の姿が見え隠れする。冷蔵庫を開閉する音が聞こえた。

父に話すべきかどうか、彼女はまだ迷っていた。朝食時に改めて吉川の顔を見たが、やはり長峰重樹にそっくりだった。週刊誌に載っている顔写真で、もう一度確認したが、同一人物だという印象を一層強めた。

隆明が麦藁帽を団扇《うちわ》のようにして顔をあおぎながら出てきた。

「吉川さんっていう人、もう一泊するのか。予定表に書き込んであったけど」

「そうなの。今朝、急にいわれて……」

「ふうん。何か予定が変わったのかな」

「さあ……でも、うちのことを気に入ってくれたみたい」

「そうか。それはよかった」隆明は頷くと、そのまま出ていった。吉川という客について、何ひとつ不審に思っていない様子だった。

和佳子はどうしても吉川のことをいいだせなかった。では自分で警察に通報するのかというと、その決心もつかなかった。今になって彼女は、吉川がチェックアウトしてここを出ていくのを、自分が黙って見過ごすつもりだったことに気づいた。いずれは逮捕されるにしても、それはどこかほかの場所で、と願っていたのだ。面倒に巻き込まれたくないという思いからではない。彼の命がけの願望を、和佳子は自分の手で崩したくはなかったのだ。

多田野が二階から降りてきた。

「部屋の掃除、終わりました。２０２号室はそのままにしておけばいいんですよね」

２０２号室は吉川の部屋だ。先程、和佳子がそのように指示したのだ。

「そうよ、ありがとう」

「じゃ、何かあったら呼んでください」多田野はそういうと、マスターキーを和佳子の前に置いて出ていった。

彼女はマスターキーを見つめた。ここではまだ客室に旧式のシリンダー錠を使っている。まさかピッキングをする人間がこんなところに泊まりにこないだろう、と隆明はいう。

マスターキーを使えば、どの部屋でも入れる。

202号室も同様だ。

彼は夜まで帰ってこないはず——。

今しかチャンスはないと思った。似ているとは思うが、吉川が長峰重樹だと決まったわけではない。もしかしたら他人の空似かもしれないのだ。それなら、無駄なことをあれこれと悩んでいることになる。悩むのは、はっきりさせてからでも遅くない。そして、はっきりさせる方法が、今ここにある。

和佳子は鍵を手にし、廊下に出ていた。心臓の鼓動が速くなっている。

そんな必要はないにもかかわらず、彼女は足音を殺して階段を上がった。殆どの部屋のドアが開放されているのは、空気を入れ換えるためだ。しかし202号室のドアだけはぴたりと閉じられている。

ドアの前に立つと、和佳子はマスターキーを鍵穴に差し込んだ。指先が震えていて、かちかちと金属音が鳴った。がちゃりと鍵が外れるのを聞き、深呼吸をしてからゆっくりとドアを開けた。

室内はさほど散らかっていなかった。二つあるベッドの片方は、まるで使われた様子がない。ボストンバッグは部屋の隅に寄せられ、備え付けのテーブル上にノートパソコンが置いてあった。

和佳子はおそるおそるバッグを開いた。中には簡単な着替えや洗面具などが入っていた。手帳や身分証明書の類は見当たらない。

彼女の目がパソコンに向いた。これを使って写真の修復をしてくれたのだなと思った。そのことを考えると、こんなことをしていることが後ろめたくなった。

パソコンを開き、躊躇いながらも電源を入れた。システムが立ち上がるまでの時間が、ひどく長く感じられた。

彼の正体を確認するにはどうすればいいか。和佳子が思いついたのはメールを見ることだった。中身までは読まなくていい。メールを出す際に、彼がどんなふうに名乗っているのかを調べたかった。

だが他人のパソコンを使ったことのない和佳子には、どこを操作すればメールソフトが動き出すのか、よくわからなかった。仕方なく彼女は、デスクトップ上に表示されているアイコンを一つ一つクリックしていった。

あるアイコンをクリックした時だった。画面全体の雰囲気が突然変わった。やがてそこに映像が現れた。

しまった、変なものを動かしちゃった――。

彼女はあわてて映像を止めようと思ったが、操作方法がよくわからなかった。右往左往するうちに、映像はどんどん流れていく。

そして衝撃的な場面が現れた。

和佳子は最初それを、単なるいかがわしい動画だろうと思った。しかし流れている映像をよく見ると、どうやらそんな類のものではないようだった。

若い娘が二人の男に襲われている。娘はぐったりとしており、その表情には生気がない。そんな彼女を男たちは蹂躙《じゅうりん》している。見ているだけで吐き気がしそうな不快な映像だった。

和佳子はようやく操作パネルを見つけ、それをクリックして停止させた。ついでにそのままパソコンの電源を切った。気分の悪さは治らなかった。

パソコンをばたんと閉じた時、頭に閃くことがあった。

今の映像こそ、吉川の、いや長峰重樹の娘が襲われた時のものではないのか――。

## 25

西新井警察署の梶原という刑事に促されて会議室に入ってきたのは、五十歳前後と思われる小柄な男性だった。目がくぼんでおり、頬の肉も落ちている。単に元から痩せているのではなく、疲弊してやつれているように織部には見えた。充血した目にもそれは現れていた。緊張した顔つきは、彼がどれほど悩んだ末に、こうして名乗り出てきたのかを物語っているようだった。

「鮎村さんですね」織部は確認した。

男は頷き、そうです、と小声で答えた。

「とにかくかけてください。大体のお話は伺っていますが、いくつか確かめておきたいこともありまして」

鮎村はパイプ椅子を引き、腰を下ろした。梶原は織部の隣に座った。

「ええと、まず、お嬢さんの千晶さんが自殺された時のことを伺いたいのですが、今年の五月七日ということですね」織部は手元の資料を見ながら訊いた。

「そうです。ゴールデンウィーク明けです。――あのう、さっきの話をもう一度したほうがいいんですか」鮎村は梶原のほうを見て尋ねた。

「ええ、お願いします。こちらには、おおよそのことしか伝えていないので」梶原がいった。

鮎村は一つ頷き、唾を飲むように喉を動かしてから、改めて織部のほうを向いた。

「女房の話では、朝、千晶がなかなか起きてこないので、部屋まで起こしに行ったそうです。私はもう会社に出かけていました。そうしたら娘は……千晶は、カーテンのレールに紐をかけて……首を吊っていたんです。女房はあわてて下ろして、救急車を呼んだそうですが、その時にはすでに死んでいたみたいです。私のところには警察から連絡がきました。女房は、その……気が狂ったようになってまして、とてもそんなことのできる状態じゃなかったものですから」

鮎村は懸命に何かをこらえている様子だった。三か月が経過しているが、まだ心の傷は癒えていないに違いなかった。

織部は再び資料に目を落とした。鮎村の住所は埼玉県草加市になっている。その事件については、草加署で自殺ということで処理されているらしい。今の鮎村の話だけでも、それ以外には考えられなさそうだった。

「遺書はありましたか」

「ありません」

「自殺の動機については心当たりがなかったんですね」

鮎村は首を横に振った。

「何もありませんでした。明るくて、いい子だったんですよ。特に悩みを抱えているようには見えませんでした。ただ、その前日、帰宅がやけに遅かったんです。晩御飯も食べず、部屋に入ったまま出てきませんでした。だから、その日に何かあったのかと思ったのですが……」

「前日というと五月六日ですね。学校は休みではなかったんでしょう？　それなのに帰宅が遅かったのですか」

「九時……ぐらいだったと思います。友達とカラオケに行った、と女房にはいったらしいですが、それもドア越しの会話だったそうです」

「そのまま朝まで御家族の前に姿を見せなかったのですね」

「そうです。だから、一体何があったのかと思って、葬式に来てくれた学校の友達からも話を訊きました。ところが、誰もカラオケには行ってないというんです。夕方、駅で別れた、と。千晶はそこからは一人だったみたいです」

長峰絵摩が襲われた状況と酷似している、と織部は話を聞きながら思った。

「千晶は、その次の土曜日に好きなバンドのコンサートがあるとかいって、楽しみにしていたそうなんです。だから、その日に何かあったに違いないんです。それで警察にも相談に行ったんですが、ちっとも親身になってくれないというか、まともに取り合ってくれないというか……とにかくやる気が全く感じられなかった。挙げ句の果てに、こっちの教育が悪いみたいな言い方をされて……」

鮎村は唇を噛むと、右手で拳を作り、机を一度叩いた。その拳は細かく震えていた。

自殺として処理が済んだ事件の調査に、警官が積極的になれない心理は、織部にも理解できた。片づかない事件が山積している上に、新たな事件が毎日起きている。自殺だということが明白なら、その動機については不明でも、書類手続き上は何の問題もない。

「それで、どうして今度の足立区の事件に、お嬢さんの自殺が絡んでいると思われたわけですか」

「だからそれは、最近になって娘の友達から変な話を聞いたからです」

「変な話、といいますと？」

「四月頃、千晶と二人で学校から帰る途中、車に乗った二人組の男から声をかけられたというんです。千晶たちは無視したようですが、男たちは結構しつこくついてきたそうです。その時は何とか振り切ったらしいですが、その後も学校のそばの路上に、その車が止まっていることがあって、それで回り道をして帰ったこともあるということでした。ただ、千晶が死ぬ直前は、そういうこともなくなっていたので、自殺の動機としては思い浮かばなかった、とその子はいうんですが」

「その二人組の男というのが……」

「ええ、そのうちの一人が、今度殺された伴崎に似ていた、とその子はいうんです。しかも、乗っていた車の感じも似ていると」

織部は梶原を見た。

「その友達から話は？」

「まだ聞いてませんが、連絡先は押さえてあります。呼びますか」

「いや、まだいいです」

織部は鮎村に視線を戻した。

「その話を聞いて、すぐにお嬢さんの自殺と関連があると思われたわけですか」

「状況が似ていますからね。あの、長峰絵摩さんが殺された事件と」

鮎村は、長峰絵摩、という名前を正確に覚えていた。今回の一連の事件について、おそらく強い関心を持っているのだろう。そのくせ、殺された事件、と誤って解釈しているのは、伴崎たちに対する憎しみの現れと見て取れた。

「それに」鮎村は一度目を伏せてから、再び顔を上げた。「女房によると、千晶は死ぬ前にシャワーを浴びたようです」

「シャワー？」

「ええ。後からわかったらしいんですが、そういう形跡があったそうなんです。夜中にシャワーを浴びて、下着も新しいものに取り替えていたようです。そのことを女房は、私にもずっと黙っていたみたいです。だから、その、どういうことがあったのか、女房は薄々感づいていたんじゃないかと思うんですがね」

辛そうに話す鮎村から、織部は目をそらしていた。鮎村千晶がどういう思いでシャワーを浴びたのかを考えると胸が痛んだ。おそらく、死ぬ前に、汚された身体を清めたかったのだろう。

織部の手元にある資料には、二枚の写真が添付されていた。鮎村千晶の顔写真で、どちらも制服姿だった。目の大きい、かわいい娘だった。

西新井署の説明では、鮎村はこの写真を持って、訪れたらしい。そして、長峰絵摩を襲った犯人のビデオの中に、この写真の娘が映っていなかったか、と問い合わせてきたという。

伴崎敦也の部屋から押収されたビデオは、西新井署で保管されている。まず梶原たちがそれらを再生しながら鮎村千晶の写真と見比べたらしい。

そして、該当しそうな娘が映像の中で見つかった、という話を織部は聞いていた。彼はまだ、その映像を見ていない。

「映像は見られるんですね」織部は梶原に訊いた。

「すぐに見られるようになっています」梶原は部屋の奥に目を向けた。そこにはテレビモニタとビデオデッキが設置されている。

「テープは？」

「セットしてあります」梶原は小声で答えた。

あの、と鮎村が発した。

「やっぱり……見つかったわけですね。娘はビデオに映っていたんですね」彼の声がひっくり返った。

「いや、まだ断言はできません。自分が見て、似ているなと思っただけです」梶原は言い訳するような口調になっていた。「だから、お父さんに確認していただこうと思いまして、そこにビデオを……」

「見せてください」鮎村はぐっと顎を引き、背筋を伸ばした。

梶原が織部を見た。織部は頷き返した。鮎村にビデオを見せることについては、上司たちの許可をとってある。

こちらへどうぞ、といって梶原はテレビの前にパイプ椅子を置いた。鮎村は躊躇いながらもそこに座った。梶原はリモコンを手にすると、テレビとビデオデッキの電源を入れた。だが再生を始める前に織部に訊いた。

「織部さんも御覧になられますか」

織部は一瞬迷ったが、すぐに手を振っていた。

「いや、私は後で見ます。鮎村さんが、間違いないと確認された場合ですけど」

梶原は頷いた。そのほうがいいだろう、とその顔は語っていた。

「お嬢さんらしき人物が映っているところを、予め探してあります。再生スイッチを押せば、映像が始まるはずです。確認が終わったら声をかけてください。自分らは外にいますから」

わかりました、といって鮎村はリモコンを受け取った。

彼を残し、織部は梶原と共に会議室を出た。ドアを閉めると梶原は、ふうーっと大きく息を吐いた。同時に上着の内ポケットに手を入れ、煙草を出してきた。

「いやな役回りになっちゃいましたね、お互い」やや くだけた口調で梶原はいった。見たところ彼は織部よりも若干年上のようだ。

「梶原さんはビデオを見たんでしょ。あの人の娘だと思いますか」

「たぶんね」梶原は顔をしかめた。「最初のほうは映像が暗いし、顔があまり映ってないから、確認しづらいんですよ。何しろあのアホ共、臍から下ばっかり撮ってやがるから。だけど後半に顔のアップがある。それがまた、きつい絵でね。あれを父親が見るのかと思うと、こっちまで気が重たくなる」

織部は首を振った。彼の話を聞いているだけでも憂鬱になった。

「奴らはゴミですよ」梶原は煙を吐きながらいった。「本音をいえば、俺なんか、菅野も長峰にぶっ殺されりゃいいと思ってる。長峰が捕まらないことを、ちょっと祈ってる」

織部は黙って下を向いた。何と答えていいのかわからない。内心では同意していた。

梶原が低く笑った。

「捜査一課の刑事さんじゃ、口が裂けてもこんなことはいえないだろうけど」

織部も苦笑を返しておいた。笑い話でこの場はおさめよう、と思った。

伴崎の部屋から押収したビデオには、長峰絵摩を含め、十三人の女性が映っていた。それだけの数の被害者がいるということだ。だがこれまで、それらに該当するような被害届が出された形跡はなかった。つまり被害者たちは泣き寝入りしていることになる。これからも出てこないだろう、というのが捜査陣の見解だった。襲われたところを撮影したビデオが残っているとなれば尚のことだろう、と刑事たちは考えていた。

そんなところに鮎村が現れたのだった。

「一本どうです」梶原が煙草の箱を差し出してきた。

いや、と織部が断ったその時、ドアの内側から、うおーっという獣が吠えるような声が聞こえてきた。同時に、何かが激しく倒れる音もした。

織部はドアを開け、中に飛び込んだ。鮎村が床に這いつくばり、両手で頭を抱えていた。その姿勢のまま、うおううおうと尚も叫んでいた。

テレビは消されていた。リモコンが床に落ちている。

「鮎村さん、しっかりしてください」

織部が背中に声をかけたが、鮎村の耳には入らない様子だった。吠えながら身悶えしている。床が濡れていた。大量の鼻水と涙が、鮎村の顔から流れ落ちていた。

彼の咆哮が聞こえたらしく、署員たちが駆けつけてきた。彼等には梶原が事情を説明している。

鮎村の叫びが、徐々に言葉になっていった。何をいっているのか、すぐには織部にはわからなかった。だが、繰り返されるうちに、明瞭になってきた。

ちくしょう、ちくしょう、かえせ、ちあきをかえせ、ちくしょう、なんでだ、ちくしょう、なんでこんな、うおううおううおう――。

織部は鮎村に近づけなかった。声をかけることもできなかった。怒りと絶望と悲しみが分厚い層となり、娘を蹂躙された父親を包んでいた。

これは長峰の姿だ、と織部は思った。

伴崎の部屋でビデオを見た時、長峰もきっとこんなふうになったのだ。地獄より、もっとひどい世界に突き落とされ、心が木っ端微塵に破壊されたのだ。

そんなところへ加害者が現れたらどうだ。平静でいられる人間などいるはずがない。殺したくなって当然だろう。殺してもあきたらなくて、死体を切り刻みたくもなるだろう。そしてそこまでやったところで、長峰にしても、この父親にしても、永遠に救われない。何も得られない。

鮎村の叫びが、「殺してやる、殺してやる」に変わっていた。

## 26

長峰がペンションに戻った時、すでに九時近くになっていた。

昨夜と同じように、夕方電話をかけ、夕食の支度はしなくていいと断ってある。だから従業員たちも、彼の帰りを待っているはずはなかった。

『クレセント』の広告には、オーナー兼シェフが腕をふるって作るディナーが売り物、とあった。その自慢の料理を一度は食べてみたいと思っていたが、他の客と顔を合わせる危険性を考えると我慢しておくしかなかった。長峰の今夜の食事はビーフカレーだった。よその客のことなど誰も気にしていない、雑然とした、ただ広いことだけが取り柄のような店だった。今の彼には、そういう店のほうがありがたい。

玄関のドアを開け、ペンションに入っていった。照明は半分ほど消され、建物の中は薄暗かった。ラウンジから漏れてくる光も弱い。

長峰が靴を脱いでいると、そのラウンジから足音が聞こえた。彼は急いで靴を棚にしまった。なるべく誰とも顔を合わせたくない。

ラウンジから出てきたのは、いつもの女性だった。長峰は安堵した。この人なら大丈夫だと思った。何も気づいていない様子だし、むしろ親近感を持ってくれている。

「お帰りなさい」彼女が微笑みかけてきた。

「遅くなってすみません。食事のことも、我儘《わがまま》をいって申し訳ありませんでした」

「そんな……うちはいいんです」彼女は俯き、呟くようにいった。

「じゃあ、おやすみなさい」長峰は一礼し、彼女の横を通りすぎて階段に足をかけた。

あの、と彼女が声をかけてきた。

長峰は足を止め、振り返った。「はい」

「あの……もしよかったら、お茶でもいかがですか。ケーキがあるんですけど……それとも、ケーキなんて、お嫌いですか」彼女はやや固い口調でいった。

長峰は階段に足をかけたまま、しばし考えた。写真の礼をしてくれようとしているのかな、と思った。それ以外に、彼女がこんなことをいいだす理由が見つからなかった。

この時になって、コーヒーの香りがラウンジから漂ってくることに彼は気づいた。どうやら彼女はこういう提案をするつもりで、ずっと待っていてくれたらしい。

避暑地のペンションで、名前も知らない女性とケーキを食べながらコーヒーを飲む——なんて優雅な時間だろうと長峰は思った。そんな時間を過ごしたいという気持ちが急激に膨らんだ。もう二度と自分には訪れないと思っていた時間、いや訪れることなど夢想さえしなかったひとときが目の前にある。

しかし彼は笑顔で首を振っていた。

「ケーキは嫌いではないのですが、今夜は遠慮しておきます。部屋で、まだやることが残っていますので」

「そうですか。わかりました。ごめんなさい」彼女は妙に強張った表情で頷いた。

長峰は階段を上がっていった。自分の部屋の前に立ち、キーを取り出して鍵をあけた。明かりをつけ、中に入る。

その瞬間、奇妙な違和感が彼の全身を包んだ。

何かがおかしい、というほどのことではない。この部屋で夜を過ごすのは三度目だが、今までと微妙に空気が違って感じられた。彼は首をひねりながらベッドに腰をおろした。毛布やシーツの状態は、今朝、彼が部屋を出た時のままだった。

気のせいかな、と思った時、それが目に入った。

机の上のノートパソコンだ。それの位置が微妙に違っているように感じられた。具体的にいうと、いつもより手前に置かれている感じがした。彼はふだんパソコンを使う時、できるだけ身体から離すようにしている。そのほうが腕が疲れないからだ。

胸騒ぎがした。全身から冷や汗が滲み出るのを感じた。

長峰は机の前に立つと、パソコンを起動させた。マウスを持つ手が少し震える。彼が行ったのは、最後に使用されたソフトをチェックすることだった。

最後に使われたアプリケーションは動画を見るためのソフトだった。彼は動揺を抑えながら、記憶を辿った。絵摩が襲われた時の映像を見るのは、たしかに日課ではある。しかしこのパソコンを使ったのは、それが最後だろうか。

違う、と思った。例の写真修整のために、写真加工ソフトを使った。それが最後だ。修整し終えた画像をフロッピーに残し、そのままパソコンを終了させた。

それ以後、パソコンは使っていない。つまり彼以外の誰かが、絵摩の画像を見たことになる。

それは誰か――考えるまでもなかった。

彼は急いでパソコンを片づけた。さらに、周囲に脱いだままになっていた下着をバッグに詰め込んだ。ウィッグを頭から外し、それもバッグに入れた。帽子だけはかぶり直した。

荷物をすべて詰め終えると、室内をチェックしてからドアを開けた。廊下に人気はなかった。今日は日曜日だから、宿泊客は少ないはずだった。

足音をたてぬよう廊下を進み、階段を下った。ラウンジのドアの前に立つと、懐に手を入れた。財布を取り出し、一万円札三枚をそこから抜いた。宿泊料だ。メモを添えたほうがいいかなと思ったが、すぐに却下した。メモなど残さなくても、なぜ彼が突然出ていったのかは、彼女ならわかるはずだった。

三枚の一万円札を折り畳み、ラウンジのドアに挟もうとした時、そのドアが開いた。彼はぎくりとして手を引っ込めていた。

そこに立っていたのは彼女だった。上目遣いに長峰を見つめてくる。彼も彼女の顔を見たが、すぐに目をそらした。

「出ていかれるんですか」彼女が尋ねてきた。

ええ、と頷き、長峰は持っていた金を、そばの棚に置いた。帽子を深くかぶり直した。そのまま玄関に向かおうとした。

「待って」彼女が声をかけてきた。「待ってください」

長峰は足を止めた。しかし振り返らなかった。すると彼女のほうから近づいてきて、彼の前に立った。再び二人は目を合わせた。だが今度は長峰も目をそらさなかった。

「長峰さん……ですね」彼女のほうから訊いてきた。

彼は頷かなかった。そのかわりに訊いた。「すでに通報を?」

彼女はかぶりを振った。

「あなたのことに気づいているのはあたしだけです」

「では、これから警察に連絡されるのですね」

長峰の問いに彼女は答えなかった。瞬きし、視線を下に向けた。

　なぜ彼女はまだ通報していないのだろう、と彼は疑問に思った。あの映像を見たのなら、彼が現在話題の指名手配犯であることはわかっているはずだ。先程、彼をお茶に誘ったことも不思議だった。彼女の考えが読めなかった。

「今すぐに出ていきます」長峰はいった。「勝手なお願いなんですが、通報するのは、もう少し待っていただけるとありがたいです」

　すると彼女は顔を上げ、また小さくかぶりを振った。

「あたし、警察に知らせる気はありません」

　長峰は目を見張った。「そうなんですか？」半信半疑で訊いた。

　彼女は彼を見つめたまま頷いた。

「だから、今夜急いで出ていく必要はありません。そんなことをしたら困るでしょう？　行くところがないし、駅とかでうろうろしていたら、それこそ誰かに怪しまれてしまいます」

「それはそうですが」

「今夜はここに泊まってください。そのほうが父も変に思いませんから」

　この言葉で、長峰は彼女の意図を理解した。彼女は見逃してくれる気なのだ。警察には知らせず、明日彼が出ていくのを、黙って見過ごすつもりなのだ。

「それでいいんですか」そうしてくれるならありがたい、と思いつつ彼は訊いた。

「ええ、でも……」彼女は何かいいたそうに唇を舐めた。しかし躊躇《ためら》っている。

「何か？」長峰は促した。

　彼女は深呼吸した。

「少し、お話を聞かせていただけませんか。今夜はほかにお客さんはいませんし、父も眠ったと思いますから」

「私の話を、ですか」

　ええ、と彼女は頷いた。その真剣な眼差しには、それぐらいの権利はあると訴える光が込められていた。

「わかりました。じゃあ、荷物を置いてきます」

彼女が頷くのを見て、長峰は踵《きびす》を返した。階段を上がった後、この隙に彼女は通報する気ではないか、という考えが頭をかすめたが、すぐにそれを振り払った。


コーヒーを入れながら、自分は何をしているのだろう、と和佳子は思った。はっきりとした意思や考えを持っているわけでもないのに、長峰にあんなことをいってしまった。本音をいえば、警察に知らせるべきかどうか、まだ迷っている。

だがその気持ちが薄れているのは事実だった。あの悲惨な映像を見た時、これまで漠然としか想像できなかった長峰の怒りと悲しみが、和佳子の中で具体的な形を成した。そのあまりの重みに、何も考えず警察に通報するというのは、とんでもない軽々しい行為のように思われた。

ではどうすればいいのか。その答えは出せなかった。警察に通報するのは思い留まり、明日の朝、素知らぬ顔で彼を送り出せば済むことだろうか。それでは単に面倒事から逃げたにすぎないではないか。

とにかく彼と話をしよう――考え抜いた末に出した結論がそれだった。話をしてどうなるのかはまるでわからなかった。自分がどうするつもりなのかもわからなかった。しかし黙って見過ごすわけにはいかなかった。それは、自分がかつて人の親であったことを放棄することのように思えた。

長峰が階段を下りてきた。和佳子はコーヒーを二つ、トレイに載せてテーブルに運んだ。

どうも、といって彼は椅子を引き、そこに腰を下ろした。先程までかぶっていた帽子は脱いでいた。

「それ、ウィッグなんですね」和佳子は彼の頭部に目をやった。

ええ、と彼は小さく答えた。ばつが悪そうに薄く笑った。「変ですか」

「いえ、とても自然だと思います。全然気づかなかったですから。でも、蒸れたりしません？」

「とても蒸れます」彼はいった。「特に昼間は暑くて辛いです」

「今は外されて結構ですよ。さっきもいいましたけど、父は起きてこないと思いますから」

「そうですか」彼は少し迷った様子だったが、やがて両手の指を髪に突っ込んだ。「じゃあ、お言葉に甘えて……」

長髪のウィッグの下から現れたのは、短く刈り込んだ髪だった。白髪が混じっている。そのせいか一挙に五、六歳も老けたように和佳子には見えた。

ふうーっと彼は息を吐き、微笑んだ。

「すっきりしました。人前でこれを外したのは久しぶりです」

「それを着けておられたら、なかなか人は気づかないと思います」

「あなたはどうして?」気づいたのか、と彼は問いたいようだ。

「昨日の夜、お風呂上がりにお会いしましたよね。あの時は頭にタオルを巻いておられました。それに眼鏡をかけておられて……。あたしがテレビで見た長峰さんも、眼鏡をかけておられたから」

「そうか……」長峰はコーヒーカップに手を伸ばした。「ちょっと気を許してました。例の写真の修整に夢中で」

「あれは本当にありがとうございました」和佳子は頭を下げた。正直な気持ちだった。

「いえ、いい気分転換になりました」そういって彼はコーヒーを飲んだ。

「大変な時なのに、どうしてあんなことをしてくださったのですか」

「さあ、どうしてなのかな」彼は首を捻《ひね》った。「自分が犯罪者だってことを忘れたかったのかもしれませんね。少しばかり親切なことをして、自分のことを許したかったのかもしれない」

「許されないことをしている、とは思っておられるんですね」

「それはもちろん」長峰はコーヒーカップをソーサーに置いた。「どんな理由があろうとも、人殺しなんかしちゃいけない。それはわかっています。許されることじゃない」

和佳子は俯き、コーヒーカップを引き寄せた。彼の悲しげな目を見続けるのは辛かった。

「あの……お名前を伺ってもいいですか」彼が訊いてきた。

彼女は顔を上げた。「丹沢です」

「丹沢さん……下のお名前は？」

「和佳子です」

たんざわわかこさん、と彼は口の中で呟いた後、にっこりと笑った。

「少しイメージが違いました」

「どんな名前だと思っておられたんですか」

「いや、特に具体的に想像していたわけじゃないんですが……」長峰は笑顔のまま俯き、すぐに顔を上げた。笑みは消えていた。「パソコンの映像を御覧になったんですね」

はい、と和佳子は答えた。声がかすれた。

「そうでしたか。パソコンを持って出なかったのは失敗だったかな。いや、しかし、あなたがあれを見たということは、私の正体に気づいたからなのだろうから、同じことか」後半は独り言のような口調になっていた。

和佳子は吐息をついた。

「ひどいことだと思いました。あんなひどいことをする人間がこの世にいるなんて……とてもショックです」

「そうですよね」

「長峰さんの気持ちを思うと、たまらなくなって……もしあたしが長峰さんだとしたら、やっぱり同じことを――」

「和佳子さん」長峰が彼女を制するように呼びかけてきた。「あなたがそれを口にしちゃいけない」

「あ……」

ごめんなさい、と彼女は呟いていた。

# 27

長峰はコーヒーを飲み、小さな吐息をついた。

「こんなに落ち着いた気分でコーヒーを飲むのは久しぶりだな」口元を緩め、そういった。

何という悲しい微笑みだろう、と和佳子は思った。

「新聞で読んだんですけど、長峰さんはやっぱり、もう一人の犯人を追っておられるんでしょうか」彼女は訊いた。

長峰は頷いて、コーヒーカップを置いた。「そうです」

「あたしに見せてくださった、あの写真の男性ですね」

「ええ。例のパソコンの映像を御覧になられたのならわかったと思いますが、あれからプリントアウトしたものです。だから画質も悪いんです」

「あたしにされたような説明をしながら、歩き回っておられるんですか」

「そうです。何しろ、手がかりが殆どないものですから」

「どうしてうちに？」

「長野のペンションに行った、というのが唯一の手がかりなんです。だから、長野県内のペンションを渡り歩いているわけですが」彼は自虐的な笑みを浮かべた。「考えが甘かった。こんなにたくさんあるとは思わなかった。森の中で木を探すようなものだ」

そうだろうなと和佳子も思った。

「今日も尋ねて回っておられたのですか」

長峰はかぶりを振った。

「今のやり方ではらちがあかないと思って、図書館だとか観光案内所などを回っていました。資料を調べるのが目的です」

「資料？」

「その男が、なぜ長野のペンションに逃げたのかを考えたんです。親戚や知り合いがいるのかもしれないけれど、それだけではないと思ったんです。何か特別な思い入れのある土地なんじゃないだろうか。たとえば、かつて特別な体験をしたとか」

「スポーツの合宿とかですか」

和佳子は思いつきを口にした。このペンションも、毎年多くの学生サークルに合宿の拠点として利用されている。

長峰は頷いた。

「スポーツではないかもしれないけれど、何かの体験学習のために訪れたとかね。いずれにせよ、そういったものはある程度大々的に行われるはずだから、その時の記念写真なんかが、その土地に残っていても不思議じゃない」

ああ、と和佳子は大きく首を縦に動かした。彼のいわんとすることがわかってきた。

「じゃあ、いろいろな施設に飾ってある記念写真を見て回っておられたわけですね」

「そういうことです。サークルの記念写真、修学旅行、とにかく記念写真と呼ばれるものは大抵見ました」

「それで成果は……」

彼女の問いに長峰は苦笑した。

「成果があったなら、今ここにいません。それらの写真を見ているうちに気づいたんです。自分はたしかに犯人の映像を見ているけれど、犯人の顔を知っているわけではないのだ、とね。ある人物の小学生時代の写真を見て、その当人だと気づくには、相当よく顔を知っていないとだめなんです」

和佳子は頷いた。そうかもしれないなと思った。

「もしかしたら、今日見て回った写真の中に、私の目指すべき相手が写っていたのかもしれない。でも、そうだと気づくほどのデータが私にはないんです。今さらながら、自分の無能さに腹が立ちます。後先考えずに飛び出してきたけれど、一体どうするつもりだったのか、と」長峰は右の拳で軽くテーブルを叩いた後、和佳子を見て顔をしかめた。「無様ですよね。馬鹿にしてくださって結構です」

「馬鹿にするだなんて、そんな……」彼女は俯《うつむ》いてから、すぐに顔を上げた。「それで、これからどうするおつもりなんですか。あたしがいうのも変ですけど、今のようなやり方を続けておられたら、きっといつか見つかってしまいますよ。ぼんやりしているあたしでさえ気づいたんですから」

長峰は眉間に皺を寄せ、コーヒーカップを傾けた。飲み干した気配があった。

「おかわりをお持ちしましょうか」

「いえ、結構」彼は空のカップを持ったまま首を振った。

「あの……もし、目的の相手が見つかったら、どうするんですか」

和佳子の質問に長峰は目を伏せた。

「やっぱり、お嬢さんの仇を討つんですか」

「ええ」長峰は視線を落としたまま静かにいった。

「そのつもりです」

「警察には任せられないからですか」

「警察にというより、現在の司法制度に、といったほうがいいかな。警察はいずれ、娘を襲ったもう一人の男を逮捕するでしょう。でも、その男に与えられる罰は、驚くほど軽いものになるでしょう。もしかしたら罰と呼べるものですらないかもしれない。更生とか社会復帰とかを目的としたものですからね。そこに被害者の無念さは反映されていない」

「でも――」

「あなたのいいたいことはわかります」長峰は右手を広げ、顔の前に出した。「私も以前はあなたと同じ考えだった。だけどこうなってはじめて思い知ったんです。法律は人間の弱さを理解していない、と」

和佳子は返す言葉がなかった。どんな理由があろうとも人は人を殺《あや》めてはならない――そんな当たり前のことを口にしようとしたことを恥じた。この人は、そんなことは十分にわかった上で行動しているのだ。

「これからどうするか、ということですが」長峰が話し始めた。「正直いいますと、まだ決まっていません。明日のこともわからないんです。でも、探し続けると思います。それしか私には道が残されていないんですから。その前に警察に捕まってしまうかもしれませんが、それを恐れていては目的を果たせない。とにかく突き進んでいくだけです」

「自首することは考えておられないのですか」無駄と思いつつ和佳子は訊いていた。

長峰はじっと彼女の目を見つめてきた。小さく頷いた。

「自首するのは、目的を果たした時だけです」

予想通りの答えだった。和佳子は項垂《うなだ》れた。

「いかがですか。気持ちが変わりましたか」彼が訊いてきた。

「変わるって？」

「やはり、警察に通報したほうがいいと思い直されたんじゃないですか」

「いえ、それは……」和佳子は唾を飲み込んでからいった。「それはありません」

だが長峰はこの言葉を鵜呑みにはしなかったようだ。和佳子の内心を探るようにじっと目を見つめると、突然立ち上がった。

「出ていったほうがよさそうですね」

「待ってください。本当です。あたしを信用してください」彼女も腰を浮かせた。

「あなたには感謝しています。本当なら、今頃は捕まっていたはずですからね。おそらく、警察に逮捕されるより自首したほうがいいだろうとお考えになって、少しだけ猶予をくださったのでしょう。でも今も申し上げたとおり、私は方針を変えるわけにはいかないんです。大丈夫、今夜のことは逮捕された後も誰にもしゃべる気はありません。だから、自分の意思にしたがって行動してください」

「あたしは通報しないといってるじゃないですか」

思わず大きな声がした。静まりかえったラウンジに、その声は響いた。

驚いたように目を剝いた長峰を見て、彼女は自分の頬に手をあてた。

「いやだ、あたし、何をムキになってるのかな……」

そんな彼女を見下ろした後、長峰は頭を掻き、再び椅子に腰を下ろした。

「あなたに迷惑をかけたくない。今、出ていったほうがいいような気がする……」

「そう思われるなら、どうか朝までいてください。こんな時間に突然出ていかれたとなれば、必ず父は不審に思います。父に問いつめられたら、あたし、何と釈明していいかわかりません。それをきっかけに、父があなたのことに気づくかもしれませんし」

長峰は表情を歪め、その顔を手でこすった。

「それは……たしかにそうかもしれないな。私としても、今夜泊まれるところがあるのは、大変ありがたいことではあるんですが」

彼を見て、和佳子は哀れみに似た感情を覚えた。この人が悪いわけではないのだと思った。ごくふつうの、いやふつうの人以上に真面目で、他人を思いやることのできる人なのだ。ただ人生の歯車を理不尽に狂わされてしまったばかりに、こうした異常な立場に置かれている。悪いこととわかりつつ復讐しなければならない苦しみ、その復讐を果たせる見込みがない絶望感、そうしたものと戦いながら生きている。辛うじて生きている。

「あの……」和佳子は口を開いていた。「例の写真、今、お持ちですか」

「写真？」

「あたしに見せてくださった、お探しになっている若者の写真です」

「ああ、持っていますが」

「ちょっと見せていただけますか」

「それは構いませんが」彼はシャツのポケットから写真を出してきた。

若者の顔写真だ。前に見せられた時にはよく見なかったが、なかなか整った顔立ちをしている。レイプなどしなくても、いくらでも女の子が寄ってきそうなのに、と思った。

「それが何か」長峰が訊いてきた。

和佳子の心の中に、不意にわきあがってくるものがあった。それは彼女自身が戸惑うほどに熱く、激しいものだった。その感情は、彼女にある発言をさせようとしていた。一方で、冷静で常識的な彼女の部分が、それを阻止しようとしていた。そんなことを口にしたら大変なことになる――。

しかし彼女は口を開いていた。

「この写真、あたしに預からせていただけませんか」

「あなたに？　いや、それは」長峰は写真を奪い返そうと手を伸ばしてきた。「困ります」

「違うんです。長峰さんの邪魔をしようというんじゃないんです。あたしが――」

その続きを発言してはならない、と一方の心が制止していた。だが彼女はそれを無視して続けた。

「あたしが探します。あたしにやらせてください」

二本目の缶ビールが空になった。鮎村は立ち上がり、冷蔵庫を開けた。三本目の缶ビールに手を伸ばした。

「もう、やめておいたら？」妻の一恵が声をかけてきた。しかしさほど強い調子ではない。

彼女は隣の和室で本を読んでいる。娘の死後、読書量が増えた。現実から逃げたいのだろう、と鮎村は解釈している。

彼は何もいわずに缶ビールの蓋を開け、ダイニングチェアに座り直した。酒の肴など何もない。ただビールだけを飲んでいる。さほどアルコールには強くなかったはずだが、最近はちっとも酔わなくなった。

缶ビールに口をつけた時、玄関のチャイムが鳴った。鮎村は一恵と顔を見合わせた。

「誰だ、こんな時間に」

さあ、というように妻は首を傾げている。鮎村が時計を見ると、間もなく十時だった。

チャイムがもう一度鳴った。鮎村は缶ビールを置き、立ち上がった。キッチンのすぐそばにインターホンの受話器がある。それを取った。「はい」

「あ……夜分申し訳ありません。『週刊アイズ』の者なんですが、少しだけお会いしていただけないでしょうか」

週刊誌？――鮎村は訝《いぶか》しんだ。そんな連中に押し掛けられる覚えはなかった。

「どういう御用件ですか」警戒心を声に込めた。

「お嬢さんの件についてです」相手は早口でいった。

「西新井署に行かれましたよね」

鮎村は顔を歪めた。もう嗅ぎつけたのか。プライバシーなどちっとも守られやしない、と怒りを覚えた。

「話すことは何もありません」そういって切ろうとした。

「待ってください。少しだけお願いします。どうしても確認していただきたいことがあるんです」

受話器を置こうとしていた鮎村だったが、相手の最後の言葉に手を止めた。「確認したいこと」ではなく、「確認していただきたいこと」といったのが気になったのだ。

「何の確認ですか」彼は訊いていた。

「それは……ここではちょっと申し上げにくいのですが、犯人の若者に関することでして」相手は声を落とした。

犯人の若者、ということは、長峰重樹のことをいっているのではなさそうだ。つまり、千晶を襲った連中ということになる。

「そこで待っていてください」鮎村はそういってインターホンを切った。

「何なの？」一恵が訊いてきた。

「週刊誌の人間らしい。玄関で会うから」

一恵は眉をひそめた。「そんな人と……。やめときなさいよ」

「大丈夫だ」

鮎村は玄関のドアを開けた。鼻の下と顎に髭を生やした男が立っていた。細身だが、ポロシャツの袖から出た腕の筋肉は盛り上がっていた。

男は丁寧に挨拶し、名刺を出してきた。『週刊アイズ』記者、となっている。

「で、用件というのは？」名刺を持ったまま鮎村は訊いた。

「西新井署でビデオを御覧になられましたよね。どういうビデオかは、申し上げるまでもないと思いますが」

　鮎村は口元を曲げることで不快感を示した。触れられたくない部分だった。

　とぼけようかと思った。しかしそれではこの男に会った意味がない。ええまあ、と曖昧に頷いた。

「すると、当然伴崎たちの顔も御覧になられたわけですよね」

「見ました」

「警察はもう一人の男の名前を教えてくれましたか」

　鮎村は首を振った。その時のことを思い出した。ビデオを見て逆上したが、少し落ち着いてから、犯人の名前を刑事に尋ねたのだ。しかし彼等は頑として教えてくれなかった。

「その犯人というのは、この若者ではなかったですか」記者が一枚の写真を出してきた。

## 28

　菅野路子がマンションから出てきたのは、午後二時を少し回った頃だった。

　向かい側の建物で見張っていた織部は、「おかしいな」と呟いた。

「どうかしたのか」真野が尋ねてきた。

　彼は別の聞き込みで近くまで来たついでに寄っている。今ではこの建物で見張りをするのは一人だけで、今日は織部がその番に当たっているのだった。菅野快児が母親のところに現れるのではないか、という期待は、殆ど消えかかっている。

「こんなに早い時間帯に出かけるのは珍しいんですよ。それに、出かけるにしても、あれじゃあいつもと反対方向です。駅の方向とも違う」

　真野が窓から通りを見下ろした。「つけてみろ」

「わかりました」織部は入り口に向かった。

外に出ると、すでに菅野路子の姿はなかった。駆け足で追いかける途中、携帯電話が鳴り出した。真野からだった。

「次の角を左に曲がったところだ。気づかれるなよ」

「了解」

いわれたとおりに角を曲がると、すぐ前に菅野路子の後ろ姿があった。白いブラウスに黄色のスカートだ。黒い日傘をさしている。

その日傘を目印に、織部は尾行を続けた。つけられていることには気づいていないらしく、彼女は全く後ろを振り向かない。

やがて彼女は立ち止まり、傘を畳み始めた。信用金庫の前だった。入っていくのが見える。

織部は携帯電話を構えた。

「銀行に入りました。新協信用金庫です。ＡＴＭに並んでいますね」

「銀行か。ということは、単に店の用事かな。ええと、ちょっと待てよ――」少ししてから、再び真野の声が聞こえた。「おかしいな。菅野路子が経営している店じゃ、新協信用金庫とは取引がないはずだぞ。飲み代の入金先にも入ってない」

菅野路子がＡＴＭ機の前に立つのが見えた。ハンドバッグを前に置いて、機械を操作している。

「通帳記入ですね」織部は携帯電話に向かっていった。「それだけです」

「金の出し入れはしてないのか」

「よく見えませんが、ほかには何もしてないと思います。間もなく外に出てきます」

「出てきたら、呼び止めろ。で、通帳を見せてもらえ」

「通帳の中身をですか」

「そうだ。俺もそっちに向かっている」

織部が電話を切るのとほぼ同時に、菅野路子が出てきた。日傘をさそうとする前に、彼は急ぎ足で歩み寄った。

「菅野さん」

声をかけると、ぎくりとしたように彼女は身を引いた。

織部の顔は知っているはずだったが、彼は改めて名乗った。

「何の御用でしょうか。快児からはまだ何の連絡もございませんけど」

「今、記帳されてましたよね。通帳をちょっと見せていただけませんか」

路子の顔がさっと青ざめた。当たりだ、と織部は直感した。何がどう当たりなのかはわからないが、真野の指示は間違っていない。

「どうしてそんなものを見せなきゃいけないんですか。プライバシーの侵害じゃないですか」

「強制はできませんが――」

織部がそこまでいった時、「でも見せたほうがいいですよ」と声がした。真野が近づいてくるところだった。

「捜査に必要とあれば、銀行に直接掛け合って、入出金状況を出してもらうこともできるんです。だけどそういうのは手間だし、お互い、嫌な思いはしたくないじゃないですか」

路子は目を険しくした。

「だから、何のために通帳が必要なのかとお尋ねしているんです」

刑事が相手でもひるんだ様子がない。さすがは飲み屋を経営しているだけのことはあると織部は思った。いや、さすがは菅野快児の母親というべきか。

「我々の目的は、あなたの息子さんの居場所を摑《つか》むことです。だから、それに繫がるすべての情報を把握しておきたいというわけです」

「通帳が関係あるんですか」

「場合によっては」真野は重い口調でいった。「見せていただけませんか。最近の分だけで結構です」

路子は苦しげに顔をしかめ、俯いた。やがておずおずとバッグから通帳を出してきた。

「拝見します」真野がそれを手に取った。さっと一瞥した後、一点に目を止めた。「二日前に二十万円が引き出されていますね。これはあなたが？」

「あ……ええ」路子は曖昧な頷《うなず》き方をした。

ここまできて、織部はようやく真野の意図を理解した。

「カードで下ろされたわけですね。キャッシュカードをお持ちですか」

「それは、あの、家に……」

「本当ですか。もしそうなら、これからお宅まで行きますから、そのカードを見せていただけますか」

真野の言葉に、路子は狼狽したように目を泳がせた。発する言葉が見つからない様子だ。

「お金を引き出したのは息子さん……そうですね」

真野が彼女の顔を覗き込んだ。

ええ、と彼女は小さく頷いた。

「息子さんはこの銀行のキャッシュカードを持っているわけですか」

「はい。お小遣いが足りなくなったら、ここから引き出しなさいといって、持たせていました」ぼそぼそとした声で路子はいった。

働きもしないぐうたら息子にキャッシュカードを持たせていたと聞き、織部は呆れた思いで母親の顔を見た。しかもその預金額は、残高を見たかぎりでは、まだ五十万円以上もある。

「詳しい話をお聞きしたいので、署まで一緒に来ていただけますか」

真野の言葉に、菅野路子は項垂れたまま、はい、と答えた。


「ちょっとごめんなさい。中井君だね」

マンガ喫茶からの帰り道、誠は一人の男に声をかけられた。髭を生やした、体格のいい男だった。

「そうだけど」誠は身構えながら答えた。相手の服装はラフなものだったが、刑事かもしれないと思ったのだ。時折自分に尾行がつくことに、彼は気づいていた。おそらくカイジと接触する可能性を疑っているのだろう。

「コーヒーでも飲まないか。少し話を聞かせてもらいたいんだけど」

「おたく、誰？」

男は名刺を出してきた。そこには『週刊アイズ』

という社名と、小田切和夫という名前が印刷されていた。

「友達のことを、ちょっと話してくれればいいんだ」

「友達って?」

誠が訊くと、小田切は嫌な笑いを口元に浮かべた。

「菅野っていう友達のことだよ。菅野快児君。親しいんでしょ?」

ぎくりとした。カイジの名前は警察関係者しか知らないはずだった。

「俺、何も知らないから」歩きだそうとした。

ところがその彼の肩を、「まあまあ」といって小田切は摑んできた。強い力だった。

「菅野君と伴崎君と君が遊び仲間だったたってことは、いろいろな人から聞いてるんだ。少しだけ付き合ってくれよ。時間はとらせないから」

「余計なことは誰にも話すなって、警察からいわれてるんだ」

「そう、その警察のことなんだがね」小田切が髭面を近づけてきた。「君が警察に呼ばれたことは知ってるんだ。その理由についてもね。だけど、もし君が協力してくれるなら、君のことは記事には書かないよ」

誠は記者の狡猾そうな笑みを見返した。協力してくれるなら書かない、ということは、ここで拒めば書くということなのだ。

「俺、未成年なんだぜ。名前なんか、出せないはずだろ」

「名前は出さないよ。長峰絵摩さんが拉致された時、二人の強姦魔のほかに、もう一人協力者がいたってことを書くだけだ。その二人と極めて親しかったたってことも書くかもしれないな。君の周りの人間がそれを読んでどう思うかは、わからんがね」

誠は相手を睨みつけた。しかし若者の視線など、小田切は痛くも痒くもないようだ。涼しい顔で見つめ返してくる。

「十分だけ」小田切は指を一本立てた。「いいだろ?」

「俺、大したことは知らない。警察からも、マスコミとかにしゃべっちゃだめだっていわれてるし……」つい俯いていた。この時点で敗北は決定的になった。

「大したことは訊かないから安心して。さあ、冷たいものでも飲みに行こうぜ」

小田切に背中を押され、誠はふらふらと歩きだした。

十分といったが、結局誠が解放されたのは三十分以上経ってからだった。家に帰ると、母親と顔を合わせぬよう、すぐに階段を駆け上がり、自分の部屋に閉じこもった。

小田切は事件のことを極めて詳しく知っていた。何より、アツヤの共犯がカイジだと確信しているらしいことが、誠には不気味だった。無論、彼等が日頃遊んでいた場所で聞き込みをすれば、アツヤの一番の仲間がカイジだということはわかるだろう。だが、ほかにも遊び仲間がいないわけではない。カイジだと決めつける根拠はないはずだった。

「いいんだよ、わかってるから」小田切は、その点についてはこんなふうにいった。その顔は自信ありげだった。

誠が訊かれたのは、主にカイジの性格や日頃の言動についてだった。誠が、つたない表現で説明すると、小田切は小難しい言葉で確認してきた。自己中心的、猜疑心、暴力的、支配欲、自己顕示欲――誠としては曖昧に頷くしかないが、小田切が記事中でカイジをどのように描写しようとしているのかは何となくわかった。

さらに小田切は、長峰絵摩を拉致した時の模様についても質問してきた。それについては書かないはずじゃないかと誠が抗議すると、記者はすました顔で手を振った。

「三人目の若者、つまり君がいたってことは書かないよ。その点については、うまくぼかすから」

疑わしいと思ったが、誠としては信じるしかなかった。仕方なく、質問されるまま、拉致の様子を語った。

質問を終えると、小田切はもう用はないとばかりに、さっさと立ち上がった。誠は、本当に自分のことは記事に書かないのかどうか、もう一度確かめたかったが、その隙さえも与えてくれなかった。

週刊誌に自分のことが出たらどうなるだろう――。

今でも、周りの視線が冷たくなっていることに誠は気づいていた。遊び仲間からの連絡も全くない。皆、関わり合いになるのを避けているのだ。仲がよさそうなふりをしていても、結局自分の周りには本当の友人などいなかったのだと痛感していた。

ベッドに横たわり、頭からタオルケットをかぶろうとした時、携帯電話が鳴りだした。誠はのろのろと起きあがり、それを手にした。液晶画面には公衆電話と表示されていた。

「はい」

「おう」低い声が聞こえた。

誠はぎくりとした。聞き覚えがあったからだ。

「えっ、もしもし？」携帯電話を握りしめていた。

「そばに誰かいるか？」相手は訊いてきた。誠のよく知っている声だった。

「カイジ？」

「そばに誰かいるかっていってんだよ。どうなんだ」苛立った口調。間違いなかった。

「いない。一人だ」

「そうか」ふうーっと息を吐き出す音が聞こえた。

「どうなってる？」

「えっ……何が？」

「そっちの様子だよ。どうなってる。俺のこと、もうばれてんのか」

「たぶんばれてるよ。アツヤがああなったから、警察もいろいろと調べたし」

「おまえ、警察にしゃべったのか」

誠が黙り込むと、大きく舌打ちする音がした。

「俺のこと、売ったのか」

「そうじゃねえよ。車のことでおやじが勘づいてさ、警察に話しちまったから、隠すわけにはいかなくて――」

「覚えてろよ」カイジは凄んできた。「おまえだって共犯なんだからな」

「俺は女の子に手を出してないだろ」

「うるせえよ。俺が捕まったら、おまえのせいだからな」

「俺がしゃべんなくたって、警察はカイジのことを摑んでるよ。もう自首したほうがいいよ」

「うるせえって、いってんだろ」

怒鳴り声に、誠は思わず電話を耳から遠ざけていた。それから改めて耳に当てた。電話は切れているのではないか、と思った。

しかし通話は繫がっていた。カイジの息づかいが聞こえてきた。

「証拠はあんのか？」彼が訊いてきた。

「証拠？」

「俺があの女を死なせたっていう証拠だよ。だってよ、アツヤが一人でやったことかもしれねえだろうが」

質問の意図を誠は理解した。カイジはすべての罪をアツヤに押しつけようとしているのだ。

「ビデオにはカイジも映ってるだろ」

「それはいいんだよ。俺が女を死なせたっていう証拠があるわけじゃねえんだろ」

「それは……わかんねえ」

また舌打ちが聞こえた。

「調べとけ。また電話するからよ。いっとくけど、この電話のことを人にしゃべったら承知しねえからな」そう吐き捨てた後、彼は電話を切った。

## 29

RV車を道路脇に止め、和佳子はドアを開けた。周囲を見渡したが、近くには人気はない。少し離れたコンビニからOLらしき女性の二人連れが出てきたが、反対方向に歩いていくようだ。

「大丈夫、降りてください」彼女は後部座席に向かっていった。

そこでは長峰が神妙な顔つきで座っている。

「本当にいいんですか」彼は訊いてきた。

「だって、ほかには何のあてもないんでしょう？　今さら遠慮しないでください」

長峰は小さく頷き、傍らに置いてあったボストンバッグを手にした。

車から出ると、和佳子は相変わらず周りに目を配りながら小走りで道路を渡った。長峰も後からついてくる。

五階建ての古いマンションに二人は入った。彼女はバッグから鍵を取り出した。他の住人とはなるべく顔を合わせたくないので、つい動作があわてたようになる。

オートロックを解錠し、素早く入った。エレベータのボタンを押し、待っている間も、彼女は落ち着かなかった。

長峰が苦笑を浮かべた。

「一人で行動している時も、こんなに注意したことはなかったですよ」

「だって、誰があなたに気づくかわからないし……」

和佳子はいった。

「それはそうなんですが、こんなふうにしていたら、人捜しなんて出来ませんからね」

「今まで誰にも気づかれなかったのは、運がよかっただけだと思いますよ」

長峰は真顔に戻って目を伏せた。

「そうですね。最初に気づかれた相手が、あなたでよかった」

長峰の言葉に、今度は和佳子が目をそらすことになった。

エレベータに乗り、三階で降りた。三〇三号室に入るまで、幸い他の住民と顔を合わせることはなかった。

部屋は七畳あまりの広さがあるワンルームだ。家具も何もなく、がらんどうだ。室内にはかすかに黴の臭いが漂っていた。和佳子は窓を開けた。

「昨年の暮れまで人が入ってたんですけど、その人が出てからは借り手が見つからなくて。不動産屋さんは、リフォームか、せめてクリーニングしなきゃだめだというんですけど、そんな余裕はないし……」

長峰は室内を見回してから床に胡座《あぐら》をかいた。

「失礼ですが、この部屋はあなたが？」

「一応、あたしの名義なんです」和佳子は持ってきた荷物をほどいた。中身は毛布と座布団だ。「離婚する時、夫がくれました」

「わざわざ買ってくれたんですか」

和佳子は首を振った。

「税金対策と、将来への投資のつもりで、ずいぶん前に買った部屋なんです。今よりは景気がよかった頃の話です。でも、相当値下がりしちゃってるみたい。ローンは払い終わってるみたいですけど、たぶん売っても、大したお金にはならないと思います」

「じゃあ、あなたが住めばいいんじゃないんですか」

「最初はそのつもりでしたけど、父の仕事を手伝うようになって、あそこまで通うのは大変だから、結局人に貸すことにしたんです。わずかな家賃でも、一定収入があるというのは安心ですからね。でも、さすがにここまで古くなると、なかなか借りてくれる人がいないみたい」

最寄りの駅まで徒歩で十数分かかる。おまけに駐車場がない。新しい賃貸マンションが続々と建っている中では、どうしても見劣りしてしまう。家賃をかなり安くしてあるが、仲介業者からの連絡は途絶えたままだ。

その部屋をまさかこんなふうに使うことになるとは、和佳子としては夢にも思わなかった。しかし長峰をいつまでも『クレセント』に置いておくわけにはいかず、だからといって別の宿に移させるのも危険だったから、すぐにここで匿《かくま》おうと思いついた。

「水道と電気は使えるはずです。あと、カーテンを用意しなくちゃ」窓を見て、和佳子はいった。

「丹沢さん」長峰が胡座から正座に座り直した。両膝に手を置いた。「やっぱり、まずいんじゃないでしょうか。本音をいうと、非常にありがたいのですが、あなたに迷惑がかかるかもしれないと思うと申し訳なくて……」

和佳子もゆっくりと腰を下ろし、床に膝をついた。

「あたしにしても、何か確固たる信念みたいなのがあって、こんなふうにしているわけじゃないんです。ただ、なぜかほうっておけないんです。だから、もしかしたら急に気が変わるかもしれません。その時には、正直にそういいます。ただ、警察には届けません。それはお約束します」

長峰は釈然としない表情ながら頷いた。

「わかりました。あなたの気が変わった時には、即座に出ていきます。それまでは、お言葉に甘えさせていただきます」

「そうしてください。といっても、あたしにどの程度のことができるのか、全くわからないんですけど」和佳子は髪をかきあげた。「あの……手がかりは、例の写真しかないわけですよね」

彼女の言葉に、長峰は一瞬何のことかわからなかったようだ。少し間を置いてから、ああ、と瞬きした。

「スガノカイジの写真ですね。ええ、あれしかないんです。あとは、長野県のペンションにいるというだけで」

その程度の手がかりで、どうやって探し出せばいいのか。しかも警察に気づかれてはならない。今さらながら和佳子は、長峰の行動の無謀さに呆れる思いだった。無論、彼としては無我夢中だったのだろう。

「どうして長野のペンションなのかな……」和佳子は呟いていた。

「そう、それがわからない。親しい人間がいるとか親戚がいるとかならわかるけど、それでは警察にすぐにばれてしまうはずだし」

「昔、何かの旅行でやってきて、特別な思い入れがあったのかもしれないと長峰さんはおっしゃったけど、それは違うような気がします」

「そうですか」

「だって」和佳子は彼の顔を見つめた。「うちのような平凡なペンションでも、思い出の宿だからとかいって、何年も後に来てくれる若い人たちはいるんですけど、そういう人たちは基本的にとても純粋なんです。悪ぶったところがあっても、話してみると、みんないい子たちです。でもスガノカイジという人物は、そういう感じではないでしょう?」

　彼女の意見に、長峰は眉根を寄せた。

「それは……たしかにそうかもしれないな」

「もちろん、例外はあるかもしれませんけど」

「いや、あなたのいうとおりだ。旅先の思い出をずっと大事にしているような人間なら、あんなひどいことはできないはずだ。そもそも、あいつは人間ですらない。けだものなんだ。どんなに有意義で素晴らしい体験をしたとしても、そのことに感動したり、強い思い入れを抱いたりする神経が、もともと備わっていないはずだ」

　吐き捨てるような長峰の口調には、娘を蹂躙《じゅうりん》され、殺された者の憎しみが込められていた。和佳子は俯いていた。

「そんなやつがどうしてわざわざ長野県のペンションに……。わからんなあ」長峰は唸《うな》り声をあげつつ首を振った。

「とりあえず、知り合いのペンション関係者に当たってみようと思います」和佳子はいった。「最近、東京から来た若い男性で、長期滞在しているとか、急遽アルバイトをしているという人がいたら、調べてみます」

「大丈夫ですか」

「ええ、何とかやってみます」

「すみません。あなたにこんなことを手伝わせたくないんですが……」

　項垂れる長峰を見て、和佳子は立ち上がった。

「買い物に行ってきます。食べ物のほかに、電気ポットとかも必要ですよね」

「いや、それぐらいは自分で行きます」

　立ち上がろうとする長峰を、和佳子は手で制した。

「ここにいてください。せっかく隠れ家を確保したのに、軽率に動いて見つかったら、何にもならないじゃないですか」

「それはそうですが」

「待っていてください。すぐに戻ってきます」和佳子はドアに向かった。

「いや、でも」長峰が追ってきた。「私も一緒に出ます」

「長峰さん」

「違うんです。用があるんです」そういって彼はポケットから何か取り出してきた。コインロッカーの鍵だった。「駅のロッカーに荷物を預けてあるんです。時々入れ直さないと、係員に開けられてしまいます」

「じゃあ、それもあたしが――」

そういって和佳子が鍵を受け取ろうとしたが、長峰はそれを持った手を引っ込めた。

「いえ、これは自分がやります」

「どうして？　だって、駅なんて人がいっぱいいるし……」

長峰はかぶりを振った。

「ロッカーの中身を他人には触らせたくないんです。危険な品物でもあるし」

「危険？」

和佳子は訊いてから、はっとした。長峰容疑者は猟銃を持って逃走中――そんなテロップがブラウン管に出ていたのを思い出した。

「自分で行きます」彼は改めていった。

和佳子はもう反論できなかった。黙って小さく頷いた。

二人でマンションを出ると、通りまで歩いてから二手に分かれた。彼の後ろ姿を見送りながら、和佳子は未だに夢を見ているような気分を嚙みしめていた。自分のしていること、現在の状況が、信じられなかった。

もちろん彼女には考えがあった。長峰に復讐を遂げさせようとは思っていない。しかし警察よりも先にスガノカイジを発見したいとは思っていた。二人が警察に捕まる前に、スガノには詫びさせなければならない。その謝罪の言葉を長峰に聞かせなければならない。警察に通報するのは、それからでも遅くはない。

やはりコインロッカーには自分が行くべきだったか、と彼女は思った。そこに隠してある凶器を、長峰から取り上げる唯一のチャンスだったかもしれないからだ。


予想通りに乱雑な部屋だった。床には足の踏み場もないほど、雑誌や紙屑が散らばっているし、ベッドの上は脱ぎ捨てられた洋服に占拠されている。伴崎敦也の部屋と同じだなと、織部は呆然と見渡しながら思った。

「どこから手をつけますかね」織部は先輩の近藤に訊いた。近藤も開け放たれたままのクローゼットを見て、げんなりした顔を作っている。

「片っ端から調べるしかねえだろうな」近藤は上着を脱いだが、どこに置いていいかわからぬ様子で、それを持って一旦部屋を出ていった。

そのドアの向こうからは真野の声が聞こえてくる。

「どんなことでもいいんです。何かありませんか」

「そういわれても……全然心当たりがないんですよ」応じているのは菅野快児の母親、路子だ。

「そんなはずはないんだけどなあ。何かあるはずなんです。古い知り合いとか友達とか、誰か住んでませんか」

「だって長野県なんて……あの子、行ったことあるのかしら」

「あるんですよ。今、現在、長野県にいるんです。東京を出た後、彼は真っ直ぐに長野県に行ってるんです。そうして、今もいるんだ。まるで知らない土地に行くはずがないでしょう」いつもは温厚なしゃべり方をする真野も、さすがに語気を弱められない様子だ。

「だって、あたしはあの子が何をしてたかなんて、少しも知らないんですよ。あの子のことなら友達のほうがよく知ってますよ。そういう子らに訊いてくださいよ」

「あなた、母親でしょう？　息子がどこへ旅行に行ったかも知らないんですか」

「長野なんて、旅行ってほどの距離じゃないでしょう？　そんなところへ仮に行ったとしても、いちいち報告したりしませんよ。うちの子にかぎらず、どこの子だってしませんよ。刑事さんのお子さんだってそうでしょう？」

「うちはまだ、そんなに大きくないんでね」

「だったら、いずれわかりますよ。年頃になったら、親には何も話してくれないんだから」

近藤が苦笑しながら戻ってきた。

「口のへらねえ女だ。息子が長峰と警察の両方から狙われてるっていうのによ」

「本当に心当たりがないんじゃないですか」

「ああ、たぶんな。真野さんもそう思ってる」近藤は低い声でいった。

路子から預かった信用金庫の通帳によれば、菅野快児は逃走後に二度、金を引き出している。二度とも長野県内にあるＡＴＭが利用されていた。一度だけなら逃走中にたまたま立ち寄っただけということも考えられるが、期間をおいて二度となれば、長野県のどこかにいる可能性が高い。

すでに長野県警に協力が要請されているし、銀行の防犯カメラの映像も分析が進められているが、捜査陣として最も知りたいのは、菅野がなぜ長野県にいるのかということだった。

織部は近藤と共に、散らかった部屋の整理を始めた。この中のどこかに、菅野と長野県を結びつけるものが存在するのかもしれないのだ。

「長峰も長野にいるんですかね」作業を進めながら織部はいってみた。

「真野さんの説だと、いるらしい」近藤は答えた。

「どうして？」

「忘れたのか。例の長峰からの手紙だよ。消印が愛知県だっただろ。こっちの捜査を攪乱させるために、あんなところから出したんだ。攪乱させるってことは、あいつには菅野の居場所がおおよそにせよ摑めてるってことなんだよ」

# 30

やってきた二人の刑事の年上と見られるほうは川崎と名乗った。眉が薄く、目つきの鋭い、冷淡そうな顔をした人物だった。

誠の部屋に上がり込んだ川崎は、室内を見回して、「散らかってるね」と呟いた。その声は低く、凄みがあった。

父親は不在だった。母親が応対に出て、刑事たちを居間に通そうとしたが、彼等は誠の部屋で話をすることを望んだ。

「おかあさんの前では話しにくいこともあるだろうから」というのが、川崎のいった理由だ。それにより、また何か嫌なことを訊かれるのか、と誠は不安になった。

「学校は行ってないんだったね。バイトも今はしてないと聞いてるけど、毎日、何をやってんの？」勉強机の前の椅子に腰掛けて、川崎が訊いてきた。もう一人の刑事は立ったままで、しきりに室内を眺めている。誠はベッドに座ることにした。

「別に何も……。テレビ見たり、ゲームしたり……」

誠は口ごもった。相手が刑事でなくても、毎日何をしているのか、と訊かれるのは嫌だった。自分が無為に日々を過ごしているということは、痛いほど自覚している。

川崎は唇の片方の端を上げた。

「ふうん。若いのにねえ」

誠は俯いた。存在価値のない無駄な人間だということを、改めて指摘されたような気がした。

「友達とは会ってるの？」

誠は無言で首を振った。

「どうして？　友達がいないわけじゃないでしょ。それとも、伴崎とか菅野だけが友達だったわけ？」

皮肉めいた口調で川崎は尋ねてきた。

誠は俯いたまま口を開いた。

「あんまり出歩くなって親からいわれてるし、友達は気を遣って連絡してこないから……」

「気を遣って？　どうして気を遣うわけ？」

「だから……俺が今こんなふうだし、アツヤがあんなことになったから」

「つまり、面倒臭いことに関わりたくないわけだ」川崎は断定的にいった。「まあ、君らの仲間意識ってのは、せいぜいそんなものだろうな。苦しい時に助けてくれるのが本当の友達なんだけど、逆に逃げちまうわけだ。嘘っぱちの仲間しかいないわけだ」

挑発的な川崎の言葉に、思わず誠は顔を上げ、相手を睨みつけていた。しかし刑事が少年の眼光にひるむはずもなく、何か文句があるのか、というような目で見返されただけだった。誠は何もいえず、また下を向いた。

「仲間たちとは全く連絡を取り合ってないわけ？　たとえば菅野のことなんかで、何か話したりしないわけ？」

「最近、誰とも話してない。連絡はないし……」ぼそぼそと誠は答えた。

「ふうん。ケータイをちょっと見せてくれる？」

「ケータイ？」

「見るだけだよ」川崎は笑いかけてきた。

誠はベッドの横のコンセントで充電している携帯電話を取り上げた。それを刑事に差し出した。

川崎はアニメのキャラクターが描かれた待ち受け画面に苦笑した後、携帯電話をもう一人の刑事に手渡した。その刑事はすぐに操作を始めた。

「何やってるんだよ」誠が抗議の口調でいった。

「発信と着信の履歴を見せてもらうんだ」川崎がいった。「かまわないだろ」

「プライバシーの侵害じゃねえか」

川崎はせせら笑いを浮かべ、三白眼で誠を見つめた。

「捜査に必要なことなんだ。うちらが何の捜査をしているかはわかってるだろ。そもそも、おまえさんたちが長峰絵摩さんを襲ったりしなけりゃ、今度のようなことにはならなかった。おまえさんは彼女をさらうのを手伝ったんだろ？　うちらの仕事に協力するのは当然じゃないのか？」

誠は刑事から目をそらした。ベッドの端を握りしめていた。

携帯電話を調べていた刑事が、それを川崎に見せながら何やら耳打ちした。川崎の顔つきが厳しくなった。

「昨日、公衆電話からかかってきてるね。これは誰から？」

誠の心臓が跳ねた。全身から冷や汗が出た。

「それは……あの、連れから」

「連れ？　友達ってこと？　でも、全然連絡は取ってないんじゃないの？　まあいいけど、名前を教えてもらえるかな」

誠は答えられない。適当な名前をいおうとしたが、やめた。調べられたら簡単に嘘だとばれる。

「どうしたんだ？　いえないのか。そもそも、君の年代で、ケータイを持ってない人間なんているのかい？　それとも使用料の未払いで止められているとか？」

矢継ぎ早の質問にも、誠は無言でいるしかなかった。口の中が渇いてきた。

「おい、答えろよ」

もう一人の刑事がいったが、いいから、と川崎が制した。

「もしかして、菅野快児かな？」柔らかい口調で川崎は尋ねてきた。

ごまかしても無駄だし、これ以上は隠しきれないと誠は思った。電話のことを人にしゃべったら承知しないとカイジはいったが、この状況ではどうしようもない。

彼は小さく頷いていた。もう一人の刑事が息を呑む気配がした。

「彼は何のために電話してきたんだ？」川崎が訊いてきた。

「こっちの様子を知るため……だと思う」

「彼とはどんな話をした？」

「だから……カイジのことはもうばれてるから、自首したほうがいいってことを……」

誠はカイジとのやりとりを思い出せるかぎりにしゃべった。川崎は険しい顔つきでそれを聞き、もう一人の刑事がメモにとっていった。

「どこにいるのかはいわなかった？」川崎が訊く。

誠は首を振った。「聞かなかった」

川崎は少し考える顔をした後、もう一人の刑事に小声で何か囁いた。相棒の刑事は頷いてから部屋を出ていった。

「また電話するといったわけだね。彼が犯人だという証拠が見つかっているかどうか君に調べておくようにいった後で」

「そうです」

「ふうん」川崎は腕組みをし、椅子の背もたれに体重をかけた。その姿勢で誠をじろじろと眺めた。

「菅野は長野にいるようだよ」

「えっ？」

「長野県だ。菅野快児は長野のどこかに潜伏していると判明しているんだ」

「長野県……」

「どうだい、そう聞いて何か思いつくことがあるかい？　どんなことでもいい。彼等とのやりとりの中に長野という地名が出てきたことはなかったかな」

誠は考え込んだ。カイジやアツヤとの会話を出来るかぎり思い出そうとした。しかし結局は首を振るしかなかった。

「知らない。俺、長野なんて行ったことないし」

「君のことはどうでもいいんだよ、この際。菅野たちはどうだったかと訊いてるんだ」

「わからない」

川崎はげんなりした顔で横を向いた。使えないガキだ、といいたそうな表情だった。

もう一人の刑事が戻ってきた。川崎に向かってゆっくりと頷きかけた。

「よし、行こうか」川崎が立ち上がり、誠を見下ろした。

「えっ、行くって……どこへ？」

「決まってるだろ。警察だよ。菅野との電話について詳しく話してもらいたいんだ。君のケータイも少し預からせてもらうことになる」

西新井署の会議室で、誠は執拗な質問攻めに遭った。だが誠としては川崎にした話を繰り返すしかなかった。刑事たちは、カイジの居場所を示すヒントが会話の中に潜んでいないかどうかを確認したかったようだが、彼等の希望を満足させることは誠には最後までできなかった。

夜になって、ようやく誠は家に帰された。携帯電話も返してもらった。しかし車で彼を送ってくれた川崎は、こんなふうにいった。

「今夜から君の家の前で、我々は張り込むことになった。君のケータイにはちょっと手を加えてあって、着信があれば、我々にもわかるようになっている。話の内容も傍聴させてもらうことになるから、君が自分のプライバシーを守りたければ、家の電話か公衆電話を使用してくれ。菅野快児からかかってきたら、できるだけ長く会話を引っ張ること。わかったかい」

「カイジがかけてこなかったら?」

「でも、また電話するといったんだろ?」

「そうだけど」

「かけてこなかったら、かけてくるまで待つだけさ。大丈夫、俺たちは待つことには慣れてる。菅野快児を捕まえるまで、俺たちは待つつもりだ。長い付き合いになるかもしれないから、よろしく頼むよ」そういって川崎は誠の肩をぽんと叩いた。

川崎は誠の両親にも同じような話をしてから家を出ていった。だが川崎の乗り込んだ車が、家の前から走り去る音は聞こえてこなかった。やはり、これからずっと待機しているつもりらしい。

刑事の前では恐縮していた泰造が、川崎が出ていくと同時に不機嫌な表情を露わにした。二階に上がろうとする誠を、「ちょっと待て」と呼び止めた。

「何だよ」

「何だよじゃないだろ。とにかくそこへ座れ」居間のソファを指差した。

誠は身体を投げ出すように腰を下ろし、横を向いた。父親の顔を見たくなかった。警察でうんざりするほど詰問されたうえに、何か説教を食らうのかと思うと憂鬱だった。

「菅野から電話がかかってきたことを、どうして話さなかった」泰造はいった。

「別に……特に理由はねえよ」

「何かあったらすぐに話せといっただろうが」

「だから、カイジとは大したことは話してないから、いう必要はねえと思ったんだよ。あいつの居場所だってわかんなかったし」

「そういう問題じゃないっ」

怒鳴った泰造の背中に、おとうさん、と窘《たしな》めるように母親が声をかけた。しかし赤らんだ父親の顔は変わらなかった。

「何のために、うちの車が犯罪に使われたかもしれないってことを警察に知らせたと思ってるんだ。おまえが奴らの共犯だって思われたくないからじゃないか。女の子をさらったのだって、おまえはただの悪戯《いたずら》だと思って手伝ったってことにしたんだろうが。だからこれからは、極力警察には協力しなきゃいけないんだ。連中の心証を悪くしたら、今後いろいろと面倒なんだ。そんなこともわからんのか」

誠は顔を歪めた。父親のいっていることはよくわかった。たしかにそうすべきだったのだろう。だが素直に謝る気にもなれなかった。いつも怒ってばかりで、どんなことでも話せるような雰囲気かよ、といいたかった。

「まあ、いい。警察ではどんなことを訊かれた？」

「カイジとの電話についてだよ」

「だから、それを話せといってるんだ」

また話すのかよ、とげんなりしたが、さすがに顔に出すのは堪《こら》えた。これ以上文句をいわれたらたまらないと思った。

飽きるほど繰り返した話をもう一度父親に話した。泰造は唇をへの字に曲げて聞いていた。

「その話だけなら、おまえは何も知らなかったことで通せそうだな。女の子をさらうのに手を貸しただけで後のことは予想できなかった、と主張できる」

「だけどさ、カイジが捕まったらどうなるんだよ。あいつ、誠も共犯だっていうぜ。警察がカイジのいうことを信用するかもしれないだろ」

「だから何度もいうように、刑事の心証をよくしておくことが大事なんだ。魚心あれば水心ってやつだ。どんな世界だってそうなんだ」

その慣用句の意味を誠は知らなかったが、大人のずるい生き方の一つらしいということはわかった。

「まあしかし、菅野がどんなふうにいうのかは気になるところだな。捕まった腹いせに、おまえも仲間だと言い張るかもしれん」泰造は唇を噛んだ。「あいつらのやってたこと、おまえ、全部知ってるのか」

「全部じゃないけど、いくつかは……」

「女をしょっちゅう襲ってたこともか」

「うん」

「馬鹿がっ」泰造は吐き捨てた。「そんな連中と、どうしてもっと早くに手を切っておかないんだ」

今さらいうなよ、と誠は腹の中で毒づいた。

「いいか、警察に奴らのこれまでの悪事について訊かれたら、何も知らなかったといえ。車を時々貸したことはあるが、何に使われてたのかは知らないとな。ちょっとした悪戯をしていたとは思っていたが、あそこまでひどいことをしてるとは知らなかったというんだ。わかったな」

「わかったよ」

ふてくされて答えながら、そんなことをしても意味はないんじゃないかと誠は考えていた。警察署で詰問されていた時のことが蘇った。どの刑事も、すべてを見通している顔だった。

## 31

織部は警視庁の一室に場所を移し、作業を再開していた。彼の傍らには大きな段ボール箱が三つ置かれていた。いずれも菅野快児の部屋から押収したものだ。アルバム、ノート、雑誌、ビデオテープ、C

D、ゲームソフト、その他様々なものが入っている。それらのすべてを織部は入念にチェックしていった。どこかに菅野快児と長野県を結びつけるヒントが隠されているかもしれないのだ。
だが、存在しないものを探しているような徒労感に襲われるのも事実だった。菅野は、ほんの気まぐれで長野県に立ち寄っただけなのかもしれないのだ。そんな虚しさに耐えかねてか、一緒に作業を進めていた近藤は、しばらく家に帰ってないからといって、つい先程帰宅してしまった。

マンガ雑誌のすべてに目を通したところで、織部は自分の肩を揉み始めた。マンガの中にヒントが隠されているとは思えなかったが、無視するわけにもいかない。たとえば、菅野が愛読しているマンガの舞台に長野県が使われていて、それが彼を長野に向かわせた動機かもしれないからだ。

そばに人の立つ気配があったので、織部は顔を上げた。久塚が老眼鏡を取り出しながら、向かい側に座るところだった。

「何か見つかったか」久塚はマンガ雑誌を手にして訊いてきた。その口調に、色好い返事を期待している様子はなかった。

「いやあ……」織部は渋い表情を作った。

「そうか」そうだろうな、というように久塚は頷いた。煙草の箱を出し、きょろきょろと周囲を見回した。

織部は気を利かせて、別の席から灰皿を取ってきた。

「マーさんのほうも収穫はなかったみたいだな」久塚はいった。

「ええ、菅野路子が嘘をついてるようには見えませんでした」

「息子がこっそりと預金を引き出していることは隠しても、この期に及んでは、行き先について口をつぐむことはない……か」久塚は煙草の煙を天井に向かって吐いた。「それにしても、何だって長野なんかに逃げやがったのかな」

織部は、なぜ久塚がやってきたのかわからなかった。部下と上司の関係なのだから、ふだんから言葉を交わすことはあるが、こんなふうに織部が一人でいる時などに、久塚のほうからわざわざ近づいてくるようなことはめったにない。

「銀行の防犯カメラの映像はどうなりました」何となく息が詰まるような感じがして、織部のほうが話題を探した。

「確認できた。二度とも菅野快児本人に間違いない。あのガキ、素顔を平気でさらしてやがった。カメラのことが頭になかったのか、映されてたところでどうってことないと居直ってるのか、とにかく神経が理解できん」

「菅野はまだ長野にいますかね」

「それはわからんが、仮に移動していたとしても、これまでの滞在場所だけでも突き止められれば、現在の居場所を摑めるかもしれん」

だから地道な調べ事も念入りにやっておけ、と釘を刺されているように織部は感じた。

「菅野のことも公開できるといいんですけどね」織部は自分の考えをいってみた。

「長野県に潜伏している可能性あり、という具合に公表するのか。で、菅野の顔写真も付けるわけか」

「無理なことはわかっていますが、何らかの方法で情報を募れるようにできないかと思うんです。菅野だって、たった一人で生活しているわけじゃないでしょう。公開さえすれば、周りの誰かが通報しますよ」

「長峰は指名手配されているが、まだ誰も通報してこないぞ。毎日、うんざりするほど情報提供の電話はかかってくるけど、全部ガセネタだ」

「それは知っていますが……」

「まあ、おまえのいいたいことはわかるが、できないものはできない。菅野は単なる参考人だし、おまけに未成年だ」

そうですね、と織部は項垂れた。

「おまえ、何歳だっけ？」久塚が突然意外なことを尋ねてきた。

「二十八ですが」

「ふうん。すると、連中よりも十歳上か」久塚は煙草を吸い続ける。連中、というのは伴崎敦也や菅野快児のことだろう。

「あの年代の奴らの考えてることはわかりませんね」

織部がいうと、久塚は肩を揺すって笑った。

「うちで一番若いおまえがそんなことをいうんじゃあ、俺たちはどうなるんだ。全くお手上げじゃねえか」

「でも、今の十歳差は大きいですよ」

「そうだろうな。だけど、そこを一つがんばって想像してくれないか。あいつらが何を考えてるのか、俺に教えてほしいんだけどな」

「無理ですよ。あいつらの気持ちなんか、まるっきりわかりません」

「じゃあ、おまえが十八だった頃のことを思い出して、俺の質問に答えてくれ。それならいいだろ？」

「それは、まあ……」織部は苦笑した。高校時代の同級生の顔が何人か浮かんだ。

久塚は煙草の灰を灰皿に落とした。

「実際のところ、悪ガキってのは少年法のことをどう考えてるんだ。少々悪いことをやったって、名前は出ないし、刑務所に入れられることもめったにない、だからやっちまえ——やっぱりそういう考えで無茶苦茶なことをやらかしてるわけか」

織部は顔をしかめ、腕組みをした。

「自分の周りにも悪い奴らはたくさんいましたが、そういう考えを口に出している者はいなかったように思いますね。そんなに深く考えて行動しているわけではないと思いますよ。ただ、少年法のことを、曖昧ながらも知っているのは事実です。知っていて、いざとなればそれが自分たちを守ってくれる、という程度の認識は持っているんじゃないでしょうか」

「伴崎たちはどうだ。未成年だから大目に見てもらえるだろうという甘えが、ああいう馬鹿げた行動をとらせたと思うか」

「そういう可能性が全然ないとはいえないんじゃないですか」

久塚は頷き、煙草を揉み消した。火がすっかり消えた後も、苛立ちをぶつけるように吸い殻を押し潰している。

「そういう問題については、班長のほうがお詳しいんじゃないんですか」

織部の言葉に、久塚は片方の眉を上げた。「どういう意味だ」

「以前、少年絡みの殺人事件を担当されたとか。死体にオイルライターによる火傷《やけど》の痕があって……」

「あの事件か」久塚はしかめっ面をした。「マーさんから聞いたんだな」

「ええ」

「あれはまあ、ひどい事件だった」久塚は二本目の煙草をくわえた。「ガキ共が、くだらない理由で遊び仲間を殺しやがった。逮捕された後でさえ、自分たちのしでかしたことの重大さを認識してなかった。その証拠に、誰一人として遺族に謝ろうとしなかったんだ」

「真野さんによれば、犯人たちは自分のために涙を流してたとか」

「警察に捕まるのが嫌で泣いてたんだ。親の一人は、そんな馬鹿息子を慰めてやがった。大丈夫、すぐに出られるからとかいってな」

「班長は遺族と連絡を取っておられたそうですね」

織部がいうと、久塚は少しばつが悪そうに下唇を突き出した。

「道徳的な理由からじゃない。俺がたまたまそういう仕事を担当したというだけのことだ。つまり遺族から事情聴取するという役割だった」

「そうなんですか」

「しかし、何度も顔を合わせるわけだから、相手の気持ちの何分の一かはわかるようになる。俺にも同じぐらいの子供がいたしな」

久塚が事故で息子を亡くしているという話を織部は思い出した。

「被害者の父親から、犯人たちを移送する日を教えてくれといわれたことがあってな」久塚は無精髭の伸びた頬を撫でながらいった。「何のためにそんなことを知りたいのかと訊いたら、犯人たちにいいたいことがあるから、その移送に立ち会いたいというんだ。俺はぴんときたよ。それでこういった。それはやめておきましょうよ、とな」

「その父親は復讐しようとしていたわけですか」織部は訊いた。

「おそらくな。いや、どの程度本気で考えていたのかは知らんよ。ただ、俺がそういったら、その父親は形相を変えてくってかかってきた。あんたらは犯人を罰するのが仕事じゃないのか。そのあんたらが、あの馬鹿なガキたちに何の罰も与えないなら、自分がやるしかないだろうが、と」

「それで班長は何と？」

「何もいえなかったさ」久塚は真っ直ぐに織部の目を見返してきた。「いえるわけないだろうが。おまえなら何と答える？」

織部は目をそらした。長峰重樹や鮎村の顔が浮かんだ。

「織部、おまえ、割り切れてないだろう？」久塚がいった。

「えっ？」

「今度の事件についてだ。おまえの仕事は菅野を見つけだすことだ。見つけだして、長峰絵摩さんの死に菅野がどう関わっていたか調べることだ。ところがそれをするということは、長峰重樹から復讐のチャンスを奪うことになる。子供を殺された親の恨みを、不完全なままで封じ込めることになる。そのことに疑問を感じてるだろう。今、ここにいるのはおまえと俺だけだ。正直にしゃべっていいぞ。おまえが何をいったって、査定には考慮しない」そういって久塚はにやりと笑い、すぐに真顔に戻った。「どうなんだ？」

織部は咳払いをし、背筋を伸ばした。唾を飲み込んでから口を開いた。

「本音をいえば、自分たちよりも先に長峰さんに……長峰に菅野を見つけてほしいと思っています。そのうえで、復讐は思い留まってほしいと――」

「おい、待てよ」久塚が手を出してきた。「本音をいうんだろ？　嘘はつくな」

「はあ……」

「本当に、復讐は思い留まってほしいのか」

「あ、いえ」一旦下を向いてから、織部は再び顔を上げた。「そうですね。自分の本当の気持ちは、長峰さんが復讐を果たせればいいと思っています」

「うん、それでいい」久塚は顎を引いた。「そういう気持ちになるのは当然だ。そのことに罪悪感なんて持たなくていい。俺たちは道徳の教師じゃないし、牧師でもない。ただの刑事なんだ。正義とは何かなんて考える必要はない。この問題について議論する必要はないんだ。少なくとも刑事であるかぎりはな」

　刑事であるかぎり、という部分を久塚が強調したように織部は感じた。

「とりあえずおまえの今の仕事は、そのガラクタから菅野の居場所を突き止めることだ。余計なことは考えずに、そのことに集中すればいい」

「そのつもりです」

「わかっていればいい」久塚は二本目の煙草を消した。今度はおとなしい消し方だった。

　別の刑事が久塚を呼びにきた。班長は織部に目で頷きかけてから席を立った。


　誠がそのことを思い出したのは、ぼんやりとテレビを見ている時だった。お笑いタレントの出る深夜番組を見るつもりでスイッチを入れたのだが、プロ野球中継が延びたらしく、まだニュース番組の最中だった。

　長峰重樹やカイジのことが何かわかるかもしれないと思って見ていたが、それらの続報はなかった。番組内の特別コーナーでは、不景気によって経営が成り立たなくなった旅館やホテルを特集していた。

　それを見ているうちに、誠の脳裏にあることが蘇ったのだ。

「潰れたペンションがあってよ、そこに女を連れ込んだんだ」カイジがにやにや笑いながら話す顔を思い出した。

そうだ、たしかにペンションといっていた――。

三か月ほど前だ。例によって、車を貸してくれとアツヤにいわれたことがあった。ナンパが目的だということは明白だった。その時、誠は同行しなかった。

車を返してもらう時、どこへ行ったのかと誠は訊いてみた。するとカイジが答えたのだ。

「どこまで行ったと思う？　信州だぜ」

「信州？」

「アツヤが引っかけた女がさ、ドライブに行きたいっていうんだ。それで、関越を走って、そのまま上信越道に入ったんだよ。あれ、どのあたりかなあ。とにかく信州だ。適当なところで降りて、山道に入ってやった。そうしたらさすがに女が騒ぎだしてさ。うるせえからナイフで脅してやった」

二人はレイプする場所を探して、山道を走り回ったらしい。やがてその目的を果たすには絶好の場所を発見した。それが潰れたペンションだ。

「窓ガラスを割って、そこから忍び込んだんだ。あれはたぶん、まだ潰れたばっかりだな。中は全然荒れてなくて、ベッドなんかも使えるんだぜ。何かあった時の隠れ家にしようって、アツヤと話してたんだ」

その時には特に気に留めなかった。彼等二人の傍若無人な行動には慣れていた。どんなに非常識なことを聞かされても印象に残らなくなっていた。

しかし今や、その時の記憶が誠を狼狽させていた。間違いない。カイジはそのペンションに行ったんだ。そこに隠れているんだ――。

場所はわからない。詳しい地名を彼等はいわなかった。しかし長野県であることはたしかだ。

長野県内にある廃業したばかりのペンション――それで十分なのではないか。そこまでわかれば、少し調べるだけで、カイジの居場所を突き止められるのではないか。

外にいる刑事たちに話すべきだろうか。だが誠は迷った。父親とのやりとりを思い出していた。

アツヤとカイジがこれまでにどんなことをしてき

たかについても、自分は知らないふりをしなければならないのだ。元ペンションの廃屋でレイプしたことも、そのために車を貸したことも、知っていてはならないのだ。

だが誰にも知らせないままでいいのだろうか。誰かに知らせるべきではないのか。

誠は自分の携帯電話を見つめた後、この電話を使うわけにいかないことを思い出した。

# 32

和佳子が撮影してきた写真は、全部で三百枚以上あった。ＩＣカードで五枚分だ。それらの写真を、長峰は自分のパソコンを使って、一枚一枚念入りに見ていった。

写っているのは、様々なペンションの従業員や宿泊客と思われる若者たちだ。和佳子は暇を見つけては長野県内の主立ったペンション・エリアに出向き、デジタルカメラで撮影しているのだという。いうまでもなく、そこにスガノカイジが写っているのではないかと期待しての行動だ。

湯沸かしポットがしゅーしゅーと音をたて始めた。和佳子は紙コップにインスタントコーヒーを作り始めた。

「やっぱり、写ってないみたいですか」彼女が訊いてきた。

「いや、まだわかりません。まだ三分の一も見てないから」長峰はいった。「それにしても、これだけの数をよく撮れましたね。移動だけでも大変だと思うのですが」

「ほかにいい方法が思いつかなくて、ただがむしゃらにシャッターを押してただけです。ごめんなさい。あたしが長峰さんの代わりにスガノカイジを見つけます、なんて大きなことをいっておいて……」

「謝らなきゃいけないのは私のほうです。あなたにこんなことまでしてもらう筋合いは全くないんですから」長峰は胡座《あぐら》をかいたまま、パソコンから和佳子のほうに身体の向きを変えた。「もう十分です。匿っていただいているだけでもありがたいし、あなたに多大な迷惑をかけている。これ以上のことは望みません。だから、あなたはふつうの生活に戻ってください」

「ここまで足を突っ込んだんです。もう知らないふりなんてできません」

「今ならまだ引き返せます」長峰は彼女の目を見つめた。「逮捕された後も、あなたのことは決してしゃべらないし、この部屋にいたことも黙っているつもりです」

「そういうことじゃないんです。そんなことは心配していません」和佳子は見つめ返してきた。意思のこもった目だった。「長峰さんの行動に対して、あたしなりに答えを出さなきゃいけないと思っているんです。理由はどうあれ復讐はいけないことだ、なんていう形式的な論理だけで行動したくないんです。それでは自分の頭で考えたことにはならないと思うんです。心情的に、あたしは長峰さんの気持ちはとてもよくわかります。あたしだって、長峰さんと同じ立場なら、同じことをしたと思います。だったら、まずは協力すべきだと思うんです。長峰さんと行動を共にしながら、何が正しいのか、自分の頭で考えていきたいんです」

熱弁ともいえる彼女の台詞《せりふ》に、長峰は思わず苦笑を漏らしていた。

「あなたは変わった人だ。ふつうの女性にしか見えないのに、とんでもなく大胆で、恐ろしく意志が強いときている」

「御迷惑でしょうか」

「いや」長峰は首を振った。「助かっています。それが正直な気持ちです。ただ、このままスガノを見つけることができず、突然ここに警察がやってくるようなことになれば、どうしてもあなたに迷惑がかかることになる。それだけが心配です」

「ここのことは絶対に警察にはばれません。あたしがしゃべらないかぎりは」和佳子はいった。その口調には、だからイニシアティブは自分が握ってるのだ、という思いが込められているようでもあった。

そのことについて長峰が不満を漏らす資格はない。

長峰は吐息をついた。

「警察はまだスガノの居場所を摑んでないのかなあ」

「摑んだのなら、ニュースでやるでしょ」

「いや、スガノを捕まえないかぎり、報道されることはないでしょう。捕まえたとしても、報道されるかどうか……」

「どうしてですか」

「警察は私のことも捕まえようとしているからです。そのためには、スガノを捕まえたとしても、それを公表しないほうが賢明です。私は潜伏を続けざるをえず、警察は密かに網を狭めていくことができる。それに、スガノが捕まったというニュースが流れれば、復讐を企てている長峰重樹が自棄《やけ》になって何をするかわからない、と警察は考えるんじゃないかな。自殺なんかされたら、目も当てられないですからね」

彼の言葉に和佳子は目を見張った。

「もし復讐できなかったら……自殺するつもりなんですか」

「さあ」長峰は首を傾《かし》げた。「その時になってみないとわからない。ただ、現在の私の生き甲斐が、娘を殺した者への復讐だけであるのは事実です」

「あなたが警察に出した手紙には、もし復讐を果たせたら自首すると……」

「ええ」長峰は顎を引いた。「それはそのつもりです。奴らを葬った後ならば、刑務所の中で絵摩の供養をしながら、穏やかな気持ちで生きていけるような気がするんです。でも、それが果たせなかった時にどうかとなると……自分でもわからない」

和佳子は目を伏せた。彼が死の決意をしていることを感じ取ったのだろう。そんな人間にどのような言葉をかければいいのかわからず、困惑している表情だった。

長峰は腕時計を見た。

「そろそろ戻られたほうがいいんじゃないですか。

買い出しの途中だったんでしょ」

「ああ、そうですね」彼女も自分の時計に目を落とした。「じゃあ、また明日」

「私は、あなたが撮ってきた写真を見てみます」

和佳子が出ていくと、長峰はドアに施錠し、再びパソコンの前に座った。彼女がいれてくれたインスタントコーヒーは少しさめていた。

彼女はああいうが、いつまでもここにいるわけにはいかないだろう、と彼は思った。無関係な人間を巻き添えにすることなど、最初から全く考えていなかった。たとえそれが協力的な人物であったとしても、だ。

とはいえ、ここを出ていってどうするかということになると、まるで当てがなかった。やはりペンションを泊まり歩くしかないのか。そうやって、いつかどこかでスガノカイジと出会うことを期待するしかないのか。

和佳子が撮ってくれた写真を眺めながら、この中にスガノが写っている可能性は低いだろうと彼は思った。いくらスガノが考えの浅い若者であったとしても、そう簡単には人前に姿を現さないのではないか。

長峰はパソコン画面から目をそらし、横になった。床のひんやりとした感触が心地よかった。彼はその姿勢のまま、充電中の携帯電話に手を伸ばした。電源を入れ、留守番電話の内容を確認した。失踪した直後は、何十件というメッセージが入っていたが、最近では何も入っていないことのほうが多い。たまに警察からの、最寄りの警察署に出頭するようにという形式的な命令が入っている程度だ。

それでも長峰が一日に一度はチェックするのは、万一を期待してのことだった。

メッセージが一件入っていた。また警察からかと思いながら、長峰はボタンを操作した。警察だとわかればすぐに消去するつもりだ。

ところが聞こえてきたメッセージを聞き、長峰は携帯電話を握りしめていた。あわてて、もう一度再生してみた。

メッセージは次のようなものだった。

(スガノカイジは、長野県内にある、つい最近廃業したペンションに潜伏している可能性があります。高速道路のインターから、さほど離れていない場所だと思われます)

長峰はメモを取りながら、もう一度メッセージを流した。心臓が大きく跳ねていた。

あの人物だ――。

まさにこの電話こそ、万に一つと彼が期待していたものだった。絵摩を襲った犯人を密告してきた人物が、再び情報を送ってきたのだ。前と同様に声はくぐもっていて聞き取りにくいが、同一人物に相違なかった。

前回密告者は、「警察に知らせてください」といっていた。何らかの事情で、自分では知らせられないのだなと長峰は解釈した。そのうえで彼は密告者の指示は無視し、自分で復讐する道を選んだ。密告者もそのことはわかっているはずだから、仮に何らかの情報を持っていたとしても、おそらく長峰には知らせてこないだろうと諦めていた。それでも、何かいってくるかもしれないと、ずっと待ちわびていたのだ。

廃業したペンション――。

密告者が、どうやってそんな情報を入手したのかはわからない。何の目的で、再び知らせてきたのかも謎だ。だが長峰にはこの電話が、暗闇に囲まれて途方にくれている自分に与えられた一筋の光のように思えた。

もちろん、何らかの罠ということも考えられる。たとえば警察が仕組んだことで、長峰がその場に行けば、大勢の警官たちが待ちかまえているというわけだ。しかしその可能性は低いだろう、と彼は判断した。罠にかけるつもりなら、もっと具体的な場所を知らせてくるはずだ。廃業したばかりのペンションだけでは、あまりにも漠然としている。

それに、今の自分には疑っている余裕などない、とも彼は思った。何もしないでこの部屋でじっとしているくらいなら、少しでも可能性のある道に進んだほうがいいに決まっている。

それにしても、密告者の正体は一体誰だろう——再び携帯電話の電源を切りながら、長峰は小さく首を傾げた。


和佳子が厨房に入っていくと、隆明が怪訝そうな顔を彼女に向けた。

「ずいぶん遅かったな」

「ごめんなさい、図書館で本を探してたから」

「ふうーん、珍しいじゃないか。図書館なんて」

「あたしだって、本を読みたくなることぐらいあるの」和佳子はむくれたふりをし、買ってきた野菜を冷蔵庫に収めていった。

その時、玄関のチャイムが鳴った。和佳子は父と顔を見合わせた。泊まり客ならばチャイムを鳴らしたりしない。

和佳子が出ていくと、ドアの外に二人の制服警官が立っていた。中年と若手のコンビだ。彼女は一瞬どきりとした。

「こちらの方ですか」中年のほうが訊いてきた。

「そうですけど」彼女は頷《うなず》いた。

中年の警官は頷き、横にいる若手警官から一枚のビラのようなものを受け取った。それを和佳子のほうに差し出してきた。

「最近、こういう人物をお見かけになりませんでしたか。あるいは、おたくのお客さんの中に、似た人物はいませんでしたか」

そのビラに印刷された写真を見て、和佳子は思わず目を見開いていた。口から驚きの声が漏れるのも止められなかった。

「何か心当たりが？」警官が訊いてきた。

「いえ、あの……」彼女は唾を飲み込んだ。懸命に平静を装おうとしていた。「テレビとか新聞で見たことがあります。この人は、あの……」

「やはり御存じでしたか」警官は表情を緩め、頷いた。「そうです。東京で起きた殺人事件の容疑者です。娘の復讐をしようとしている人物です」

「あの人がこのあたりに？」

「いや、まだそうと決まったわけではないんです。東京からの情報によれば、こちらの県内に潜伏している可能性があるということなんです。それで、こうして県内各地の宿泊施設をとりあえず回っているという次第で」

和佳子は黙って頷いた。実際には動揺を顔に出さないようにするのが精一杯だった。

ついに警察に嗅ぎつけられたようだ。おそらく大勢の警察官がこのように動いているのだろう。

「このビラを、どこか目に付くところに貼っていただけますか」

「あ……はい」彼女はそれを受け取っていた。

「それからこれも」若い警官が、もう一枚出してきた。

そこには四枚の写真が印刷されていた。いずれも長峰の顔写真だが、サングラスをかけさせたり、髭を描き足したりしてある。彼が変装している場合を想定し、四つの代表的パターンを作ったらしい。

帽子を目深にかぶっている写真を見て、和佳子は鳥肌が立つのを覚えた。それはここにいた頃の長峰の姿そのものだった。

「では、よろしくお願いいたします」中年の警官が頭を下げてきた。若い警官もそれに倣った。

「どうかしたのか」和佳子の後ろから隆明が声をかけてきた。さらに、「何かあったんですか」と警官たちに訊いた。

「いいのよ、あたしが事情を伺ったから」和佳子はいった。

「指名手配の顔写真をお渡ししたんです」警官はいった。「どうか御協力を」

「ふうーん、指名手配ねえ」隆明は和佳子が持っているビラに手を伸ばしてきた。

彼女は拒むわけにいかず、それを渡した。祈るような気持ちで父親の様子を窺った。

「おい」隆明がビラを凝視したままいった。「この人、どこかで見たことあるな」

立ち去りかけていた二人の警官が足を止めた。二人同時に振り向いた。

「本当ですか」中年のほうが訊いてきた。

「テレビで見たんでしょ。有名な事件だから」

だが彼女の言葉にも、隆明は幻惑されなかった。

「違うよ。うちに泊まった人じゃないか。何という人だったかな」

「本当ですか」警官が小走りに戻ってきた。顔色が変わっていた。

「よく似てるのは事実です。――ほら、予約もなしに急にやってきた男だ」和佳子に確認した。

「連れはいましたか」警官が訊いた。

「いません。一人でした。そういえば、得体のしれない男だった」

隆明の言葉に、中年の警官は興奮し始めた。

「詳しい話を聞かせてください。――おい、署に連絡しろ」

命じられた若手の警官が、あわてた様子で携帯電話を取り出した。

# 33

東京から来たという刑事たちが『クレセント』に現れたのは、夜の十時を過ぎてからだった。しかしそれまでも和佳子たちは、まともにペンションの仕事をできなかった。長野県警の警官たちによって、行動範囲を極端に狭められてしまったからだ。この夜、ただ一組の宿泊客だった初老の夫妻には、別の宿に移ってもらえないかと頼んだ。夫妻は事情を知ると、厄介な事には巻き込まれたくないと思ったか、早々に荷物をまとめて出ていった。

川崎という目つきの鋭い刑事が、和佳子から話を聞きたいといった。ラウンジの隅のテーブルで、彼女は刑事たちと向き合うことになった。川崎の隣には、彼より少し年下と思われる太った刑事が座った。

川崎は、長峰が到着した日時や、その時の様子などから尋ねてきた。和佳子は極力ありのままを話した。長峰がやってきた時点では、彼女は本当に何も気づいていなかったのだから、下手に作り話をする必要はないと判断した。

「その時の風貌が、この写真に似ているというわけですね」川崎は、ビラに印刷された写真の一つを指した。長峰が帽子をかぶっているように合成された写真だ。

「似ている……かもしれません。あたしはよく覚えていないんですけど、父はそのようにいっています」

「この写真と大きく違うところはありますか」

「もっと髪が長かったです」

「どのくらい?」

「肩に少し触れる程度……だったと思います」

刑事たちは隆明にも同じ質問をするに違いなかった。どうせ判明することなら、今のうちに自分が話しておいたほうが怪しまれないだろうと彼女は思った。

「その髪形に不自然なところはなかったですか。たとえば、カツラのようだったとか」

「気がつきませんでした。そんなにじろじろと見たわけじゃないし」

そうかもな、というような調子で刑事は頷いた。

「その客はここで三泊したそうですね。最初は二泊の予定だったところが、延泊したとか」

「そうです」

「延泊の理由について、何かいってましたか」

「特に何も……。もう一泊できるかと訊かれたので、できますよと答えただけです」

「ここに滞在している間、客は何をしていましたか」

さあ、と和佳子は首を捻った。

「朝、出かけた後は、夜まで戻ってきませんでした。夕食も、うちでは一度も食べなかったんです。その前に電話があって、夕食の用意はしなくていいから……と」

「どこへ出かけてたのかはわかりませんか」

「わかりません」

「どこそこへ行くには道はどう行ったらいいかとか、交通手段とか訊かれたことは？」

「ありません」和佳子はかぶりを振った。

川崎は渋い顔をし、頬杖をついた。わざわざこんなところまで来たのに、有益な情報が得られそうにないので、面白くないのだろう。

隆明が入ってきた。今まで別の刑事に、長峰が使っていた部屋を見せていたようだ。彼は和佳子たちから少し離れた場所に腰を下ろした。心配そうに彼女を見ている。

「その客の様子はどんな感じでしたか」川崎が質問を再開した。

「どんな感じって……」

「どこかそわそわしていたとか、びくびくしていたとか。とにかく、何か変わった様子はなかったですか」

「あまりあたしたちとは顔を合わせないようにしていた……ように思います。サングラスをかけていることが多かったので、表情もよくわかりませんでしたし」

「その客の滞在中、あなた方が部屋に入ったことはないのですか」

「ありません」和佳子は即答した。「ホテルとは違いますから、勝手に部屋の掃除をすることはないんです」

「じゃあ客が出ていった後、部屋に何か残っていませんでしたか。何かの痕跡とか」

「気がつきませんでした」

「部屋のゴミは？」

「それはもう処分しました」彼女は父親を見た。「あの日のゴミ袋は、もう出しちゃったわよね」

「うん、とっくの昔にな」隆明が頷きながらいった。

川崎は口元を歪め、大きくため息をついた。収穫のないことが不満らしい。

「その客とは何か話をしなかったのですか。どんな些細なことでも結構ですが」ボールペンの尻で頭を掻きながら彼は訊いた。

和佳子は首を振った。

「延泊をいいだされた時ぐらいで、あとは話らしいことは何もしていません」

それまで俯《うつむ》いていた隆明が、不意に顔を上げるのが和佳子の視界に入った。彼は何かいいたそうだった。だが彼が何もいわないでいてくれるのを彼女は内心祈った。

その祈りが通じたのか、刑事たちの質問が終わるまで、隆明はずっと黙ったままだった。川崎は最後まで不機嫌だった。時間の無駄だったと思っているのかもしれない。

長峰が使用した部屋の検分は、深夜にまで及んだ。捜査員たちが引き上げていったのは、午前三時近くになってからだった。和佳子は隆明と共に、その時間までラウンジで待機し続けていた。

戸締まりを終え、ようやく眠れると思って彼女が自室に引き上げかけた時、「和佳子」と隆明が後ろから呼びかけてきた。

「何?」彼女は振り返った。

隆明は頭を掻きながら近づいてきた。


「おまえ、あの話をどうしてしなかったんだ?」

「あの話って?」

「パソコンの話だよ。おまえ、あの客からパソコンのことを何か教わってたじゃないか」

和佳子はぎくりとした。隆明に見られていたのだ。息子の写真を大きく印刷する方法を彼女が長峰から教わっていた時のことを、隆明はいっているのに違いない。

和佳子は笑顔を作った。

「あんなの、大したことじゃないでしょ」

「そうかもしれないけど、どんな些細なことでもいいからって、刑事はいってたぞ」

「些細すぎるわよ。余計なことをしゃべって、さらにしつこく質問されたら面倒じゃない」

「だけど、捜査には協力しなきゃなあ」

隆明は古いタイプの人間だ。警察官や公務員に対して、本気で敬意を払える。

「あんなこと、捜査の役になんか立たないわよ。とにかくあたしは関わり合いになりたくないの。殺人事件の犯人と話をしたことがあるなんて、人から思われたくないのよ。それに、このペンションにとっても、ちっとも得じゃないでしょ。下手したらイメージダウンになっちゃうわよ」

「それは心配しないこともないが……」隆明は自分の首の後ろを揉み始めた。「おまえ、知ってたわけじゃないよな」

「はあ？」和佳子は目を見開いた。体温が微妙に上昇するのを感じた。「知ってたって、何を？」

「だからその、あの客が例の犯人だってことをだよ」

「何いってるの？　そんなわけないじゃないの。お父さん、何を馬鹿なことといってるのよ。どうしてそんなふうに思うの？」彼女は眉をひそめた。声の調子が荒くなっていた。

「いや、俺の気のせいならいいんだが、何となくそんな気がしてさ」

「何となくって……」

「夜、話し声が聞こえたように思ったんだよ」

「夜？　いつの夜？」

「いつだったかな。とにかく、あの客が泊まってた夜だ。トイレに立った時、おまえの声がラウンジのほうから聞こえてきてたんだ。その時は何とも思わなかったんだが、今から考えると、一体誰と話してたんだろうと不思議になってな」

「それ、何かの勘違いじゃないの？　ほかの時と間違えてるんじゃないの？　刑事さんにもいったけど、あたし、あのお客さんとはろくに何も話してないから。嘘じゃないから」むきになりすぎるとかえってよくないと思いつつ、和佳子は頬を強張らせて主張していた。

隆明は気まずそうな顔をして、娘から目をそらした。

「だから、俺の勘違いならそれでいいんだ。そんなに怒ることはないだろ」

「別に怒ってないけど」

「明日も警察が来るそうだから、仕事にならんな。ろくに眠る時間もないが、出来るだけ身体を休めとこう。おやすみ」そういうと隆明は和佳子の横を通り抜け、自分の部屋に向かった。

おやすみ、と和佳子は父親の背中に声をかけた。

ベッドに入った後も、彼女は何度も寝返りをうつばかりで、一向に眠れる気配がなかった。隆明の態度が気になっていた。もしかすると、もっとほかに気づいていることがあるのかもしれない。しかしそれを口にするのが怖くて黙っているだけかもしれない。

父親を騙しているのは後ろめたかったが、だからといって本当のことを話すわけにはいかなかった。真面目な彼が、和佳子のように指名手配犯に手を貸そうという気になることは、まず考えられなかった。

警察の動きについても心配だった。彼等はどこまで突き止めているのだろう。このペンションを見つけだしたのは単なる偶然だろうが、長峰が長野県内にいることは把握していたのだ。それ以上のことについてはどうだろう。

彼を匿《かくま》っているマンションのことは、和佳子がしゃべらないかぎり誰にもわからないはずだった。そうは思いつつも、あの部屋にさえも警官が踏み込むのではないかという根拠のない不安が、一層彼女を眠れなくしていた。

それでも少しうとうとしたらしく、目覚まし時計の音に、いつもより反応が遅れた。頭は重く、身体もだるかった。胃袋がもたれたようになっている。ベッドから起き上がった後も、和佳子はしばらく座ったままだった。二、三時間は眠ったようだが、そんな実感はまるでなかった。

ベッドに腰掛けたままぼんやりしていると、廊下を誰かが小走りで通り過ぎる音がした。その音が間もなく戻ってきた。次にはドアをノックされた。

「和佳子、起きてるか」隆明の声だ。

「はい」かすれた声で返事した。

「すまんが、すぐに着替えてくれ。ちょっと面倒臭いことになってる」

「どうしたの？」

「起きてみればわかる」そういうなり隆明は立ち去

った。

　Tシャツにジーンズという出で立ちで、和佳子は部屋を出た。廊下を歩いていくと、玄関のほうから人の声が聞こえてくる。しかも一人二人の話し声ではなく、かなり大勢の人間がいるようだ。

　ラウンジでは隆明が窓のカーテンを閉めているところだった。

「どうなってるの？」

「どうもこうもない。テレビとか新聞とかの連中が押し掛けてるんだ。深夜のうちに東京から来やがったらしい」隆明は吐き捨てるようにいった。

　和佳子はカーテンの隙間から外を覗いた。様々な服装の男女が、ペンションの前の道路でたむろしていた。カメラを担いでいる者もいた。路肩にはワンボックスの車が並んでいる。

「さっき、奴らの代表者という男が来て、取材させてくれというんだ」テーブルに置かれた名刺を隆明は指差した。「どうする？」

「長峰さん……あのお客さんのことについてなの？」

「そりゃそうだろう。しかしすごいなマスコミってのは。もう嗅ぎつけてきてる」

「取材といったって、そんなに話すことなんてないじゃない」

「それでもいいんだってさ。合同取材っていうのかな、そういうふうにしたほうが、別々の記者にいちいち答えてるよりは効率がいいし、こっちの営業にも迷惑がかからないだろうっていうんだ。俺もそうかなと思うんだけど」

「お父さんが取材に応じてくれるんでしょ？　あたし、嫌よ」

「俺がか」隆明は眉の両端を下げた。「参ったなあ」

　不承不承といった感じで、隆明は玄関に向かった。和佳子は自室に避難することにした。マスコミはきっと宿の中も撮影したがるだろうと思ったからだ。

　しかし隆明がどう説明したのか、記者やカメラマンたちが建物の中に入ってくることはなかった。三十分ほどすると、再びドアがノックされた。開けると疲れた顔の隆明が立っていた。

「終わったよ」

「お疲れ様。マスコミの人たちは？」

「大方引き上げた。だけどまだ残っていて、周辺を撮影してる奴らはいる」

「お父さん、どんな話をしたの？」

「別に大したことは話しちゃいない。昨日、刑事にいったようなことだ」

「そう」

「テレビ局の連中がさ、今夜、部屋が空いてないかって訊くんだけど、どうしたらいいかなあ」

「泊まりたいってこと？　それって、まだ取材を続けたいという意味じゃないの？」

「まあ、そうだろうな。だけど、泊まりたいっていうのを断るわけにはいかんだろ」

「当分は営業できないってことにすれば」

「だけど、今夜も何組か予約が入ってるんだ。その人たちにまで断りの電話を入れられないだろ」

「じゃあ、ほかのお客さんには絶対に迷惑がかからないようにしてくれって、釘をさしておくしかないわね」

「そうだよな。カメラで撮影されたりしたらかなわんもんなあ」隆明は弱り切っている様子だった。

「全く、とんだ疫病神がやってきたもんだよ」

長峰重樹が泊まったことを隆明は恨んでいるようだった。そんな表情を見て、和佳子はふと長峰のことが心配になった。彼は彼女たちに迷惑のかかることを何よりも恐れていた。ワイドショーなどでこのペンションが取り上げられるのを見たら、きっと心を痛めるに違いないと思った。

# 34

「あなた、ちょっと」

鮎村は身体を揺すられて目を覚ました。妻の恵一が戸惑ったような表情で、夫を見つめていた。

「ああ、なんだ。今日は遅番だといっただろ」

鮎村はタクシーの運転手をしている。勤務している会社は江東区にある。

「テレビで、あの事件のことをやってるんだけど……。長峰って人の居場所がわかったみたいよ」

妻の言葉に鮎村は飛び起きた。「ほんとか」

「長野県だって」

「長野県？　で、捕まったのか」

「捕まってはいないみたい。つい最近まで泊まってた宿が見つかったそうなんだけど」

一恵の説明は要領を得ない。鮎村は布団から出て、テレビのある居間に向かった。

テレビはつけっぱなしになっていた。朝のワイドショーをやっているらしい。鮎村は椅子に座り、リモコンでボリュームを上げた。

画面には洋風の建物が映っていた。その前に女性レポーターが立っている。

「――現在、部屋から採取された指紋等を警察で調べているところだということですが、ペンションの方の話によれば、どうやら長峰容疑者である可能性がかなり高い、と考えてよさそうです」

「ペンション？」鮎村は画面を凝視したまま眉間に皺を寄せた。「ペンションなんかに泊まってたのか」

「そうらしいわよ」一恵が答えた。

「どうして長野県なんだ。菅野は長野にいるのか」

鮎村は訊いた。菅野快児という名前は、『週刊アイズ』の記者から聞いたものだ。

「なんか、よくわからないんだけど、長野県にいるらしいっていう情報を警察が摑《つか》んで、それで長野県の宿とかペンションを調べてたんだって」

「その情報っていうのは、どこから出てきたんだ」

さあ、と一恵は首を捻った。

妻に訊いても埒《らち》が明かないと思い、鮎村はチャンネルをかえた。幸い、すぐに同様の報道をしている番組に出くわした。鮎村はボリュームをさらに上げた。

その番組を見ているうちに、鮎村にも状況が呑み込めてきた。どうやら長野県内の銀行で菅野快児は金を引き出したが、それが監視モニターに映っていたらしい。迂闊《うかつ》なことをする奴だと思いながら、それにしても警察は全国の銀行のモニターをチェックしていたのだろうか、と鮎村はその点については不思議に感じた。

とにかく長峰重樹が捕まったわけではなさそうだ。そのことでほっとする気持ちがあるのを鮎村は自覚した。だからといって、長峰重樹に復讐を果たしてほしいと思っているわけではなかった。菅野快児は憎いが、他人に殺されたからといって、恨みが晴れるわけではなかった。むしろ、復讐するなら自分の手で、と思った。娘の千晶が蹂躙されている光景は、今も彼の脳裏に焼き付いて離れなかった。おそらく一生消えることはないだろうと絶望感と共に予想している。だが菅野快児のほうはどうだろう。自分がやったことの罪深さを自覚しているだろうか。たぶん、まるで感じていないに違いない。今後、警察に捕まることがあっても、成人のように重い刑に処されることもないわけで、それと同等に自分の行為についても重大視せず、若い頃の悪戯程度にしか考えず、いずれきれいさっぱり忘れ去るのだ。そう思うと、今すぐにでも長野県に飛んでいきたくなる。それをしないのは、そこから先の手段が思いつかないからだ。さらには、長峰重樹のようには一人きりではないからだ。

では自分はこの事件の結末がどんなふうになるのを望んでいるのか——そう考えた時、鮎村は混乱する。長峰が復讐を果たさなければ、いずれは菅野快児も警察に捕まる。だがそこから先に、自分たちを納得させるようなシナリオは存在しない。少年法の壁は加害者を守る。そして殆どすべての法は被害者に対して冷酷だ。

もしかすると、今の状態が続いてくれることが一番いいのかもしれない、と鮎村は思った。今頃菅野は怯えていることだろう。復讐者が迫っていることはあの男も知っているはずだ。そのくせ警察に出頭する勇気も出せないでいる。もっと苦しめばいいのだ、と思う。

それに何より世間が忘れないでいてくれる——。

鮎村は一人頷いた。自分なりの答えを得た気がした。長峰重樹に捕まってほしくないのは、彼が行動を続けるかぎり、今度の事件について世間の関心が薄れることはないからだ。自分が最も恐れているのはじつはそのことだ、ということに鮎村は気づいた。

番組は次の内容に移っていた。彼はチャンネルをかえたが、長峰重樹に関するニュースはどこも終わっている様子だった。

電話が鳴り、一恵が受話器を取った。鮎村は尚もテレビのチャンネルをかえてみた。その彼の耳に妻の声が入ってきた。

「えっ、週刊誌？　いいえ、まだ見てないけど。……そうなの。じゃあ、後で買いに行ってみるけど。……へえ、こちらには何も。……そう、わざわざ知らせてくれて、どうもありがとう」

電話を終えた一恵が鮎村を見た。

「市川のトモヨさんからだったわ」親戚の名前を彼女はいった。

「なんだ、週刊誌って」

「『週刊アイズ』の記事を見たかって……。今日、発売らしいんだけど、例の事件のことが載ってるって。そこに、あなたのことも書いてあるんだって」

「俺のこと？」そういってから彼は思い出した。心当たりがあった。「菅野の写真を持ってきた記者と少し話をしたからな。そのやりとりが載ってるのかなあ」

「あなた、そんなに詳しく話したの？」

「詳しいってほどじゃない。千晶のことをちょっと話しただけだ」

「自殺したこととか？」

「それはまあ、話の流れで仕方なく、な。こっちとしちゃあ、向こうがあいつの名前を知っているみたいだったから、それを聞き出したかったし」あいつとは菅野快児のことだ。

一恵は浮かない顔をしている。

「なんだ、トモヨさんは何といってるんだ」

「それが、何となく歯切れが悪いのよ。あそこまで取材に答える必要があるのか、とか。あなた、その週刊誌を買ってきてくれない？」

「いいよ。時間を見つけて買ってみる」

鮎村は時計を見て、腰を上げた。そろそろ出かける支度をする時刻だった。

江東区の木場にある会社まで、鮎村はマイカーで通っている。以前はバス会社で運転手をしていたが、肉体的に辛くて転職したのだ。

週刊誌を買うつもりだった書店が休みだったため、彼は結局そのまま会社に向かった。駐車場に車を止め、タクシーの待機所に行くと、数人の仲間たちが集まって何やら話をしていた。

ところが鮎村が近づいていくと、それに気づいた彼等は、一様に気まずそうな顔をした。それぞれの車に散っていこうとする。

「タカさん」鮎村はその中の一人に声をかけた。高山という男で、鮎村とは同い年だ。

高山は立ち止まり、振り向いた。「なんだい」

「みんなで何を話してたんだ？」

「別に大した話じゃねえよ。単なる世間話だ。巨人が弱いこととかさ」

「ほんとか」

「ほんとだよ。なんで、そんな嘘をつかなきゃいけないんだ」

「だって、俺が来た途端にさ――」そこまでいった鮎村だが、高山の手にあるものを見て言葉を途切れさせた。それは『週刊アイズ』にほかならなかった。

彼の視線に気づいたらしく、高山はばつが悪そうに鼻の頭を掻いた。

「これ、読んだか？」

「いや……それがどうかしたのか」

「うん、まあ、どうかしたっていうか……これに載ってるのは、あんたのことじゃないかって、みんなで話してたんだ」

彼の言葉に鮎村は目を見開いた。千晶が自殺したことや、その原因については、会社の誰にも話していない。だからどんな記事が載っていようとも、高山たちがそれと鮎村とを結びつけることはないはずだった。

「やっぱり、あんたなのか」高山の目に、好奇と同情の色が同時に浮かんだ。

「だから」鮎村は唇を舐《な》めた。「まだ読んでないんだよ。どんなことが書いてあるんだ」

「どんなことって……」高山は口ごもった後、持っていた週刊誌を差し出した。「じゃあ、これをやるよ。自分で読むのが一番手っ取り早いだろうから」

「いいのかい」

「いいよ。俺、もう読んだから」丸めた週刊誌を鮎村に押しつけると、高山は急ぎ足で去っていった。

鮎村は自分の車に近づきながら週刊誌を開いた。目次の欄に、こんな見出しがあるのを見つけた。

『荒川女子高生死体遺棄事件　容疑者たちの驚くべき残虐ぶり』

鮎村は車に乗り込み、運転席で読むことにした。老眼鏡を取り出した。

記事は長峰絵摩の死体が見つかったことから、伴崎敦也が殺された事件について、まず説明がなされていた。このあたりのことは鮎村でなくても、ふつうに新聞を読んでいる者、あるいはニュースを見ている者なら、よく知っている内容だ。さらには、伴崎敦也を殺した犯人が長峰絵摩の父親であること、彼が現在も復讐を果たすべく逃走中であることなどが語られている。

その後、記事の内容は、伴崎敦也ともう一人の少年の非常識な野蛮さと冷酷さに焦点を当てたものになっていく。もう一人の少年については、菅野快児という名前こそ出されていないが、身近にいた者なら、きっとすぐにわかるに違いないと思えるほど、具体的な説明がなされていた。何しろ、菅野快児の顔写真が、目の部分を少し隠しただけの状態で、掲載されているのだ。

記事の視点は、ここで伴崎敦也の部屋から見つかったビデオテープや写真に移る。つまり、伴崎たちの蛮行の犠牲になった者は長峰絵摩以外にも大勢いるのだ、という点を強調しているのだ。

鮎村はその先に視線を走らせた。やがて彼の腋の下を汗が流れ始めた。

長峰絵摩以外の犠牲者として、一人の女子高生が取り上げられていた。レイプされ、それを苦に自殺したことなどが書かれている。どうやら同級生たちに当たって取材をしたようだ。さらにはその父親が、伴崎たちに襲われたのではないかと考え、警察署にビデオテープを確認しにいったことまでも、その記事では取り上げられていた。

読み進むうちに鮎村は自分の体温が上昇するのを感じた。仮名こそ使われているが、読む人間が読めば、襲われた女子高生が千晶であり、その父親が鮎村だということは簡単にわかるように書かれていた。たとえば、被害者の父親が江東区に本社のあるタクシー会社に勤務していることまで、記事では明かされているのだ。親戚が週刊誌を読んで心配して電話をかけてきたことや、高山たちがすぐに記事中の人物を鮎村ではないかと気づいたことにも、納得がいった。

鮎村は週刊誌を隣の助手席に叩きつけた。怒りがおさまらなかった。

千晶が自殺したことや、その理由について、彼はこれまで誰にも話さなかった。周りから興味本位の目で見られたくなかったからだ。さらには、千晶のことを下劣な想像によって汚されたくなかったからだ。ところがこの記事は、そうした彼の配慮を台無しにしていた。読者の関心を引くための道具として、自分たちの悲劇が利用されているように感じられた。

仕事など手につかなかった。会社を出たが、客を拾うことなど全く頭になかった。路上で手を挙げている人間がいたような気がしたが、彼は車の速度を落とすこともなく通り過ぎていた。

たまらず彼は途中で自宅に電話をかけた。『週刊アイズ』の記者からもらった名刺を、電話口まで持ってくるよう妻に命じた。

「一体どうしたの？　週刊誌、読んだの？」

「読んだから怒ってるんだ。あの野郎、無断であんなこと書きやがって」

「何が書いてあったの？」

一恵は訊く。

「全部だよ。千晶のことを何もかもだ」

「えっ、名前も?」さすがに彼女も驚いた様子だ。

「名前は仮名だが、あんなのじゃあ意味がない。とにかく抗議してやる」

鮎村は、一恵から聞いた電話番号をメモした。会社と本人の携帯電話の番号だ。まず職場に電話をかけてみようかと思い、鮎村は考え直した。居留守を使われそうな気がした。

携帯電話にかけてみた。留守番電話に切り替わったらどうしようかと考えていると、「はい」と相手の声が聞こえた。

「もしもし、小田切さん?」鮎村はいった。

「そうですけど」

「私、鮎村です。先日、おたくから取材を受けた者です」相手が何もいわないので、彼はさらに付け加えた。「鮎村千晶の父です」

ひと呼吸置いてから、「ああっ」と相手は声をあげた。


「タクシー運転手の鮎村さん。先日はどうも」

「どうもじゃない。あれはどういうことなんだ。あの記事は」彼は早口でまくしたてた。

「何か事実誤認がありましたか」

「そういうことではなくて、あんなふうに書くなんてひどいじゃないか。あれじゃあ、連中に襲われたのがうちの千晶だって、すぐにわかるだろうが」

「そうでしょうか。名前は伏せてますよ」

「見る者が見たらわかるだろうといってるんだ。事実、会社じゃ変な目で見られるし、大変な迷惑だ。プライバシーの侵害で訴えるからな」

「プライバシーは侵害していないはずですよ。それに、我々としては事実を極力正確に報道する義務があります。鮎村さんとしては、辛い記憶を掘り起こすことになるかもしれませんが、彼等がどれほど卑劣な人間で、少年法で守る価値などないクズかということを訴えるためにも、あそこまで書くことは必要だったんです」

相手は文字を商売にしている人間だけに弁が立つ。

鮎村は忽《たち》ち言葉を失った。

「そうはいっても、あそこまで書くなんて……」そこから先が続かない。

するとと小田切のほうがいった。

「それより鮎村さん、我々に力を貸していただけませんか。あなたでなければできないことがあるんです」

# 35

夕方になって和佳子は、買い物を口実にペンションを抜け出した。結局、マスコミ関係者を宿泊させることにはならなかった。警察のほうから、あと一日だけ営業を見送ってくれといわれたからだ。おかげで静けさを確保することはできたが、この日に予約の入っていた客のところにも断りの電話を入れなければならなくなった。あてにしていた宿泊料を誰かが補填してくれるわけでもなく、和佳子たちにしてみれば大損だ。

だが彼女は隆明がそれで不機嫌になっていることよりも、長峰のことが心配だった。彼が『クレセント』に泊まったことは、すでにテレビで何度も報道されている。それを見た彼がどんなふうに感じ、今後の行動をどのように考えているのか知りたかった。和佳子たちに迷惑をかけたくないという焦りから、はやまった行動に出ることも考えられた。

長峰を匿《かくま》っているマンションは松本市内にある。和佳子はRV車のアクセルをいつもより強めに踏んでいた。数少ない信号機にひっかかると、つい膝を揺すった。

マンションに着く頃には、すっかり日が落ちていた。それでも周囲に気を配ってから、彼女は建物に入っていった。誰かに尾行されていたら大変だ。

三〇三号室の前に立つと、インターホンを鳴らした。無論彼女も鍵は持っているが、勝手に入っていくのは憚られた。

だがインターホンの応答はなかった。もう一度鳴らしてみたが同じことだった。和佳子は不安が胸に広がるのを感じた。長峰も合い鍵を一つ持っているから、ちょっと出かけているだけなのかもしれない。そう思いつつも、胸の鼓動が速くなっていた。

彼女は鍵を外し、ドアを開けた。室内は真っ暗だった。手探りで壁のスイッチを入れた。

真っ先に目に入ったのは、隅に寄せてあるコンビニの白い袋だった。ゴミをまとめたものだということはすぐにわかった。空のペットボトルが二本、その横に並んでいる。

毛布と座布団は奇麗に畳んで置いてあった。和佳子はキッチンを覗いた。未使用の紙コップが、流し台の横に立ててあるだけだった。

足から力が抜けていく感じがした。彼女はその場に座り込んでいた。

やはり出ていったのだ――。

ほっとしている部分はもちろんある。これでもう、いつ見つかるかとひやひやすることもないわけだ。長峰は約束を守ってくれるだろう。仮に逮捕されても、彼は和佳子のことはしゃべらないに違いない。

しかしある種の空虚さも胸の内にあることを彼女は自覚した。必死の決断をして、彼を匿うことにしたのだ。そのためには父親さえも騙した。思い切ったことをするからには、それなりの覚悟はあった。これから襲いかかってくるであろう苦難に耐える心づもりを、彼女はしてきたつもりだった。

ところがそんな決意も、あっけなく空振りに終わったということなのか。長峰にとって和佳子は、たまたま気まぐれで協力してくれた人間にすぎないということなのか。彼と行動を共にすることで、本当の正義とは何かを突き止めようというのは、最初から独り相撲に過ぎなかったのか。

彼女は流し台に手をかけ、それを支えにして立ち上がった。ひどく身体が重たい感じがした。

紙コップを手にし、水道の蛇口を捻《ひね》った。カルキの臭いがする生ぬるい水を一口飲んだ時、かちゃりと金属音が聞こえた。

和佳子は思わずむせそうになりながら振り返った。

ドアの鍵がかかっていた。やがてその鍵が、またはずされた。ドアが開き、無精髭を生やした長峰の顔が現れた。

ああ、と吐息とも呻《うめ》きともつかぬ声が和佳子の口から漏れた。

長峰は戸惑った表情で立っていた。ここに彼女がいたことが意外だったのではなく、彼女の反応の意味が摑めないように見えた。

「どうしたんですか」彼は心配そうに訊いてきた。

和佳子は彼の問いに答える言葉が思いつかなかった。身体の奥から何かがこみ上げてくる感覚があった。それは衝動となって、彼女を突き動かそうとしていた。

和佳子は長峰に駆け寄り、彼のすぐ前に立った。彼の顔を見上げると、涙がこぼれた。

長峰は困惑の色を見せた。

「一体、何があったんですか。ペンションのほうで、問題が起きたのですか」

その言葉で和佳子は我に返った。彼はテレビを見ていないのだ。

「うちに警察が来たんです。あなたの写真を持って……。それで、うちの父があなたのことを思い出して、警官に話しちゃったんです」

顔色を変えた長峰に、和佳子は事情を話した。彼の表情は険しくなる一方だった。話さないほうがよかったのかと思ったが、そういうわけにはいかない。

「そうですか。じゃあ警察も、スガノが長野県にいることを突き止めたんでしょうね」眉をひそめて彼はいった。その口調は冷静なものだった。動揺しているに違いないが、ある程度覚悟していたことでもあったのかもしれない。

「あなたがうちに泊まったことは、ワイドショーやニュースなんかでも流れていました。だから、てっきり御存じかと……」

長峰は首を振った。

「今日はテレビを見ている余裕なんかなかったんですよ。テレビのある場所にもいかなかったし」

「今日はどちらへ？」そういってから和佳子は、改めて彼の身なりを見た。帽子をかぶり、薄手のジャケットを羽織った姿は、初めてペンションにやってきた時のものだ。バッグを提げているのも同じだ。だが一つだけ、大きく違っていることがあった。彼の背後にゴルフバッグが置かれていた。それを見て彼女は息を呑んだ。

彼女の視線に気づいたか、長峰はゴルフバッグを部屋の隅に移動させた。さらに彼女の気をそらすように、バッグから一冊の週刊誌を出してきた。

「これを御覧になりましたか」

「いえ。あたしのほうも、今日はばたばたしていましたから」

「スガノたちのことが載っています」

「読ませていただいてもいいですか」

「ええ、どうぞ」

それは『週刊アイズ』という週刊誌だった。問題の記事は、最後のほうに載っていた。和佳子は腰を下ろし、丹念に読んでいった。

伴崎敦也と、その仲間の少年による蛮行が、具体的に描かれていた。地元では有名な不良で、いつかは何かやらかすのではないかと周囲でも心配していたという。

さらに、長峰絵摩以外で、彼等からレイプされた女子高生についても詳しく書かれていた。絵摩と同様、彼女には何の落ち度もなく、単に伴崎たちから気に入られたというだけの理由で餌食にされ、ついにそれを苦にして自殺したのだという。

記者は、その女子高生の父親からも話を聞いていた。父親は、「できることなら自分が伴崎を殺したかった」と思っているそうで、「長峰容疑者の気持ちはとてもよくわかる」のだそうだ。

記事は、「間違った道に進んだ少年を更生させることは重要だが、その過ちの被害者の心の傷は誰が癒すのか、という視点が現在の法律からは抜け落ちている。子供の命を奪われた親に、張本人たちの将来を考えろというのはあまりに酷ではないか。」という文章で結ばれていた。

「いかがですか」読み終えて顔を上げた和佳子に、

長峰が訊いてきた。

彼女は首を振った。

「何というか……やりきれない気分です。こんな人間たちが今まで放置されてたって事実がショックだし、未成年だという理由だけで、まともに罰することもできないなんて」

「そう、それはたしかにやりきれない。でもね、私としては、もっとショックなことがあるんです」彼は週刊誌を手に取ると、記事の一部を指差した。「この部分です」

そこを見て、和佳子は頷いた。彼女も怒りを覚えたところだった。

「レイプしていたことを、仲間たちに話してたみたいですね。しかも自慢げに」

「例のビデオや写真を見せられたこともあるっていう者もいるようですね。その時に、こんなふうに撮影するのは、あとで被害者が騒いだり警察に届けたりするのを防ぐためだ、と伴崎たちはいっていたんですよ」

「卑劣……ですよね」

「さらに連中は、こんなこともいっている。レイプした相手が自殺してくれたらラッキーだ、ともね」

和佳子は項垂《うなだ》れた。長峰の顔をまともに見られなかったからだ。

「この記事にある、女子高生の自殺事件のことを、この連中だって知らないはずはないと思うんです。もしかしたら、知っていて、そんなふうにいったのかもしれない。ラッキーだ、これで警察に届けられる心配もないって」

「そんなこと……考えたくないです」和佳子は小声でいった。

「でも事実なんですよ。彼等は自分たちの行為によって、どれほどの傷を被害者が受けることになるか、まるで考えないし、そのことを知ったって何も感じない。もちろん反省だってしない」長峰は週刊誌を手で叩いた。その音の大きさに、和佳子は身体をびくっと動かした。

長峰は続けた。

「じつをいいますと、私だって復讐に躊躇《ためら》いを感じなかったわけじゃないんです。伴崎を殺したのは衝動的なものですが、スガノカイジを追いつつ、やっぱり迷いはあったんです。もしかしたら彼は今頃、本気で反省しているかもしれない、後悔しているかもしれない、これからは真人間になろうと思っているかもしれない、だったら絵摩の死も全く無駄ではなくなる、一人の人間を更生させたことになると考えられないこともない、するとその人間を殺すのではなく生かすことのほうが意味があるのではないか……なんていうふうにね」彼はふっと唇を緩め、頭を左右に振った。「とんだお人好しでしたよ。この記事を読んで、私は確信したんです。奴らは一人の女子高生の自殺さえ、何の教訓にもしなかった。反省材料にできなかった。むしろ、好結果だと思っている。それはつまり、絵摩を死なせたことについても、おそらく同様だということを示しています。スガノは反省も後悔もしていない。姿を隠しているのは、ただ単に捕まるのが嫌だからにすぎない。今頃はどこかで息をひそめて、自分たちの罪がなかったことにならないかと虫のいいことを考えているに違いないんです。私は断言しますが、そんな人間に生きていく資格などない。更生する見込みもない。だったら、せめて遺族の怒りをぶつけたい。恨みを晴らしたい。自分がどれほどの憎悪を受ける行為をしたかを思い知らせてやりたい」

語るうちに、自分の言葉に興奮したように、長峰の声は大きくなっていった。和佳子は萎縮していた。彼の怒りが自分にぶつけられているような気さえした。事実彼は、遺族の悲しみを理解せず、復讐は許されないことだ、とお題目のように唱える一般大衆にも憤りを感じているのかもしれなかった。

彼女が身体を縮めていることに気づいたのか、長峰は苦笑を漏らした。

「すみません。あなたにこんなことをいっても仕方がないことでした。それに、あなたにはとんでもない迷惑をかけているわけだし」

「それはいいんですけど」

「ペンションのほう、大丈夫ですか。そういうことなら、営業にも支障をきたしているんじゃないんですか」

「いえ、大丈夫です。心配しないでください」

実際には支障があるわけだが、それはいえなかった。

「警察はどこまで摑んでいるのかなあ。スガノの居場所まで押さえているんだとしたら、もうどうしようもないってことになる……」長峰は唇を嚙んだ。

「あの、今日はどうしてそんなに荷物を？」和佳子は気になっていることを口にした。ついゴルフバッグに目が向いてしまう。

長峰はジャケットのポケットから、折り畳んだ紙を出してきた。それを広げて和佳子のほうに差し出した。A4の紙で、パソコンでプリントアウトしたもののようだ。

そこには不動産の情報が印刷されていた。しかも物件は中古ペンションだ。

『所在地　長野県諏訪郡原村　中央道諏訪南ICから12分
価格　2500万円　土地面積940平米　建物面積198平米
構造　木造亜鉛メッキ鋼板葺2階建　築年月　昭和55年1月』

「これは？」

「インターネットで見つけた物件です。今日は、それを見に行ってました」

「どうしてそんなことを？」

「そこにスガノカイジが潜んでいる可能性があったからです」

「えっ……」思わぬ答えに和佳子は目を見開いた。

「じつは新たな密告があったんです。前にも話したでしょう？　私が伴崎のことを知ったのは密告電話のおかげでした。その主が、またしても情報を提供してくれたんですよ。携帯電話の留守電にメッセージが入っていました」

長峰は自分の携帯電話を取り出すと、電源を入れ、操作を行ってから和佳子に差し出した。彼女はそれを耳に当てた。

（スガノカイジは、長野県内にある、つい最近廃業したペンションに潜伏している可能性があります。高速道路のインターから、さほど離れていない場所だと思われます）

こもった男の声だった。和佳子は唾を飲み込んで、長峰を見上げた。

「正体不明というのが気味悪いですが、実際、前回の密告は悪戯でも何でもなかった。だから今度も信じていいのではないか、と考えています。いや、何の手がかりもない私としては、信じるしかないんですが」

「それで売りペンションを探して……」

長峰は頷いた。

「廃業したからといって、必ず売りに出ているとはかぎらないでしょうが、これまでよりもスガノを見つける可能性は高くなったと考えています。今日も、もしかしたらいきなり出くわすかもしれないと思ったんですよ」

「それで荷物を全部持って出かけられたんですね」

「ええ、そうです。その時になって肝心なものを持っていないのでは話にならないから」そういって長峰はゴルフバッグをちらりと見た。

# 36

伴崎敦也が少女を後ろから羽交い締めにしていた。彼女の口には猿ぐつわが噛まされている。目にはアイマスクがつけられている。それでも彼女が苦しそうに顔を歪めているのはよくわかった。

菅野快児は少女の足を力ずくで開いていた。その状態で、足首をベッドの縁に紐で縛りつけようとしていた。伴崎も菅野も笑っていた。楽しい玩具《おもちゃ》を与えられた子供のようであり、餌を前にした野獣のようでもあった。

カメラは三脚で固定されているらしい。だから彼等三人の姿は、時折画面からはみだした。しかし伴崎と菅野はアングルを把握しているのか、少女の抵抗にあいながらも、画面の中に収まろうとしているように見えた。

おぞましい映像を見続けて、織部は気分が悪くなった。ビデオデッキのリモコンを手にし、停止ボタンを押した。両目を指で押し、首を前後左右に曲げた。

西新井署の会議室に彼はいた。菅野快児の潜伏先について、彼の身の回り品からは、とうとう何の手がかりも得ることができなかったからだ。そこで織部が思いついたのが、伴崎敦也の部屋から押収した、例のレイプ映像や画像だ。それらの中に、何かヒントが隠されているかもしれないと思ったのだ。

しかしその作業は想像した以上に苦痛を伴うものだった。これまでにも何度か見たことはあるが、大抵のところは早送りで済ませてきた。伴崎と菅野の犯行を確認すればいいだけのことだったからだ。だが今回は違う。画面の隅々まで目を凝らしてじっくりと見て、手がかりが潜んでいないかどうかを確かめねばならないのだ。目が疲れるのは当然だが、神経も参ってしまう作業だった。

観念して、さっさと出頭してくればいいのにな、と織部は思った。無論、菅野のことだ。

長峰重樹が宿泊したペンションが長野県で見つかったことは、すでに昨日のニュースで流れている。夕刊にも載った。菅野快児が事件に関する情報に目を光らせていないはずはないから、当然彼も知っているだろう。つまり自分の居場所が長野県内だとばれたことも承知しているわけで、もはや逃げ続けるのは困難だと諦めるのがふつうなのだ。長峰重樹の泊まったペンションが発見されたことについて、警察が報道を規制しなかったのも、そのほうが菅野が出頭する可能性が高くなると上層部が判断したからだった。

だがそれから丸一日が経った今も、菅野がどこかの警察に現れたという情報は入ってこない。奴はまだ逃げ続ける気らしい。

甘く見てるんだよ――それについて真野はそんな

ふうにいった。

「これまでだって、面倒臭いことや嫌なことは、ずっと逃げてきたに違いねえんだ。知らん顔してとぼけりゃ、どんなことも過ぎ去っていくと思ってるんだよ。自分のしたことの重大さをわかってないから、警察が躍起になって探すとは思ってないんだ。ちょっとの間だけ隠れてりゃ、いつかうやむやになるだろうと思ってるんだよ」

「でも人が死んでるんですよ。それでも重大さがわかりませんか」

織部の問いに真野は口元を歪めた。

「ちょっと前、こんな犯人がいた。十八歳だったと思うけど、同棲してた女から浮気をなじられて、かっとなって首を絞めちまったんだ。そいつはその後、どうしたと思う？　その浮気相手とデートして、ラブホテルに行ってるんだ。で、そのラブホテルで二泊もしてる。どうしてか。自分の部屋には死体があるからだよ。部屋に帰ったら、その死体を何とかしなきゃならない。それが嫌だからラブホテルにいたんだ。部屋に帰りさえしなきゃ、死体があるっていう事実から逃げられると思ってたわけだ」

まさか、と織部は思った。

「あの手のガキの神経を理解しようと思っても無駄だぜ。奴らには、自分の行為によって周りにどんな影響を与えるかとか、人がどう思うかなんてことを考える頭がないんだ。大事なことは、今自分が何をしたいか、だけなんだ。お偉方の見込みは間違ってる。菅野はこんなことじゃ出頭してこないよ。理由はひとつ。捕まりたくないからだ。捕まって、みんなから責められるのが嫌だからだ」

真野は少々むきになっているように見えた。だがその気持ちは織部にもよくわかった。先日発売の週刊誌を読んだからに違いなかった。『週刊アイズ』に載っていた菅野や伴崎たちの行動には、事情を知っているはずの織部たちでさえ改めて憤りを覚えた。同時に、週刊誌の記者のようには本音を吐けない自分たちの立場が歯がゆくもあった。

首のストレッチを終え、憂鬱な作業を再開しようと織部がリモコンを手に取った時、後方のドアが開く音がした。振り返ると、西新井署の梶原が入ってくるところだった。

「お邪魔じゃないですか」彼は訊いてきた。

「大丈夫ですよ」織部はリモコンを置いた。「何か？」

「いや、もしよければ、テレビを見ませんか」

「テレビ？」

「面白い番組をやってるんですよ。今度の事件に関することです」

「ニュース番組ですか」

「いや、少し違うんですけどね」

「いいですよ。どこの局ですか」織部はモニターの画面をビデオからテレビに切り替えた。

梶原が近づいてきて、テレビのリモコンを手にすると、チャンネルを合わせた。

画面にはテーブルを囲んで三人の男が座っていた。中央の男はテレビ局のアナウンサーで、どうやら司会進行役をしているらしい。彼を挟んで向き合っている二人の顔は、織部の知らないものだった。

「とにかく信念を持ってやっているということです。決して、あなたのいうような、読者の興味を刺激することだけが目的なわけじゃありません。それだけは、はっきりと主張しておきたいですね」向かって左側の男が強い口調でいっている。四十代半ばぐらいの、よく日焼けした顔をしている。

「こいつは『週刊アイズ』の編集長だそうです」梶原が横でいった。「で、右側の男は弁護士です」

「弁護士？」

織部が訊き返した時、その人物が画面に映った。下に、『青少年更生研究会　弁護士　岩田忠広』と出ている。岩田弁護士は、五十歳過ぎの小柄な人物だった。金縁の眼鏡をかけている。

その岩田が発言を始めた。

「信念とおっしゃいますが、結局のところ、怒りに任せて書いたものだとしか思えないんですけどね。ああいうふうな記事を書くことに、どういう意義があるというんですか。どこそこのこういう子供が、こんな悪いことをした、ひどい奴らだっていうことを、単に世間に向かっていってるだけじゃないですか」

「そのことに意義がないというんですか。事実を伝えるのが我々の仕事だと思っています。事実を知らない人たちに、何かを判断させようとするのは間違いでしょう」編集長が反論した。

「何を判断してもらうわけですか。悪いことをしたんだから、その子供に問題があるというのは疑いのない事実だと思いますよ。わざわざ世間に問いかける必要のあることだとは思いませんがね。あれを読んだ読者はどう思うかというと、ただ、こいつらはひどい、こんな奴らが自分たちの周りにいたら困るっていうふうに感じるだけでしょう。事実を伝えるのが仕事だというのはわかりますよ。しかしですね、あそこまで書く必要があるんですか。名前は伏せられてたようですが、私が取材したかぎりでは、かなり個人を特定できる書き方がされていたようですが」


二人のやりとりを聞いているうちに、番組の内容が織部にもわかってきた。どうやら『週刊アイズ』の記事について、岩田弁護士が抗議しているようだ。そしてそれに編集責任者が受けて立つということらしい。

「我々としては実名を出すことも考えたんですよ」編集長が敵意をむき出しにした表情を見せた。「それをしなかったのは、現在犯人の少年が逃走中で、警察の捜査に影響があっちゃいけないと判断したからにすぎないんです。我々は、本来なら名前をはっきりと書いたほうがいいとさえ考えています」

弁護士が理解できないといった顔でかぶりを振った。

「だから、そこまでする理由がわからないといっているんです」

「こちらにしてみれば、そこまでしない理由は何だと逆に訊きたいですね。名前を出されたくなければ、初めから悪いことなんかしなければいいわけでしょう。連中は、未成年なら絶対に名前を出されないとわかっているから、それにあぐらをかいているんです。だから、世の中はそんなに甘いものじゃないってことを教えてやる必要があるんです」

「じゃあ、あの記事は、一種の制裁だということになるわけですか」

「そういう意味もあるでしょう」

「あるでしょうねじゃなくて、今のあなたの発言を聞いていると、明らかにそれを狙ったものだということじゃないですか。それはね、非常に傲慢で危険な考え方ですよ」弁護士は、編集長が何かいいたそうにするのを遮って続けた。「彼等の行為に対する裁きというのは、きちんとした場所で行われるべきなんです。マスコミが人々を誘導するようなことをしちゃいけないんだ。社会的制裁というのは、どの道彼等は受けることになる。その中で彼等を更生させて、まともな道を進ませるにはどうしたらいいか、それを我々大人が考えてやらなきゃならんのです。それなのに社会的制裁の部分だけを拡大させてしまったら、余計に彼等の更生が難しくなる。そのことがどうしてわからんのですか」

「我々はその裁きの部分に不備があると主張しているわけです。今の少年法では、現状に合った裁きができるとはとても思えないわけです」

「あなた、誤解している。少年法は子供を裁くためのものじゃないんだ。間違った道に進んでしまった子供たちを助けて、正しい道に導くために存在しているんです」

「だったら被害者の立場はどうなるんですか。彼等の受けた苦痛は、どこにぶつければいいんですか。加害者を助けることばかり考えるのが、正しい道だというんですか」

「それは全く別の問題です」

「何が別ですか。我々は被害者の立場でものをいってるんだ」

編集長の意見に対して弁護士がまた何かいいかけるのを、「ちょっとすみません」と司会者が制した。

「被害者の立場、というお話が出ましたので、ここでその被害者の方の御意見を伺いたいと思うのですが、よろしいですね？　はい。では、先程御紹介させていただいたAさんのほうにカメラを向けていただけますか」

カメラが切り替わった。映ったのは背広姿の男が座っている姿だった。ただし胸から上の部分は、すりガラスによってわからなくしてある。

「先程の繰り返しになりますが、Aさんのお嬢さんは今回の事件の犯人である少年たちに、襲われ、それを苦にして自殺した、ということです。今度の『週刊アイズ』の記事でも、被害者の遺族という立場で、話をされています」

織部は驚いて梶原を見た。梶原は口元を緩めて頷いた。

「だから、この番組を見るのに誘ったんですよ」梶原はいった。「あの時のおやじさんですよ。ここに来て、ビデオを見て、泣き叫んでたおやじさんです。鮎村といったかな」

「なるほど」織部は画面に目を戻した。彼の苦悩については直に目にしているし、『週刊アイズ』でも読んでいたが、今改めて何をしゃべるのか、関心があった。

「Aさん」司会者が呼びかけた。「今のお二人のやりとりを聞いておられましたよね」

「はい」鮎村が答えた。ボイスチェンジャーを通しているらしく、甲高く加工された声になっていた。

「何かおっしゃりたいことはありますか」

「ええ、あの弁護士の先生に……」

「どうぞ、おっしゃってください」司会者が促した。すりガラスの向こうの鮎村が息を吸う気配があった。

「あの、さっきから聞いてますと、罪を犯した少年を助けることばかりおっしゃってるみたいなんですが、その犯した罪についてはどうなんですか。その罪の犠牲になった人間に対して、何の償いもしなくていいんですか」

「いや、償いはしなきゃあいけませんよ」弁護士にカメラが向けられた。「そのためにはまず更生させなければいけないんです。心が歪んだままじゃ、本当には償いなんてできないですから。自分のやったことの重大さを理解させて、本当に悪いことをしたと反省させることから始めなきゃいけないんです」

「ど……どうやって償わせるんですか」

「だからそれは、とにかく正しい道を歩ける人間にすることしかないんです。それがすなわち、最大の償いであろうと私たちは考えておるわけです。罪を踏み台にして、真人間にさせることが社会にとって――」

「そんなのおかしぃよ」鮎村の声が尖った。「そんなのは、絶対におかしい。どうしてそんなことが償いになるんですか。そんな奴らが更生しようがどうしようが、こっちはうれしくもないし、ありがたくもないんです。死んだ者が生き返るわけでもない。どうしてうちの娘が、そんなクズみたいな人間の踏み台にさせられなきゃいけないんですか。そんなのおかしいよ。間違ってるよ。あんたはどうして連中の味方ばっかりするんですか。奴らは金持ちの息子なんですか」

「Aさん、あの、あまり興奮なさらないでください」司会者が彼をなだめた。「岩田先生は非行少年の更生について長年研究してこられて、今回はその立場で議論に参加してくださっているわけです。ええと、じゃあとりあえず、一旦CMに入ります」

ガラス越しの鮎村の姿が映り、続いてコマーシャルに切り替わった。

# 37

「やっぱり、あの時のおやじさんでしょ。間違いない。興奮した時のしゃべり方が、あの時と同じだものねえ」そういって梶原は立ち上がった。

「もう見ないんですか」織部は訊いた。

「自分はもういいです。あのおやじさんがどんなことを話すのか、聞きたかっただけなんです。織部さんにも教えてあげたかったし」

じゃあ自分も、といって織部はモニターをテレビからビデオに切り替えた。

「鮎村さん……だっけ、どうしてテレビなんかに出る気になったのかな」織部は首を捻った。

「テレビ局の連中に担ぎ出されたんでしょ。奴らとしては、被害者側の声ってものが、どうしても欲しかったんですよ」梶原はいう。「さらし者になるだけってことには、気がつかないんだ」

「少年法に対する怒りをぶつけたかったんだろうけど……」

「無駄なのにね」梶原は同情するような笑みを浮かべ、ドアに向かった。「お仕事の邪魔をしてすみませんでした」

「いや、気分転換になりました」じつは気が重くなっただけなのだが、織部はそういった。

梶原が出ていった後も、織部はすぐに仕事にとりかかる気になれなかった。人工的に加工された鮎村の声が耳に残っている。

自分たちには何もしてやれない——改めてそう思った。


昨日、織部は久しぶりに交際中の女性と会った。彼女は二十七歳で、法律事務所でアルバイトをしている。事件が起きるとなかなか会う機会がないのだが、彼が食事をする時など、わざわざ出てきてもらうことがたまにあるのだ。

深夜のファミリーレストランで、短いデートを楽しむことになった。ふだんは、まず仕事の話はしない。しかし昨夜は長峰重樹のことが話題に出た。宿泊したペンションが見つかったことが、何度もテレビで流されたからだ。

「今日、うちの事務所の人たちが、彼の刑期はどの程度になるだろうって話してた」フォークを持つ手を止めて、彼女がいった。彼、とは無論長峰のことだ。

「どの程度だって?」織部は訊いた。関心があった。

「人によって意見が分かれるんだけど、今のまま捕まれば、そんなに長い刑期にはならないってことらしいよ。出頭すれば、さらに短くなるし、裁判のもっていきようでは執行猶予だってつけられるって。

詳しい状況がわからないから、はっきりしたことはいえないみたいだけど、伴崎敦也を殺した件については、計画殺人の可能性は低いんでしょ」

「まあ、そのように報道されてはいるね」

「実際には違うってこと？」

「いや、俺の口からはいえないってことだよ」織部は苦笑した。「わかるだろ」

彼女は頷《うなず》いた。捜査上の秘密は身内にも漏らせない、ということは理解してくれている。

「先生たちは、長峰容疑者が伴崎を殺したのは、あくまでも衝動的なものだと想定しているみたい。使った凶器はその場にあったものだし、あんなビデオを見たんだから、そこに加害者が現れたら、かっとなってしまったのも無理がないというわけ。死体を切り刻んだというのは残虐ではあるんだけど、それにしたって夢中でやったという見方ができるし、それぐらい娘を奪われた怒りが大きかったということの証明にもなる。事件を隠蔽しようという意思は感じられないし、同情の余地は十分にあるということ」

「今でも世間は彼に同情的だよ。俺にだって、そういう気持ちはある。大きな声ではいえないけどね」

「でも、もしこれから先、もう一つの復讐を成し遂げたら、話は違ってくるだろうって」

「計画殺人だからな」

「動機に同情できる点はあるにしても、十分に理性的に考える時間がありながら、そういう行為に及んだとなると、法治国家の治安という観点から、甘い判断を下すわけにはいかなくなるということらしいわね。ここで情状酌量しすぎると、個人による復讐を容認することになってしまうから」

彼女のいっていること、すなわち法律の専門家たちの考えは、織部にもよくわかった。長峰の行為は、いわば法律の存在を無視することに繋がるのだ。

「次の復讐を遂げる前に長峰を逮捕することが、結果的に彼のためにもなるということか」

「刑罰だけを考えればね」彼女は織部の目を見つめた。「でもたぶん長峰容疑者は、そんなことを考えてないわね」

「おそらく」そういってから織部は彼女に訊いた。「長峰の刑罰についてはわかったけど、少年Bのほうはどうなんだ」

「逃げている少年のことね」彼女はいった。「そのことも、先生たちは少し話してた。刑法上の罪でいうと、まずは婦女暴行と傷害。長峰絵摩さんの死に関わっていたとすれば、傷害致死ってことね。情状酌量の余地もなし。成人だったら、十年は固いって」

「でも成人じゃない」

「そう。かなり悪質だから、少年審判で検察官送致が下される可能性は高いと思う。そうなれば大人と同じように刑罰を受けることになるわけだけど……」

「量刑は緩和されるんだろ。大人の場合と比べて」

「未成年者に対して、懲役十八年の判決が出たこともある。でもやっぱり緩和はされるわね。たとえば死刑に相当する罪なら無期刑に、無期刑に相当する罪なら十年から十五年の懲役刑か禁固刑にね。一八歳未満の場合だけど」

「菅野……少年Bは十八歳だ」

「でも傷害致死じゃ、成人だって死刑や無期にはならないでしょ。十年以上十五年未満の有期刑だと、未成年者の場合は一律三年で仮出獄」

「三年か……」織部は吐息をついた。「短いな」

「そういう話を聞いて、どう思う？」彼女は織部の顔を覗き込んできた。

「どうって？」

「あなたたちは長峰容疑者の復讐を未然にくい止めようとしているわけよね」

「もちろんそうだ」

「でもくい止めた結果、それぞれが受ける裁きは、今あたしがいったようなものなの。あたしは先生たちの話を聞いて、ちょっと虚しくなっちゃった。織部さんたちがどれだけ苦労しているか、少しはわかっているつもりだから」

「そんな仕事は投げ出してしまえばいい、とでもいうのかい」

「そうじゃないけど……」彼女は顔をしかめ、額に落ちた前髪をかきあげた。「ただ虚しいと思っただけ。法律って、一体誰のためにあるんだろうって、少し疑問に感じちゃった」

「俺は上司からこういわれたよ。何も考えるなって」

「法律家もそうなのかな。何も考えないほうがいいのかな。ただ機械的に、過去の判例と照らし合わせたりするだけで……」

織部はそれに対しては何もいわなかった。弁護士になる夢はとうに捨てたといっている彼女が、じつは密かに司法試験を受ける準備を進めていることを彼は知っていた。

この後も会話はあまり弾まなかった。レストランを出た後は、別々にタクシーに乗ったのだった。

織部はモニターをもう一度テレビに戻した。岩田弁護士の顔がアップになっていた。

「とにかく、罪を犯した少年を立ち直らせる上で、当人のプライバシーを守ることは絶対に必要なわけです。それは罪そのものとは関係がないんです。悪いことをした奴のプライバシーなんか守る必要がないなんてのは、極めて危険な考え方です。プライバシーの侵害もまた犯罪なんですから、そんなことをする人間には、罪を犯した少年の更生について、どうのこうのいう資格もないということです。それからもう一つ大事なことは、罰をいくら厳しくしても、犯罪防止には効果がないということです。被害者の方々には心から同情しますが、我々が考えるべきことは、今後いかにして同様の被害が出ることを防げるか、ということなんです。そうした意味で、単に加害者を攻撃することだけを目的とした今回の『週刊アイズ』の記事は、誠に残念であるといわざるをえません」

どうやら番組は最後のまとめに入っているようだった。弁護士の後、司会者が締めくくりの言葉を述べ始めた。週刊誌の編集長は仏頂面で座っている。鮎村と思われる被害者の遺族の姿は、画面に映らなかった。

織部はビデオを入れ替え、再生ボタンを押した。

伴崎と菅野によるレイプシーンがいきなり始まった。

こんな連中が本当に更生するのか――鬼畜の如き二人の行いを見ながら織部は思った。昨夜の恋人とのやりとりがまたしても蘇った。

織部は集中力をなくしていた。何のために不快な映像を見ているのか、ということを忘れそうになっていた。だからその場面を見ている時も、ぼんやりと菅野たちの行為を眺めていただけだった。はっとしたのは、場面がすっかり切り替わってからだった。

今のは、もしや――彼はあわててテープを巻き戻していた。

再び再生ボタンを押す。映像が始まった。

例によって十代半ばと思われる少女が、菅野たちの性暴力の犠牲になっていた。ヨットパーカーはまくりあげられ、ブラジャーもずらされ、乳房が露わになっていた。そんな彼女をいつものように伴崎が後ろから捕まえている。彼はすでに下半身には何もつけていないようだ。むき出しの両足で少女の胴体を挟み、彼女が逃げられないようにしていた。

どこかの部屋の中らしいが、明かりはつけておらず、懐中電灯を照明代わりにしているようだ。

菅野は片手でカメラを操作しているようだ。もう一方の手は、少女の下着を鋏で切っていた。さあどんなものが出てくるでしょうか――馬鹿なことをいっている。

伴崎は笑っていた。少女は泣き叫んでいた。両足はどうやら何かに縛りつけられているようだ。スカートはすでに剝ぎ取られている。

鋏で下着を切られた少女は、下半身が丸出しになった。菅野はそこにカメラを近づけていく。低い笑い声は彼のものだろう。

織部は早送りしたくなるが、我慢した。この後に重大なものが映るはずだった。

「じゃあ本番。……うるせえな、ぎゃあぎゃあ騒ぐなよ。ぶっ殺すぞ」

残忍な口調で菅野がいった直後、画面が大きくぶれた。カメラをどこかに置いたようだ。その瞬間、室内の別の場所が映った。

何も入っていない空っぽの棚が、壁に寄せて置いてある。その壁にはポスターらしきものが貼られている。

織部が反応したのは、そのポスターだった。よく見ようと目を凝らした時、カメラは再び少女の姿を捉えた。彼女は全裸にされていた。

彼はあわてて巻き戻した。改めて再生し、ポスターの映ったところで一時停止ボタンを押した。

ポスターに大きく描かれているのは地図のようだった。どこの地図なのかは、さすがにわからない。しかしその地図の上に、こう記してあった。

信州ドライブマップ――。


約一時間後、織部は真野と久塚に、同じテープを見せていた。

「ほかのテープと違って、これは映像が全体的に非常に暗いです。それは彼等の演出なのかなと思ったのですが……」そういって織部は再生スイッチを押した。

ぐったりした少女の両手を伴崎が縛っている。そこに菅野の声が重なった。

「やっぱ、暗えな。もうちょっと明るくできねえかな」

それに対して伴崎が答える。

「しょうがねえよ。電気がきてねえんだから」

織部は停止スイッチを押し、上司たちを見た。

「今のやりとりから、この現場は何らかの事情で、当時使用されていなかった建物の中だと考えられます。しかも、ほかの場面を細かく見ると、テーブルや椅子といったものが時折映っているんです。しかも一般家庭ではあまり使われないような、民芸品風のデザインのものが置かれています」

「どこかの別荘か」真野が呟いた。「それなら電気がきてなくても不思議じゃない。使わない期間は、持ち主が電力会社に停止を申し込んでいるだろうからな」

「その可能性もあると思いますが、個人の別荘なら、室内にドライブマップなんか貼っておくでしょうか」

「貼るんじゃないか。人によっては」

「でも御覧いただいたように、かなりぼろぼろになっています。いや、ポスターだけじゃなくて、部屋のあちこちがかなり埃っぽく感じられるんです。暗いのでよくわかりませんが。しかも、調度品が極端に少なくて、棚も空っぽです。個人の別荘なら、こんなことはないと思うんですが」

「じゃあ、おまえはどう思うんだ」久塚が訊いてきた。

織部は上司の顔を真っ直ぐに見た。

「信州のドライブマップなんかが貼ってあるんだから、この場所は長野県内のどこかでしょう。さらに部屋の様子から考えて、何らかの宿泊施設、おそらくペンションだと思います」

「なるほど、ペンションか」久塚は腕組みした。

「しかも、現在は使われていないペンションです。どういうきっかけであの二人が見つけたのかはわかりませんが、そこに少女を連れ込み、レイプ場所に使ったのだと思われます」

久塚の眉間に皺が刻まれた。彼は隣の真野に話しかけた。

「どう思う、マーさん」

「菅野は所詮子供ですからね」真野はいった。「最近わかったんですが、連中は社会常識ってものをまるで持ち合わせてない。たとえば有料でどこかに泊まるとなると、奴らはラブホテルしか思いつかない。ふつうの宿だと、どうやって予約をとればいいのかも知らない。だけど忍び込むのなら、子供でもできます」

久塚は頷いて立ち上がった。

「長野県内のペンションを当たってくれ。廃業しているやつだ」

# 38

何かの収録が終わったのか、若い女性の集団が、ロビーを横切り、テレビ局の玄関から出ていった。誰もが小綺麗な格好をしており、その表情は生き生きして見えた。余程楽しい番組だったらしい。二、三年すれば、千晶もあんな女性になるはずだったのに、と鮎村は彼女たちを見送りながら思った。

彼女たちにかぎらず、テレビ局内を闊歩《かっぽ》している人々は皆、充実した毎日を送っているように感じられた。つい先程までここから放送されていた生番組のテーマなど、全く知らないようだった。忙しく日々を送っている人々にとって、少年犯罪の被害者の苦悩など、じつのところどうでもいいのだろうと鮎村は想像した。

あのディレクターもだ、と彼は二時間ほど前に初めて顔を合わせた若い男のことを思いだした。

リハーサルで鮎村は、同じようなことを何度もしゃべらされた。現行の少年法に対する不満をぶちまける、という設定だった。これから行われる討論で、そういうテーマが出るから、その時に司会者が鮎村に意見を求める手筈になっている、というのだ。

だがディレクターは鮎村の一言一言に注文をつけた。

「そんなに整然と話そうとしなくていいです。鮎村さんが思っているままに話してくだされぱいいんです。多少、強引なことをしゃべっていただいても結構です。大事なことは、鮎村さんの怒りを視聴者に伝えることですから。鮎村さんには大いに怒ってもらいたいんです。少しぐらいオーバーになってもかまいません」

少年法に対して憤りは覚えていたが、さあ怒れといわれて、そのとおりに出来るものではない。オーバーになっても、というが、どの程度がオーバーで、どれぐらいが適度なのかもわからない。

そもそも自分は議論に呼ばれたのではなかったの

か、と鮎村は不満だった。少年法についての討論会があるから出席してくれといわれたのだ。ところが来てみると、鮎村の役回りはすでに決められていた。少年法を頑なに守ろうとする弁護士に怒りをぶちまけるという役だ。たしかにそういう場になれば怒りがこみ上げてくるだろうが、その時の台詞《せりふ》を予め決めておくというのも変な話だ。

だがディレクターは、生放送だから、と説明した。

「その時になって言葉が出てこないというのはまずいでしょ。ある程度段取りを決めておかないと、番組が成り立たないんですよ。それに放送中に使うのは好ましくない言葉とか表現とかいろいろあって、素人の方の場合には何度も練習していただくのはふつうのことなんです」

そしてディレクターは、テレビとはそういうものだから、と付け加えた。

本番中、鮎村は発言したくて仕方がなかった。彼のそばには二十歳前後と思われるADがいて、しょっちゅうディレクターと何やらやりとりをしていた。

鮎村は彼に、自分も意見をいいたいのだがといってみた。

「ちょっと待ってください。間もなく、司会者が意見を求めてきますから」

ADはそういったが、週刊誌の編集長と弁護士がやりあっているだけで、司会者は鮎村のことなど忘れているかのようだった。もちろん忘れているのではなく、彼は決められた段取りで番組を進行しているのだろう。

ようやく発言の機会が与えられた。しかしそれは事前に打ち合わせがなされていたものにすぎなかった。鮎村は仕方なく、それをしゃべった。その後にも意見をいう機会はあるとディレクターから聞かされていたからだ。

だが結局、彼が発言したのはその一回きりだった。それどころか、番組の後半では、彼のマイクは外されていたのだ。

話が違う、と思った。怒りは、この話を持ってきた『週刊アイズ』の小田切にも向けられていた。

記事の内容に抗議しようとしたところ、頼みがある、と逆にいわれた。テレビの討論会に出てほしい、というのだった。

「犯罪少年の更生について研究しているグループがありましてね、そこからうちに抗議があったんです。あれでは実名を出しているのと同じで、少年たちのプライバシーが守られていないというんです。呆れる話だと思いませんか。今回、鮎村さんのプライバシーについてはかなり配慮したつもりですが、もし至らないところがあったということでしたら謝ります。でも、連中にプライバシー云々をいう資格などあるわけもない。そこでうちとしては、徹底的に受けて立つ構えなんです」

小田切は弁の立つ男だった。鮎村からも抗議を受けているにもかかわらず、共通の敵の存在を強調することで、仲間意識に訴えかけようとしていた。そして鮎村は彼の話術にまんまと乗せられたのだ。犯人の少年たちを庇《かば》う人間がいると聞かされて、頭に血が上ってしまったのも事実だ。

テレビ出演を承諾すると、後はあっという間だった。数時間後にはテレビ局の人間との打ち合わせが始まっていた。討論会に備えてあれこれと準備をしていこう、話をまとめていこうと鮎村は考えていたのだが、そんな余裕はまるでなかった。わけがわからないままに彼は出演し、放送は終了した。

あんな番組に出て、果たしてよかったのだろうかと思った。あの番組に、何かを訴える力などあっただろうか。

そんなことを考えていると、やがてテレビ局の人間と共に小田切が現れた。その後ろには編集長と、岩田という弁護士の姿もあった。小田切は番組には出なかったが、編集長のバックアップ役として同席していたのだ。編集長が、今回の問題については殆ど詳しいことを把握しておらず、番組のために急遽小田切からレクチャーを受けたらしいということも、鮎村はスタジオに来てから知った。

驚いたことにその編集長は、岩田と談笑していた。二人の表情に、番組内で見せたような厳しさは微塵も残っていなかった。まるで既知の仲であるかのように親しげだ。

二人の様子を呆然と眺めていると、小田切が彼に気づいて近寄ってきた。

「どうもお疲れ様でした。なかなかよかったですよ」小田切は目を細め、能天気にいった。

「あんた、あれはどういうことだ」

「何か問題でも？」

「話が違うじゃないか。俺に話をさせてくれるといったじゃないか。だけど、ろくにいいたいこともいえなかった」

「いやそれは、こういう番組ではよくあることなんですよ。だから何度もリハーサルして、発言に無駄がないよう練習してもらったわけです」弱ったな、という顔を小田切は見せた。

「どうして討論に参加させてくれなかったんだ。あの編集長は、自分の雑誌のことをしゃべるだけで、ちっともこっちの気持ちを代弁してくれなかった」

「まあ、お気持ちはわかりますが」

鮎村の様子に気づいたか、テレビ局の人間は、逃げるように立ち去った。

編集長と弁護士は、まだ話を続けている。どちらの顔にも笑顔が浮かんでいた。名刺を交換し合っているのが鮎村の目に入った。

「どうなってるんだ、連中は」彼は二人を顎でしゃくった。

「二人が何か？」小田切が訊く。

「なんであんなに和《なご》やかにしゃべってるんだ。さっきまでいい争いをしてたのに」

小田切は二人を振り返り、ああ、と頬を緩めた。

「討論をしていただけで喧嘩をしていたわけじゃないんだから、番組が終われば、互いの労をねぎらうのは当然でしょう。別におかしなことじゃない」

「そうかもしれないが、あの弁護士は雑誌に抗議をしてきたんだろ。番組が終わっても、敵だということには変わりがないじゃないか」

「ま、それはそうなんですが」小田切は頭を掻いた。

編集長がやってきた。鮎村に、「お疲れ様でした」といった後、すぐに小田切を見た。

「俺は岩田先生を例のお店に御案内しておくよ」

その言葉に鮎村は目を剝いた。接待するつもりらしい。

「あ、はい、わかりました」小田切が気まずそうに返事する。

くるりと踵《きびす》を返し、弁護士の元に戻る編集長の背中を、鮎村は呆然と見送った。

「おい、小田切さん」

まあまあ、と小田切は両手で制するしぐさをした。

「そう目くじらを立てないでください。お互い大人なんだから、それなりの駆け引きがあるってことはわかるでしょ」

「どういう駆け引きだ。こんな茶番に付き合わされた者の身にもなってみろ」

茶番といわれたのが気にさわったのか、小田切もむっとした。

「あんた、あの条件のことはどうなってる?」

「条件? ああ……」小田切は顎鬚をこすった。

テレビ出演を承諾する際、鮎村はひとつの条件を出していた。それは、『週刊アイズ』の記事を書くにあたり、取材した人間を誰か紹介してほしい、というものだった。特に彼は、伴崎敦也たちと最も親しかったという少年に関心があった。

「やっぱり会いたいですか。会ったって仕方ないと思うけどな」小田切は明らかに渋っていた。

「今さら、そんなことをいうのか」鮎村は頰を強張らせた。「騙したのか」

「いや、騙したなんて、そんなことあるはずないでしょう。どうしてもっていうなら、何とかしますよ。ただ僕は鮎村さんのためを思って……」

「そんな御為ごかしはいい。約束を守れ」鮎村は相手を睨みつけた。

小田切は大きく吐息をつくと、口元を歪め、上着のポケットから手帳を取り出した。

マンガ喫茶を出る時、料金を聞いて誠はびっくりした。思ったよりも高かったからだ。時計を見ないで過ごしていたのだが、四時間近くも籠もっていたらしい。

外はすでに暗かった。空腹を覚えたが、外食したりコンビニに寄ったりするだけの金は財布に残っていなかった。仕方なく、重い足取りで家に帰り始めた。

いつもの癖で左のポケットに手を突っ込んだが、そこに入っているはずの携帯電話が今日はなかった。外出時には自宅に置いてきている。そうするように警察から命じられたのだ。いつカイジから連絡があるかわからないからだ。

早くこんなことは終わればいいのに、と誠は心底思った。携帯電話は自由に使えず、家にいても常に刑事の目がどこかで光っている。遊び仲間たちとも、すっかり疎遠になった。彼等もカイジやアツヤと何らかの利害関係はあったはずなのだが、誠をスケープゴートにすることで、自分たちは安全な場所で息を潜めているのだ。今、誠と接触することは、彼等にとっては命取りになるのだ。


『週刊アイズ』の記事は、そんな状況に拍車をかけた。名前は出ていないが、随所に誠のことが書かれていたのだ。それを読めば、少しこの街に詳しい人間なら、誠のことだとすぐにわかってしまいそうだった。事実、あの週刊誌が出た日は、親戚からひっきりなしに電話がかかってきたし、近所の人間の彼を見る目は、以前よりも一層冷たくなったようだ。父親からも当然詰問された。いつ取材されたのか、というのだった。誠はとぼけようとしたが、思いつきの嘘はすぐにばれた。

「週刊誌の人間なんぞに騙されやがって、おまえは馬鹿か。おまえのことを書かないわけがないだろうが」殴られるのではないかと思うほどの剣幕だった。

たしかに騙された、と誠は思った。あそこまで書かれるとは思っていなかった。むしろ、自分のことは書かれたくないから、おとなしく質問に答えたのだ。

だが抗議するにも、どうすればいいのかわからない。誠は大人の世界の汚さと、駆け引きの面倒臭さを、改めて思い知らされていた。

信号待ちをしている時、後ろから声をかけられた。

「中井誠君か」

振り返ると陰気な顔つきの小柄な男が立っていた。五十歳ぐらいに見えた。また刑事か、と誠は思った。

「そうですけど」彼は警戒しながら答えた。

「ちょっといいか」

「何ですか」

「まあいいから、ちょっと」中年男は歩きだした。仕方なく誠も後に続いた。

交差点から少し離れた細い路地で男は立ち止まった。

「菅野快児の仲間だろ」男はいきなり訊いてきた。

誠は身構えた。男の全身から憎悪の気配が漂っていたからだ。

「おっさん、何だよ」

男は三白眼で睨んできた。「被害者の父親だ」

「えっ……」

「おまえらに玩具にされた娘の父親だ。玩具にされて自殺した娘の親父だ」

誠は目を見開き、後ずさりしていた。刺されるのか、と一瞬思った。

「おれ……俺は何もやってねえよ」声が震えた。足も震え始めていた。

「やかましい。あの連中に車を貸してんだろうが。あいつらが何をやってるか知ってて、協力してたんだろうが。あいつらが作ったビデオを、喜んで見てたんだろうが」

誠は激しく手を横に振った。

「知らないって。本当に何も知らなかったんだって」彼は周りを見回した。どこかに警官がいないかと探したのだ。身の危険を感じていた。

逃げようと思った。だが足が動かない。そのうちに男がいった。

「逃げたって無駄だぞ。おまえの家はわかってるからな。いっとくが、俺は刑務所に入ることなんか怖くないし、死刑になったっていいんだ」

殺される、と思った。逃げなければ――。

「菅野はどこだ」男がいった。「おまえ、知ってるだろ」

「知らねえよ。知ってたら警察に話してる。俺だってわかんないから、ずっと家のそばで刑事が張り込んでるんだよ」

「菅野から連絡があるのか」

「わかんねえよ。あるかもしれないっていうだけのことだ」

「よし」男は頷いた。誠に近づいてきた。「じゃあ、俺のいうことをきけ。それならおまえは許してやる」男の吐く息は生臭かった。

# 39

チェックアウトした二組の客を見送った後、和佳子はラウンジの隅で一冊の雑誌を開いた。不動産会社から毎月送られてくるもので、別荘や店舗、ペンションなどの物件情報が集められている。長峰はインターネットでそうした情報を集めているようだが、ネット上には載らないような物件も、この雑誌には掲載されていることが多いのだ。

今までこの雑誌に真剣に目を通したことなどなかった。事業を拡張したいと考えている野心的なオーナーには役立つ情報かもしれないが、和佳子にはまるで他人事にすぎなかったからだ。隆明にしても、『クレセント』だけで満足している。というより、そもそも商売を広げる余裕などなかった。

改めて読んでみると、売りに出ているペンションというのはそれほど多くない。昨今の不景気で廃業に追い込まれるところは多いのだろうが、残った建物に、売れるほどの価値がないのではないか、と和佳子は想像した。『クレセント』ならどうかと考え、やはり、このままでは売り物にはならないだろうと思った。あちこちかなり傷んでいて、新たに営業するとなれば、かなりの補修費が必要に違いなかった。下手をすれば、建て替えたほうが安いかもしれない。それならば、敢えて中古物件を買う意味がない。

スガノカイジが潜んでいる廃ペンションは、もはや売り物にはならないような建物かもしれない。それならばこんな情報誌をいくら睨んでみても無駄だということだ。

そんな不安に駆られながら頁をめくっていると、ひとつの物件が彼女の目に留まった。それは店舗の中古物件を紹介している欄だった。

白い洋風の建物が写っている。全体的に四角くて、平板な印象を受ける。遠くに森のようなものがあるが、鬱蒼とした中に建っているわけではなさそうだ。建物のすぐ前が駐車場のようで、その脇に看板が立てられていた。

問題は備考欄だ。そこには、持ち主は昨年暮れまでペンションとして使用、とあった。

和佳子は場所を確認した。小諸市己字高峰となっている。高峰高原のあたりらしい。交通の欄を見ると、小諸インターチェンジより約十五分となっていた。

不動産業者が店舗として売り出したくなる気持ちは和佳子にもよくわかった。おそらく主要道路からさほど離れていないのだろう。喫茶店かレストランにしたほうが商売になる、と考えたに違いない。しかも写真を見るかぎりでは、ペンションという言葉の響きからくる洒落《しゃれ》た雰囲気が、建物にはなかった。

小諸インターチェンジから約十五分ということは、十キロ程度ということだろう。

条件に合う、と和佳子は思った。それでその頁の端を折った。

その時だった。

「何を熱心に読んでるんだ」斜め後ろから声をかけられた。エプロン姿の隆明が近づいてきた。

「別に何でも。退屈しのぎにね」彼女はあわてて雑誌を閉じた。

しかしその行為は、かえって隆明の関心を引くことになったようだ。彼は雑誌に目を向けた。

「何だ、不動産に興味があるのか」

「だから退屈しのぎだっていってるでしょ」和佳子は立ち上がった。「さてと、そろそろ買い出しに行ってこようかな」

　雑誌を手にしようとしたが、それよりも先に隆明が開いていた。彼女が端を折り曲げた頁だった。

「高峰高原のペンション？　これがどうかしたのか」

「だからどうってことないわよ。その建物のデザインがちょっと気になっただけ」

「デザイン？　ぱっとしない建物だぞ」

「外壁の色と屋根の組み合わせが面白いかなと思ったのよ。うちもそろそろ塗装をやり直したほうがいいでしょ。参考にしようと思っただけ」和佳子は父親の手から雑誌を奪い取った。「それよりお父さん、二〇三号室のベッドの軋《きし》みは直したの？　先週の御意見カードにも書かれてたわよ」

「あれは一昨日直したよ。何をつんけんしてるんだ」

「別につんけんなんてしてないでしょ」

「おまえ、この頃変だぞ。出かけていったら、なかなか帰ってこないし。丹沢の家と何かあったのか」

「何もないよ。あんなことがあったから、ちょっと落ち着かないだけ」

「長峰容疑者のことか。あれはもう済んだことだ。警察も、もう調べることはないっていってた」

「だったらいいんだけど」和佳子は雑誌を持ったままラウンジを出た。そのまま玄関に向かった。隆明がどんな顔をしているのか知りたかったが、振り返るのは怖かった。

　外に出ると自分の車に乗り込み、すぐにエンジンをかけた。バックミラーで後方に目をやった時、ペンションの窓越しに父親の顔が見えた。彼は明らかに不審そうな表情で、彼女の車を見送っていた。

　気づかれているはずはない、と和佳子は思った。だが一抹の不安はある。

　前に刑事が来た時、彼女は長峰と殆ど言葉を交わさなかったと嘘をついた。そのことを隆明はやけに気にしている様子だった。彼は、和佳子が長峰からパソコンについて教わったことを知っているし、夜更けに長話をしていたことも勘づいている。

あまりに不自然な行動は慎むべきだった。しかし不自然にならざるをえない事情もある。長峰を匿《かくま》う場所は松本のマンション以外には思いつかないし、彼女が動かないと、長峰が勝手に動いてしまう。それは極めて危険なことだ。

不自然でもごまかし続けるしかない――和佳子は腹をくくっていた。

松本のマンションに着くと、彼女はチャイムを鳴らした。ところが反応が返ってこない。彼女はまたしても胸騒ぎを覚えた。あれほど、なるべく外出しないでくれ、といってあるのに――。

しかしもう一度ボタンに手をかけた時、かちゃりと鍵の外れる音がして、ドアが開いた。無精髭の伸びた長峰の顔が隙間から見えた。和佳子はほっとした。

「お出かけかと思っちゃいました」

「すみません。トイレに入ってたんです」

和佳子は頷いて部屋に入った。隅にゴルフバッグが横たえられているのが見えた。さらにそのバッグで隠すように、黒く細長い棒のようなものが置いてある。いくつかの部品もあるようだ。

銃の手入れをしていたのだなと和佳子は察した。トイレに入っていたというのは、たぶん嘘だろう。

「食事を持ってきました」彼女はゴルフバッグから目をそらし、来る途中で買った弁当と飲み物を差し出した。

「いつもすみません。助かります」彼はそれを受け取った。「昨日のテレビ、御覧になられましたか」

「テレビ？」

長峰は窓際に食べ物を置くと、液晶画面付きの小型テレビを持ち上げた。それを見るのは和佳子は初めてだった。

「やっぱり情報を得るにはテレビが必要だと思いましてね。急いで買いました。もっと大きなのが欲しかったんですが、持ち運びが大変ですからね」

「カードで、ですか」テレビの大きさより、そちらのほうが気になった。店員に気づかれなかっただろうか。

「現金で、です。そんなに高いものじゃないんですよ。それより、昨日、面白い番組をやっていました。『週刊アイズ』の記事に抗議している弁護士と、週刊誌の責任者が討論するという番組です。御覧になられませんでしたか」

いいえ、と和佳子は首を振った。「どんな議論になってました？」

「一言でいうと不毛です」長峰は口元を曲げて笑った。「ああいうのにもやっぱりシナリオがあるんでしょうね。正論というか、当たり障りのない意見を双方が述べただけです。週刊誌側は、プライバシーを無視してまで報道して、社会的にどんな効果があるかという疑問に答えられないし、少年法の擁護派は、すべての犯罪少年を更生させられるわけではないという現実的問題から目をそらしている」

「じゃあ、ちっとも面白くないじゃないですか」

「でもゲストに被害者の父親というのが呼ばれていて、その人のことがちょっと気になったんです。『週刊アイズ』を読んだ時にも感じたことですが、私と同じように伴崎たちに娘を襲われ、その命まで奪われた父親が、今どんな思いでいるのか、大変興味があります。もっとも番組内では殆ど発言がなかったのですが」

「自殺した女の子の父親ですね」

「ええ。自分にはあんな番組に出る余裕なんかないと思いますから、どうやって気持ちの整理をつけたのか気になります」

「苦しんでおられるんじゃないんですか、今でも」和佳子は思うままにいった。「ただ、何をすればいいのかわからないから、せめてテレビで気持ちを訴えようとされたんじゃないでしょうか」

長峰は小さく頷いた。

「そうかもしれないな」彼はテレビを元の場所に戻した。

和佳子は例の不動産情報誌を差し出した。「これを見ていただけますか」

「何ですか」

「あたしが見たかぎりだと、条件に合うような気がするんです。現地に行ってみないとわからないけど」そういって彼女は端を折り曲げてある頁を開いた。

長峰の目が険しくなった。

「高峰高原……というのはどのあたりかな」

「群馬県との県境です。というより、殆ど群馬県かもしれません。小諸インターからはさほど遠くないんですけど」

「そのようですね。県道から近いようだし、スガノが潜伏するには都合いいかもしれない」

「こんなふうに広告が出るぐらいだから、不動産業者が時々見回ってると思うんですけど」

「いや、必ずしもそうじゃないってことは、何軒か回っているうちに感じました。管理が杜撰《ずさん》なところも多い。とにかく見に行きます。今夜、出かけます」

「どうやってですか」和佳子は訊いた。「この地図を見るかぎり、車がないと無理ですよ」

「タクシーを使います」

和佳子はかぶりを振った。

「そんな場所でタクシーなんてつかまりません。軽井沢まで行けば大丈夫でしょうけど、間違いなく怪しまれます」

長峰は黙り込んだ。彼女のいうことがもっともだと納得したらしい。

「あたしも一緒に行きます。時間をいってくだされば、その頃に迎えに来ます」

「いやしかし」

「無理でしょう?」和佳子は長峰の顔を覗き込んだ。「レンタカー屋にも、長峰さんの写真は回ってると思いますよ」

「じゃあ車を拝借できますか。ここからは自分一人で――」

「お断りします」和佳子はぴしゃりといいきった。「だってそんなの不自然でしょう? そうすればあたしたちに迷惑がかからないと思っておられるんですか。あたしの車を使っておいて」

長峰はまたしても口をつぐむ。眉間の皺が深くなった。

「わかりました。ではこうしましょう。ペンションのそばまで私を乗せていってください。そこからは歩いて行きます」

「その後は？」

「もしそこに何もなければ、車まで戻ります。それまでは申し訳ないのですが、待っていていただきたいのです」

「そこにスガノがいたら？」和佳子は緊張しながら訊いた。

「目的を果たします」長峰は彼女の目を見ながら答えた。「必ず果たします。その後は警察に連絡します。いや、その前にあなたに知らせたほうがいいな。あなたは一刻も早くその場を離れる。私は現場に残って警察が来るのを待ちます。逮捕された後は、どこに潜伏していたのか、現場まではどうやって移動したのか、しつこく訊かれると思いますが、あなたの名前は決して出しません。この部屋のことも黙っています」

淡々とした口調ではあるが、それだけに彼の決心の固さを示しているようでもあった。彼の提案に反対する言葉が、和佳子には思いつかなかった。

「わかりました。何時に迎えにくればいいですか」

長峰は腕時計に視線を落とした。

「ある程度暗くなってから出たいですね。七時ぐらいがちょうどいいかな。あ、でも、あなたにはペンションの仕事があるんだった」

「仕事のほうは何とかします。適当に理由をつければ、出てこれると思います」心の中では、そんなことをしたらまたしても隆明に怪しまれるのではという不安が広がっていたが、和佳子は気丈な声を出した。

「では七時にお願いします。私のほうはそれまでに準備を整えておきます」

和佳子は頷いた。準備とは銃の手入れのことだろうと思った。

部屋を出た後、思わず大きなため息が出た。先の見えない深い洞窟に入っていくような恐怖が彼女を包んでいた。後戻りするのなら今しかない、と思った。そしてそれをいいだしたところで長峰は少しも彼女を責めないだろう。

だが逃げ出すと一生後悔することは彼女にもわかっていた。何としてでも長峰に同行しなければならない。さらに彼に見つからぬよう、ペンションまでついていくのだ。そこにスガノがいたら、長峰の前に身体を投げ出してでも、復讐は阻止する気だった。

# 40

佐久インターチェンジで高速道路を出た後、織部は白樺高原に向けてハンドルを切った。午後五時を過ぎているが、まだ日は十分に高い。町並みが途切れるたび、森の鮮やかな緑色が目に飛び込んでくる。

「仕事なんかじゃなくて、休暇でゆっくりとこういうところに来たいもんだよなあ」助手席の真野がしみじみとした口調でいった。

「今朝は早かったから、疲れたでしょう？　いいですよ、着くまで寝ていてもらっても」織部は前を見ながらいった。

「年寄り扱いするなよ。朝早かったのはおまえも同じだ。大体、後輩に運転させといて、そういうわけにはいかんだろ」そういってから真野は大きく吐息をついた。「しかしまあ、少し疲れたな」

「かなり動き回りましたからね」

「長野の連中が、妙に張り切ってたからなあ。一晩で、あれだけ探しだしてくるとは思わなかった」

「六箇所……ですね、全部で」

「殆どが軽井沢に集中していたからよかったが、広い長野県を走り回らされてたら、たまらなかったな」真野は苦笑を漏らした。

今朝、東京を出た織部たちは、他の捜査員と共にその足で長野県警本部に出向いた。県内にある廃業中のペンションをリストアップしてもらえるよう、事前に頼んであったからだ。短時間にも拘わらず、資料は揃っていた。

その情報に基づき、手分けしてそれぞれのペンションを当たってみた。しかし今のところ、菅野快児の潜伏が疑われるペンションは見つかっていない。

リストアップされていた物件についてはすべて当たったので、今日の捜査はここまでとなった。だが真野の提案で、彼と織部だけは『クレセント』に向かうことになった。いうまでもなく、長峰が立ち寄ったペンションだ。

「川崎さんたちの報告によれば、長峰の行き先に繋がるような手がかりは得られなかったみたいですが……」織部は、先行して聞き込みをした捜査員の名前を出した。

「わかってるよ。俺たちがいったところで、特に収穫はないだろうさ。だけど、長峰の様子はわかるかもしれない」

「様子？」

「長峰は猟銃を持っている。菅野を殺すためだ。そんなことを考える人間は、二つのタイプに分けられる。自分を見失うほど逆上し殺気立ってるか、逆に恐ろしく冷静な気分でいるかだ。伴崎を殺した現場を見れば、とんでもなく衝動的な行動を取る人物のように思えるが、その後見事に潜伏を続けていることや、捜査本部宛に出した手紙の内容から察すると、今はかなり落ち着いていると考えたほうがいいかもしれない」

「もし冷静になっているようなら、何らかの手段で説得することも可能だというわけですか」

織部の問いに、「逆だよ」と真野は答えた。

「もしも今、冷静なら、決心を変えさせることは困難だ。少しでも迷いがあるなら、おそらく復讐を断念して、出頭してきているだろうからな」

織部は小さく頷いた。前方に蓼科《たてしな》牧場の表示が現れた。

それから約二十分で、ペンション『クレセント』の前に到着した。緑色の屋根が目印だと聞いていたが、テレビのワイドショーで見たことがあったので、織部としては見覚えがあった。

オーナーの木島隆明という人物と、彼の娘が出迎えてくれた。織部たちが訪ねていくことは、事前に伝えてある。

木島隆明は白い鬚を顎に生やした、温厚そうな人物だった。それでも織部たちをラウンジに案内した後で、やや皮肉にも聞こえる口調で尋ねてきた。

「うちに関しては、もう話を聞くことはないだろう、というふうに伺ってたのですが」

真野が苦笑し、頭を掻いた。

「お役所仕事だとお叱りを受けそうですね。横の繋がりが悪くて申し訳ありません。ただ、弁解させていただきますと、我々は長峰容疑者ではなく、彼が復讐を果たそうとしている若者のほうを追っているわけでして」

木島隆明は釈然としない顔つきながら頷いている。追いかけている相手は別でも、事件としては一つじゃないか、と考えているに違いなかった。

真野は、長峰の滞在中の様子などについて簡潔に質問していった。木島隆明の答えもまた簡潔だ。要するに、よく覚えていない、ということらしい。

ただ質問の間、時折木島隆明が娘のほうを気にする素振りを見せたのは、織部には少し気にかかった。和佳子という三十代前半と思われる娘は、何もいわずに俯《うつむ》いた姿勢を殆ど崩さなかった。

「長峰が、不動産の情報を集めていた形跡はありませんでしたか」真野が訊いた。

木島隆明は眉をひそめた。「不動産……ですか」

「不動産情報そのものでなくても、たとえば近辺のペンションでつぶれたところはないかとか、そういうことを尋ねられたりはしませんでしたか」

「いやあ、そういうことは……覚えがありませんが」

「そうですか」真野は頷いた。

木島隆明が、ここでもちらりと娘の横顔に目を向けたことに織部は気づいた。

質問を一通り終えた後、長峰が使っていた部屋を見せてもらうことになった。自分たちだけで勝手に見せてもらうからといって、真野が鍵を預かった。

部屋は二階にあった。シングルベッドが二つ並んだ、こぢんまりとした部屋だ。隅に小さなライティングデスクがある。

　この部屋に残されていた指紋についてはすでに分析が終わっている。部屋にいたのは間違いなく長峰重樹だと判明していた。

「長峰はこの部屋に籠もりっきりだったわけじゃない。オーナーの話では、毎日のように出かけていたようだ。当然、菅野を探していたんだろうが、一体どういう方法で見つけようとしていたのか。あいつには何の手がかりもなかったはずなのに」真野が独り言のように呟いた。

「でもそれは我々の思い込みかもしれません。とにかく長峰は、菅野が長野県にいることだけは知っていたんですから」

「伴崎から聞き出したんじゃないか」

「その伴崎殺しにしてもです。我々がまるで尻尾を摑《つか》んでいなかったのに、どうして長峰には、連中が娘を死なせた張本人だとわかったのか。それについては依然として謎のままです」

「そうだったな。ということは、あいつも俺たちと同様、今頃はつぶれたペンションを訪ねて回っていると考えたほうがいいのかな」真野は首を捻《ひね》った。

　二人が部屋を出たところで、階下から話し声が聞こえてきた。

「こんな時間から出ていくことはないだろう」木島隆明の声だ。

「だから急用だっていってるでしょ。こんな時間っていうけど、まだ六時過ぎよ。何が問題なのよ」

「まだいろいろと仕事があるだろうが」

「今夜のお客さんは一組だけだし、多田野君に後のことは頼んだから、お父さんは別に大変じゃないはずよ」

「一体、どこへ行くんだ」

「松本にいる友達の家。旦那さんが緊急入院したから、彼女は病院に駆けつけたんだけど、家に残されてる子供の面倒を誰かがみなきゃいけないのよ」

「何という友達だ」

「お父さんにいってもわからないわよ」

「おまえが行かなきゃいけないのか」

「だから行くんでしょ。ゆっくり話してる時間なんてないの。あたし、もう出かけるからね」ヨットパーカーを羽織った和佳子が、玄関から出ていくのが、階段の上から見えた。

織部は階段を下りていった。

「どうかされましたか」

「いや、別に……」木島隆明は狼狽を見せた。「部屋はどうでしたか」

「見せていただきました。ありがとうございました」

そういって織部が差し出した鍵を木島隆明は受け取った。そのままいつまでも鍵を見つめている。

「何か？」織部は訊いた。

「いえ、あの、長峰容疑者の居所はやっぱりわからないんですか」

「いろいろと捜査しているところです」

「先程、つぶれたペンションを探してなかったか、というようなことをお尋ねになりましたけど、それが何か関係が？」

「いや、まあ、摑んだ情報の中にそういうものがありまして……まだ何ともいえませんが」

「そうですか」

「何か？」

「いえ、ただちょっと気になっただけです。妙なことをお尋ねになるなあと思いまして」木島隆明は愛想笑いをすると、ラウンジに消えた。

その時携帯電話の鳴る音がした。真野の電話だった。

「もしもし……ああ、先程はどうも。……はは あ、さらにもう一軒見つかったわけですか。……昨年暮れまで営業。場所は？……えっ？　タカミネ？……タカミネコウゲンですか。ちょっと待ってください」真野は送話口を手で塞ぎ、織部を見た。「長野県警からだ。もう一軒、廃業中のペンションが見つかったらしい。今から行けるか？」

「大丈夫です」

「タカミネコウゲンというところだ。場所を確認してくれ」

　わかりましたと答え、織部は背広の内ポケットに突っ込んであった長野県の地図を取り出した。その場でしゃがみこみ、床の上に広げた。

　真野がメモを取りながら受け答えを続けた。

「……小諸市ですか。……小諸インターから十五分程度。ペンションの名前は……フタバヤ？　漢字ですか？……片仮名。片仮名で『フタバヤ』ですね。わかりました」

　電話を切った後、真野がメモを織部に寄越した。そこには詳しい住所が走り書きされていた。すぐに織部は地図に目を落とした。

「このあたりですね」地図の一画を彼は指差した。

「今からだと、一時間弱で行けると思います」

「行ってみるか」

「そうですね。せっかく知らせてもらったんだし」

　織部は地図を畳み、立ち上がった。すると、いつの間にか木島隆明がラウンジから出てきていて、彼等を見つめていた。

「何かあったんですか。長峰の居所がわかったとか……」

「いえ、まだそこまでは」真野は手を振った後、織部を見て、「行くぞ」といった。それから改めてペンションのオーナーに頭を下げた。「御協力ありがとうございました」

　その声を背中で聞きながら、織部は玄関のドアを開けていた。


　松本のマンションの前に車を止めた時には、午後七時を十分ほど過ぎていた。和佳子はあわててマンションに駆け込み、ドアのチャイムを鳴らした。待ちかねていたようにすぐに返事があり、ドアが開いた。

　長峰の姿を見て、和佳子は息を呑んだ。服装はいつものままだが、その風貌に変化があった。伸びていた無精髭は奇麗に剃られ、髪形も整えられていた。

「遅くなってごめんなさい。じつは家に刑事が来て……」

和佳子は東京から新たにやってきた二人の刑事のことを話した。

「あの人たちは、あなたがつぶれたペンションを探してなかったかって訊いてました。たぶんスガノがそういうところに隠れていると知っているんだと思います」

長峰にうろたえた様子はなかった。唇を真一文字に閉じ、大きく頷いた。

「その可能性については考慮しています。私に密告してきた者の正体がわからない以上、あの情報がどこに流れているのかも不明ですから」

「例の高峰高原のペンションも、警察が調べるかもしれませんね」

「いずれはそうなるでしょう。だから、余計に一刻を争う」彼は腕時計を見た。「行ってくれますか?」

「ええ、もちろん」

長峰はバッグとゴルフバッグを抱えて部屋から出てきた。さらに、奇麗に整えた頭に帽子を載せた。

和佳子がそんな長峰を見つめていると、彼は視線に気づいて薄く笑った。

「今度いつ髭を剃れるかわからないから、今だけでもさっぱりしておこうと思いましてね」

和佳子は何と答えていいのかわからず、ただ下を向いた。彼が警察に拘束された後のことまで想定しているのは間違いなかった。

車の後部座席に荷物を積んだ後、長峰は助手席に乗り込んできた。彼がシートベルトを締めるのを見てから、和佳子はエンジンをかけた。

「例の小諸のペンションが当たりかどうかはわかりませんが」彼はいった。「私はもうここには戻ってきません。本当にありがとうございました」

「もしあそこにスガノがいなかったらどうするんですか」

「とりあえず、私を最寄りの駅まで連れていってください。そこからは自分で考えます」

「でも……」

長峰は首を振った。

「もうこれ以上の甘えは許されない。新たに刑事がやってきて、おたくにも出入りするとなれば、あなたの行動にも無関心ではいないでしょう。こんなことを続けていたら、いずれ勘づかれてしまう」

「あたし、うまくやるつもりです」

「警察を舐《な》めちゃだめだ。それに、あなたの周りにいる人々のことも忘れちゃいけない。すでにあなたの行動を不審に思っている人がいるかもしれない」

和佳子は目を伏せた。図星だった。隆明は、きっと今夜のことについて根掘り葉掘り尋ねてくるだろう。

「行きましょうか」長峰が柔らかい口調でいった。

和佳子は頷き、ブレーキペダルからゆっくりと足を浮かせた。

# 41

織部の運転するレンタカーが小諸インターチェンジまであと数キロに迫った頃、真野の携帯電話が鳴りだした。

「もしもし……ああ、近藤か」

真野の受け答えから、かけてきたのは同じ班の刑事らしいと織部は察した。

「……何？ そうか、わかった。こっちはもうすぐ小諸インターだ。二十分ぐらいで、そっちに着けると思う」

真野の声に、織部はちらりと横を向いた。先輩刑事の口調が、少し緊張したものになったと感じたからだ。

「……うん、場所は織部が把握している。じゃあ、もう少し待機していてくれ」電話を切った後、真野は大きく吐息をついた。「近藤たちが、ペンションのそばまで着いたそうだ。付近で聞き込みをしてくれているらしい。といっても周りに民家はないから、ペンションからはかなり離れたところのようだが」

「何か摑んだんですか」

「コンビニの店員に菅野の写真を見せたところ、二度ほど見かけたといっているそうだ」

ハンドルを握る織部の手に力が入った。

「やりましたね」

「まだわからんよ。ただ、ペンションに踏み込むのは、我々が到着するまで待たせることにした。不動産会社の人間も、まだ来ていないようだし」

「班長への連絡は？」

「近藤がしたらしい。見つけたら、その場で拘束しろということだ」

織部は深呼吸をした。ようやく長いトンネルから抜け出せそうだと思った。

問題のペンションを扱っている不動産会社には、織部が連絡をした。担当者が不在で詳しいことはわからなかったが、今のところ特に異変は報告されていないという。ただし、どの程度の頻度で見回りが行われていたかは不明だ。電話に出た社員の口調からだと、少なくとも一、二か月は放置されていたのではないか、という印象を織部は受けていた。

小諸インターチェンジの出口が近づいてきた。織部は車の速度を落とした。

高速道路を降りると、カーナビの指示にしたがって運転を続けた。ペンションの位置は、出発前にカーナビに入力してあった。

浅間サンラインを走り、トンネルを二つくぐったところで右折した。そのままぐるりと一周すると、今抜けてきたばかりのトンネルの上を走る格好になった。上り坂をぐんぐん走っていく。小諸青年の家、という表示が見えてきた。

「あれだ」真野がいった。「近藤から聞いた。あの近くだ」

体育館と思われる建物を見ながら、その前を通過し、百メートルほど走ったところで車を止めた。真野が携帯電話を取り出した。

「もしもし、真野だ。今、青年の家の前を通り過ぎた。……わかった」真野は電話を切らず、織部にいった。「このままもう少し進んでくれ。ゆっくりとだ」

いわれたように織部は車を動かした。すると前方に、白いワンボックスワゴンが見えてきた。道路の端に寄せて止められている。

「あの車の後ろにつけてくれ」真野はそういってから電話を切った。

織部が車を止めると、ワゴン車から二人の男が降りてきた。一方は近藤で、もう一人の顔を織部は知らなかった。

「こちらは、あのペンションを扱ってる不動産会社の方です。鍵を持ってきてもらいました」近藤が真野たちにいった。

わざわざすみません、と真野が男に頭を下げた。

「いえ、それはいいんですけど」不動産会社の男は、目を泳がせながらいった。「うちとしてはですね、売り主の方に代わって買い手を探しているだけで、管理までは任されていないんです。鍵を預かっているのも、買い手の方が見たいとおっしゃった場合に対応するためでして……」

真野は苦笑した。

「我々のほうにお宅を責める気はありませんよ」

「そうですか。いや、あの、もし何か問題があった場合にはどうしたらいいのかなと思いまして……」

「持ち主には連絡されましたか」

「先程電話をかけました。現在は東京に住んでおられるので、今すぐこちらに駆けつけることはできないそうです。それで、とにかく警察に任せるとおっしゃっています」

真野は頷いた。「こちらへはお車で？」

「はい、会社の車で来ました」

「では車の中でお待ちになっていてください。携帯電話の電源は切らないように」

わかりました、といって男はそそくさと立ち去った。

真野は近藤を見た。「ペンションはどこだ」

「この少し先です。歩いていったほうがいいと思います」

「見張りは？」

「井上がいます」若手刑事の名前を近藤はいった。

細い道を三人は歩きだした。日はすっかり暮れている。近藤は懐中電灯を持っていた。

「あれです」近藤が前を指しながらいった。

二十メートルほど先に、灰色をした四角い建物があった。洋風の造りには見えるが、とりたてて凝った外観ではない。ペンションというよりも、喫茶店といった感じに織部には見えた。

同僚刑事の井上が、塀のそばに立って煙草を吸っていた。織部たちに気づくと、小さく手を上げた。

「どうだ」真野が訊いた。

「特に変わったことはありません。でも、ちょっと臭います」

「どうした?」

「建物の裏を見たんですが、窓ガラスが割られています。ちょうど錠を外せる位置です。しかもそれを板きれで隠してある」

真野は眉間に皺を寄せ、二度三度と頷いた。

「中に誰かいる様子は?」

「時々、何か物音が聞こえるような気もするんですが、断言はできません。風の音かもしれないし」

真野は顎をこすり、後輩たちを見回した。

「とりあえず、踏み込んでみるか」

そうですね、と近藤がいった。織部と井上も同意した。

建物の鍵を持っている近藤が先に歩き、他の三人がそれに続いた。織部は腋の下に汗が流れるのを感じた。

玄関のドアの鍵穴に近藤がキーを近づけた時だった。何かのメロディが織部の耳に届いた。その音は小さく、くぐもっていたが、静寂に包まれている中だったので、ほかの者たちも聞いたようだ。

全員が顔を見合わせた。

「ケータイの着信音です」織部が声をひそめていった。

「中から聞こえたな」近藤が呟く。

真野は近藤のほうに手を出した。「俺が鍵をあける。おまえと井上は裏に回ってくれ」

和佳子の鼓動は速まったままだった。ついアクセルを踏む足に力が入りすぎてしまう。こんなところでスピード違反で捕まったりしたら目も当てられない。彼女は懸命になって自分の心を鎮めようとしていた。

小諸インターチェンジを出て、浅間サンラインに入る。地図は頭の中に入っていた。トンネルを二つ越えたところで右折だ。

助手席の長峰は、しばらく前から無言だった。じっと外の景色を眺めているようだが、無論頭の中にあるのは復讐のことだけだろう。これから行く廃ペンションにスガノカイジが潜んでいるかどうかはわからない。だが和佳子は、いいようのない不安感に襲われていた。すでに自分が取り返しのつかないことをしていることはわかっている。だがそれがさらに決定的になるような予感があった。

前方にトンネルが見えてきた。ひとつくぐり、さらに少し走って、もう一つくぐる。次の分岐で右折すれば、目的地まではあとわずかだ。

ところが――。

車を右折させ、一本道を上り始めようとした時、信じられないものが和佳子の目に飛び込んできた。彼女は思わず急ブレーキを踏んでいた。

助手席の長峰が、あわてた様子でダッシュボードに両手をついた。

「どうしました？」

和佳子は答えられなかった。代わりに前方に目を向けた。

路肩に一台の車が止められていた。グレイのセダンで、和佳子にとっては見慣れた車だった。そしてその車の横に一人の男が立っていた。立ったまま、彼女たちをじっと見つめていた。

「あの人は……」長峰がいった。「あなたのお父さんだ」

和佳子は混乱した。なぜ隆明がこんなところに現れたのか、まるでわからなかった。考えがまとまらぬまま、彼女はチェンジレバーに手をかけていた。ギアをバックに入れようとした。

だがその彼女の手を、長峰が上から押さえた。はっとして彼女が顔を見ると、彼は薄く笑った。

「こんなところでバックして、どうしようというんですか」

「でも……」

和佳子が何とも答えられないでいると、長峰は突然ドアを開け、車を降りた。さらに隆明に向かって歩きだした。和佳子もあわてて後を追った。

隆明は長峰をちらりと見ただけで、後はじっと和佳子を睨んでいた。長峰と和佳子が彼の前に立った後も、その姿勢に変わりはなかった。

「お父さん……どうしてこんなところにいるの?」かすれた声で和佳子は訊いた。

「おまえを止めるためだ。まさかとは思っていたが、やっぱりこういうことだったのか。松本のマンションで、この人を匿っていたんだな」

「彼女を責めないでください」長峰がいった。「私に同情してくれただけです。私のほうが、もっと強く断っておけばよかった」

「長峰さん」隆明がようやく彼を見た。「あなたには私も同情している。何とかしてやりたいとは思う。だけど人殺しの手伝いをするわけにはいかないし、娘にやらせるわけにもいかない」

「ええ、それはもちろん」長峰が和佳子のほうを向いた。「ありがとうございました。ここからは一人で行きます。何度もいうようですが、この先逮捕された後も、あなたのことは決してしゃべりません。それは誓います」

彼女はかぶりを振っていた。それから父親を見た。

「お父さん、警察に知らせたの?」

隆明は顔をしかめた。

「知らせられるわけがないだろう。娘が殺人犯の片棒を担いでいたかもしれないなんて、誰にいえる」

「じゃあ、ここに警察が来るわけじゃないのね」

「ああ。ここにはこない」

「お父さんは、どうしてここで待っていようと思ったの?」

「それは……おまえの様子からわかったんだ。あの不動産の広告を見ていただろ。それで地図で調べて、ここで待っていれば、おまえたちが現れるだろうと思ったんだ」

やはり隆明には気づかれていたのだなと和佳子は思った。刑事たちが廃業したペンションを当たっているという話をした時も、隆明の様子はおかしかった。

「この先まで長峰さんを送らせて」和佳子は父親にいった。「長峰さんを降ろしたら、すぐに帰る。で、それっきりにする。ここでお父さんと会わなくても、そうするつもりだったのよ」

「だめだ」

「お願い」

「だめだといってるだろ。ここで引き返すんだ」隆明はいつになく語気を荒くした。「長峰さん、あなたには自首を勧めるよ。それが私からの最大の好意だと思っていただきたい」

「ありがとうございます。その通りだと思います」

長峰は隆明に頭を下げた後、くるりと踵《きびす》を返して和佳子の車に近づいた。そしてゴルフバッグとボストンバッグを持つと、再び和佳子たちのところに戻ってきた。「ここからは歩いていきます。それほど遠い距離でもないし」

「だめです。目立ちます」

和佳子は首を振ったが、長峰は笑顔になった。

「こんな時間、誰も通りませんよ」それから彼はもう一度隆明に向かって一礼した。「御迷惑をおかけしました。これで失礼します」そして坂道を歩き始めた。

和佳子は彼を追いかけようとした。だが隆明が広げた右手を出し、それを制した。

「あたしは復讐を手伝う気なんかない。相手を見つけたら、まずその相手に謝罪させたいと思ったのよ。長峰さんのことは止めるつもりだった」

「おまえがそんなことをしなくても――」

「じゃあ、誰がするのよ。みんな、お父さんみたいに、同情はするけど面倒なことからは逃げるじゃない。こんな大事なことから逃げて、平凡な人生が一番だとかいって悦に入ってるのは、単なる自己満足よ」

「和佳子っ」隆明は彼女の腕を摑んできた。

「はなしてよっ」

隆明は困惑と躊躇《ためら》いの混じった目をした。唇を舐め、一旦俯いてから彼女の顔を見つめてきた。

「警察がいる」

「えっ？」

「この先のペンションに警察がいる。刑事が話しているのを聞いたんだ。そこに例の若者が潜んでるのかどうかはわからないらしいが」

「お父さん……」

「彼に教えてやれ。それから――」隆明は吐息をついて続けた。「どこか大きな駅まで送ってやれ。ただし、そこからは真っ直ぐに帰ってこい。俺は臆病者だよ。卑怯者かもしれん。だけど、娘を思う気持ちはあの人にも負けないつもりだ」

和佳子は大きく息を吸い込んだ。隆明の手が彼女の腕から離れた。

「ありがとう」そういうと彼女は自分の車に向かって駆けだした。

# 42

真野がドアを開けると同時に織部は懐中電灯で中を照らした。

玄関は二重ドアになっていた。その手前で靴を脱ぐようにしてあるが、無論真野は靴のままで上がり込む。そして前のドアを開けた。

織部は奥に光を送った。目の前に現れたのは、フローリングの施された広い部屋だった。ダイニングルームとして使われていたらしく、奥にカウンター式の厨房がある。

床には埃が積もっているようだ。だがあちらこちらに、土足で歩きまわったような足跡が残っている。それはまだ新しいもののように見えた。

先程聞こえた携帯電話の着信音は、もう聞こえてこない。話し声もしない。この建物に潜んでいる誰かが、侵入者の気配に気づいているのは確実だった。

真野がゆっくりと奥に進んだ。織部は横に並び、前方を中心に懐中電灯で照らす。ドアが二つ並んでいた。一方のドアにはトイレのマークがついている。もう一方のドアを真野は静かに開けた。その先は廊下だった。途中に階段が見える。その手前にもドアがあった。

真野が持っていた携帯電話を耳に当てた。それは近藤の電話と繋がったままのはずだ。

「近藤、異状はないか？」真野が低い声でいった。「……そうか。おまえはそこで見張っててくれ。井上を建物の表に回らせろ。窓から逃げられるかもしれん。……うん、頼む」

電話を切った後、真野は階段のそばのドアに向けて顎をしゃくった。

織部は頷き、そのドアをゆっくりと引いた。だがそこは物置になっていた。掃除道具やスコップなどが見える。人が隠れるスペースはなさそうだ。

階段の上を照らした後、織部は真野と顔を見合わせた。

「俺が上を見てきます」織部はそういって懐中電灯を真野のほうに差し出した。

「おまえが持っていけ。上はたぶん、ここよりも真っ暗だぞ」

少し考えてから織部は頷いた。「わかりました」

織部が階段を二、三段上がったところで、「織部」と真野が声をかけてきた。

「抵抗するようなら、手を出さず、俺たちを呼べ」

「わかっています。真野さんが見つけた場合も、無茶しないでくださいよ」

真野はわずかに口元を緩めた。

織部は改めて自分の前に懐中電灯を向けた。階段にも埃がうっすらと載っており、床と同様に足跡が残っていた。その一つがはっきりとスニーカーの形をしていることにも気づいた。

唾を飲み込み、上がっていく。神経を目と耳に集中させつつも、いつどこから相手が襲ってくるかもわからないから、身構えながら慎重に足を運んだ。

二階にも短い廊下があった。さっと明かりを走らせたところでは、部屋が四つ並んでいるようだ。トイレのドアもある。

まず一番手前の部屋のドアを開けてみた。広さは八畳程度か。小さなシングルベッドが二つ、窓のほうに寄せて置いてある。ほかに家具はない。念のためにベッドの下も照らしてみたが、空き缶がひとつ転がっているだけだった。

次の部屋のドアを開ける。広さも中の様子も同じようなものだった。さらに隣の部屋のドアを開けた。ここにも変わった様子はない。

一階に潜んでるのか——そう思いながら最後のドアを開けた。その瞬間、織部は目を見開いた。

二つのシングルベッドが、ぴったりとくっつけてあった。さらにその上には、明らかに最近まで使っていたと思われるタオルケットが広げられていた。床にはスナック菓子の袋やカップ食品の容器が放置されている。

織部はここでもベッドの下を照らしてみた。しかし誰も隠れてはいない。

一旦部屋を出て、周りを見回した。すぐそばに窓があるが、クレセント錠がしっかりとかかっている。彼はそれを外し、窓を開けてみた。するとそこが、玄関のすぐ上であることに気づいた。井上が緊張した面持ちで織部を見上げていた。

織部は小さく手を振り、窓を閉めた。

携帯電話の着信音が聞こえたのは、その持ち主がこの部屋にいたからではないか、と織部は考えた。では、その後、どこへ逃げたのか。すぐに一階に下りたということか。

とにかく下に行ってみようと思い、階段に向かいかけた時、トイレのドアが目に留まった。

織部はドアノブを握り、ゆっくりと引いた。入って右側が男性用、左側が女性用だった。彼は迷わず男性用に足を踏み入れた。異臭が漂っている。小便器が二つ並んでいて、その向こうが個室だ。戸はぴったりと閉じられていた。

その戸を引くと、あっさりと開いた。中は無人だった。

　ふっと吐息をついた時、織部の背後で物音がした。彼が振り返ったのとほぼ同時に、女性用トイレのドアから黒い影が飛び出していくのが見えた。

　織部も男性用トイレから飛び出した。だがその時、持っていた懐中電灯がドアの隅に当たった。懐中電灯は床に転がった。

　しかし彼はそれを拾わず、黒い人影を追った。相手が階段を下りようとする気配を彼は察した。タックルをするように身体に飛びかかった。

　手応えはあった。相手が倒れ、織部がその上に重なる体勢になった。だが同時に、違和感も覚えていた。予想していた感触と何かが違う。

　相手が逃れようとしたので、織部は咄嗟に手を出した。相手の肩らしきものを摑んでいた。その瞬間、違和感の正体を知った。

「どうした、織部っ」階段の下から真野の声が聞こえた。「大丈夫か」

「大丈夫です」彼はいった。「とりあえず捕まえました」

「とりあえず？　どういうことだ」

　織部は肩を摑んだまま相手にいった。「君は何者だ。こんなところで何をしている」

　すると相手は激しく身体を揺すった。

「うるせえな、離せよ」

　それは若い女の声だった。


　小諸青年の家、と表示された建物の前で和佳子は車を止めた。

「これ以上行くのは危険だと思います」助手席の長峰にいった。

「そうですよね」彼は薄暗い道路の先に目を向けていた。未練がある様子だった。

「刑事が調べているんです。もしそこにあなたの探している相手がいたとしても、あなたには手を出せません。警察に逮捕されるだけです。あなたには手を出せません」

　彼女の言葉に長峰は、ふっと唇を緩ませた。

「わかっています。ただ、せっかくここまで来たのだから、様子を窺えないものかと思っただけです。でも、あなたのいうとおりだ。こんなところで留まっていても、何の意味もない」

「松本まで戻りましょう」

「いや、小諸駅で結構です。近くの駅まで、とお父さんと約束したんでしょう?」

「松本だって遠くないです。それに、こんな時間に小諸駅なんかにいたら目立ってしまいます。今、この先のペンションにいる刑事さんたちが、小諸駅にやってくるかもしれないし」

「そうなったら、そうなった時のことです。もうこれ以上、あなたを巻き込みたくない。お願いします」長峰は頭を下げた。

和佳子はため息をついた後、車を旋回させた。

ここへ来た道を、反対に走り始めた。浅間サンラインに出る直前、一台のバイクとすれ違った。Tシャツにジーンズ、リュックサックという出で立ちだった。長峰を車に乗せてよかったと和佳子は思った。仮に警察に見つからなくても、こんなところを一人で歩いていたら、誰かの目に留まってしまうおそれは十分にある。

小諸駅にはそれから数分で到着した。広い駐車場に数台のタクシーが並んでいた。ようこそ小諸へ、と書かれた看板が立っている。その看板を過ぎたところで、和佳子は車を止めた。

「あなたには本当に御迷惑をおかけしてしまった」長峰がいった。「あなたのお父さんにも。ペンションの仕事に支障が出ないかと心配です」

「それなら大丈夫。今度の週末だって、予約がいっぱいですから」

「そうですか。それを聞いて少し安心しました」長峰は助手席側のドアを開けた。

「長峰さん」和佳子は呼びかけた。「無念な気持ちを晴らす方法は、ほかにないんですか」

バッグに手をかけていた彼の動きが止まった。彼はじっと彼女を見つめた。これまでにない鋭く、そして暗い目をしていた。

「あなたならどうしますか」

そう訊かれて和佳子は俯いた。首を振るしかなかった。「わかりません」

「そうでしょうね。私だってわからないんです」

彼女の顔の前に、すっと右手が出された。顔を上げると彼が笑っていた。

「さようなら。ありがとう」

和佳子は彼の手を握った。冷たい手だった。

「もし何かあたしに出来ることがあれば連絡してください。携帯の番号、お教えしましたよね」

「もう十分助けてもらいましたし、あなたの番号は消去しました。逮捕された後、警察に調べられたらまずいですから」そういって彼は彼女の手を離した。後部座席からゴルフバッグを下ろし、助手席側のドアに手をかけた。「じゃあこれで」

気をつけて――そういおうとしたが、声が出なかった。絶望的な運命を迎えようとしている彼に、そんな言葉を送ったところで何になるというのか――。

長峰は黙って頷き、ドアを閉めた。その後は、彼女との繋がりを一刻も早く断ち切ろうとしているかのように足早に離れた。振り返る気配すらない。

和佳子は車を動かした。心の中では自己嫌悪の気持ちが渦巻いていた。またしても自分は逃げた、何の結論を出すこともなく逃げだした――。

十七、八歳に見える娘はユウカといった。名字はわからない。訊いても答えないからだ。ユウカという名は、彼女が持っていた携帯電話に残っている、いくつかのメールから判明したのだ。それらのメールの中に菅野快児に関わるものは見当たらない。
織部と真野は、彼女と共に二階の奥の部屋にいた。明かりは蠟燭《ろうそく》だけだ。その蠟燭は部屋に置いてあった。照明用として使われていたらしい。

ここで何をしているのか、いつからここにいるのか、誰と一緒なのか――それらの質問のどれにもユウカは答えなかった。膝を抱えて座り、顔を伏せた姿勢を崩そうとしない。

しかし真野が菅野快児の名前を出した時には、反応が違った。

「菅野って奴と一緒にいるんじゃないのか」

するると彼女は身体をぴくりと動かし、膝を抱える手にぐっと力を込めたのだ。

ここが例のビデオに映っていた場所であることは、すでに織部は確認していた。レイプの現場となったのは、一階のダイニングルームのようだ。ビデオで見た長野県の地図が、今も壁に貼ってあった。

さらに、ユウカが男と一緒にいることも明らかになっていた。コンビニの袋に詰め込まれたゴミの中から、コンドームの空き箱が見つかっていたからだ。その袋には、丸めたティッシュペーパーも大量に押し込んであった。

一緒にいる男が菅野だという確証はまだ得られていない。だがユウカの反応や様々な状況から、まず間違いないだろうと織部は考えていた。

うずくまったまま動かないユウカを見つめ、こういう可能性もあったのだ、と織部は思った。こういう可能性とは、菅野快児が一人ではない可能性だ。十代の男が世間から身を隠すとなれば、並大抵の精神力では、まず孤独感に耐えられないはずだった。自分が心を許せる相手を連れて逃げるというのは、考えてみれば極めて妥当なことだ。それに思い至らなかった自分たちの迂闊《うかつ》さを織部は悔いた。

「君が一緒にいる男がどういう人間か、君は知っているのか」真野がユウカに話しかけている。「最近、テレビを見たか」

だがいずれの質問にも彼女は答えない。全身で他人を拒否しているように織部には見えた。

彼女が何者かは謎のままだ。だが織部は、どこかで見たことがあるような気がしてならなかった。薄暗い中で一瞬見ただけだから、単なる気のせいかもしれない。いずれにせよ、伏せている顔を無理に上げさせようとは思わなかった。

菅野はいずれここに戻ってくる、というのが真野の読みだった。織部も同感だ。近藤と井上は、ペンションの前に止めてある二台の車を移動させた後は、車内で待機している。

ユウカの携帯電話が鳴ったのは、真野が煙草をくわえた時だった。真野は液晶画面に目を落としてから、彼女に差し出した。「誰だ？」

　顔を上げたユウカは怯えた表情でそれを受け取った。通話ボタンを押そうとするのを真野が制した。

「菅野だな」

　彼女は泣きだしそうな顔をした。困ったように真野を見上げた。

「捜査に協力してくれるね？」真野の口調が優しくなった。

　彼女が小さく頷くのを見て、真野は続けた。「ふつうに話して、ふつうに切ればいい。そうすれば君の罪は軽くなる」

　ほんと、と彼女は訊いた。ああ、と真野は答えた。

　ユウカは通話ボタンを押した。携帯電話を口元に近づけた。

「逃げてっ、警察っ」彼女は叫んだ。

　真野があわてて電話を彼女から取り上げた。彼女が憎しみのこもった目を彼に向けた。

　織部は立ち上がりながら近藤に電話をかけた。その瞬間、ひとつの記憶が蘇った。彼はユウカを見下ろした。

　彼女の顔はビデオの中で見たのだ。このペンションで菅野たちにレイプされていた少女だった。

## 43

　和佳子の車を降りた後、長峰は小諸駅の近くにある蕎麦《そば》屋で食事をとった。電車はまだ動いているが、だから余裕があるというわけではなかった。彼は電車に乗る気はなかった。ここからタクシーで軽井沢に向かおうと考えていた。しかし和佳子の車から降りて、その後すぐにタクシーに乗るとなれば、万一運転手がそれらの行動を目にしていた場合、彼のことを怪しむおそれがあった。そこで少しでも時間を置くことにしたのだ。

　その蕎麦屋ではちょっとした土産物も売っていた。小諸城という名の酒があったので、長峰はそれを買った。店員はそれを白いビニール袋に入れてくれた。

店を出た途端、長峰はぎくりとした。駅前のロータリーにパトカーが二台止まっていたからだ。警官の姿もちらほら見える。

長峰は早足にならぬよう気をつけながらタクシー乗り場に近づいていった。すると一人の警官が寄ってきた。若い警官だった。

長峰は立ち止まり、白いビニール袋から酒の箱を取り出した。そして携帯電話を耳に当て、いかにも誰かと相談しているようなしぐさをしてみせた。酒を買ったのは、こんなふうに観光客を装うのが目的だった。

若い警官は彼の顔を一瞥すると、すぐに興味を失ったように踵を返した。

長峰は小さく吐息をつき、タクシー乗り場に立った。待機していた空車が彼の前で止まった。

「軽井沢へ」乗り込んでから長峰はいった。「軽井沢駅のそばにEXホテルというビジネスホテルがあるんだけど、知ってるかな」

「ああ、わりと新しいホテルですね。知ってますよ」五十歳ぐらいと思われる運転手は、軽い調子で答えた。

駅を離れて間もなく、さらにまた一台のパトカーとすれ違った。

「何だか物々しいね」長峰はいってみた。

「えっ、何ですか」

「パトカーだよ。駅にも警官がいたし……何かあったのかな」

「ああ、人を探してるみたいですよ」

「人って?」

「若い男を探してるんだそうです。じつはついさっき、うちの会社からも連絡が入ったんです。二十歳前後の若い男の一人客を乗せたら報告してくれってね」

「二十歳前後……ほかに特徴は?」

「それは聞いてないなあ。まあこんな時期のこんな時間帯だから、そういう客が乗ることはまずありませんがね」

運転手の話を聞き、長峰は唾を飲み込んだ。スガノカイジが見つかったのではないか、とすぐに思った。

「ラジオをつけてもらえますか」

「ラジオですか。いや、どうかな。入らないんじゃないかな」

運転手はチューナーを操作した。彼のいったとおり電波の状態はよくないらしく、辛うじて入った番組も、パーソナリティの声が聞きづらかった。しかもニュースを流す気配がなく、長峰はすぐにきってくれるよう頼んだ。仮にニュースが流れたにしても、今ここで起きていることが報道されるかどうかは怪しい。

もしスガノが見つかったのだとしたら、そして時間の問題で警察に捕まるとしたら――。

自分がここにいる意味はない、と長峰は思った。それどころではない。もはや身を潜めている意味もない。

自分を巻き込んだ大きなうねりが収束しつつあるのを彼は感じた。もちろんそのうねりを作りだした一人が自分であることも、最後の幕を引くのが自らの役目であることも彼はわかっていた。

軽井沢の街が前方に見えてきた。


織部が、国道18号線沿いにある小諸警察署に着いたのは、午後十時を少し過ぎた頃だった。三階建ての四角い建物だ。入り口に向かうアプローチは曲がりくねっていて、手入れの行き届いた植え込みがなされている。

中に入り、署員に挨拶してから応接室に向かった。応接室のドアの前では、真野が疲れた表情で缶コーヒーを飲んでいた。

「何か見つかったか」真野が織部を見上げて訊いてきた。

織部は首を振った。

「暗くて、よくわかりません。とりあえず二人の遺留品は集めましたけど、菅野の行き先を推定できるものはありませんでした。明日、東京から鑑識に来てもらう予定です」

「鑑識が調べたって、何も出てこないだろうな。潜伏してたのが菅野だと確認できる程度だろう」

「長野県警からは何か？」

「長野さんはよくやってくれているよ。マスコミが注目している事件だってこともあるだろうけど、かなりの警官を出してくれたみたいだ」

「でも成果はなし……ですか」

「菅野の顔写真を配布するのが遅れたからな。電話をかけてきた時、菅野がどこにいたのかわからないし」真野は舌打ちをした。「ドジった。班長に合わせる顔がねえな」

「電話に出させたことですか」

「ああ」

「でもユウカが電話に出ないと、菅野は怪しみますよ。あの場合、仕方がなかったと思いますけど」

真野は頭を掻いた。

「怪しんだかもしれないが、何があったのかと思って、様子を見に戻ってくる可能性はあった。そっちを取るべきだった。まあ今さらいってもしょうがないけどさ」真野は空になった缶を片手で握りつぶした。

「ユウカがあんなふうにいうとは、俺も思いませんでした」

真野はゆらゆらと頭を振った。「若い女の考えてることはわかんねえよ」

「身元は判明したんですか」

織部が訊くと、真野はポケットの中から一枚のメモを出してきた。『村越優佳　葛飾区南水元4－×』と走り書きしてある。

「携帯から突き止めた。班長が親を連れてきてくれるってさ」

「久塚さん直々に、ですか」

「ああ。とにかく、唯一の手がかりだからな」真野はそばのドアを指差した。「だけど今のガキは、親を呼んだからってしゃべるとはかぎらないんだよな」

「依然として、だんまりですか」

織部がいうと、真野はお手上げだといわんばかりに両手を広げてみせた。

「俺、会ってもいいですか」織部は訊いた。

「それはかまわんが、何か手があるのか」

「俺、真野さんにも話してないことがあるんです。あの子のこと、知ってるかもしれない」

意味がよくわからないというように真野は眉間に皺を刻んだ。

「他人の空似かもしれないけど、見たことがあるんです」

「どこで？」

「ビデオで、です。菅野たちが撮ってた、例のレイプビデオです」

「まさか……」真野は顔を歪めた。「被害者の娘だっていうのか」

「だから空似かもしれないと……」

真野は唇を噛み、考え込む顔つきになった。やがて織部を見上げた。

「よし、会ってくれ」そういって立ち上がった。


応接室には三人掛けのソファと、それに向き合うように一人掛けソファが二つ置かれていた。村越優佳は三人掛けソファの上にいた。靴を脱ぎ、うずくまっている。織部たちが入っていくと、背中を向けるように身体を捻った。

織部はゆっくりとソファに腰掛けた。

「菅野から、一緒に逃げてくれと頼まれたのかい」優佳の背中に向かって訊いた。

しかし彼女の反応はない。何を訊かれても口をきかないつもりらしい。

「御両親がこっちに向かっているそうだ。親に聞かせたくない内容なら、今しゃべったほうがいいと思うけどな」

だがやはり優佳は黙り込んでいる。織部は真野と顔を見合わせた後、改めて彼女を見た。

「菅野のことを恨んでないのかい」

そう訊くと、初めて彼女が反応らしきものを見せた。ぴくりと肩が動いたのだ。

「ふつうだったら恨むと思うけどな。あんなことされたら。それとも合意だったのか。合意のもと、ビデオまで撮らせてやったのか」

優佳が織部のほうに首を捻った。横目で彼を睨んでくる。

「何いってんの。馬鹿じゃないの」その口調にも表情にも余裕は感じられなかった。

「この刑事さんは」織部は真野のほうをちらりと見ていった。「そんなことあるはずがないというんだ。自分を襲った相手と一緒に逃げるなんて、ありえないとね」

優佳がまた向こうを向いた。だが今度は織部を拒絶しているのではなく、顔をじっくりと見られるのを避けたように感じられた。

「俺も正直いうと信じられないよ。だから、確認しなきゃならないと思っている。特に、君がそんなふうに黙っているなら、もう一度あのビデオを見るしかない。みんなでビデオを見て、あそこに映っているのが君かどうか確かめるしかない」

織部にしても、こういう言い方はしたくなかった。だが彼女が頑なな態度をとり続ける以上、やむをえなかった。

彼女が何かいった。しかし声がくぐもって、よく聞き取れない。

「えっ、何だって？」織部は身を乗り出した。

勝手にしろよ、という声が聞こえた。

「見たけりゃ見ろよ。どうせ、何度も見たんだろ」泣き声が混じっていた。

「君の親にも見てもらうことになるぞ」真野が横からいった。「それでもいいのか」

優佳は胎児のように身を丸くした。そのまましばらく動かなかった。だが織部が声をかけようとした時、ようやく彼女はいった。「脅されたんだよ」

「えっ？」織部は彼女の顔を覗き込もうとした。

「脅されたって……菅野にかい」

彼女は頷いた。「一緒に来ないと、あのビデオとか写真をネットに流すって……」

織部は真野を見た。真野は黙って頷いた。

「最初から話してくれるね？」織部は優佳に訊い

た。

「親には見せないで」彼女は顔を上げた。目の周囲が真っ赤だった。

「約束するよ」織部はいった。

赤く目を腫らした優佳が、ぽつりぽつりと、しかもまとまりなく話す内容を整理していくのは、織部にとって決して楽な作業ではなかった。だが彼は辛抱強く、時には質問を挟んだり、気持ちをほぐすように話題を変えたりしながら、彼女が菅野と逃亡するに至った経過を聞き出していった。それは織部にとって、というより大部分の大人の男にとっては、到底理解できるものではなかった。

優佳が菅野たちと出会ったのは約三か月前だ。街でナンパされたらしい。声をかけてきたのはどうやら伴崎のようだが、彼女はそのまま二人とドライブに出かけた。行き先は知らなかった。菅野たちにも当てはないようだった。やがて彼等は例の廃ペンションを見つけた。彼女を連れて忍び込んだ菅野たちは、ナイフで彼女を脅し、レイプに及んだ。

その時の気持ちを織部は尋ねてみた。優佳の答えは素っ気なかった。

「ふつうに悲しかった」そういうのだった。

「ふつうに？」

うん、と彼女は頷いた。「ふつうに」のニュアンスが、織部にはわからなかった。

その事件以後、しばらく菅野からの連絡はなかった。ところがつい先日、彼から電話がかかってきた。一緒に旅行しよう、というのだった。

優佳は拒否した。すると電話の向こうで菅野は激怒した。いうことをきかないとレイプ映像と画像をインターネットで流す、というのだ。

仕方なく彼女は待ち合わせ場所に出かけていった。またひどい目に遭わされるのではないかと怖かったという。ところがそこで待っていた菅野は、別人かと思うほど優しかった。まず最初に彼が口にしたのは、急に呼び出してすまなかった、という謝罪の言葉だったのだ。

逆らって怒らせるより、優しくしてくれるならいうとおりにしようと思い、優佳は彼と共に旅行に出た。東京からは新幹線に乗ったという。長野県に着いた彼女は、菅野がどこに向かっているのかを知り、身体が震えるほど驚いた。レイプに使用された廃ペンションだったからだ。

「君は菅野が追われていることを知らなかったのか」

織部の質問に、かなり長い間考えた後で彼女は答えた。

「そうかもしれないって思ったけど、わりとどうでもよかった」

「わりと？」

「だって……楽しかったから」

あのペンションを拠点に、二人はいろいろなところに泊まったらしい。ラブホテルに泊まることもあれば、他人の別荘の駐車場で寝たこともあるという。金は菅野が持っていた。食料の買い出しは優佳の役目だが、遠いところへは菅野が出かけた。バイクがあったからだ。そのバイクは無論、彼が盗んだものである。

連絡には携帯電話を使った。ところが菅野は自分の電話機をなくしていた。そこで彼女が一つを彼に貸した。彼女は元々、携帯電話を二つ持っていたのだ。それもまた彼女たちにとっては「ふつう」らしい。

「俺たちが刑事だってことや、菅野を追ってるってことは、すぐにわかっただろ。それでも君はあいつを逃がした。どうしてだ」

この質問に対しても、優佳は何分も黙り込んでいた。やがて彼女が口にした答えは、織部や真野を唖然とさせた。

「カイジが捕まったら、面倒臭いと思ったから……」

「面倒臭い？　何が？」

「だって、いろんなこと訊かれるの面倒臭いじゃん。カイジが捕まらなかったら、あたしのこともわかんないと思ったし」

事情聴取を終えた後、別室で織部は真野とコーヒーを飲んだ。真野は頭痛に耐えるようにこめかみを押さえ続けていた。

# 44

スガノカイジと一緒に逃亡生活を続けていた少女が発見された、というニュースを、長峰は高崎のビジネスホテルで見た。もちろん番組ではスガノカイジという名前までは出していない。

ニュースの内容から、やはりあの小諸のペンションにスガノが潜んでいたのだと長峰は確信した。紙一重の差で、警察に先を越されてしまったということだ。そう思うと悔しかったが、和佳子や彼女の父親の好意がなければ、今頃はスガノの代わりに長峰が捕まっていたに違いなく、運が良かったと考えたほうが妥当なようだ。それに長峰が警察よりも先にあのペンションへ行っていたとしても、スガノと出会えたかどうかはわからない。何しろ、刑事たちでさえ逃げられているのだ。

長峰は椅子から立ち上がり、遮光カーテンを開けた。太陽の光が鋭く差し込んできて、それまで薄暗かった室内を、一瞬にして朝の世界に変えた。彼は目を細め、窓から下を眺めた。高崎の街はすでに活発に動いている。

昨夜、軽井沢から最終電車に乗って、高崎まで来た。長野県内のビジネスホテルでは、長峰の手配写真が回っている危険性があると思ったからだ。それにスガノがすでに逮捕されたかもしれない、という思いもあった。もしそうならば長野県内に留まっている理由はない。

スガノはまだ捕まってはいない。しかし長野県内から脱出していることには違いないだろうと長峰は思った。ではスガノはどこへ逃れたのか。残念ながら、それについては何ひとつ手がかりがなかった。

長峰は窓から離れ、そのままベッドに身を投げ出した。

身体がひどく重かった。それは睡眠不足が重なっているせいだけではなかった。

取り逃がしたとはいえ、警察がスガノの逃亡先についで手がかりを摑んでいる可能性はある。あのペンションを見つけだしたぐらいだから、次の潜伏先を見つけるのも時間の問題と思われた。また、警察の捜査能力におそれをなしたスガノが、観念して自首してしまうことも考えられた。

いずれにせよ、もはや自分が復讐を果たすチャンスは皆無に等しい、と長峰は思った。今までの逃亡生活も、用意してきた猟銃も無駄になる。

いやそんなことはどうでもいい――。

何らかの形で将来逮捕されるであろうスガノに対し、何も出来ないという無力感が長峰の心を圧迫した。スガノが法廷で裁かれる日はくるだろう。しかしその判決に自分の、そして絵摩の無念さを反映させることはできない。それどころか、スガノが裁かれるよりも先に、長峰自身が罪を償わされることさえ考えられた。

復讐を果たすことだけを生き甲斐にしてきただけに、今の長峰を支えるものは何ひとつなかった。当然のように彼の脳裏では、このまま死を選ぶという考えが頭をもたげ始めていた。それが卑怯な行いであることはわかっていたが、頭から払いのけようとしても、その考えは膨らむ一方だった。

長峰はベッドの上で身悶えした。いっそのことここから警察に電話しようかとも思った。そういえば和佳子の父親がいっていた。自首するべきだ、と。

不意に和佳子の顔が頭に浮かんだ。

彼女がどうしてあれほど協力的だったのか、長峰にはよくわからない。同情してくれていたのはわかるが、それだけで殺人に加担するというのは考えられない。スガノを見つけることには力を貸すが復讐には同調しない――おそらくはそういうスタンスだったのだろうと長峰は想像していた。

彼女に相談してみようかと思った。今から電話して、どうすればいいと思うか訊いてみるのだ。彼女はたぶん自首を勧めるだろう。彼女のあの優しい声で説得されたなら、いろいろなことが吹っ切れるような気がした。

長峰は携帯電話を取り、電源を入れた。その後で彼は自虐的に笑った。和佳子から聞いた電話番号はすでにメモリーから消去されている。彼女に累が及ばぬよう、わざわざそうしたことを思い出した。

頭を振り、電源を切ろうとした。だがその時、留守電に新しいメッセージが入っていることに気づいた。二日ほど前に入れられているようだ。

長峰はそのメッセージを再生してみた。アナウンスの後で聞こえてきたものは、例の謎の人物からの新たな情報だった。

（警察が長野県に向かっています。彼等は廃業したペンションに気づきました。近づくと見つかるおそれがあります）

長峰は驚き、改めてメッセージが吹き込まれた日時を確認した。

間違いなかった。謎の情報提供者は、たしかに警察が動く前に知らせてきたのだ。つまり、何が目的かはわからないが、情報提供者は長峰が逮捕されることを願っているわけではなさそうだ。

それにしてもこの人物は、なぜこれほど正確な情報を摑んでいるのか。そして、なぜ長峰に知らせてくるのか。

自殺や自首への考えが、長峰の中で急速に萎んでいった。まだひとつだけ望みがある。目的不明、正体不明の、この密告者の存在だ。

誠の携帯電話が鳴ったのは、彼がトイレに入っている時だった。誠がトイレから出ると、母親が電話機を持って立っていた。

「誠、これ……」母親の表情は強張っていた。

液晶画面を見た。公衆電話からであることを示していた。

誠は携帯電話を受け取って二階に駆け上がると、急いで部屋の窓を開けた。家の向かい側の路上に一台の車が止まっている。そこから一人の刑事が出てきて、彼を見上げた。片手を上げ、頷きかけてくる。電話に出ろ、という意味だろう。

誠は通話ボタンを押した。「もしもし」

「誠か」低い声が聞こえてきた。こちらの様子を窺うような響きがある。

カイジだ、とすぐに思った。口の中が急速に渇くのを誠は感じた。

うん、と彼は答えた。「カイジかい？」

ああ、とカイジはいった。「そばに誰かいるか？」

「いない。下にお袋がいるけど」

「話、聞かれてねえな」

「大丈夫だよ」誠の声は少し震えた。

実際にはこの会話は、下で待機している刑事に筒抜けのはずだった。そういう器具が携帯電話に取り付けられているからだ。そのことがカイジにばれたらどうしようと思い、誠は緊張した。

「テレビ、見たか」カイジが訊いてきた。

「見たよ。長野のペンションに隠れてたんだろ。よく逃げられたな」

「やばいとこだった。あんなとこまで警察のやつらが来るとは思わなかった」カイジの声にはいつもの威嚇する調子が含まれていなかった。余程焦っているらしい。

部屋の戸が静かに開き、刑事が入ってきた。耳にイヤホンをつけている。刑事はメモを誠に見せた。『居場所をききだすように』とそこには書かれていた。誠は携帯電話に耳を当てたまま頷いた。

「おい、誠、聞こえてるか」カイジの尖った声が聞こえた。

「あ、うん、聞こえてる。カイジ、今、どこにいるんだ」

「どこってことはねえよ。うろうろしてる。なあ、警察のやつら、なんで俺があのペンションにいるってわかったんだ」

「わかんねえ。俺もテレビで知ったから」

「まさかおまえがしゃべったんじゃねえだろうな。あのペンションのことを知ってるの、おまえだけだぜ」

「しゃべんねえよ。だって俺だって、長野のペンションのことなんかカイジたちに聞いただけで、場所だとか詳しいことは何も知らないんだから」

「……それもそうか」電話の向こうでカイジが大きく吐息をついた。

気弱になっている、という印象を誠は受けた。何か難癖をつけた後、カイジが誠の弁明を素直に受け入れたことなど、これまでに殆どなかった。

刑事が、『居場所――』と書いた紙を改めて見せた。うるせえなわかってるよ、と誠は思った。

「今もまだ長野にいるのかい」誠は訊いた。

「いるわけねえだろ。今は八王子のあたりだ」

「八王子？　八王子に泊まってるのか」

「泊まってねえよ。飯食ったついでに電話してんだ。それよか、前に話したことどうなった？」

「何だっけ……」

カイジが大きく舌打ちする音が聞こえた。

「俺たちが女を死なせたっていう証拠があるのかどうか調べとけっていっただろ。調べてないのかよ」

「ああ、それか」何と答えるべきか誠は迷った。

すると話を傍聴していたらしい刑事が、急いでメモに何か書いて見せた。『証拠はないと答えて』とあった。

「どうなんだよ」カイジが苛立った声を出してくる。

「あ、たぶん、証拠なんかないと思う」誠は答えながら、次に刑事が出したメモを見ていた。『自首を　罪が軽くなる』と書いてある。「だからさ、あの、自首したほうがいいよ。そのほうが罪が軽くなるから」

カイジは唸《うな》った。

「おまえはどうなんだ。警察に引っ張られてないのか」

「なんべんも呼ばれたよ」

「で、どうなんだ。何ていうか……何か、罰みたいなもんは受けたのか」

「特に受けてない。どういうことがあって女の子が死んだのか、警察もまだよくわかってないから、俺にどういう罰を与えていいのかわかんねえんじゃないかな」

「ふうん……」カイジは考え込んだ様子だ。自首のことを検討しているのかもしれない。

刑事がまた何か書いて見せた。『逃げれば罪が重くなる』とあった。

「カイジさ、あの、警察に自首したほうがいいよ。逃げてるとさ、ますます罪が重くなるだけだぜ」

「うるせえな。そんなことわかってるよ。だけど、自首なんかしたくねえんだよ。警察に捕まって、少年院とかに入れられるのはいやなんだよ」

そんなことをいうぐらいなら、最初からあんなに悪いことはしなければいいのに、と誠は思ったが口には出さなかった。

「もうちょっと遊んでからだな」カイジがぽつりといった。

「えっ？」

「自首するにしてもさ、もうちょっと好きなことをしてからだ。だって、捕まったら、何もできねえだろ」

「ああ……そうだろうな」

「だけどさ、カネ、ねえんだよ」

「えっ？　カネ？」

「ああ。何か知らねえけど、カードでおろそうとしても使えなくなってる。うちのクソババアが細工しやがったのかなあ」

クソババアとは母親のことだろう。カイジは以前から母親のことを、単に金を引き出すための道具のようにいうことが多かった。

「誠、おまえ、カネあるか」

「えっ、俺？　いや、カネなんか――」

ない、と答えかけたところで、刑事が急いでメモを出すのが目に入った。『金はある　貸す　とこたえて』と書いてあった。

「カネ……ちょっとはあるよ。貸してもいいけど」

誠はぼそぼそと答えた。

カイジは少し黙ってから口を開いた。「いくらぐらいある？」

刑事が両手の指を大きく広げて見せた。

「じゅ、十万ぐらい……かな」そんな大金など一度も手にしたことがなかったが、誠は答えていた。

「十万か。少ねえな」だがカイジは不満な様子だ。

「だけど、ほかにあてはないしな」

「どうする?」

誠が訊くと、ふうーっと長い息を吐く音がした。

「まあいいや、それ、貸してくれ。今、そこにあるのか」

刑事が大きく頷いて、ある、という形に口を動かした。

「うん、あるよ」誠は答えた。

「よし、じゃあ、それ、持ってきてくれ」

「どこへ? 八王子かい」

「こんなとこへ持ってきてどうするんだ。電話するために寄っただけだよ。俺がそっちのほうへ行くからさ、どこかで待ち合わせようぜ」

「どこがいい?」

「そうだな。上野でいいや」

「上野駅?」

「駅はやべえよ。おまわりとかがいるかもしんねえだろ。とりあえず、おまえは駅のそばに行ってくれ。で、俺から電話する」

「わかった。時間は?」

「夜の八時ってことにしとこう。遅すぎると人が少なくなるし、早いと明るいからな」

「八時に上野だな。わかった」

「おまえ、絶対に誰にもいうなよ。裏切ったら承知しねえからな」

「わかってるよ」声が少し震えた。この会話が刑事に聞かれていることを、後でどう釈明しようかと考えた。

「じゃあ、八時にな」そういってカイジは電話を切った。

誠は全身から力が抜けるのを感じた。同時に冷や汗も噴き出した。

刑事は彼に何もいわず、部屋を飛び出していった。

## 45

午後三時、鮎村はいつもの場所にタクシーを止めた。表示を『空車』から『回送』に切り替える。下手に『空車』のままで路肩に寄せて止まっていたら、客に捕まってしまうおそれがあるからだ。

時刻をもう一度確認する。アナログ表示の文字盤は、三時五分を示していた。

指先でハンドルを叩く。鮎村の視線は斜め前方のコンビニエンスストアに向けられていた。いや正確にいうと、その店のある曲がり角だ。そこから中井誠が現れるはずだった。

午後三時になったらコンビニに入る。もし菅野快児に関する新情報がある場合には帽子をかぶっている。それを見て鮎村もコンビニに入る。さりげなく中井誠に近づく。中井は事前に用意してあったメモを鮎村に渡す。そのメモには無論、菅野に関する情報が書かれている——。

鮎村は中井誠と、以上のようなことを打ち合わせていた。取り決めたというより、脅して、強引に約束させたのだ。実際鮎村は、中井のことも憎んでいる。殺してもいいほどだとさえ思っている。しかし菅野の居場所を摑むには、彼を利用するしかなかった。

昨日までのところ、中井は約束を守っている。午後三時になると、きちんとコンビニに現れるのだ。ただ、帽子をかぶってきたことは一度もない。

本当はこんな面倒なことはしたくない。だが電話連絡や、直に会ったりするのはまずい、と中井がいうのだった。

「ケータイには変な機械が付けられてるから、話を警察に聞かれてしまう。出歩くのは自由だけど、刑事とかに見張られてるかもしれない。あんたと会ってるのが見つかったら、俺、警察からまた睨まれちゃうよ」中井は泣きそうな顔をしていった。

そこで考えたのが、先の方法だ。毎日三時にはここに来なければならないから、それまで鮎村としては、タクシーをあまり遠くまで走らせるわけにはいかない。仕事には大いに差し支えるわけだが、もはや今の彼にとってそんなことはどうでもよかった。

鮎村はまた時計を見た。三時二十分になろうとしていた。今までこんなに遅れたことはない。次第にいらいらしてきた。

時計の針が二十分を過ぎたのを見届けて、彼は車から降りた。コンビニのある角に向かって歩きだす。角を曲がって少し行ったところが中井誠の家だ。

だがその角を曲がった瞬間、鮎村は思わず足を止めていた。中井の家の前にパトカーが止まっていたからだ。それ以外にも路上駐車している車が二台ある。そしてそれらの周りには、明らかに一般人とは違う雰囲気を持った男たちの姿があった。

鮎村は唇を舐《な》め、ゆっくりと歩き始めた。歩調が変わらぬよう気を配った。だが心臓の鼓動はリズムをすっかり狂わせていた。

中井の家の玄関は、戸が開いたままになっていた。何人かの男が出たり入ったりしている。どの顔にも険しい色が貼り付いていた。

鮎村は事態を察した。菅野から中井誠に連絡があったのだ。それで刑事たちが、今後の対応のために駆けつけてきているに違いない。


「ちょっと」

声をかけられ、鮎村はぎくりとして立ち止まった。パトカーの横にいた男が彼を見ていた。背の低い四十歳ぐらいの男だ。

「どの家探してるの？」

「えっ……」

「家を探してるんじゃないの？　それとも道に迷ったの？」

「あ、いや……」鮎村は質問の意味を理解した。明らかにタクシーの運転手とわかる格好をしているから、車を降りて歩き回っているとなれば、道を確認していると考えるのがふつうだ。

鮎村は作り笑いをし、手を振った。

「便所を借りられるところを探してただけです」

男は苦笑した。

「ああそうか。そこのコンビニで貸してくれるんじゃないか」

「ははあ……そうですね。じゃ、そうしてみます」

軽く頭を下げ、鮎村は踵を返した。腋の下に汗をかいていた。

車に戻ると、大きく深呼吸した。エンジンをかけ、エアコンの風量を上げる。心臓の鼓動は速まったままだ。息を整えながら、思考を巡らせた。

菅野の居場所がわかったのか――。

だがそれならば、警察はその場所に向かうはずだ。なぜ中井誠のところに来ているのか。

鮎村は時計を見た。三時三十分だ。もう中井はコンビニには現れないだろう。彼はおそらく警察によって外出を制限されているのだ。外出する際には尾行がつくに違いない。

つまり、と鮎村は考えた。中井誠は、今日これから菅野と会うのではないか。だが待ち合わせ場所が確定していないため、警察としては中井を見張らねばならないのではないか。

考えれば考えるほど、その推測は妥当性が高いように思われた。そしてその推測が当たっているならば、鮎村がとるべき行動は一つしかなかった。


ドリンクバーで三杯目のコーヒーを注いだ。長峰はいつもブラックで飲むが、ミルクの容器を一つ、ソーサーに載せた。胃袋が少しもたれている。

席に戻り、コーヒーにミルクを注いでかきまぜた。テーブルの上にはほかに何も置かれていない。エビグラタンとスープが入っていた食器は、三十分以上も前にウェイトレスが片づけてしまった。

携帯電話を取り出し、何かの調べものでもしているふりをしながらコーヒーカップを持ち上げる。この店に入ってから、すでに二時間近くが経つ。客が混んできたら席を立ったほうがいいだろう、と長峰は考えていた。ウェイトレスが彼のことを気にし始めたら危険だ。じろじろと見ているうちに、どこかで見た顔だと気づくかもしれない。

とはいえ、できるかぎり長く留まっていたい、という気持ちが長峰にはあった。高崎のビジネスホテルを出た後も、次の行動を決めようがなく、ふらふらとこのファミリーレストランに入ったのだ。つまり、ここを出たところで、どこにも行きようがない。

携帯電話の留守電をチェックしてみた。もはや唯一の望みは、謎の人物からの密告だ。だから彼は一時間に一度はチェックしている。本当は電源を入れっぱなしにしておきたいところだが、警察からかかってくることもありうると思い、それはできなかった。

メッセージが一件入っていた。一時間前は入っていなかった。長峰は期待と緊張から、大きく吐息をついた。

しかしそれは密告者からのものではなかった。聞こえてきたのは和佳子の声だった。

（丹沢です。例のペンション、やっぱり当たりだったんですね。ニュースで知りました。でもスガノは逃げているらしいですね。長峰さんがこれからどうされるのか、とても心配です。連絡ください。お願いします。電話番号は０９０――）

彼女のほうは、長峰の電話番号を消去していなかったのだ。困惑する一方で、救われたような思いも彼の中にはあった。自分のことを気遣ってくれる人間がいるということがどれほどありがたいか、骨身にしみた。

長峰はメッセージをもう一度聞き、彼女の携帯番号をメモした。その番号を眺め、コーヒーを飲んだ。

無関係な人間を巻き込みたくない――その思いから、和佳子とは小諸駅で別れた。あれからまだ二十四時間も経っていないというのに、この焦がれるような気持ちは何だろうと思った。彼女の声が聞きたいと長峰は今、切実に願っている。

彼女に対して恋愛感情を持ったわけではない。そんな心の余裕などないことは彼自身が一番よくわかっている。では安らぎを求めているのか。焦燥感と孤独感と共に復讐への道をさまよっている中、唯一理解してくれる人間と出会えたから、その優しさに甘えようとしているだけなのか。

長峰は番号を書いたメモを握りつぶした。何をしているんだ、と思った。今さら何を迷っている。彼女にどんな救いを求めようとしているのだ――。

彼は携帯電話の電源を切ろうとした。この電話を持っているのは、謎の密告者からの情報を受けるためだ。何かに逃避するために持っているのではない。だが電源を切る直前、それは突然振動を始めた。着信だ。

液晶画面に表示された数字を見て、長峰は目を見張った。それはたった今握りつぶしたメモに書いたものと同じだった。

彼は迷った。迷いつつ、通話ボタンを押していた。早く出ないと切れてしまうと思ったからだ。だから彼は電話機を耳に当てながら自己嫌悪に陥った。何のことはないぞ。俺は喜んでいるじゃないか。彼女と話したがっているじゃないか。

はい、と彼は抑えた声でいった。

「あ……あたしです。わかりますか」

「わかります。留守電、聞きました」

「そうですか。あの、今はどこにおられるんですか」

「今は……」だが長峰はその後を続けることに躊躇《ためら》いを覚えた。

すると彼の意図を察したように、和佳子はふっと息を漏らした。

「大丈夫です。信用してください。これは何というか……罠とかじゃないです」

長峰は苦笑していた。

「わかっています。それに、あなたに騙されるのなら仕方がないかもしれない。今は高崎にいます。ファミレスでお茶を飲んでいます」

「高崎……」

「別に意味はありません。適当に電車を乗り継いだら、ここに行き着いたというだけです」

「そうなんですか。あのう、長峰さん、あたし、今からそっちに行ってもいいでしょうか」

「あなたが？　何のためにですか」

「何のためかと訊かれると困るんですけど……。もしかしたら自己満足のためかもしれません。あんな形で長峰さんを放り出して、そのまま知らん顔を続けて生きていくのは、何だかすごく後悔するような気がするからです。やっぱりもっと、話し合いたいと思うんです。そうすべきだと思うんです」

長峰は電話を耳に当てたまま頷いていた。和佳子はおそらく本心をいっているのだろうと思った。あれだけの関わりを持っておいて、結末を離れた場所から眺めるだけというのでは、虚しさが募るだけなのかもしれない。だから会って話したいというのは、たしかに自己満足を求めているだけといえなくもない。

「もしもし、長峰さん？」

「聞こえています」長峰はいった。「どこで待ち合わせますか？」

「じゃあ、行ってもいいんですね」

「会うだけなら。あなたに迷惑がかからなければいいんだけれど」

「大丈夫。高崎にはお墓があるんです。お墓参りに行くと父には説明します」

「わかりました」

待ち合わせ場所は、高崎駅の近くとだけ決めて、詳しい場所は長峰のほうから連絡することにした。

五時には駅に着ける、と和佳子はいった。

電話を切った後、長峰はコーヒーの残りを飲み干した。伝票を手にし、立ち上がる。

和佳子に会ったところで仕方がない、とは思う。おそらく彼女は自首を勧める気だろう。しかし長峰は、彼女の話を聞いてみたいと思った。その内容はじつはどうでもいいのかもしれない。誰かが自分のために、自分だけのために何かを語ってくれるということに飢えているのだ。

ファミリーレストランを出ると、強い日差しが彼を襲った。一瞬強い立ちくらみを覚え、そばの電柱に寄りかかった。サングラスを取り出し、かける。

限界かな、と思った。


誠の前に一枚の地図が広げられていた。上野駅周辺を描いたものだ。かなり細かく、ビルや大型店舗だけでなく、小さな商店名まで記されている。

真野という刑事が彼に説明を続けていた。

「駅を出たら、まず左に曲がって、このファッションビルの前で立ち止まってほしい。ここならケータイもよく通じる。我々からも君の様子がよくわかる」

「そこで何をしてりゃいいんですか」誠は訊いた。

「何もしなくていい。菅野からの電話を待ってればいい。君の周辺には常に刑事がいるはずだけど、そのことは気にしなくていい。むしろ、そんなことを態度に出さないように気をつけてほしい」

「はあ……」誠は小さく頷いた。

カイジからの電話があった後、しばらくして刑事たちがやってきた。彼等は自宅の電話にも録音装置を取り付けた。万一、カイジがそっちにかけてきた時の用心だという。

それから誠に対する様々な指示が始まった。カイジがどんな形で誠に接触してくるかわからないから、様々なケースに応じた、いわば問答集のようなものを彼等は用意してきたようだった。

無線マイクとイヤホンの使用方法についても教わった。カイジと接触する時まで、誠はそれを使って刑事とやりとりしなければならないらしい。彼等の指示を聞いているうちに、彼は一層気が重くなった。自分にそんな大役が務まるだろうかと不安だった。

不安なことはもう一つある。

このままでいけば、間違いなくカイジは逮捕されるだろう。その場合、カイジは誠のことをどう思うだろうか。

裏切った、警察に売った、そう考えるのはまず確実だった。実際そのとおりなのだ。誠はカイジの逮捕に協力させられているのだ。

カイジは刑務所に入れられるのか。だが様々なメディアから流れてくる情報によれば、仮にそうなったとしても、さほど長い期間にはならないだろうということだった。

社会復帰したカイジが誠に報復することは大いに考えられた。それがどんなに冷酷で残虐なものになるかは、これまでの彼の行動を振り返ると、想像するのも恐ろしかった。

どこかで殺されればよかったのに。アツヤみたいに――。

　この窮地を脱する道があるとすれば、それしか考えられなかった。長峰重樹が復讐を果たしてくれればいいのだ。しかし時間はない。カイジが逮捕される瞬間は刻々と迫っている。

　真野刑事が何かしゃべっている。その内容の半分も、誠の耳には入ってこなかった。

# 46

　五時ちょうどになると長峰は携帯電話の電源を入れた。留守番電話をチェックしてみたが、メッセージは入っていない。

　高崎駅のそばにある喫茶店に彼はいた。セルフサービスの店だ。通りを眺められるカウンターの席につき、カフェオーレの入ったカップを前に置いている。

　サラリーマン風の客が多い。今日一日の仕事を片づけて、ほっと一息入れているという感じに見えた。

　そんな彼等に妬ましさと羨ましさを抱いている自分に長峰は気づいた。安定した暮らし、パターン化された日常、ある程度は計算の立っている人生――そうしたものを、彼自身も少し前までは持っていたのだ。それらのありがたみを、今改めて彼は思い知らされていた。肉体は疲れ果て、心はぼろぼろに傷ついている。あの頃に戻りたくとも、もはやその道はどこにもない。

　なぜこんなことになったのか、と考えても仕方のないことが頭の中で堂々巡りを始める。すべては不幸な偶然が発端だ。絵摩が頭のおかしい二人の獣に見つからなければ、今頃はここにいるサラリーマンたちと同じように、一日の疲れを癒すことだけを考えていられたのだ。

　そもそもなぜあのような偶然が起きたのか。あんな連中が生み出され、放置されてきたのか。世の中はなぜそれを許すのか。

　許しているわけではない、ただ無関心なだけだ、と長峰は周りを見て思う。ここにいる何人が、罪もない女子高生が性的玩具として扱われた上に、遺体となって発見された事件のことを覚えているだろうか。その父親が復讐鬼となったことを気に留めているだろうか。関連ニュースが流れるたびに思い出すことはあるかもしれない。しかしそれだけだ。ニュースの話題が切り替われば、彼等の関心も切り替わる。

だが自分もそうだった、と長峰は思う。自分たちの生活さえ保証されていれば、他人のことはどうでもよかった。少年犯罪について真剣に考えたことがあるか、問題解決のために何かをなしたかと問われれば、何も答えられない。

自分だってこの世の中を作った共犯者なのだ、と長峰は気づいた。そして共犯者たちには、等しくその報いを受ける可能性が存在する。今回選ばれたのが自分だった、と思うしかない。

ただ、絵摩は共犯者ではない。彼女が生き続けたなら、もっといい世の中を作ろうと努力したかもしれない。

だからこそ自分は彼女に償いをしなければならない、と長峰は思った。スガノカイジのような人間の屑を生み出したのが自分たちならば、その後始末もまた自分たちの仕事だ。後始末にはいろいろと方法がある。更生、という言葉を使う人間もいるだろう。しかし長峰には、どうしてもその考えを持つことはできなかった。世の中というシステムが作り出した怪物を、人間の力で人間に戻すなんてことは不可能としか思えない。

窓の外を三人の女子高生らしき少女が通り過ぎていった。三人とも笑っていた。長峰は涙が出そうになるのをこらえ、カフェオーレのカップに手を伸ばした。

その時電話が鳴った。彼はあわてて通話ボタンを押し、耳に当てた。

和佳子からだった。長峰は喫茶店の場所を手短に話し、電話を切った。

彼女はすぐに現れた。彼の姿を見つけると、コーヒーを買ってから、隣にやってきた。

「お待ちになりました?」

「いえ、さほどでも」

「そうですか」彼女は頷いてコーヒーを飲んだ。

「その後、何か?」

問われている意味がわからなかったので、長峰は和佳子を見た。

彼女はふっと息を吐いた。「手がかりはあるんですか」

長峰は苦笑し、首を振った。「手詰まりです。途方に暮れています」

やっぱり、と彼女は小声でいった。

「あの……荷物は?」

ゴルフバッグのことをいっているらしい。

「駅のロッカーに預けてあります。あんなものを提げて、町中をうろうろする人間はいませんから」

そうでしょうね、と彼女はいった。

「あたし、もういいんじゃないかと思うんですけど」

「といいますと?」

「もちろんこのままだと、長峰さんの気は済まないと思います。でも、これ以上のことは、お嬢さんだって望んでないと思うんです。何もかも失って、そこまで苦しんで……恨みは晴らせないかもしれないけど、きっと、もういいよお父さんって、あの世では思っているんじゃないでしょうか」周りの耳を気にしてか、彼女は抑えた声でいった。だが幸い、二人のそばに客はいなかった。

長峰はふっと吐息をついた。

「あなたはきっと自首を勧めるだろうと思っていました」

「あたしのいうことなんか、長峰さんにしてみれば、無責任な意見としか聞こえないでしょうけど」

「いや」彼は首を振った。「無責任な人が、わざわざこんなところまで来ないでしょう。あなたが真剣に私のことを思っていってくれていることは、十分にわかります。正直いってありがたい。特に、目標を失った今はね」

「じゃあ、警察に……」和佳子は彼の顔を覗き込んできた。

長峰はテーブルに肘をつき、その手で目頭を押さえた。

「ただ、どうしても割り切れない。自分がやらなければ、誰も絵摩の恨みを晴らしてくれない。どうせほかの人間は、他人が殺された事件なんてすぐに忘れてしまう。それどころか、犯人の肩を持ったりする。未成年という理由でね」

「でも、もう打つ手がないんでしょう？」

和佳子の指摘に長峰は再び苦笑するしかなかった。

「それをいわれると辛い。そのとおりです。これからどこへ行けばいいのかもわからない」

「あたしは」和佳子は唇を舐めた。「事件を風化させないためにも、長峰さんは自分から潔く警察に行くべきだと思います」

「私が自首すると何か変わりますか？」

「少なくとも、世間はもう一度お嬢さんの悲劇を思い出します。もちろんそれだけじゃありません。長峰さんは法廷で、少年法を含めて、世の中のあり方について問い質せるんじゃないでしょうか。堂々と自首した長峰さんの言葉なら、世間の人間だって、きっと耳を傾けます」和佳子はじっと長峰の目を見つめて訴えかけてきた。

「問い質す……ね」彼は目をそらした。

「第三者だからそんな呑気なことがいえるんだ、と思われるかもしれませんけど」

「いや、あなたのいうことはたぶん正しい。今の私にとってベストの選択だと思います」そういってから彼は椅子にもたれ、斜め上に目をやった。「そういう供養の仕方もあるか」

「世間は長峰さんの味方です。あたしと同じように、長峰さんの叫びに心を動かされます。そのほうが、お嬢さんも喜ぶと思いませんか」

たしかに、と長峰は頷いた。そのとおりだ。

「もし長峰さんがよければ、あたしが同行してもかまいません」和佳子は顎を引き、いった。「警察に」

「またしてもあなたに面倒をかけるわけか」

　だがそれならば、下手な嘘をつかなくても済むかもしれないと長峰は思った。自首するにしても、今までどこにどうやって潜伏していたかは説明できなければならない。その際、和佳子たちに迷惑がかからないようにするにはどうすればいいか、そのことが気になってもいた。彼女が、今までずっと自首を勧め続けてきたのだといえば、警察も彼女に何らかの罪を負わせるようなことはしないだろうと思えた。もっとも、今さら出頭したところで、法律的に自首と認めてもらえるのかどうか、長峰にはわからなかった。

「そうするしか、ないかな」吐息と共に長峰は呟いた。

「じゃあ、これから警察に？」和佳子が目を見張った。

　そんな彼女を見て、長峰は自然に頰を緩ませていた。

「あなたはすごい人だ。私はいつも結局、あなたに押し切られている」

「すみません、お節介で」彼女は目を伏せた。

「いや、あなたには救われた。あなたと会わなければ、今日まで持ちこたえられなかった。たぶんどこかでのたれ死にしていたんじゃないかな」

　死、という言葉が出たからか、和佳子は顔を上げた。険しい目をしていた。

「生きることに前向きになってくださいね。法廷で戦うという役目が残っているんですから」

「わかっています」長峰は頷いた。「あなたには励まされてばかりだ」

「じゃあ……」

「ええ。行きましょう」長峰は椅子から腰を上げた。

　喫茶店を出ると、駅に向かって歩きだした。ゴルフバッグを取りに行くためだ。

「身体には気をつけてくださいね」高崎駅の西口から構内に入った時、和佳子がいった。早くも、服役中のことを心配しているらしい。

「ありがとう」長峰は微笑んだ。「あなたもお元気で」そして彼は右手を出した。

和佳子も右手を伸ばしてきた。二人が握手しようとしたその瞬間、長峰のズボンのポケットの中で携帯電話が鳴りだした。電源を切り忘れていたのだ。

彼は和佳子を見つめてから電話を取った。番号は非通知だ。

もしもし、と長峰はいってみた。彼が出ることを予想していなかったのか、相手は一瞬驚いたように沈黙した。だがその後、低い声が聞こえてきた。

「今夜八時、スガノカイジは上野駅に現れます」

例の密告者だ。長峰の体温が上昇した。

「えっ、何だって？　八時に上野駅？」

「警察もいます。それがラストチャンスです」

「ちょっと待ってくれ。あんたは一体――」だがそこまでで電話は切れた。

長峰はしばらく携帯電話を睨んでいた。この局面で情報が飛び込んでくるとは想像もしていなかった。

八時に上野駅、ラストチャンス――密告者の声がリピートした。


長峰は携帯電話の電源を切り、ポケットに戻した。そして顔を上げ、はっとした。和佳子が目の周囲を赤くして、彼をじっと見つめていた。

不吉な想像、というよりもはや確信に近いものを和佳子は抱いていた。今の状況で、長峰に電話がかかってくることなど、ほかには考えられなかった。

「密告電話ですね」彼女は思いきって訊いた。「そうなんですね」

「いや、違います」長峰は首を振った。「そんなんじゃない」

「じゃあ、誰からですか。どういう用件ですか」

長峰は答えない。彼女から目をそらしている。

「やめてください」和佳子はいった。「せっかく決心したんじゃないですか。あなたにとって……お嬢さんにとっても一番いい道を選ぶことにしたんでしょう？　それなら、心をぐらつかせないで。お願いです」

話しているうちに、体内から熱いうねりがこみあげてきた。それは涙となって和佳子の目に溜まった。通りかかったＯＬが、驚いたように彼女を見た。

長峰は頷き、彼女を柱の陰に導いた。

「おっしゃるとおり、密告者からの電話でした」

「やっぱり……」

「でも、大丈夫。あなたのいう通りだ。自分にとって、どうするのが一番いいのかわかったんだから、もう気持ちを変えたりしません。安心してください」

「じゃあ、自首してくださるんですね」

長峰はゆっくりと顎を引いた。「ええ」

「よかった」和佳子は安堵の息を吐いた。

「ゴルフバッグを取ってきます。ここで待っていてください」彼はボストンバッグを足元に置いた。「すぐに戻ってきますから、その後、一緒に行ってくれますか」

警察へ、という意味だろう。和佳子は頷いた。

コインロッカー、という表示の出ているほうへ長峰は歩いていった。それを見送った後、和佳子はそばの柱にもたれた。自分がひどく疲れていることに改めて気づいた。

これでようやく終わる、と思った。彼が自首した後、和佳子の名前もマスコミに出るおそれがある。世間から白い目で見られるかもしれない。父親にも迷惑がかかるだろう。しかしそれは受け入れざるをえない。中途半端な形で逃げて、一生後悔し続けることを考えたら、ずっとましだ。

足元のボストンバッグを見た。ずいぶんとくたびれている。これだけを持って、長峰は逃走を続けてきた。彼のそんな日も終わる。

はっとして彼女はバッグを持ち上げた。ずしりと重い。

これをここに置いたのは、もう必要ないと思ったからではないのか――。

和佳子は長峰の後を追った。やがてコインロッカーの並んでいる場所に出た。ゴルフバッグを入れるには、大型のロッカーでないとだめだ。細長いロッカーが並んでいた。しかしそこに長峰の姿はない。

和佳子は駆けだした。焦りと絶望感から心臓の鼓動が激しくなっていた。首筋に汗が流れる。

彼女は元の場所に戻った。だがそこにも長峰はいなかった。口元を押さえ、彼女は周囲を見回した。おそらくいつも通りと思われる光景が広がっているだけだった。

和佳子はバッグを落とした。両手で顔を包んでいた。

# 47

あと数分で午後七時になろうかという頃、中井家の前に変化が起きた。刑事と思われる二人の男に連れられて、誠が出てきたのだ。

タクシーを『回送』にして、仮眠をとっているふりを装っていた鮎村は、運転席のシートを急いで起こした。

やっと出てきたか――。

この時を待ちわびていたといっていいだろう。中井家の前に数台のパトカーが止まっていることに気づいたのが三時過ぎだ。それから約四時間、鮎村は張り込みを続けていたのだ。

といっても、同じ場所にタクシーを止めていたのでは、刑事たちに気づかれるおそれがある。最初は彼等から見えないところにタクシーを止め、建物の陰から様子を窺ったりしていた。

やがて中井家の前からパトカーだけが移動を始めた。鮎村は目を凝らして見ていたが、誠が乗り込んだ様子はなかった。残ったのはグレーのセドリックだけだ。まだ中井家に留まっている刑事たちの車と思われた。

その車に誰も乗っていないことを確かめて、鮎村はタクシーに戻った。車を発進させると、セドリックから二十メートルほど後方の路上に停車させた。

それから約二時間が経っていた。空腹を覚えたので、コンビニでパンでも買ってこようかと思った時、誠たちが家から出てきたのだった。

刑事に促され、誠は車の後部座席に乗り込んだ。ぶかぶかの黒いTシャツに、ベージュの短パンという出で立ちだった。

警察署に連れていかれるのか。いやそれはないと鮎村は判断した。単なる連行にしては時間がかかりすぎている。

セドリックが動き始めた。それを見て鮎村もゆっくりと車を発進させた。


「何分ぐらいで着くかな」後部座席の真野が尋ねてきた。

「十五分以内には着くと思います」ハンドルを切りながら織部は答えた。「車はどこに止めましょうか」

「昭和通り沿いか、その近くがいい。上野駅のそばにでっかい歩道橋があるのは知っているか」

「知っています」

「中井君には、あれを渡ってもらう。すでに捜査員が張り込んでいるらしい」

「わかりました」前を向いたまま、織部は頷いた。

まさに急転直下だった。小諸のペンションで、菅野と一緒に逃亡していた少女を捕らえたのが昨夜のことだ。そのまま今日の午前中まで、織部は真野たちと共に長野県にいたのだ。ところが中井誠に菅野快児から連絡があったという知らせを受け、急遽東京に戻ってきた。しかも午後八時に、菅野は中井に接触してくるという。あわただしく作戦会議が開かれ、菅野快児を逮捕する手筈が整えられた。刑事が押し掛けてきたことで中井誠は戸惑っているようだが、織部も急な展開に頭がついていかないでいる。おそらく真野や、助手席に座っている近藤も、同じ思いに違いなかった。

なぜ菅野が中井に連絡をとってきたのか。本人がいっているように、逃走資金が底をついたということもあるだろう。彼が持っているキャッシュカードは、すでに使用停止の手続きがなされている。しかしおそらく金のことだけではない、というのが捜査陣の読みだった。たぶん彼の心を動かしたのは、村越優佳が捕まったという事実だ。

逃走中の菅野の心を支えていたのは彼女だ。といっても、彼女が彼を励ましたり、慰めたりしていたわけではないだろう。だが、彼の孤独感を癒していたことは疑いようがない。優佳とのセックスに溺れることで、追われているという事実を一時だけでも忘れられたかもしれない。

いわば優佳は菅野快児にとって、寂しさを紛らわすためのペットだった。そのペットを失ったことで、菅野は途端に気弱になったのだ。玩具《おもちゃ》を取り上げられた幼児と同じで、どうしていいかわからず、ただひたすら人恋しくなったのだ。

たちの悪い、ただのだだっ子だよ、と真野はいった。織部もそう思う。だが菅野がそういう状態ならば、逮捕するのはさほど困難ではないだろうとも思えた。中井誠との電話でのやりとりを聞いたかぎりでは、菅野はすでに観念しかかっている。刑事に囲まれたとなれば、抵抗せず、あっさりと逮捕に応じるのではないかという気がした。

携帯電話で何やら言葉を交わしていた近藤が、電話を切って後ろの真野にいった。

「上野駅の改札は六時過ぎから見張っているそうですが、今のところ菅野は見つかっていないようです」

「上野駅は改札口が多かったよな」真野がいう。

「たしか、四つありました」織部が答えた。「一番大きなのは中央改札ですが」

「全部の出口に捜査員がついているそうだ」近藤がいった。「少し人相が似ているようなのは、とりあえず呼び止めているらしい」

「そんなことして、菅野に気づかれないかな」真野が舌打ちする。「まあ、上の指示なんだろうから、俺たちが文句をいっても仕方ないな。——菅野は上野の土地鑑はかなりあるのかな」後の質問は中井誠に向けられたもののようだ。

「トチカン？」

「地理に詳しいかって訊いてるんだ」

「ああ……たぶん、わりと詳しいんじゃないかな。よく遊んでっから」

「いつも遊ぶ場所は決まってるのか」

「決まってるってほどじゃない。街ん中、うろうろするぐらいだから」

「よく行く店は？」

真野の問いに中井は答えられない。織部がルームミラーを覗くと、困惑して首を傾《かし》げている姿が映っていた。

「わかんねえ。その時によって違うから」ぼそぼそと中井は答えた。

真野が大きくため息をついた。何の参考にもならない、と諦めたのだろう。

斜め前方に上野駅が近づいてきた。昭和通りをまたぐ大きな歩道橋の下をくぐったところで、織部は車を左折させ、路肩に止めた。サイドブレーキを引いて時計を見る。七時二十分だった。

近藤が携帯電話を手にした。久塚にかけるのだろう。


「人が多いな」後ろを振り返って真野がいう。

「上野駅の周辺はいつだってそうですよ」織部がいった。

近藤が携帯電話を切った。「ここで待機しろということです」

真野が頷き、煙草の箱を懐から出した。「あっさり済んでくれりゃいいけどな」

「無線の使い方、大丈夫だな」近藤が身体をねじって中井に訊いた。

中井誠は黙って頷いた。顔は白く、唇は青みがかって見えた。

織部はもう一度時計を見た。さっきからまだ二分しか経っていない。

口の中が渇いているのを確認しながら、長峰重樹は今頃どこにいるのだろう、と思った。

長峰はアメヤ横丁にある雑貨屋を出たところだった。彼の手にはデッキブラシが握られていた。その前に入った店では、大きな包装紙とテープを買っていた。

彼は高崎から新幹線で東京に出て、御徒町まで戻り、そこで降りて上野まで歩いてきた。上野駅で降りなかったのは、改札口で警察官が見張っている可能性があると思ったからだ。

それだけにゴルフバッグを担いで上野駅に近づくのは怖かった。今にも後ろから声をかけられそうな気がした。

そのゴルフバッグは、上野駅のすぐ外のコインロッカーに預けてある。十メートルほど離れたところに交番があり、そこから警官が出てきた時には心臓が止まりそうだったが、警官は長峰には気づかなかったようだ。

デッキブラシを手に、長峰は再びコインロッカーに戻った。周囲に人がいないことを確かめてからロッカーを開け、ゴルフバッグを取り出した。それを提げ、ロッカー室の奥まで進む。少し広いスペースを見つけると、もう一度周囲を見回してからバッグの蓋を開けた。

床に包装紙を広げ、その上にまずデッキブラシを置いた。さらにゴルフバッグの中から、十年以上前に買ったレミントンを取り出し、安全装置を確認してから、デッキブラシに並べて置いた。素早く二つを包装紙でくるむ。デッキブラシのブラシ部分だけは外に出るようにして、包装紙をテープで固定した。

持ち上げてみると、見かけに反してずしりと重い。レミントンだけで約四キロの重さがあるのだから当然だ。

不要になったゴルフバッグを再びコインロッカーに戻し、長峰は包装紙にくるんだ銃を抱えて表に出た。

時計を見ると、午後七時三十分になろうとしていた。彼は深呼吸をし、歩きだした。歩道橋の階段を上がっていく。

スガノカイジは八時に上野駅に現れる――密告者の言葉は、今までがそうだったように、おそらく今回も正しい。だが上野駅のどこに現れるか、なぜ現れるのかは話してくれなかった。それは、密告者自身にもわからないからではないか、と長峰は考えていた。

警察もいる、ということだった。警察もスガノを逮捕しようとしているということだろう。そして警察も、スガノが上野駅に来ることはわかっていても、どんなふうに現れるかは予想しきれないでいるのではないか。

何としてでも、警察よりも先にスガノを見つけねば、と長峰は思った。密告者のいうように、これがラストチャンスなのだ。もしスガノが警察に逮捕されたとしても、人混みに紛れて接近し、復讐を果たすつもりだった。

歩道橋の上に立つと、彼は駅周辺を見下ろした。道路の左側には店舗が並び、その前の歩道には人があふれている。右側に駅があるが、その前も当然のことながら往来が激しい。この中から果たしてスガノを見つけられるだろうかと彼は不安になった。

だがそんなことを考えている場合ではないことに、長峰は間もなく気づいた。彼のすぐそばに、目つきの鋭い中年男が立っていた。その男は携帯電話をかけながら、長峰と同じように周囲に視線を走らせている。

刑事だ——長峰はそう直感した。

彼は包装紙で隠した銃を抱え、男のそばからそっと離れた。歩道橋は駅の向かい側にあるデパートの二階と繋がっている。彼はそこからデパートに入った。その入り口の手前にも、一人の男が立っていた。

長峰はデパートの中を通り、エスカレータで一階に下りた。正面から外に出ると、駅のほうを見ながら、ゆっくりと通りに沿って歩きだす。

彼は腹を決めた。いたるところに刑事の目がある以上、彼等よりも先にスガノを見つけるのは不可能に等しい。下手に動いて、見つかったりしたら、何の意味もない。

スガノが現れれば、刑事たちは一斉に行動を起こすだろう。その様子は、傍で見ていてもわかるはずだ。

自分が動くのはその時だ、その時しかない、と彼は思った。

七時三十分、近藤の携帯電話が鳴った。

「そろそろ行けってことだな」後ろで真野がいった。織部も無線機のイヤホンを耳につけ、車から降りる準備をした。

だが近藤の様子が少しおかしい。織部を引き留めるように肩に手を載せてきた。

「わかりました。じゃあ、真野さんたちにそのように伝えます」電話を切った後、近藤は後ろを振り返った。「出るのはもう少し待てということです。荷物が届きます」

「荷物？　なんだ？」

近藤は唇を舐め、真野と織部の顔を交互に見てからいった。

「拳銃を携行せよということです。我々の銃も、ここに持ってきてもらいます」

「拳銃？　どういうことだ、それ」真野が訊く。

織部は気づいた。「長峰……ですか」

近藤が頷いた。

「長峰もこっちに向かっているようです。すでにどこかに潜んでいる可能性もある」

「たしかなのか、それ」

「たしかかどうかはわかりませんが、タレコミがあったようです」

「タレコミ？」

「女の声で警視庁に電話があったそうです。高崎の公衆電話からかけられたといっていました」

「なんで、高崎から……」

真野の疑問に、織部も同感だった。なぜ長野ではなく高崎なのか。

「どういうタレコミだったんだ」真野が訊いた。

「詳しいことはわかりませんが、長峰重樹が復讐を果たすために上野駅に向かったから、彼を止めてほしい、という内容のようです」

「女だって？」

「ええ」

真野は唸った。「一体、どこの誰なんだ」

「長峰の行動を知っている人間、ということになりますね」織部はいった。

「長峰を匿《かくま》っていたのかもしれない」近藤が腕組みした。

「それにしても、長峰はどうして菅野が上野駅に現れることを知ったんでしょう?」

織部の問いに、近藤も真野も答えない。

「長峰には……何かあるな」真野がぽつりといった。

「何か特別な情報源がある。でなきゃ、そもそも伴崎を殺すこともできなかったはずだ」

「情報源って? だって、今日のことは警察の外には漏れてないはずです」近藤がいう。

「ところが漏れてるんだ。どこかに穴があるんだよ」真野は静かにいった。

# 48

あさま528号は七時二十五分に高崎駅を出た。時刻表によれば上野駅に着くのは八時十分だ。八時に上野駅で何が起きるのかはわからないが、それには間に合わない。

しかし和佳子は電車に飛び乗った。何が起きるのか、長峰がどんな行動に出て、どのようにしてこの複雑な事態が収束するのかを、何としてでも見届けたかった。

自分は長峰を裏切ったのだろうか、と和佳子は考えた。

高崎駅を出る前に、彼女は警察に電話をかけていた。長峰の行動を通報したのだ。おそらく今頃は、高崎駅にも警察官が向かっているに違いない。

ずっと彼を匿ってきたのに、最後の最後になって通報した。それは裏切りといえるかもしれない。

だが先に裏切ったのは長峰のほうだ、という思いも和佳子にはある。

彼は一旦は自首するといった。その言葉に嘘はなかっただろう。ところが一本の電話によって、彼の気持ちが変わったのだ。

八時に上野駅――長峰がそう口にするのを和佳子は聞いた。同時に、彼の顔に狼狽と迷いの色が浮かぶのを見た。

それでも和佳子は、「もう気持ちは変わらない」という彼の言葉を信じた。信じたかった、というべきかもしれないが。

たぶん長峰は、彼女が警察に通報することも覚悟しているだろう。そうしたところで、裏切りとは思わないに違いない。

自分は一体何を望んでいるのか、と和佳子は自問した。通報したのは長峰の犯行を警察にくい止めてほしかったからだ。しかし単なる犯罪防止のためではない。

人殺しはもちろんよくないことだ。だが和佳子は、スガノカイジという人間の屑が殺されることは別に構わない、と思っている。どこかの誰かに殺されたのなら、いい気味だという感想さえ抱くかもしれない。

だがそれを長峰にさせたくなかった。彼は娘の人生を彼等に奪われた。その上、彼の人生さえも彼等のために破壊されるというのは、あまりにも悲惨ではないか。

すでに一人を殺している彼には、重い刑が処されるだろう。しかしそこまでにしてほしかった。彼のこれ以上の転落は絶対に止めたかった。

ところが一方で、長峰に復讐を果たさせたい、という気持ちも依然として燻《くすぶ》っている。転落を止められないのなら、せめて思いを遂げさせてやりたいとも思う。

自分は一体何を望んでいるのか――。

和佳子自身にも答えが出せないでいた。

真野という年輩の刑事が腕時計を見た。それにつられて誠も自分の時計に目をやった。八時十分前だった。

「十分前だ」真野刑事がいった。

助手席の刑事が無線で誰かに何かいった。ぼそぼそとしゃべっているので誠には内容がわからない。ほかの刑事たちも同じ内容を聞いているようだ。

「じゃあ、行こうか」真野は誠にいった。

誠は黙って頷いた。声を出せないほど緊張している。喉は渇き、唇はかさかさだ。

「彼、大丈夫ですか」運転席の織部という若い刑事がいった。「菅野が彼を見て、様子が変だと思いませんか」

「そんなことといっても仕方がないだろう」真野は答える。「それに、これぐらい緊張していても当然じゃないか。何しろ、逃亡中の容疑者と密会するんだからな」

「それもそうか……」若い刑事は頷いた。

「さあ、行くぞ」真野が後部ドアを開けた。

織部刑事も車から降りた。誠も降りる。助手席の刑事だけが車に残った。

「さっきもいったように、歩道橋を渡って駅前まで行く。駅ビルの入り口まで行ったら、そこで立ち止まる。後は菅野からの電話を待つ。わかったな」

「わ、わかりました」

「俺が君から少し遅れてついていく。だけど絶対にこっちを見るな。必要な時は俺から連絡する。それまでは、ふつうに待ち合わせているつもりで歩くんだ。万一菅野と偶然出会った時にはどうすればいいか、覚えてるか」

「帽子を取って近づいていく……」

「その後は？」

「カイジと立ち話をすればいいんですよね。もしカイジがバイクに乗って現れて、後ろに乗れといっても、絶対に乗らないで、刑事さんたちが来るのを待つ」

「それでいい。後は我々が片づけるから、君は離れているように」

「……わかりました」

その瞬間を想像し、誠は鳥肌が立つのを覚えた。カイジは刑事たちに逮捕されるのだろうが、彼は誠に騙されたと知って、どんな顔をするだろう。どんな目で睨みつけてくるだろう——。

昭和通りに出たところで、真野が立ち止まった。さあ、というように歩道橋を顎で示す。

「あの……」誠は口を開いた。

「どうした?」

「長峰って人も、上野に来るんですか」

真野は渋面を作った。

「そのことは君は考えなくていい」

「でも、もしその人が現れたら……」

「君の周辺には刑事の目がある。長峰が現れたら、我々も気づく。君にはこっちから指示する。何も心配することはない」

はあ、と頷き、誠は歩き始めた。真野は少し間を置いてからついてくるつもりらしい。

十分ほど前に、別の刑事二人が車に近づいてきた。彼等は小さなトランクを持っていた。車に乗っていた刑事たちがそれを受け取り、開けてみると、中には拳銃とガンホルダーが入っていた。真野ら三人の刑事は、それらを狭い車の中で装着した。その間、彼等は無言だった。ただでさえ張りつめていた空気が一層鋭さを増したように誠は感じた。

その前の彼等のやりとりから、長峰重樹も上野に来ていることを誠は知った。拳銃はそれに対応する装備なのだろう。

だが誠は長峰が現れてくれることを願っていた。現れて、何とかカイジを撃ち殺してくれないものかと期待していた。それ以外にカイジの報復から逃れる道は思いつかなかった。

歩道橋の階段が目前に迫ってきた。誠は後ろを振り返りたくなる気持ちを抑え、ゆっくりと階段に足をかけた。

中井誠が歩道橋を上っていくのを見て、織部は真野と共に歩きだした。注意深く周りを見回す。菅野快児や長峰重樹らしき姿はない。

織部は胸に手を当て、拳銃の感触を確かめた。

無線で聞こえてきた、久塚の声が耳に残っている。

「拳銃を携行するのは、あくまでも最悪の事態を防ぐためだ。長峰には絶対に発砲させてはならない。それを避ける時のみ、拳銃を使用すること」

趣旨は理解できるが、具体性には欠ける指示だ。拳銃をどう使用すればいいのか。威嚇だけでいいのか。長峰に威嚇が通用するとは思えない。

場合によっては、長峰の発砲を阻止するために、警察官側が先に撃つこともありうるということだろう。撃つかぎりは長峰の命を奪う可能性もある。それでもいいということか。

大勢の人々が集まっている場所で猟銃を発砲させてはならない、というのはわかる。だが長峰は菅野だけを狙っている。彼もほかの人間に怪我をさせてもいいとは思っていないだろう。つまり彼が発砲するのは、菅野を射程圏内に捉えた時のみだ。

警察はそれをくい止めねばならない、そのために長峰が死んでも仕方がない、というのが上司たちの見解というわけだ。

要するにこの銃は――織部は自分の持っている拳銃を思い浮かべた。この銃は、菅野の命を守るためのものなのだ。長峰絵摩を死に至らしめた張本人が、その父親から復讐されるのを防ぐための銃だ。

自分たちは一体何なのだろうと織部は思った。法を犯したものたちを捕まえることが仕事ではある。それによって悪を滅ぼしていける、という建前になっている。

だがこんなことで悪は滅びるのか。捕まえて隔離するというのは、別の見方をすれば、保護することでもあるのだ。一定期間「保護」された罪人たちは、世間の記憶が薄れた頃、再び元の世界に戻っていく。そのうちの多くの者が、もう一度法を犯す。彼等は知っているのではないか。罪を犯したところで、何からも報復されないことを。国家が彼等を守ってくれることを。

自分たちが正義の刃と信じているものは、本当に正しい方向を向いているのだろうかと織部は疑問を持った。向いていたとしても、その刃は本物だろうか。本当に「悪」を断ち切る力を持っているのだろうか。

中井誠が歩道橋を使って、昭和通りを渡っていく。彼と織部たちとの距離は十メートルほどだ。

歩道橋のところどころに、織部の知っている顔があった。全員刑事だ。背広姿の者もいれば、アロハシャツに白いパンツという出で立ちの者もいる。カップルになりすましている男女もいた。

昭和通りを渡ったところで、中井誠は駅前に降りる階段に向かった。

「俺はデパートのほうに行きます」織部は真野にいった。

真野は黙って頷いた。

歩道橋はデパートの二階に繋がっている。その前で織部は真野と別れ、入り口に向かって歩いた。中に入ってすぐのところで、携帯電話で話すふりをしている男がいた。今井班の川崎だった。彼等の狙いは長峰重樹だ。長峰が上野駅に来ていると聞き、色めき立っているに違いなかった。

「どうですか」織部は訊いてみた。

「上野駅の改札で張っている連中によれば、長峰らしき男は通ってないといっている」

「上野駅を使うとはかぎりませんよ」

もちろん、と川崎はいった。

「御徒町の駅員が、ゴルフバッグを持った男が一時間ほど前に通ったのを見ている。そんなものを持ってこの街で降りる客は少ないから印象に残ったそうだ」

「駅員に長峰の写真を見せたんですか」

「見せたが、よくわからないそうだ。顔までは見てないってさ」

それはそうだろう、と織部は思った。

長峰を見つけるための最大の目印はゴルフバッグだ。だが彼がいつまでもそんなものを持ち歩いているとは思えない。何か別のものでカムフラージュしているに違いなかった。それで、細長い包みやケース、バッグ等を持っている人間を見つけた場合には、老若男女を問わず、中身を確認するよう捜査員全員に指示が出されている。

「じゃあ、ここは頼むぜ」そういって川崎はガラス扉を開けて出ていった。

織部はすぐ横にあるパーラーに入った。すぐにウエイトレスが近づいてきたが、それを制して窓際のカウンターテーブルを見た。見覚えのある婦人警官が、私服で一番奥の椅子に座っている。彼はそちらに向かって歩きだした。

「御苦労様です」彼女が織部を見上げ、小声でいった。

カップルの会話じゃないなと思いながら、織部は頷いて横に座った。警官はほかにはいないようだ。

織部は窓越しに駅前に目をやった。ここからだと、ほぼ真正面だ。中井誠が駅ビルの前に立っている。真野の姿は見えない。

織部は時計を見た。八時ちょうどだった。

携帯電話の音に、誠は飛び上がりそうになった。胸が痛くなるほど心臓が跳ねた。

液晶画面は番号の非通知を告げている。彼はおそるおそる電話に出た。「はい……」

こちらの様子を窺うような間があってから、相手の声が聞こえた。「俺だ」

「カイジ？」

「ああ。今、どこにいる？」

「上野駅のアトレの前」

カイジが舌打ちした。

「そんな目立つとこにいてどうすんだよ。まあいいや。金、持ってきたか」

「十万円、持ってきた」

「よし。じゃあ、今から俺のいうとおりにしろ。まず、線路の下まで来い」

「線路の下？」

「電車の走ってる下だよ。わかんねえのかよ」

「あ……ガード下か」

「電話は切るな。そのまま来いや」

「わかった」

誠は歩きだした。この通話内容は刑事たちに傍聴されているから、彼等も誠と同様にガード下に向かうに違いなかった。カイジが逮捕されるのは時間の問題だ。

逮捕は避けられないとしても、何とか自分がカイジから恨まれない方法はないものかと誠は考えていた。全く恨まれないのは不可能だとしても、少しでも緩和できないものか。

ガード下が近づいてきた。誠は視線をせわしなく周囲に配った。カイジはどこにいるのだろう、刑事たちはどこから自分を監視しているのだろう——。

その時、誠は人混みの中に、思いがけない人物を見つけた。鮎村だった。彼はぎらついた目で誠をじっと見つめている。

誠は混乱した。なぜあの男がこんなところに——。

たしかに情報を提供する約束はしていた。しかし今日は会っていない。だからカイジが上野駅に来ることなど、鮎村は知らないはずなのだ。

自宅から尾行してきたのか。それしか考えられなかった。

どうしよう、と誠は思った。刑事たちに知らせたほうがいいのか。だがそれをするには無線で話さねばならない。携帯電話が繋がったままだから、今は話せない。

いやもしかしたら、と誠は考えた。鮎村のことはほうっておいたほうがいいのかもしれない。鮎村がカイジを殺してくれるかもしれない。しかしそんなふうにうまくいかなかったらどうなるだろう。鮎村に情報を提供していたことが警察にばれたら、また何かの罪に問われるのではないか。

どうすればいいだろう。どうすればいいだろう。

逡巡を繰り返す誠の目が、さらにもう一人の姿を捉えた。古着屋の前に、カイジが立っていた。黒いニット帽をかぶっていて、サングラスをかけている。彼のほうはまだ誠には気づいていないようだ。

誠はゆっくりと歩いていく。カイジを見つけたらどうするのか、刑事からさんざん指示されたにもかかわらず、その詳細を彼は失念していた。

やがてカイジも彼のほうを見た。

# 49

（中井は現在、ガード下。携帯電話をかけたままです）

（帽子は？）

（まだかぶっています）

（そのまま接近してくれ）

久塚と真野によるやりとりを無線で聞きながら、織部はデパートを出ていた。歩道橋の上を移動し、道路の真上からガード下に視線を走らせる。中井誠の姿は確認できない。

（真野です。菅野らしき男を発見。古着屋の前にいます。黒のニット帽、サングラス、服は灰色）真野の声が聞こえた。

（中井は気づいているのか？）

（そちらのほうを見てはいます。菅野らしき男、中井に近づいていきます）

（中井は帽子を取ったか）

（取りません。あいつ、なんで帽子を取らないんだ）真野の声は苛立っていた。

（男の人相を確認してくれ。人違いかもしれん）

（了解）

織部は駅前に降りる階段の上まで移動した。ガード下からは大勢の人々が駅に向かって歩いてくる。また、それと同じぐらいたくさんの人間が逆に歩いていく。その中からようやく真野の姿を見つけだした。

その直後、真野の声が聞こえた。（菅野です。間違いありません）

（確保しろ）久塚の声が響いた。（気づかれないように取り囲んでいけ）

サングラスの奥の目が、じっと誠を見据えていた。唇にはかすかに笑みが浮かんでいた。レイプする時も、仲間をリンチする時も、彼が同様の表情をしていたことを誠は思い出した。

「よお」低く短く、カイジは声をかけてきた。「一人だろうな」

誠は黙って頷いた。口の中はからからだ。そのくせ全身は汗びっしょりだった。

「金」カイジは右手を出してきた。「さっさと寄こせよ。あんまりぐずぐずしたくねえんだ」

彼の頭の中には、誠から金を奪うことしかないようだった。これまでと同様、誠を自分にとって便利な道具としか見ていないのだ。

「カイジ、あのさ……」

刑事がいることを教えようか、と誠は思った。そうすれば、裏切ったという印象を少しでも薄められるのではないか。だがそれをすると、今度は自分が警察から責められることになる。

「何だよ」カイジが眉間に皺をよせた。

「ううん、何でもない」

誠は首を振り、ポケットに手を入れた。しかし、自分がカイジに渡すべき金など持っていないことを思い出した。カイジに会ったらすべきことは、金を渡すことではなく、今かぶっている帽子を脱ぐことなのだった。

あわてて彼は帽子に手をやった。脱ごうとしたその時だった。

うおおお、という声が聞こえた。飢えた獣が獲物に襲いかかるような声だった。見ると、一人の男が誠たちに向かって突進してくるところだった。それが鮎村であり、その手に刃物らしきものが握られていることに誠が気づくまでに、一、二秒を要した。

だがカイジが身の危険を感じたのは、もう少し早かった。そのせいで彼は、鮎村が突き出してきた刃物を間一髪でかわすことができた。それだけでなく、咄嗟に足をかけ、鮎村を路上にひっくり返していた。刃物が転がった。出刃包丁だった。カイジは素早くそれを拾い上げた。

周囲で悲鳴が上がった。彼等の周りにいた人々が一斉に後ずさりした。

「誠っ、てめえ、俺を売ったな」カイジが獣の形相で睨んできた。

誠は激しく首を振った。「ちがう、ちがう」

カイジは包丁を握りしめ、誠のほうに一歩踏み出した。だが次の瞬間、彼は何かを察知したように顔色を変えると、さっと踵《きびす》を返し、駆けだした。

呆然とする誠の横から誰かが飛び出してきた。真野だった。ほかの場所からも数名の刑事が現れ、カイジを追った。

誠の足元では鮎村が転がったままだった。呻き声を漏らしながら立ち上がろうとした彼の腕を、どこからか現れた男が摑んだ。その様子から、この男も刑事らしいと誠は思った。

「馬鹿野郎、余計なことしやがって」刑事は吐き捨てるようにいった。


歩道橋の階段の下にいた長峰は、人々の動きから異変を悟った。乱雑に散らばって歩いていた人々が、同じ方向を見て足を止め、さらには何かから逃れるように道の端に寄っている。


そして彼等をかきわけるように一人の若い男が走ってきた。男は何か光るものを持っていた。

だが長峰は男が手にしているものからはすぐに目を離した。男の顔を見て、全身に震えが走るのを覚えていた。

男はスガノカイジに間違いなかった。毎夜、憎悪と悲しみを抱きながら睨み続けてきた顔だ。

スガノを追う男たちの姿があった。刑事だ、とすぐに長峰は察した。スガノは逮捕されようとしている。

長峰は屈み込み、そばの階段の下に手を伸ばした。そこに包装紙にくるんだ猟銃を隠してあった。

織部は歩道橋の階段の中程で待ち構えていた。菅野快児の動きを見て、必ず歩道橋に上がってくると思ったからだ。歩道橋に上がらなければ、菅野としては駅に入るしかない。そうなれば袋小路も同然だ。

だが菅野は予想もしなかった行動に出た。駅前に達すると、わけもわからずその場に立ち尽くしていた若い娘の腕を摑み、自分のほうに抱き寄せたのだ。さらに彼女の首に出刃包丁の先を向けた。

「こっちに来んな。こいつ、殺すぞっ」菅野の怒声が響いた。

和佳子は上野駅の建物を出たところだった。これからどうしようかと考えを巡らせ始めた時、すぐ目の前で、信じられない出来事が起こったのだ。彼女は足がすくんで動けなくなっていた。

「近づくんじゃねえといってるだろ。もっと後ろに下がれよ。もっと離れろ。ほんとにこいつを殺すぞ」

若い男は中学生ぐらいの少女の腋の下に腕を回し、もう一方の手で包丁を振り回していた。そんな彼を人々が遠巻きに見ている。彼等よりも少し前に出て、隙あらば近づこうとしているのは刑事たちだろう。

「無駄なことはやめろ。そんなことしたって逃げられないってことはわかるだろ。その子を放してやれ」背広を着た年輩の男が、大声ながらもなだめる口調でいった。

「うるせえんだよ。マコトォ。出てこいこらあ。てめえ、覚えてろよ。絶対許さねえからなあ」若い男が怒鳴っている。マコトというのが誰なのか、和佳子にはわからない。しかしこの男がスガノであることは確信していた。

すると長峰は――彼女は周囲に素早く視線を走らせた。

彼もこの中にいるはずなのだ。人混みに紛れて、この様子を見ているに違いない。彼は今も復讐を諦めてはいないのだろうか。この状況の中、猟銃の引き金を引くチャンスを窺っているのだろうか。

野次馬が次々に集まってくる。これではとても長峰を見つけだすことなどできない。

絶望感が広がるのを感じながら和佳子は歩道橋のほうに目を向けた。その時、階段の下から一人の男が現れるのが見えた。

天の助けだ、と長峰は感じていた。スガノが大勢の捜査員に取り押さえられでもしたら、猟銃で狙うことなど全く不可能だった。ところがスガノは人質を取り、最後の抵抗を試みている。おかげで刑事たちが彼に近寄ることもなく、関係のない人間を巻き添えにする危険性も減った。

警察は急いで捕まえようとはしていないように見える。説得に当たっている刑事にもどこか余裕があった。ここまで来れば時間の問題だと思っているのだろう。

「動くなよっ。おまえら、俺に近づくな」スガノは相変わらず喚《わめ》いている。

何という愚かな男だ、と長峰は思った。この状況になれば、どんなにあがいたところで無駄だということは、子供にだってわかるはずだった。衆人環視の中、そして大勢の捜査員に取り囲まれた状態で、どうやって逃げようというのか。

結局この男は、我《わ》が儘《まま》な駄々っ子が、何ら社会的な常識を身に付けないままに身体だけが大人になった存在なのだ、と長峰は改めて感じた。怒って喚いて暴れれば、いつか周りが自分のいうことを聞いてくれると思っている。

そんな男に、絵摩は命を奪われたのだ。子供が玩具をほしがるように、この男も性の玩具を求めただけだ。この男にとって絵摩は人間ですらなかったのだ。

長峰の視界が、急速に狭まっていった。彼の目にはスガノの姿しか入らなくなった。スガノが人質にしている少女のことさえ、彼の意識にはなかった。同時に、すべての物音が聞こえなくなった。

織部は依然として歩道橋の階段上にいた。そこから状況を眺めていた。

予断を許さない事態になってはいる。だが、焦る必要はなかった。犯人がどこかに立て籠もっているわけではないし、周囲には大勢の捜査員がいる。ここから逃げられることはまず考えられない。

捜査陣としては、人質に怪我を負わせることだけは避けたかった。たとえかすり傷であろうとも、警察の責任が問われるのは免れられない。真野たちがあわてていないのも、時間が経てばどうせ菅野のほうが参ってくるのだから、じっくり待っていればいいと考えているからだ。

織部は時計を見た。八時十五分だった。菅野はどこまで粘るか。せいぜい三十分だろうと織部は予想した。少女の身体を拘束した状態では、体力的なことを考えてもそれが精一杯だ。それまでには観念するか、少女をほうりだして駆けだすに違いない。織部は、菅野が逃げた場合のことだけを考えていた。

彼は菅野だけを見ていた。そのため、自分の立っている階段のすぐ下から一人の男が出てきたことに気づくのに、少し遅れた。やがて気配を察して目を向けたが、その男が事件の関係者だとは、すぐには認識できなかった。

その男の持っている黒い棒状のものに織部が気づくのと、周囲にいた野次馬たちが意味不明の声をあげるのが、ほぼ同時だった。

（長峰ですっ。長峰が現れましたっ。歩道橋の下）織部は無線機に向かって叫びながら階段を駆け下りた。

だがこの報告は不要だった。長峰はほかのものは何も目に入らぬかのように、猟銃を構えたまま、ゆっくりと菅野に近づいていったからだ。

面白半分で集まっていた人々も、黒い銃身を目にした途端、悲鳴をあげながら逃げ出した。捜査員たちは咄嗟には動けないでいる。迂闊《うかつ》に近づいて、長峰が発砲したらまずいからだ。

菅野快児は凍り付いていた。顔は驚きと恐怖の色に染まっている。

菅野の力が緩んだらしく、少女が彼の腕の中からするりと抜け出した。そのまま真野たちのほうへ駆けていく。

だが菅野には少女の行方を見送る余裕もないようだった。その目は長峰を捉え、大きく見開かれていた。

菅野が、ふと我に返ったような顔をした。その直後、くるりと踵を返し、逃げ出した。

まずい、と織部は思った。長峰が猟銃を構えていた。

絵摩――照準器の中にスガノカイジの背中を捉えながら、長峰は心の中で呼びかけていた。

今、おまえの仇をとってやるからな。おまえを苦しめ、楽しくなるはずだったおまえの人生を壊し、おまえの命を奪った奴を、お父さんがこの手で葬ってやる。本当はもっとひどいやり方で殺したいが、お父さんにはこれしか思いつかなかったのだよ、ごめんな。こいつを殺したら、お父さんもおまえのところに行くよ。あの世で会えたら、今度こそ二人で楽しく暮らそう。もう二度と、おまえを一人きりにはしないぞ。もう二度と、おまえに怖い目を見させたりしないぞ――。

銃身をぴたりと静止させた。獲物は逃げていく。だが人間の走力など、彼にとっては何の影響もなかった。周囲の動きなど何も目に入らない。音も声も聞こえない。精神は完全に集中していた。引き金にかけた指に力を入れる――。

その時だった。

「ながみねさんっ」

無音の世界を破って、女の声が聞こえてきた。その声の響きに、静止していた照準が大きく揺れた。

長峰は混乱した。誰の声なのか、なぜその声だけが聞こえたのか、彼自身にもわからなかった。

だがそんなことを考えている余裕はなかった。スガノが逃げていく。そばの建物に逃げ込もうとしている。長峰は再び狙いをさだめた。

絵摩、やるぞ。

そして彼は引き金を――。

## 50

破裂音がビルの壁面に当たり、反響した。その瞬間、上野駅の周辺は静寂に包まれた。昭和通りを走る車の音だけが聞こえる。

誠は何が起きたのかわからぬまま、道路上に立ち尽くしていた。彼の周りにいる人々も動かなかった。そんな状態が数秒間続いた。

「下がってください、下がってください」誰かが前のほうで叫んでいる。刑事の一人らしい。

その声が合図のように、一気に騒然となった。

「何だ、何があったんだ」

「今のは銃声か?」

「どうなったんだ」

誠は後ろから押された。何が起きたのかを見ようとする野次馬たちが、駅前に向かって移動を始めたからだ。誠は人の波に流されるように前に進んだ。

下がってください、という声と笛の音が聞こえる。パトカーのサイレン音も近づいてきた。

織部はまだ銃を構えたままだった。そこから動くことができず、ただ目の前の光景を眺めていた。彼の十メートルほど先で、同僚たちがしゃがんでいる。彼等は倒れた男を取り囲んでいた。地面にはおびただしい量の血が流れていた。

真野が近づいてきて、織部の腕を上から押さえた。

「銃をしまえ」

それでようやく我に返った。織部はあわてて銃を懐に戻した。

「真野さん、あの、長峰は……」

「わからん。とにかくおまえは車に戻ってろ。発砲した刑事がいつまでも現場に残ってると、いろいろと面倒だ」

「でも」

「いいからいわれたとおりにしろ。おまえの判断は間違っちゃいない」

「真野さん」

織部が顔を見ると、真野は小さく頷いた。「早くいけ」

先輩の指示にしたがい、織部はその場を去ろうとした。だがその時、一人の女性の姿が目に入った。彼女は人垣から少し離れたところで、呆然とした様子で立ち尽くしている。

「どうした?」真野が、織部の視線の先を辿った。

「あの女性……白いシャツにジーンズの女性。どこかで見たことないですか」

「どうだったかな。あの人がどうかしたのか」

「叫んだんですよ。長峰さん、と。それで長峰も撃つのを一瞬ためらったんです。俺がどんなに叫んでもびくともしなかったのに」

「ふうん。わかった。俺が話を聞いてみよう」

真野が彼女に近づいていき、話しかけている。彼女は声をかけられても、すぐには気づかなかったようだ。そんな彼女を真野がどこかに連れていくのを見届けて、織部は踵を返した。歩道橋の階段を上がっていく。

指にはまだ引き金の感触が残っていた。人に向けて発砲したのは初めてだった。訓練の時よりもずっと近い位置からの発射だが、当たるような気はしなかった。しかしあの場合、ほかに方法は思いつかなかった。

「長峰、やめろっ、銃を捨てろっ」

後ろから何度も警告した。だが長峰はまるで反応しなかった。猟銃を構えた姿勢には揺るぎがなく、その背中からは固い決意が感じられた。

背後から飛びかかるには遠すぎた。残された時間は何秒もなかった。あの女性が叫ばなければ、織部が躊躇しているうちに長峰は引き金を引いていただろう。

無我夢中で銃を構えた。足を狙ったりする余裕はなかった。長峰の背中に照準を合わせた。万一外れた場合でも、ほかの人間には絶対に怪我をさせてはならない——コンマ何秒かの間に織部が考えたのはそれだけだった。

弾丸がどこに当たったのか、織部にはわからなかった。だが長峰の背中が一瞬にして赤く染まる光景は網膜に焼き付いていた。長峰が崩れるように倒れていく様子も、克明に覚えている。

歩道橋の上から後ろを振り返った。長峰は依然として捜査員たちに囲まれていた。そしてそこから少し離れたところでは、菅野がパトカーに押し込まれていた。菅野は全く無抵抗に見えた。

おまえの判断は間違っちゃいない——。

本当にそうだろうか、と織部は思った。菅野を守るために長峰を撃った。本当にそれでよかったのだろうか。


刑事のいっている意味がよくわからなかった。誠は同じ内容を繰り返すしかなかった。

「だから俺が電話したのは二回だけだって。やっぱり黙ってちゃいけないと思って、それで電話したんです。名前をいわなかったのは、チクったのが俺だってわかると、後でカイジに仕返しされると思ったからです」

「誰に電話したんだ?」

「警察だっていってるじゃないですか。相手の名前は聞いてないっすよ」

「一度目にかけた電話番号は、チラシから知ったんだな」

「そうです。駅で拾ったチラシです。女の子が殺された事件で、何か知ってたら電話してくれって書いてありました」

「このチラシだな」刑事は一枚の紙を誠の前に置いた。

「そうです」

「ここには電話番号が三つ書かれている。どの番号に電話した?」

「何遍同じことといわせるんすか。警察に電話したっていってるでしょう」

「だからどの番号だ」

「これですよ」誠は番号のひとつを指差した。「城東署って書いてあるから、ここに電話したんです」

「たしかか。間違えて、その上の番号にかけたりしてないか」

「してませんって。だって、城東署だって、相手がいいましたもん。それで、チラシを見てかけたんだっていったら、何か別のところに回されたから、出てきた人にアツヤとカイジのことを話したんです。そしたらその人が、次からはケータイにかけてくれといって、別の番号を教えてくれたんです」

「その番号は控えてあるんだな」

「一応、俺のケータイに入れてあります。だから二度目は、そっちにかけました。自分のケータイは使えなかったから、家の電話を使ったんです」

「二度目にかけた時は、何を知らせた？」

「カイジはたぶん長野の壊れたペンションにいるってことです。それだけです」

「しかしなあ、警察では、誰も君からの電話なんか知らないといってるぞ」

「本当ですって。なんでこんなことで嘘をつかなきゃいけないんですか。俺、本当に通報したんですよ。だから、何ていうか、捜査に協力したんです。信じてくださいよ」

　取調室で、誠は懸命に訴えた。カイジが逮捕された以上、下手な嘘をつくのはまずいと思ったからだ。これまでについた小さな嘘はすべて修正する必要があった。同時に、犯人はカイジとアツヤだと通報したことも主張しておかねばならなかった。

　カイジはまず間違いなく少年刑務所に入れられる。彼が出てくるまでに、どこか遠くに就職しよう、と誠は考えていた。


　非番だった織部が真野から呼び出しを受けたのは、十月に入って間もなくのことだった。長峰事件から一か月が経っていた。二人は東陽町にあるホテルの喫茶室で待ち合わせた。

「休みの日にすまなかったな」真野はそういって謝った。

「かまわないですよ。それより、どうしてこんな豪華な場所で？」織部は天井からぶらさがっているシャンデリアを見上げた。

「相手がこの近くに住んでるんだ」

「相手？」

「うん。もう一人、来る」真野は腕時計を見た。

「ところで、新しい職場はどうだ」

　織部は苦笑した。「まだ一週間ですよ。何もわかりません」

「それもそうか」真野も口元を緩めた。

織部は江戸川署に移っていた。突然の異動だった。表向きの理由は単なる補充だが、市街地で発砲した件が関係しているのはいうまでもない。ただそれ以外には、懲罰のようなものは下されなかった。捜査員たちの多くの証言から、織部の行動はやむをえなかったものと判断されたからだ。

真野の目が織部の背後に向いた。それで織部も振り返った。久塚がゆっくりと近づいてくるところだった。織部は立ち上がった。

「二人とも元気そうだな」久塚は椅子に腰を下ろした。「で、用があるのはどっちだ?」

「私です、班長」

真野の言葉に、久塚は手を振った。「もう班長じゃない。一般市民だ」

彼は長峰事件の直後、辞表を提出していた。不可避だったとはいえ、結果的に捜査員が発砲し、被疑者を死なせてしまうという事態になった責任は自分にある、というのが彼の言い分だった。辞表は問題なく受理された。誰かに責任を取らせねばならない、と考えていた上司たちにとっては、渡りに船だったのだろう。

「丹沢和佳子は不起訴になりそうです」真野がいった。「例の、長峰をかくまっていた女性です」

「そうか」久塚は頷く。

「ただ、彼女の証言の中に、どうしても腑に落ちない部分があります。長峰が正体不明の密告者から情報を得ていたということです。それが誰なのか、未だに謎です」

「君たちの仕事はまだ終わってないということか」

「それに関連して、中井誠が気になることをいいだしました。絵摩をさらったのは菅野と伴崎だと、捜査本部に通報したというんです。その内容は、長峰が受けた密告電話と酷似しています」

「すると中井が密告者か」

「その可能性もあると考えて中井を調べていますが、おそらく違うでしょう。中井はもう一度電話をかけて、菅野は長野の廃ペンションに潜んでいるという意味のことを知らせているわけですが、その時にかけた番号というのは、最初にかけた時に教わった携帯電話の番号だといっているんです。その番号について調べてみましたが、架空名義のプリペイド式でした。中井が電話をかけたのは、それが最後らしいです。この供述は信用できます。謎の密告者は、菅野が上野駅に現れることまで長峰に知らせているんですが、その頃、中井は捜査員が見張っていました。密告電話をかける隙などなかったはずです」

「なるほど」久塚は懐から煙草を取り出した。ライターで火をつけ、煙を吐く。

「長峰が密告者から受けていた情報は、極めて正確で、しかもタイムリーなものです。一般人では絶対に得られない情報ばかりです。そうなると考えられることは一つしかない」真野は続けた。「密告者は警察関係者です。しかも捜査に相当深く関わり、進捗状況を把握している人物ということになります。一般人からの目撃情報を受け取れる立場にあり、事前に匿名の携帯電話を用意しておける人間です」

織部は息を呑み、真野と久塚の顔を交互に見つめた。真野が何をいおうとしているのかを悟ったからだ。まさか、と思った。

「三年前のリンチ殺人を、班長はずっと気にしておられましたよね」真野はいった。「事件が終わった後、被害者の親のところへ行って、可能なかぎり情報を提供しておられました。自分に出来ることはこれしかない、といって」

「真野さん」織部はいった。「何か証拠でも?」

真野はかぶりを振った。その目は久塚のほうに向けられたままだった。

「証拠はありません。だから自分はもしかしたら、かつての上司に対して、とてつもなく失礼なことをいっているのかもしれません」

久塚は悠然と煙草を吸っている。その動きのリズムには殆ど変化がなかった。

「警察というのは何だろうな」久塚が口を開いた。

「正義の味方か。違うな。法律を犯した人間を捕まえているだけだ。警察は市民を守っているわけじゃない。警察が守ろうとするのは法律のほうだ。法律が傷つけられるのを防ぐために、必死になってかけずりまわっている。ではその法律は絶対に正しいものなのか。絶対に正しいものなら、なぜ頻繁に改正が行われる？　法律は完璧じゃない。その完璧でないものを守るためなら、警察は何をしてもいいのか。人間の心を踏みにじってもいいのか」そこまでしゃべった後、久塚はにっこりと笑った。「長い間警察手帳を預かっておきながら、俺は何ひとつ学んでなかったよ」

「班長の気持ちはよくわかります」真野はいった。「自分も、このことを公にする気はありません。ただ、ひとつだけ訊いておきたいことがあります」

「何だ」

「班長……いえ、謎の密告者のやったことは、正しいことだと思いますか。正義だったと思いますか」

穏やかだった久塚の顔が、一瞬厳しくなった。だがすぐに口元に笑みが浮かんだ。

「どうかな。何しろあの結末だから、正しいとはいえないだろう。だが、密告者が何もしなかったらどうかな。正しい結末を迎えられたのかな。菅野と伴崎が逮捕され、形ばかりの服役があって、すぐに世間に戻される。そして彼等は同じことを繰り返す。第二、第三の長峰絵摩が死体となって浮かぶ。それが幸福な結末か？」

真野は答えない。それで久塚は織部のほうを向いた。織部は俯《うつむ》いていた。

「そう。そういうことだ」久塚はいった。「我々には何も答えを出せない。我が子を殺された親に対して、法律で決まっていることだから我慢しろなどと、一体誰がいえるというんだ」

真野は無言のままだった。織部も黙っていた。

やがて久塚は立ち上がった。

「俺はこれからも答えを探し続けるよ。正義とは何か、についてな。もちろんその前に、今回の件について、おまえたちが逮捕状を持ってきたら話は別だが」

かつての上司が立ち去るのを、二人の部下は黙って見送った。

　真野が大きくため息をついたのは、それから何分も経ってからだ。

「今日のことは――」

「わかっています」織部は頷いた。「誰にもいいません。いえ、いえません、というべきかな」

　真野は苦笑し、頭を掻いた。「行こうか」

「はい」

　ホテルを出たところで、真野の携帯電話が鳴りだした。電話に出た彼は、手短に話した後、織部を見た。

「一緒に蕎麦《そば》でも食おうかと思ったが、これから仕事だ。マンションで主婦が殺された」

「若い主婦ですか」

「いや、中年らしい」真野は口元を歪めた。「ガキが犯人でないことを祈ってくれ」

「そうします」

　真野がタクシーに飛び乗った。それを見送った後、織部は反対方向に足を踏み出した。

「週刊朝日」2003年９月19日号～2004年９月17日号に連載

装幀・井上則人デザイン事務所
カバー写真・西村陽一郎「水銀１/1990」

**東野圭吾（ひがしの・けいご）**
1958年大阪市生まれ。85年に『放課後』で第31回江戸川乱歩賞受賞。99年に『秘密』で第52回日本推理作家協会賞を受賞。主な作品に『白夜行』『片想い』『トキオ』『レイクサイド』『ゲームの名は誘拐』『手紙』『殺人の門』『幻夜』などがある。

# さまよう刃《やいば》

2004年12月30日　第1刷発行

著　者　　東野圭吾
発行者　　花井正和
発行所　　朝日新聞社

〒104-8011　東京都中央区築地5-3-2
電話　03-3545-0131（代表）
編集・文芸編集部　販売・出版販売部
振替　00190-0-155414

印刷所　　図書印刷


ISBN4-02-257968-4
定価はカバーに表示してあります

# 朝日新聞社の文芸書

乃南アサ

## しゃぼん玉

通り魔や強盗傷害をくり返す伊豆見翔人は、逃亡途中で偶然、宮崎の山村にたどり着く。村の老人たちと暮らすうち、少しずつ心を開いていく翔人だったが……。安易に犯罪に走る若者の心の〝闇〟に深く切り込む傑作長編サスペンス。

四六判

真保裕一

## 繋がれた明日《あす》

この男は人殺しです――。仮釈放となった中道隆太を待ち受けていた悪意に満ちた中傷ビラ。いったい誰が何の目的で？　孤独な犯人探しを始めた隆太の前に立ちはだかる〝障壁〟とは？　〝罪と罰〟の意味を問うサスペンス巨編。週刊朝日好評連載。

四六判

山口雅也

## PLAY プレイ

ぬいぐるみ、双六、隠れ鬼、TVゲームと、古今東西の「お遊戯」をモチーフに、現代の「家族」と「社会」が抱える病理――ひきこもり、バーチャル感覚、ドメスティックバイオレンス、解離性同一性障害――を浮き彫りにするミステリー連作集。

四六判

戸梶圭太

## 天才パイレーツ

特異な才能だけが突出した「天才」たちが社会生活に適応するため、船上セミナーに参加する。しかし、海上で彼らを待ち受けていたのは、トンデモナイ事態だった!! ハリウッド顔負けのエンターテインメントを放ち続けるトカジの最新作。

四六判

中村うさぎ

## 月9（げつく）

業界騒然の超モデル小説!? 大人気のTVドラマ枠「月9」の脚本をめぐって渦巻く、嫉妬、妄想、悪意、野心、復讐……。番組改編期、脚本家たちには、もう一つ裏のドラマがあった。女たちの怖さ、したたかさが身にしみる恐るべき物語!!

四六判

小川洋子

## 貴婦人Aの蘇生

北極グマの剥製に顔をつっこんで絶命した伯父。死んだ動物に刺繍をほどこす伯母。この謎の貴婦人はロマノフ王朝の最後の生き残りなのか？ 失われたものの世界を硬質な文体で描く、芥川賞作家のとびきりクールな傑作長編小説。

四六判

桐野夏生

## 玉蘭

失踪した大伯父が残した日記から、魂の彷徨が始まった。玉蘭の花の香りに誘われて、上海を舞台に現在と過去の二組の男女が交錯する。実在した大伯父への思いをこめた、著者渾身の官能と恋愛のサスペンス。直木賞作家の新境地。

**四六判／文庫判**

椎名誠

## 走る男

なぜおれはパンツ一枚で走り続けるのか？　水棲生物「筏男」らの襲撃を逃れ、人の言葉を発する犬とともに、不条理でへんてこりんなこの世界から脱出を試みる……。高度に管理化された近未来日本を舞台にした、著者久々の超常小説問題作。

**四六判**

奥泉光

## 新・地底旅行

朝日新聞連載小説の単行本化。時は明治末、挿絵画家・野々宮鷺舟と東北訛りの女中・サトは、富士の樹海から地底探検に旅立った。光る猫、武田信玄の隠し財宝、謎の宇宙オルガン……。漱石、ヴェルヌの手に汗握る冒険ロマンの続編。

**四六判**

伊藤比呂美

## 日本ノ霊異《フシギ》ナ話

写経中に欲情する男、蛇にレイプされる女、天女像に射精する修行僧……。黎明期の仏教が、人々に教える因果応報、人の性と生死。エロスを詩的に表現する女性作家が、最古の仏教説話集「日本霊異記」に魅かれて書いた多淫多情の小説。

四六判

大塚英志

## サブカルチャー文学論

かつて「サブカルチャー」と「文学」の間に明確な線を引いた江藤淳の志を継ぎ、自らが身を置くサブカルチャーの側から、80年代以降の文学を一刀両断する画期的論考。「文学界」連載に徹底的に改稿・加筆した文芸批評界最大の問題作。

四六判

嶽本野ばら

## 恋愛の国のアリス

『ロリヰタ。』が三島由紀夫賞の候補、『下妻物語』の映画化でも話題の著者が、とらんぷとタロット占いの趣向で語る正統派恋愛哲学エッセイ。浜崎あゆみの詞に恋愛のセカンドステージに進むヒントをみつけ、手間隙おしまぬ恋愛を指南。

四六判

落合恵子

## 母に歌う子守唄　わたしの介護日誌

迷い多き、けれど喜び多き介護の日々から生まれる役立つアドバイス。ヘルパーさんとのつきあい、介護保険の利用法、家庭医学書よりよくわかる痴呆という病の実情……。介護疲れを温めるエッセー。諏訪中央病院医師・鎌田實先生も推薦！

四六判

水上勉、司修

## 『雁の寺』の真実

水上勉氏の代表作『雁の寺』について、生前最後のインタビューで明かされた真実を、晩年最良の友・司修氏が作品の舞台を歩いて検証。加えて『雁の寺』のモデル・京都・相国寺の有馬頼底管長による水上文学についての特別語り下ろしを収録。

四六判

清水義範

## サイエンス言誤学

これぞ『イヤでも〝科学〟がわかる本』!?　先端技術から身近なテーマまで、理科オンチ、算数ぎらいに贈るシミズ博士、入魂の科学エッセー！　西原理恵子画伯の〝詳細な〟図解と、朝日新聞論説委員による〝マジメな〟問題解答編付き。

四六判／文庫判